李煜传

多少恨 昨夜梦魂中

刘敬堂
叶有声
著

中国文史出版社

图书在版编目（CIP）数据

李煜传：多少恨，昨夜梦魂中 / 刘敬堂，叶有声著 . —— 北京：中国文史
出版社，2022.12

（历史文化名人传记小说丛书）

ISBN 978-7-5205-3765-0

Ⅰ . ①李… Ⅱ . ①刘… ②叶… Ⅲ . ①传记小说—中国—当代 Ⅳ . ① I247.5

中国版本图书馆 CIP 数据核字（2022）第 180001 号

责任编辑： 徐玉霞

出版发行：中国文史出版社

社　　　址：北京市海淀区西八里庄路 69 号院　　　邮　　编：100142

电　　　话：010-81136606　81136602　81136603（发行部）

传　　　真：010-81136655

印　　　装：廊坊市海涛印刷有限公司

经　　　销：全国新华书店

开　　　本：16 开

印　　　张：20

字　　　数：300 千字

版　　　次：2023 年 4 月第 1 版

印　　　次：2023 年 4 月第 1 次印刷

定　　　价：59.00 元

目录

第一章 古墓霓裳谁能识 后宫歌舞几时休

晚妆初了明肌雪，春殿嫔娥鱼贯列。凤箫吹断水云间，重按霓裳歌遍彻。
临风谁更飘香屑，醉拍阑干情味切。归时休放烛花红，待踏马蹄清夜月。

——《玉楼春》

一

唐昭宗龙纪二年（890），阳春三月。

朗州（今湖南常德）北郊的一座无名墓，被人在夜间盗了！

第二天一大早，一个放牛的少年看到一座被掘开的墓穴。墓穴的四周是一堆新土。墓坑中有一口已被撬开的棺木。从被掘开的墓穴现场来看，棺中既无尸骨，又无华丽的饰物或其他随葬物，唯有一柄扔在一旁的牛尾拂子和一套已经腐烂了的平常衣冠。可以断定，这是一座匆忙中安葬的衣冠冢。

此墓的主人是谁？

盗墓者在此墓中盗到了何物？

那放牛少年的父母信佛。少年将此事告诉父母之后，他父亲不忍心已入土的棺木暴露在光天化日之下，便荷了一柄铁锹，和儿子一道铲土盖上了墓穴。过了一些日子，落了一场大雨，那隆出地面的土丘便被雨水冲刷成了一片平地。后来，那里渐渐长出一些青草，再后来，事过境迁，谁也不知道那里曾经发生过什么了。

其实，这座衣冠冢的主人曾经是位显赫一时的人物——广东良德人氏冯元一，也就是唐玄宗的宠臣高力士。

那个盗墓者原以为墓中会有价值连城的金银珍宝，但当撬开棺木时，才发现盗的是座空墓！

但也不是一无所获。

盗墓者姓郑，外号叫郑浑子，是个好吃懒做、专干偷鸡摸狗勾当的赌徒。他小时候曾听他祖父说过，当年有个犯了事的京城大官，回长安路过朗州时，病死了，埋在了北郊。他寻思，既然是京城大官，墓中定会有财宝，何不趁着黑夜去挖些出来，以偿还欠下的赌债？于是，他到北郊的坟地里察看了多次，见每座墓前都立有墓碑，碑上刻有墓主人的姓名，唯有一座坟墓没有立碑。他想，大约是那位京官怕人盗墓，才故意不立石碑的。于是，他便连夜动手掘开了。他发现墓中并无财物，唯在棺木的头部有一只密封的灰色陶罐。他欣喜若狂，以为里边定装着稀世珍宝，便抱回家里。他急不可耐地打开一看，发现里边只装着一卷黄绢，绢上画满了各种符号，符号旁边画着一些跳大神的小人儿。他一气之下将陶罐摔碎了，还将那卷黄绢扔在灶前，准备当引火柴用。他婆娘见了，便说，不如卖给城里的杂货铺去包装货物，还可以换回半斤盐。他一听，觉得有理，于是就送到了杂货铺。

那杂货铺的老板是认识几个字的，但看了半天也没看懂，于是，便给了郑浑子二斤盐，留下了这卷黄绢。他舍不得用它包装货物，便放在了阁楼上。后来，便忘了此事。

原来，高力士晚年被唐肃宗免去所有官职和封号之后，又发配岭南，到了巫州。宝应元年（762），玄宗和肃宗相继去世，高力士被赦，返回长安，在途经朗州时病倒了。在病中，他得知与他相处六十多年的唐玄宗的死讯之后，便挣扎着下了床，面北而拜，边拜边哭。由于悲痛过度，多次昏倒在地。最后，竟吐血斗余，悲恸而绝！随他同行的几个贴身宫人怕有不测，便连夜将他的尸体运往他的原籍，又在朗州北郊草草筑了一座衣冠冢，以掩人耳目。在棺木中，除了放上他穿的一套常服和他的那柄形影不离的牛尾拂子外，便是那只陶罐了。

那陶罐里装着的倒也真是稀世珍宝。这是唐玄宗亲自创制的《霓裳羽衣曲》的曲谱，谱上还绘着杨玉环根据曲谱亲自编排《霓裳羽衣舞》的舞蹈图形，也就是舞谱。

这部舞谱，是杨玉环的遗物。杨玉环生前十分珍爱这部舞谱。当年，安史之乱时她随唐玄宗避乱西行，特意将舞谱带在身边。当君臣们走到马嵬坡时，护驾的御林军发生了兵变，先杀死了宰相杨国忠，又央求处死杨玉环！唐玄宗知道大势已去，只好流着泪赐死杨玉环！杨玉环在马嵬驿站佛堂的梨树下自缢前，曾嘱咐高力士将此谱与她同葬。高力士舍不得，便将舞谱留下了。在他发配岭南时，也随身带着。为防止途中遇雨或天阴潮湿损坏舞谱，他还特意选了一只陶罐，将舞谱密封在罐中。由于随行的宫人不知道这古谱的来历，又嫌带着它不方便，所以便随同他的衣冠装在棺木中了。

也不知过了十几年还是几十年，那家杂货店因经营不善关门了。老板在变卖家产时，将这部封满灰尘的舞谱卖给了一个书商，那书商的后代又以十两银子卖给了一个从金陵来的云游道士。

这部舞谱若当年随杨玉环去了，或在高力士的衣冠冢中永远埋在地下，或郑浑子一气之下将它扔进灶膛里化成灰烬，或杂货店的老板将它裁成小块包装了红糖、食盐……也许人世间会少了些荒谬和悲剧。可是，它似乎命不该绝，在若干年之后，它又出现了，于是，又演绎出了一幕幕人间悲剧。

其实，这部舞谱与人世间的金银财富、珍宝古玩、豪宅高楼、香车宝马、山珍海味、玉玺龙座等一样，它们本身并无罪过，但若过度地迷它，恋它，嗜它，宠它，就会物极必反。歌舞过滥，必会生奢侈；奢侈过滥，必会使人昏聩；昏聩者多了，社会就糜烂、腐败。若平头百姓和商贾官吏奢侈过滥，顶多是导致家败人亡而已；若帝王奢侈过滥，轻则贻害天下百姓，重则亡江山社稷，这是有目共睹的古今教训。

二

保大十六年，即周显德五年（958），四月初八。

金陵城里的考棚坊，是靠近宫禁的一条十分繁华的商业街。街道两旁是店铺，有卖绸缎、布匹的，有卖南北杂货的，也有卖文房四宝和金银首饰的，其中还夹杂着当铺、药铺、酒楼、客栈，客商云集，熙熙攘攘；讨价还价，市声喧天。

在考棚坊的尽头，是一家茶馆，馆中已坐满了茶客。他们或独占一席，或三五围桌。从衣着打扮上看，这些茶客既不是为一日三餐而奔波的市井小民，也并非是在田中劳作的农家。有的是书生，有的是官吏，有的是无所事事的富家子弟，也有的是饱食终日的绅士。奇怪的是，他们虽然坐在那里，却很少品茶，更没有说笑走动。原来，他们是在悄悄地静听一种声音——从高高宫墙中传出来的阵阵丝竹之声，和宫女们悦耳动听的歌喉声。虽然已是日上三竿了，可是宫中从昨夜开始的歌舞至今尚未散场，故而引得这些闲人往这茶馆里钻。虽说他们不能亲眼见到宫中歌舞宴饮的气派场面，但在这里隔墙听音，也可大饱耳福。由于有了这通宵达旦的歌舞之声，吸引了一批又一批有闲人士前来倾听，考棚坊的茶馆生意十分兴隆。

宫中的歌舞宴饮是从头晚酉时开始的，直到今日辰时还未结束。通宵达旦，好不热闹。

此时，南唐王朝的六皇子李煜，字从嘉，刚从凌波苑中回到东宫。虽然他在凌波苑里观赏了一夜歌舞，宴饮了一夜琼浆，眼前的楼台人影有些朦胧，脚底下软乎乎的似踩在云团里，但他毫无倦意。这位22岁的皇子，越是在盛大的舞宴中，越神情激昂，经久不疲。此刻他要趁热打铁，赶着把刚刚吟成的一首词抄录下来，否则，若是睡上一觉醒来再写，那词中的意境便会逃遁而去，任你如何追忆，也是枉然。这是他以往写词的经验。他写的词，都是灵感一来，妙语佳句便如泉涌般地奔泻出来，随手录下，就是一首好词。他伏在条案上，挥笔写下了一首《浣溪沙》：

> 红日已高三丈透，金炉次第添香兽，红锦地衣随步皱。
> 佳人舞点金钗溜，酒恶时拈花蕊嗅，别殿遥闻箫鼓奏。

写完后，他又反复吟哦了几遍，觉得满意了，才交给贴身侍候他的宫女桂十六，让她抄正，然后存于书案右边的樟木书架上。

他的这首词，即是昨日至今晨歌舞宴饮的真实写照，亦是南唐王朝宫廷生活的一个缩影。夜去朝来，红日高升，宫人还在往金制的香炉中添香，宫中的歌舞还在继续不停，那锦缎地毯已被舞者的舞步踩起了皱纹，其热闹景观可想而知。在词的下片，作者写佳人们狂欢一夜，此时已经身慵力乏了，但为了陪伴自己，还要强打精神，边歌边舞，以至于发髻松散，金钗滑脱。作者一面欣赏歌舞，一面饮酒作乐，饮到半醉时，便拈下一枝花蕊，凑到鼻子跟前闻一会儿，以使精神能爽快一些。此时，又从远处传来别处宫殿中的管弦箫鼓之声，此起彼伏，连绵不绝。

宫墙外边茶馆里的那些茶客们，也听得欲醉欲仙，得到了一种好奇心的满足。

就在南唐王朝迷恋于腐朽奢靡、纵情酒色的同时，后周帝国已在北方称雄，吞并南唐是后周国皇帝的一大心愿。歌舞升平中的南唐王朝，还不知道自己已酿下了一杯亡国的苦酒。

"从嘉，又写词了？"

李煜的妻子、皇子妃周娥皇轻步飘然走进来。她用纤纤玉手扶着丈夫的肩，笑容可掬。

李煜从极度兴奋的情绪中被唤醒过来，他让桂十六将抄好的《浣溪沙》取出，递给娥皇："请爱妃赐教。"

这娥皇妃不仅有倾国之貌，还精通音律，喜爱辞赋。她对词中描写的狂欢之情是明白的。看后，她微微一笑，说道："皇子如此欢快，妾颇感自慰。不过，我觉得，皇子要适可而止，稍加节制才好，以免因歌舞过度而伤神损身，亦易荒疏学业。"

李煜不以为然地说道："多谢爱妃提醒，不过，人生得乐尽情乐，得欢恣意欢。乐而无忧是也！"

娥皇仍是微微一笑，不曾进一步相劝。因为在此时此刻，再多的忠告他也听不进去。

"乐而无忧"，这的确是李煜的生活写照。只求欢乐，不问国事，是他"乐而无忧"的一个重要内容。

李煜一表人才，宽宽的额头，微胖而似圆近方的脸，令人惊异的是左目有双瞳孔，有人说他是舜帝再生，是天上星宿下凡。但这非凡的生相，却险些给他带来杀身灾难。

皇太子李弘冀是他一母所生的大哥，生性好妒。他厌忌六皇子李煜不寻常的长相，几次欲下毒手加害于他。李煜为了避祸，住在东宫，开办崇文馆，招了不少贤士文人，研究文学，填词赋诗，疏远国事，以消除长兄弘冀对他的嫌疑。此外，他更加沉溺于歌舞酒宴之中，醉生梦死，一副与世无争的样子，以求避免灾祸，故常与人言：得乐尽情乐，得欢恣意欢。

"从嘉，今天是什么日子，可曾记得？"娥皇用一双温柔的眼睛望着丈夫。

"四月初八，是吧？"

娥皇笑了："难道不记得今天是我们小仲寓的满月？"

小仲寓是他们的儿子，也是南唐李氏皇家的第四代长孙。生下时，皇祖父给他取名仲寓，寓意为仲尼之孔学，将来文成礼乐。

李煜听了，恍然忆起。他敲了敲自己宽宽的额头，自惭地说："哟，都怪我乐而忘事，若非爱妃提醒，差点忘了我们的宝贝儿子已出生一个月了，惭愧，惭愧！"说完，连忙站起来，携着娥皇的手向外走去。

路上，娥皇告诉李煜，正宗寺已安排了满月喜宴，喜宴设在瑶光殿里。她还告诉李煜，为了庆贺儿子的满月，她还专门谱了一支用琵琶弹奏的《邀醉押破曲》，准备在满月喜宴上弹奏。她一面说着，一面以双手作弹奏状，还轻轻地将曲子唱了出来。唱完后又问李煜："这曲子能登大雅之堂否？"

李煜拍手赞叹："好，好，此曲只应天上才有，如何散落人间来！"说着拉起娥皇的手，快步向瑶光殿走去。

六皇子妃周娥皇，不但以端庄贤淑受到后宫的尊重和爱戴，而且多才多艺，琴棋书画和诗词歌赋无所不通。更令人们敬佩的是，她擅长丹青。她曾画了一幅《空谷美人图》——倒悬在岩石上的兰草，装裱好刚刚挂在壁上，不想便有几只蜜蜂和蝴蝶从窗外飞进来，围绕画面上的兰花翩翩翻飞，竟驱之不去，叫人好生惊奇。

瑶光殿里，热闹非凡。

皇亲国戚、文武大臣以及一些外国使节，各带着精美礼品欢聚瑶光殿里。

满月喜宴开始前，由小乐班演奏著名的喜庆乐曲《婀娜曲》，娥皇宫中的宫女桂十五、桂十六这对孪生姐妹，在前面端着"洗儿果"，李煜和娥皇在后面请宾客品尝，以示礼节。这是皇家传统礼仪。接着，由宫中女官领着两名宫女，用绣着观音送子的锦缎兜兜，抬着刚刚满月的小仲寓，另有两名宫女托着绣有"长命富贵"的金丝绣花囊，逐一走过宾客面前，致礼道谢。于是，宾客们一面夸赞小仲寓生得不凡，一面往那绣囊中投放礼物：有金银元宝、项圈玉链，也有珍珠玛瑙、翡翠水晶等，珠光宝气，琳琅满目。

"皇后驾到！"

随着一声高呼，宫娥彩女们拥戴着钟皇后缓缓地走进大殿。在皇后后面，一位宫娥抱着一枚金光闪闪的心状物，十分惹眼。所有的目光都投向那件礼物。此时，李煜的另一个妃子黄妃快嘴快舌地说："哟，皇祖母真是特别喜爱小皇孙，铸了这上好的金子心，意思是小仲寓是皇祖母的心，皇后，我说得对否？"

钟皇后高兴地说："对呀，对呀，我太高兴了，我这个漂亮皇孙，世上无双呀！"

娥皇受宠若惊，她迎住钟皇后跪下。李煜也跨上一步跪下，一同叩谢母后。

"感谢母后恩宠，儿媳诚惶诚恐！"

"母后恩宠，儿永铭记！"

钟皇后以手示意："快起来吧，过两年再给我添一个同样漂亮的小皇孙！你们其余的皇子妃也要给我多生漂亮的小皇孙。我江南李氏儿孙满堂，就可以复兴大唐祖宗基业了！"

满堂宾客随声附和，瑶光殿里的气氛更加活跃。在场的，唯黄妃有几分难堪。她被李煜纳妃已经两年半了，腹中仍无变化。钟皇后所说其余皇子妃，自然也包括她了。但黄妃十分机灵，她打趣道："皇祖母祝愿皇孙们要复兴盛唐基业，这是儿孙们的心愿。再请皇祖母对小仲寓祝福一番吧！"

"说得好！"钟皇后笑着说，"祝福我的皇孙儿，长命百岁，文可胜司马，武可比孙武，将来能为侯为王！"

宫中欢声不断，笑语喧哗。娥皇还亲自用琵琶弹奏了曲子，大家喝彩如雷，瑶光殿里一派欢乐祥和的盛世气象。

满月喜宴之后，宾客各自散去。早有黄妃、宜爱、意可、庆奴、雪仪等一班皇子妃和宫女们拥着小仲寓及李煜夫妻，热热闹闹回到了瑶环宫。这是娥皇的寝宫。

进了瑶环宫大院，南墙根下有一株白色的紫薇树，北院墙根下有七株紫色的紫薇树，在阳光照耀下，紫薇花朵朵盛开，香馥满园，紫薇花是白色的，煞是好看，惹来许多蜜蜂贪婪地采吸花蕊。这花儿的白色象征淑雅，紫色象征华贵。花开时间甚长，有半年之久，不落英华，这暗示了女主人贤淑华贵，久盛不凋。别人都不曾注意到或注意了未留意，唯黄妃心直语快："周夫人，你这院子怎么南边只栽一株紫薇花，北面院墙却栽着七株紫薇花呢？"

经黄妃这一提，乔娘、宜爱、庆奴也都注意到了："是呀，这是怎么回事呢？"

娥皇微微一笑，说道："我嫁进宫不过三年光景，在这之前，六皇子就栽上了。请他解释吧。"

李煜笑着点了点头说："爱妃绝顶聪明，还能不知个中奥秘？"

娥皇莞尔，她不急不慢地说："想来六皇子生性崇佛，必敬天星。这南院墙下一株紫薇花应了南斗之数；这北墙下七株紫薇花应了北斗之数，不知此推想对否？"

"爱妃太灵慧了。"李煜夸赞说。

天上有紫微星、南斗星、北斗星，三星高照，这就是李煜在迎娶娥皇前一年，经过深思之后，才栽下这八株紫薇树的。因为李煜对佛教特别虔诚。

当然，这里边还有一层很深的含意：盛唐皇帝李世民，据传就是天上的紫微星下凡。而这紫薇即紫微，不必明言，意在其中。

看来，李煜虽然自己并不想当皇帝，但十分仰慕李世民，并寄厚望于皇子仲寓，这是他的一个隐秘。

黄妃说："周夫人果真心中灵慧，不是凡人可比哦！"

娥皇双颊绯红，说："可别讥笑我了，我不过胡猜猜罢了。你们其实也都明白，对吧！"

到了瑶环宫中，进院后要经回廊过小院再上楼。那回廊中的雕柱上挂着两只鸟架，左柱是一只鹦鹉，乃阇婆国（今印尼）进贡之鸟，全身雪白，李煜十分喜爱；右柱上是一只八哥，全身乌黑。这一白一黑两个精灵，见进来这么多人，一时兴起，鹦鹉振翅大声叫道："乐而无忧，乐而无忧！"

八哥也争着叫道："心疏利禄，心疏利禄！"

妃子和宫女们齐声笑了。

这时，李煜还站在院中没进来，他对身边的妃子们道："这紫薇花正盛开，香郁扑鼻，我们每人折几枝，去参加舞宴吧！"

听了六皇子的召唤，妃子、宫女们自然高兴响应，都纷纷返回院中，攀枝折花。

娥皇说她累了，便接过宫女手中的小仲寓，轻步进了自己的宫中。

李煜在妃子、宫女们的拥簇下，又朝凌波苑走去。

三

又是一夜歌舞宴饮。

连着几夜未眠，李煜亢奋过度，现在倒真的感到有些困倦了。

黄妃注意到了六皇子的倦意，她忙走过来劝道："皇子，你该休息一会儿了。"

李煜强打精神："还可跳几支舞嘛。"

黄妃笑了："别强撑了，我扶你去休息吧。"

李煜点头应允，伸过一只手，搭在黄妃的肩上，无力地站起来。黄妃顺势架住，走出凌波苑。不知什么时候，李煜的头倒在黄妃肩上，步子机械地运动着。黄妃感到重压，负担不起，几乎被压趴下，幸得两位宫女上来帮忙，才得以回到黄妃的寝宫中。这寝宫就在澄心殿旁边一座精巧别致的宫殿里。

黄妃是在李煜迎娶娥皇之后纳的妃。她是江夏（今湖北大冶）人，世代书香门第，颇有学识，尤擅书画。纳妃前，南唐朝廷中收藏的古今书籍和字画，都存放在澄心殿里，全部由她管理，这倒使她增加了乐趣。她把图书分门别类整理成经、史、野史、杂说、诗词歌赋、宫廷乐府、民间乐曲等专库，而对字画则分朝代存放有序。皇上李璟有一次察看了之后，十分赏识她的管理才能，亲自把她嫁给了自己最喜欢的儿子李煜。

黄妃今天兴致很高，她让两个宫女把李煜扶到自己床上后，就打发宫女走了。她关上门，亲自替他宽衣，有意重手重脚，想让他醒来，可他仍如死去一般，黄妃有些失望。李煜足有三个月没来她宫中了，昨夜她有意陪六皇子舞宴，以便舞宴结束引他来她宫中。午夜之后，她几次劝他早早休息，都未成功，硬是到了现在这步田地！真叫人无可奈何。她暗自恼怒，竟然用白皙的手指去拧六皇子，可他仍是不醒。她原想再加大力气拧他一把的，却有些儿怯惧。真的拧痛了，他醒来发怒，那场面就不堪收拾了。唉！黄妃长叹了一声，只好紧紧地搂住六皇子入睡。她轻轻咬住李煜的嘴唇，俄而，瞌睡虫也悄悄爬上了她的眉梢。咬着的嘴唇松开了，黄妃也进入了梦乡。

李煜、黄妃脸对脸深睡的当儿，瑶环宫的宫女已为主人娥皇梳妆完毕。娥皇吩咐宫中奶妈喂过宝贝儿子之后，在逗着他玩。过了一会儿，宫女端来了鲜羊奶和甜食点心。这鲜羊奶煮沸以后加冰糖、蜂蜜再兑鲜鸡蛋，是娥皇特别喜爱的早餐。钟皇后更加宠爱，对瑶环宫的待遇她特别优待，还常常亲自过问娥皇的饮食。尤其生了皇孙之后，她更加宠爱十分，只愁天上星星不能摘下，余外没有不能满足娥皇的！更何况在十一位皇子中，第二子、第三子、第四子、第五子都先后亡故，长子弘冀骄尊自矜，喜怒无常，且性情孤僻，钟皇后时有嫌恶之意，唯六皇子李煜文雅贤达，恭廉自爱，气质颇佳，皇上、皇后爱如掌上之珠，含进口中怕热，端在手上怕凉。可想而知，对于天姿国色、温顺贤惠的六皇子媳，岂有不宠?

娥皇虽为皇子妃，然因为形貌姣丽，为人善良，且行止有度，所以，几乎做了南唐王朝千百名宫娥妃嫔心目中的楷模。她的一言一行，一举一动，宫中无不效仿。连她那玉笛般说话的声音，也都令宫人羡慕不已。娥皇自己创编的双环绾髻，成了南唐宫人的主导发型。娥皇还别出心裁，自行设计、裁剪的"西苑衣""瑶环裙"，穿在身上特别显美，宛如仙女一般。所以不管东宫西宫，都喜欢着"娥皇装"，其后，这些服装式样竟然传出宫廷，流到皇都金陵（南京）、扬州、苏州、淮北等地。民女少妇也都盛行双环绾髻、"瑶环裙""西苑衣"。娥皇几乎成了江南妇女发型、衣装的领袖。她是公认的南唐国第一美人。

娥皇是南唐有功之臣周宗的女儿。当年周宗披肝沥胆辅佐先皇烈祖李昪开拓基业，立有大功，先后任过朝廷中的许多要职，诸如奉化节度使、东都（扬州）留守等，所以先皇厚重周宗，历托重任。周宗除了有这位倾国之貌、二十一岁的长女娥皇之外，膝下尚有年仅七岁的次女女英，现正在胶库学校读书。女英虽年幼，却聪明过人，已能写文章了。人们都十分惊奇女英的智慧早开。

已近中午时分，小仲寓仍闭着小眼睛睡在缀着珍珠的小摇篮里，娥皇在一旁静谧地瞧着那可爱的小脸蛋儿，觉得心中十分甜蜜。这甜蜜使初为人母的娥皇无比幸福。喏，小嘴巴开始连连吮动了——小仲寓在梦中吮奶汁呢！俄而，她有些心神不安起来，便让宫女守在摇篮旁，她轻步走出内门，下楼走到紫薇盛开的院中。透过院墙上的花环小孔，遥望远处的芳林小道，久久地无声而立。她知道李煜昨夜舞宴，肯定一夜不息，只是日已过午不见回瑶环宫，想必到别的妃子宫中去了。她也知道，他毫无节制地宴饮和歌舞，除了在皇宫这个温柔之乡中养成的秉性外，还有一个更重要的目的，那就是为了免遭杀身之祸。他想让兄长弘冀放心：六弟虽聪明过人，却胸无大志，只是个沉醉于声色之中的无用之徒，决不会威胁到皇太子继承皇位。

说起皇太子弘冀，令人不寒而栗。这个长着一脸横肉的太子，平日里就不思学文习武，在宫廷里为所欲为，糟蹋宫女，鱼肉下人，只要他乐意，什么阴险狠毒的事儿都干得出来。去年三月，他受命参决朝政后，更是为所欲为。有一天早朝，他竟在议决军机大事的小憩时，污辱一个宫中女史，被父皇知道后，盛怒不已，当着众臣诉斥道："太子不肖，难于承袭！"

不久，皇上托付三弟景遂参决朝政，封景遂为晋王，加天策将军、江南西道兵马元帅、洪州大都督、太尉、尚书令等。弘冀一见父皇如此重封三皇叔，心中极为不满。他担心三皇叔握有重权，将来未必不抢占自己承袭的皇位。遂暗下决心，一定要除掉三皇叔。

有一天，景遂一时急躁，杀了都押衙袁从范的儿子。弘冀知道后，便派亲信带着药酒，去劝说袁从范下手谋害景遂。袁从范遵令，乘景遂踢球之后口渴，以毒浆捧给景遂，景遂喝后当即暴死，未曾入殓，尸体已高度溃腐！

皇上对三弟的死因，全定在袁从范身上，诛他九族。只是丝毫不知是长子弘冀设的这一毒计！

但李煜很快知道了这件事的真相，惊愕得不敢出声。他暗想："不就为了皇位吗？如此心毒鸩杀亲叔父，菩萨有眼，必有恶报！"李煜历来心疏利禄，乐以优游，加之他畏惧长兄皇太子，所以，终日里迷于歌舞酒宴，要不，就去崇文馆与贤士文人填词赋诗取乐。

崇文馆，实际上也是李煜避嫌的场所。

娥皇十分担忧，那心狠手辣的皇太子，说不定会有一天向六皇弟李煜伸来黑手！所以，日子过得提心吊胆。她心系丈夫，时刻暗暗关心丈夫的起居行动，整日惴惴不安，把一颗心提到了嗓子眼里。

太阳已经偏西，娥皇透过院墙上的花环小孔，久久望着那条芳林小道，仍然没看见丈夫的身影。她实在放心不下，决定先到澄心殿那边去找黄妃。

四

娥皇带着贴身宫女桂十五出了瑶环宫，穿过净西园，到澄心殿旁边的黄妃宫找丈夫李煜。

她曾经不止一次听父亲周宗说过，澄心殿是先皇李昇所造，也是李昇最喜爱的殿堂。他在这里读书、批文、下朝小憩，有时还在这里密决军国大事。早在吴天祐十一年（914），26岁的李昇当时还是吴国名将徐温的养子，名徐知诰，因为平息叛乱有功，被提拔为升州刺使，便开始扩建升州金陵城。

这金陵城早先叫石头城，可能是因为城里有座石头山的缘故。春秋时，吴王夫差在石头山上建"冶城"以铸兵器。越王勾践灭吴后，其宰相范蠡筑城于此。战国时楚威王灭越，视其地有王气，埋数万金银以镇之，故称金陵，后设金陵邑。金陵在三国时曾是东吴的都城。东汉建安十六年（211），东吴王孙权由京口迁都金陵，改金陵为建业，后来的西晋皇帝司马邺因避名讳，改建业为建康。南朝"侯景之乱"，使金陵城几为瓦砾，陈朝稍加修复，又被隋炀帝灭陈时变为一片废墟。虽在唐朝加以恢复，但经过这千余年的成毁沧桑，金陵城已不成其规模。

这次李昇扩建金陵城，向东南拓宽城垣，贯秦淮河于城中，城周二十余里，城墙高两丈五尺，八面设门，其壮观之势，不亚于国都。三年后，金陵扩建已具规模，吴国名将徐温以丞相观察使身份到养子徐知诰（李昪）任职的升州巡察观光，见金陵城雄伟壮丽，地气不凡，便提出自镇金陵，升州设府，并别有用心地把养子徐知诰转迁到润州（今镇江），提升为检校太保、润州团练使。直到十几年后的吴太和三年（931），徐温在争夺皇位的惊恐中病逝，养子徐知诰二次出镇升州府（金陵）时，因吴国的第四朝吴王杨溥拟迁都金陵，遂下诏大力扩建金陵皇宫禁苑。由于徐知诰守城、建城有功，加之借助了养父徐温的势力，很快被吴王杨溥拜为吴国大丞相，兼天下兵马大元帅。他在金陵城中建元帅府，并着意在元帅府中建一座两进式宫苑，作为自己学习、休息之地，定名"澄心堂"，取"学者必澄心清意"之意为名，后因特别钟爱此处，一再扩建，到其儿子中主李璟手上时，已改名"澄心殿"了。

娥皇十分崇拜先皇烈祖李昪，她虽未见过这位南唐的开国国君，但听父亲曾多次讲过，所以，对他的文治武功十分敬佩。先皇烈祖从一个孤儿到一位万人之上的皇帝，其间经历了众多的磨难。这一景一幕，此刻都浮现眼前——

在唐僖宗文德元年（888）的腊月初八，天上下着鹅毛大雪，在彭城（今徐州）东关的一间茅草房里，李荣的妻子产下一个男婴。李荣是一贫如洗的庄稼汉，以给人家帮工为生。日子本来就很艰难，如今，有了孩子，日子就更难熬了，所以，便给儿子起了个名字，叫"彭奴"。

细数起来，李荣还是李氏大唐的后人呢！

原来，唐宪宗的第八子当年封为建王镇守彭城，其后代便在彭城繁衍下来，到了李荣这一代，其皇室后人早已与普通百姓一般了，有的尚不如普通百姓人家，如李荣家。

据说，李彭奴出生不久，从城外来了一个云游的道士，他既不去富户豪门化缘，也不为人看病驱鬼，径直踏雪来到了李荣的门口。他朝四周打量了一会儿，又闭上双目默念了一阵子，便"扑通"一声跪在雪地里，连叩了三个头之后，口中喃喃：

"人上人下，天大天小，乐悲相生，二三不肖。"

说完，站起身来，拍了拍身上的雪，飘然而去。

这一切，都被站在草垛边的李荣看了个一清二楚。那四句话他也记住了，只是一句也不懂。

这一年，彭城一带先是春季遇到了百年罕见的旱灾，到了秋天又来了遮天盖日的蝗虫，把地里的庄稼啃了个一干二净！李荣在南郊租种的几亩高粱地，颗粒无收。他一急之下，躺在地头上大哭起来。小彭奴连忙抱着父亲的头，用小手拭去父亲脸上的泪水，以童稚之语对其父说："阿爹勿哭，我长大以后，用大马大车运大石，为阿爹修大屋，造大房，我要当大将军、大元帅、大皇上！"

李荣听了，惊骇不已，连忙用手捂住了儿子的嘴，以免说出大逆不道的混账话来，招来杀身之祸。

"天将降大任于斯人也，必先苦其心志，劳其筋骨，饿其体肤，空乏其身，行拂乱其所为，所以动心忍性，曾益其所不能。"孟子的这段名言，确实在小彭奴身上得到了验证。

不久，李荣病死了。

由于家中无力购置棺木，李妻在邻居们的帮助下，用席子将李荣卷了，在城南的云龙山上挖了一个坑，草草安葬了丈夫。李妻伏在坟头哭得死去活来，直到天色将晚，才站起来。她见小彭奴在坟前长跪不起，便哽咽着拉起儿子，一步一回头地离开了云龙山。

祸不单行。葬父之后，小彭奴随着伯父和母亲外出逃荒，来到了安徽的亳州城。因为举目无亲，只好沿街乞讨。晚上，便住在开元寺的门洞里。

第二年春天，亳州大闹春荒，城中一片萧条，城郊麦田的麦子刚刚抽穗，便被饥民们抢食一空，成了一片青草。桑树叶槐树花成了灾民们争夺的救命粮。彭奴的母亲得了浮肿病,头大如斗,脚肿如蜡,不久,便活活地饿死了。伯父外出讨饭,再也没有回来,大约也死多生少,因为大道两边常常有人死在沟坎之间,无人掩埋。

小小的彭奴,一下子成了孤儿。他喊天天不应,呼地地不语。哭了半天,连饿加累,便昏倒在寺院的门口。彭奴命大。开元寺的一个和尚发现了他,便把他抱进寺中,给了他一碗半米半菜的稀粥,救了他的一条小命。

自此以后,彭奴便剃了头,换了衣,出了家,成了一名小和尚。那年,他才七岁。

彭奴在开元寺里生活了三年。由于他聪明过人,又肯吃苦耐劳,尊师敬佛,所以很受方丈和众僧们的赞赏。不久,他遇上了一个人,自此,便改变了他一生的命运。这个人,就是淮南节度使杨行密。

杨行密曾被唐昭宗封为吴王,建立了吴国。他到开元寺,为的是拜佛还愿、舍施免灾的。他看到小和尚彭奴长得惹人喜爱,又十分懂事,心想收来作为义子,也可了却杨家敬佛的一桩心愿。于是便同方丈商量,方丈当然满口答应。

这样,小和尚彭奴便成了杨府中的外姓小少爷。不过,杨家没让他蓄发,并要他经常去寺里念佛诵经。

彭奴的运气太好了,过了一年,杨行密又将他赐给了左右指挥使徐温为养子。徐温给他取了个名字叫徐知诰。吴王杨行密死后,他的长子杨渥继位。

杨渥是一个十分腐败的国王,在位三年时间,便被徐温杀死。徐温自此渐渐专权,而养子徐知诰手中权力也日渐见大。徐温病死后,徐知诰取代养父专权,逼吴太祖杨行密四子、吴国国王杨溥称帝。最后又逼杨溥禅位给他。为了避免杨氏皇族灭族绝种,杨溥于天祚三年(937)十月,在金陵宣告禅让。

徐知诰称帝以后,改国号为大齐,建年号昇元,定都升州金陵(今南京)。三年后,又改国号为唐,史称南唐。

南唐建立以后,恢复了他的原姓,改名李昇,也就是南唐的开国皇帝——烈祖。

李昇在位七年,其间选用廉洁能干的官吏,重视士人,改革赋税,发展农桑,对外坚持休战,以保境安民。邻国吴越遭受自然灾害,南唐群臣都劝李昇趁机出兵灭吴越,李昇却坚决拒绝。这种治国方针,传至中主李璟,以至传至后主李煜。在南唐建国之初,甚至不练兵戈,确也得到了好处,使南唐富裕起来。

后来,李昇希望自己长生不老,他信奉道教,服用丹石而导致中毒,在背上生一个大疮,医治无效。升元七年(943)二月,他在南唐的德昌宫里留下了七百余万的金银财宝、绸缎匹帛及众多兵器,离世而去。时年才五十六岁,谥光文肃武孝高皇帝,葬永陵,庙号烈祖。

李煜的父亲李璟是长子,继了皇位,成为南唐中主。

娥皇正在感叹烈祖李昇坎坷而壮烈的一生,不觉已走进了澄心殿,迎头看见黄妃笑吟吟地站在她面前施礼:"周夫人好,想必是来寻郑王的。"

李煜被父皇封为郑王。但他慑于皇太子弘冀的嫉妒和不容,不许人以郑王称呼。今天为了讨好娥皇,黄妃见四周无人时,依然这样称呼李煜。

娥皇莞尔一笑:"倒也不完全是。近几个月没来澄心殿了,很想出来走走。"

黄妃生性口齿伶俐:"夫人疼爱小皇子去了,所以郑王有暇通宵达旦地舞宴。"

娥皇说:"黄夫人笑话了,六皇子哪能受我约束?不过他是乐而忘忧罢了。"

这时，殿门前出现了韩熙载。他是南唐开国元老，现任户部侍郎、史馆修撰，还兼太常博士，擅诗词绘画，很得中主恩宠，故而，李璟请他做过李煜的老师。他很喜欢李煜的才华。今天他也是来拜访李煜的。还没进门，见娥皇来了，忙谦逊地说："周夫人来了？我失礼了！"

娥皇还礼道："韩侍郎过谦！"

"韩侍郎许久不来澄心殿翻阅史书了，今天来，想必是寻六皇子的。"黄妃说。

韩熙载点头说道："人说黄保仪敏慧，果然如此！"黄妃已被封为女官保仪。

黄妃暗含醋意地说："如今这澄心殿，再不是六皇子的读书之地了。这几年来，他从不光顾，不是歌舞，就是饮宴，再不就是去寺院拜菩萨。韩侍郎在这澄心殿里可找不到六皇子哟。"

韩熙载说："看来，六皇子真的不在澄心殿？"

"我哪敢欺哄韩大人，"黄妃说，"这不，他和庆妃同去清凉寺礼佛去了！"

庆妃即庆奴，是李煜的另一个妃子。

韩熙载听后，连忙告辞了。

这韩熙载是为一件大事来找六皇子李煜的。这件大事，不但涉及李煜、娥皇等人，还涉及皇太子，甚至皇上的命运，也关系着整个朝廷社稷的命运。他不便向两位皇子妃讲明，所以匆匆离开了澄心殿，正准备起轿去清凉寺。

"韩大人，请你留步。"一名宫女匆匆地跑过去，叫住正要上轿的韩熙载。

朝熙载连忙止步。娥皇走上前去，微微一笑说："真不好意思，耽误大人了。"

"夫人不必过谦。有话请讲。"

娥皇稍迟疑了一会儿说："我朝同周朝（史称后周）议和之事怎么样了……"她省去了后面的话。

韩熙载点了点头，情绪有些低沉："将要降国号了！"

韩熙载的意思是说，南唐帝国将要成为北方周国的附庸国，李璟也不能再称为皇帝了。

公元9世纪，战争连续不绝，华夏神州形成众多的割据势力，谓之五代十国。在地处中原的有后梁、后唐、后晋、后汉、后周五代，在南方长江流域，又有吴、吴越、楚、闽、前蜀、后蜀、南唐、荆南、南汉、北汉十国。个中唯后周国世宗柴荣皇帝胸怀大略，是五代十国中最有作为的帝王。他志气宏大，决心统一中国。经过努力，军力、国力大盛，开始南征北战，在击败北汉等势力之后，又亲自南下征讨南唐，攻夺了南唐所辖江淮14州60县，很快占据了东都扬州、泰州、海州、静海、楚州、瓜州等重镇。南唐军节节败退，周师步步紧逼，江南皇都金陵朝不保夕！南唐中主李璟平素里兵不练武，马放南山，手头既无训练有素的军队，胸中又无还击的大略，满朝上下整日里只知浸泡在歌舞酒色之中。李璟只能屡屡向柴荣屈膝求和。可是送去再多的金银，柴荣只是不允求和。到目前为止，李璟向柴荣奉献了所有余下未攻陷的江北郡县，连鄂州的汉阳、汉川也献出去了，并祈求做附庸国，柴荣这才答应议和。李璟这个昏庸国君，正慢慢地将烈祖李昇创下的基业毁掉。

诏令今天已经拟好，今后南唐国的天子礼仪制度一律降格，改皇帝称国主。去南唐的交泰年号，启用周显德五年。朝廷还向外边传出话来，说是皇上李璟仁慈心善，为了减少人民重灾，避免战争流血，才弯腰俯首向周称臣的。这是掩人耳目的谎话。

洪州（南昌）离东都（扬州）远一些，又不在长江边上，似乎比金陵安全许多。娥皇听李煜说过，金陵与江北只一江之隔，父皇担忧江北的周国之师随时可能围攻金陵皇都，已有迁都之意。她很关心朝廷安全，委婉地问道："真的要迁都吗？"

在娥皇面前，韩熙载并不隐讳，因为她是李煜的宠妃，而且稳重沉着，不会泄密。他直言说道："皇上已有这个意思，大臣中有人谏议去洪州并非上策，故暂不作决定。"稍停，他叹了一口气，"唉，慈不掌兵，义不掌权，国主太仁慈了，周皇帝又野心勃勃。居在虎旁岂可不思安危？"

娥皇只微微点了点头，说："耽误大人了。大人请便吧！我也要回去看看小仲寓醒来否。"

韩熙载心想，这个女子既关心朝廷，又关心丈夫、小儿，可谓贤良之至。

五

舞宴归来，李煜已经半醉。宴席间，父皇（如今已改称国主）显得很高兴，那神态语言，还清晰地留在李煜朦胧的脑海里。许久没见父皇如此高兴了。

这几年，周国之师每每攻陷南唐城池，夺去广大地域，现已迫近金陵，父皇内心一直恐慌不安。其间虽然仍三天一小宴，七天一大宴，然而那内心的忧虑却无法摆脱。如今已经议和，虽降了帝制，削了帝号，改属周国附庸，但心里却渐渐踏实了。心安情绪则大好。因此，今天的舞宴就显得隆重而热烈，几乎满朝大臣都赴宴来了。宫廷光禄寺为了庆祝议和成功，使筵席丰盛，筹备了二十八种名酒，用了外域上贡的罕见珍稀佳肴，还运进数车龙脑凤爪、猴头熊掌之类。在唐玄宗时流传下来的《紫云回》乐声中，百看盛宴开始，觥筹交错，举觞豪饮。酒间，男女流眸顾盼，暗传秋波。大臣们醉生梦死，不问明朝的太阳出自何方。

这样特别热烈隆重的酒宴，个中就有国主李璟的用意：不使大臣因降制而不安，暗示降制不过是表面文章而已，歌舞依旧，江山依旧，无伤大体。

李璟因一时高兴，对坐在旁边席上的宠臣、词人冯延巳说："冯宰相，'吹皱一池春水'，干你何事？"

这南唐富裕，文化发达，朝中有许多知名文人学士，冯延巳便是一位著名词人，常与国主李璟填词赋诗。去年，冯延巳写了一首《谒金门》，那词写道：

> 风乍起，吹皱一池春水。闲引鸳鸯香径里，手按红杏蕊。斗鸭阑干独倚，碧玉搔头斜坠。终日望君君不至，举头闻鹊喜。

李璟很喜欢这首词，所以今天一时兴起，风趣地质问冯延巳。

冯延巳从座位上站起来，不无幽默地答道："比起陛下'小楼吹彻玉笙寒'，臣的'风乍起'还差远了呢！"

李璟也是填词高手，他写的那首《山花子》，因秋景而怀人，因怀人而伤悲，早已脍炙人口了。

> 菡萏香销翠叶残，西风愁起绿波间。还与韶光共憔悴，不堪看。
> 细雨梦回鸡塞远，小楼吹彻玉笙寒。多少泪珠无限恨，倚栏干。

冯延巳反诘《山花子》中名句，自有其赞颂之意。

李璟不言，笑着举杯与冯延巳饮尽了杯中的美酒。

酒宴之后，殿中举行了大型歌舞，由小乐班伴奏。朝臣大多留下来，加上数百名宫女，规模宏大。酒后之舞，可想其兴致之高了。六皇子李煜虽连着几天狂舞酣饮，浑身酸软，但仍没有离开之意。这时，桂十六上前告诉他，刚才庆妃的宫女跑来请皇子去一趟。李煜忽然想起了妃子庆奴，她前天伴自己同去清凉寺礼佛，归来时，庆奴显然想请他去寝宫中坐坐，可能有体己话要讲。可他因为被传来的歌舞音乐所吸引，遂扔下她，自己去了舞场。此时，想起来似觉得有愧。

李煜拐进了瑶环宫右侧门，瑶环宫本是娥皇的寝宫，很有气派。原先并不叫瑶环宫，是李煜取的，其寓意为天上仙境。足可见他对这座寝宫的钟爱了。

瑶环宫两侧各有一座妃宫，也都是坐北朝南，都是正室五大间，厢房五小间，两层楼。楼下两侧都是回廊，连着一排五间平房，只是规格比居正中的瑶环宫小一些。除了黄妃不住在这里以外，意可、庆奴、雪仪三妃都住左右楼上。

庆奴住在右侧楼第一间。这楼地势较高，李煜刚上楼梯，就听见从东南角传来了悠扬的歌舞之声。那是从七皇弟从镒宫中传来的。李煜共兄弟十一人，长兄弘冀已立为皇太子，除四位哥哥早年夭折外，如今都已分别封王或公，各自常在自己宫中举办舞宴。每近黄昏，各宫乐声渐起，倒也一派欢乐繁荣气氛。

踏进庆奴宫的小厅，李煜惊愕了：庆奴满脸泪痕，双眼红肿。见李煜来了，也不站起来迎接。

李煜走进去问："怎么啦？受了谁的欺负？"

庆奴像没听见似的。

"有什么伤心事？对我讲。"李煜搂住了她。

听了"伤心"二字，庆奴止不住的泪水更如涌泉。李煜站了一会儿，这时才感到有点醉意朦胧，全身疲惫。他心想：庆奴生性孤僻，现在正在伤心，不可能让她说出个缘由，倒不如就在这里睡觉，天明再说。

他打了个呵欠，懒懒地说："你不说话，我可要睡觉了！"

说罢，便进了卧房。宫女跟了进去，替他脱去鞋袜、外衣。不一会儿，李煜已经睡熟。

庆奴只有十七岁，小李煜五岁，平素不多说话。她体态丰盈，姿色艳丽，兼有万种风情，被李煜纳为妃子后，很得钟皇后宠爱。只是丈夫李煜一味沉醉舞宴、辞赋，在男女之事上也是落拓不羁，见异思迁。除纳妃之初那段日子外，他来庆奴宫的日子寥寥稀少。因此，庆奴常觉得自己受了冷落，心中怏怏然，个性更加孤僻少语。

　　她是陕州硖石（河南三门峡东南）人氏，五岁丧母。父亲庆兴本是个富商，也会写诗，因避战乱移居岭南。岭南南汉皇帝刘晟以庆兴为谋士，趁乱进攻楚国，不幸，庆兴死于战场，十岁的小庆奴成了孤女。她流浪到了洪州辖地，后被送进金陵宫中。孤苦的庆奴，人前少语，人后偷泪，在泪水中出落成亭亭玉立的少女。虽被纳为六皇子妃，命运并没因之改变，大不了是个不做事的高等奴隶。她独守空房，除了宫女和使唤丫头外，无人说话谈心，使这位年轻且又多情的少女备受煎熬。前日陪李煜去清凉寺礼佛唱经，一路兴奋，原指望归来后能与他有片刻畅谈欢乐，岂料在经过禁宫时，便被无情地抛下了。她独自回宫后流了一夜的泪。就在此时，李煜却突然出现在她的小楼上。见了他，尤其是听了"伤心"二字，她更是委屈加伤心，泪水也就更多了。

　　更令她想不到的是，六皇子竟然独自去房中睡着了。她想，他八成是醉酒了，错踏了宫楼。既然来了就不能轻易放他走了。她的泪止了，静坐房中。见暮色蒙上了窗户，她让宫女点燃蜡烛，备好温水，先替躺在床上的丈夫擦洗了一遍，再自己沐浴更衣，擦香上床。此时六皇子还没有醒来，脸上却荡漾着笑意。她瞧着瞧着，一股青春激情畅流全身，那莫名的波动，使那颗孤僻的心沸腾起来。她的脸有些发烫，颤抖的小手轻轻解了衣扣，脱去粉红睡衣，掀起锦被一角，连忙钻了进去。那心中燃烧的炽烈火焰，令她不再羞涩。她猛地搂住丈夫，只闻到一股浓烈的酒腥味，扑入鼻腔。她难以忍受这种气味。她更难以忍受丈夫这种对自己的态度，便皱起眉头，用尖尖的指头戳醒了丈夫。

　　李煜睁开蒙眬的双眼，见一张绯红脸儿挨得很近。红樱桃般的小嘴鼓嘟着，娇嗔满面，不觉伸舌去舔那鼓起的小嘴。庆妃怕酒气，忙把小脸儿往两边躲，可哪里躲得过？李煜顿时来了精神，双手捧住那张小脸，紧紧地吻住了她。

庆奴不动了，她慢慢闭上眼睛，像在等待着什么。月儿把银光投进窗子，洒在绿色的锦被上。

六

娥皇未等到李煜，心中不免惊惶。

自生小仲寓之后，娥皇多住在楼下，贴身宫女桂十五和宜爱在楼下陪伴她。专事料理小仲寓的奶妈居楼上，以免楼上太空虚。李煜已连着数日不曾回瑶环宫了。他原本住在东宫，因为与娥皇如胶似漆般的离不得，故而瑶环宫成了他的常住之所，他根本不去东宫。当然，东宫住着皇太子及众兄弟，是块是非之地。远离是非，这也是他常住瑶环宫的重要原因。娥皇虽年轻，却深明大义，十分体贴黄妃、庆奴、雪仪独守空房的苦衷。她经常暗中劝说李煜常去别宫走动走动，既然规定皇子可以多妃，就不应使为人妃者青春不幸。而今李煜不经常去别宫，又一味沉溺于歌舞酒宴之中，这是难免要伤身体的。更让她揪心的，是李煜的安全。这满眼太平盛世的皇城中，其实暗暗隐藏着可怕的杀机。舞场是无形的屠杀场，稍微在酒中做点手脚，就会大祸临头。三皇叔景遂之死，就是例子。所以她连着几天不见李煜，心里就惴惴不安，暗暗担忧。

登楼高望，仍不见六皇子的身影。

娥皇是位很有教养的女子，她心中的凄苦从不对别人诉说。在李煜面前她历来只有贤淑温柔，而无"恼""忧"表现，似乎她生来就不知忧愁为何物？其实，她是在努力抑制自己的感情。

"夫人，小皇子在要你呢！"宜爱在楼下喊。

娥皇听了，急忙走下楼来，见小仲寓吃饱了奶后，在奶妈怀里"咯咯"地笑着，便赶忙接过来，看那双可爱的小手在空中舞动着。

"哟，小仲寓高兴了，想要跳舞呢！"宜爱惊叫着，好高兴。

奶妈也说："有苗儿不愁长，瞧这小皇子一天变一个样子！"

娥皇点头笑着："可别像他的父亲，只顾跳舞不顾家。"

"乐而无忧！"外面回廊柱上的鹦鹉说话了。

八哥也传来叫声："心疏利禄。"

宜爱马上银铃般地笑起来说："六皇子回来了，没有只顾跳舞不顾家吧？"

娥皇悬着的心终于放下来了。她随手将小仲寓交给奶妈，站起来去迎接丈夫。

"从嘉，您回来了？"娥皇施礼说。

"爱妃，可寻着了，可寻着了！"李煜说得没头没脑，那高兴劲儿难以言表。

娥皇莫名地说："寻着什么了？"

"这可真是件稀世之宝啊！"

李煜从怀中取出一摞破损不堪的旧绢，小心翼翼地递给娥皇。娥皇掀开几层看了看，顿时惊叫起来："是《霓裳羽衣曲》的舞谱？"

李煜既惊又得意地说："你怎么也认识这部古舞谱？这可是我多年梦寐以求啊，今日偶得！"

娥皇早就听人说过，这《霓裳羽衣曲》始于盛唐，是和宫中的《霓裳羽衣舞》分不开的。舞谱上记有曲谱。其曲相传为唐明皇李隆基所谱。他综合了西凉节度使杨敬述所献的《婆罗门曲》，又糅进了民间乐谱而成，是乐府曲的精华。杨玉环又亲自创制编排了《霓裳羽衣舞》，并将舞谱绘在曲谱上，相辅相成。此谱崇奉道教、佛教，其舞和乐曲、服饰，着力描绘了虚无缥缈的仙境，更体现了仙女的形象。全曲分散序六段，中序十八段，曲破十二段三大部，共三十六段。曲调淡雅优美，有驻云落木之意。天宝年间，此谱已散佚。

得了这稀世珍宝，娥皇爱不释手。她和李煜都是知音律、能谱曲的好手，略一翻阅，便会咏唱。不尽如人意的是破损残缺，有的被虫蛀了，有的被撕残了，还有的被腐蚀了。夫妻两人遂登上宫楼，在书房中边看边审。连着数日，他们专心致志，足不出户，终于审完了这或残或缺的三十六段曲谱。

娥皇拿出她心爱的烧槽琵琶，打算试着弹奏。这烧槽琵琶是盛唐时代宫廷乐师李彭年特制的，几经周折流传下来。前年，皇上李璟四十岁大寿时，新嫁来宫中刚刚一年的六皇子妃周娥皇，在庆寿典礼的舞宴时，崭露头角，充分展示了自己的舞姿，满座朝臣都为她惊叹。舞后，她又用圆润的音喉为父皇唱了一首祝寿歌，赢得了宾客的一片欢呼声。俄而，娥皇弹起了琵琶。当代有身份和教养的女子多会弹奏琵琶或其他乐器，而娥皇更胜一筹，她弹奏的是一曲古曲《秋扇吟》，为汉代班婕所作，取材于班婕失宠于汉成帝，侍奉太后于长信宫的故事。曲调如泣如诉，如怨如慕，听者无不为那衷怨的琴声所感染，有的后妃宫娥甚至悄悄落泪。皇上李璟十分高兴，赞美六皇子媳"善歌妙舞，精于琵琶"，于是将宫中收藏的那支烧槽琵琶赐给了娥皇，以作为嘉奖。就是那次嘉奖之后，娥皇忽然想起早已失传的《霓裳羽衣曲》的舞谱。李煜也无不为此惋惜。他曾千方百计派人去民间寻觅过这部古谱。但一直未找到。有志者事竟成，今日，终于如愿了。

他们兴奋不已地审读《霓裳羽衣曲》，试着弹奏。娥皇时而弹奏，时而独舞，时而停下来研究、查证、对照、补充，翻来覆去地审定。又连着三天反复推敲，终于完成了《霓裳羽衣曲》三十六段的审定补充，还复原了音律，重新描绘了曲上的舞蹈动作。李煜一高兴，叫意可妃去请来了宫廷的几位老乐工，命娥皇与老乐工用琵琶同奏，使这支洋溢着大唐遗音的名曲，在这瑶环宫中悠悠扬扬地回荡起来。

弹奏完了，娥皇又吟哦了唐朝诗人刘禹锡的一首诗：

开元天子万事足，唯惜当时光景促。

三乡陌上望仙山，归作霓裳羽衣曲。

李煜听了，接着说道："白居易有两句诗，'千歌万舞不可数，就中最爱霓裳舞'。不知此曲何处配舞？"

"《霓裳羽衣舞》'中序'十八段和'破'十二段，"娥皇说，"是配以舞的。"

老乐工笑笑，说道："夫人不仅精通音律，而且精于舞蹈。"

李煜说："她尤熟唐代宫廷舞！"

老乐工说："是吗？这配舞重任，非夫人莫属了！"

娥皇微微笑着。她讲了霓裳羽衣舞不为他们所知的故事，令老乐工十分惊诧："周夫人竟然如此知识渊博！"

天宝四年（745），玄宗册立杨贵妃之后，杨贵妃根据《霓裳羽衣曲》，在木兰殿中表演了《霓裳羽衣舞》。她婀娜的舞姿，成功塑造了仙女的形象，创造出仙界的意境。她梳着九骑仙髻，穿着孔雀翠衣，佩七宝璎珞。舞中采用了传统舞姿"小垂手"，并依照西域舞蹈中的旋转，使得整个舞蹈轻柔娇美，如花似云。入"破"以后，跳珠撼玉，快速激烈，然后戛然而止，有如鸾凤收翅。

"夫人，你真了不起！"老乐工赞叹道，"我摆弄了一辈子乐曲，还没你懂得多！你是成竹在胸，《霓裳羽衣舞》已经在握！"

"我也只是知道一点皮毛而已，"娥皇说，"不过，我会尽力复原杨贵妃的舞蹈的，因为这个曲谱上已绘了一些舞形。"

过了几天，娥皇充分运用自己掌握的唐朝宫廷舞知识，真的复原和完善了《霓裳羽衣舞》。

次日一大早，朝阳初露，百鸟刚鸣，李煜请来老乐工以及小乐班，要试演《霓党羽衣舞》。意可、庆奴、雪仪还有宫女们都聚了过来，瑶环宫中，围满了人，娥皇在优美的《霓裳羽衣曲》的音调中，身着孔雀翠衣，头梳九骑仙髻，腰佩七宝璎珞，飘然起舞，如杨贵妃再生一般。李煜如入虚无缥缈之中，神思恍惚起来，如亲临神仙地界。直到娥皇的舞姿戛然而止，嫣然笑着走近来，他才如梦初醒，竟然忘乎所以地将娥皇抱了起来！

"我要在宫中演示《霓裳羽衣舞》！"李煜喜滋滋地说，"让满朝文武、后宫妃嫔都开开眼界！"

娥皇粲然一笑。

老乐工说："好！也叫小乐班去好好地练练曲子，为夫人伴奏！"

"我怕自己笨拙，舞得不好。"娥皇说。

"定在什么时间好？"李煜以商量的口气问。

娥皇不假思索地答道："七夕。"

"七夕好，七夕是六皇子的生日。"活泼的意可连忙附和。

"好，就用《霓裳羽衣舞》，来庆贺六皇子二十二岁的生日吧！"

七

这部《霓裳羽衣舞》是宫女桂十五和桂十六从昌容观寻来的。

昌容观坐落在金陵城西的一座小山坡上，分上下两个大院。此观建于秦代，后毁于兵火。大唐贞观年间重建，内有道士三百余人，女冠一百余人，由云中鹤道长主持。云中鹤道长善古辞音律，当年随师父东瀛子云游天下时，想方设法搜集历代的古文和古乐曲，回来后便存放在上院的一间东耳房里。

当年，桂十五和桂十六姐妹的生父在逃避兵祸的途中被杀，其母已近临盆，便钻进一片林子中躲避。当时正值中秋之夜，她产下了一个女婴之后，方发现还有一婴尚在腹中。她已筋疲力尽，且痛楚不堪，便昏厥过去了。

事有凑巧，云中鹤道长清晨去林中采药时，发现了这对躺在血泊中的母女。他当即脱下道袍，将女婴包好，又为产妇掐人中，进行抢救。产妇醒了以后，指了指下腹。云中鹤低头一看，发现另一个婴儿已经露出了头部。他虽没接过生，但精通医术。救人要紧，他当时什么也没想，便帮产妇产下了女婴，此时，已是八月十六了。

一人难背三人。云中鹤先把两个女婴抱下山去，在一个村子的村头上遇见一位中年妇人。他把两个婴儿向她怀中一塞，便喊了两个在地里耕作的农夫，带着门板、绳子、扁担向山上跑去。当跑到产妇跟前时，已经为时太晚，产妇已经叫不醒了。在经历了巨大的痛苦之后，她脸上似有一丝欣慰，右手还紧紧地抓住了身边的一棵小丹桂树。

自此，云中鹤便把这两个孤女收留下来，作为自己的养女。因为抚养不便，只得托付村中的一户姓王的人家抚养，还去买回两只奶羊，拴在王家的院子里。

由于父母已亡，两个女婴又刚刚出生，不知其父姓氏和祖籍在何处，云中鹤便将八月十五夜出生的女婴起名为十五，是姐姐；八月十六晨出生的是妹妹，叫十六。又因为八月俗称桂月，其母临终时又手里握着丹桂树，所以，便以桂为姓。

这对孪生姐妹聪明好学，云中鹤常常带她们去昌容观里听经，有时也教她们学习一些启蒙幼学和《诗经》《论语》《孝经》《史记》等。有时整理古乐谱时，他常常用箜篌弹奏古曲给她们听。桂十六还依稀记得，义父曾弹奏过许多曲谱，十分悦耳，义父说这是从民间收集来的古曲谱，也是昌容观中最难得的稀世珍品。

"义父，这里怎么叫'昌容观'呢？"桂十六望着大殿中的缕缕青烟，好奇地问道。

云中鹤告诉她们说，这昌容，本是古代的一位仙女，传说是商王的女儿，共收弟子千人，在恒山修道，活了二百多岁，但看上去还似二十岁的女子。

她常在山中采摘紫草，卖给染坊染布，所得之钱全部送给了孤寡之人。《女仙传》中说她是"常行日中，不现其影"的神仙。所以，后人才建观奉祠她。

这对小姐妹听了，记在心中。

保大元年（943），烈祖李昪病逝，李璟继位。

李璟是位不重江山重诗词的皇帝，不但他自己爱好诗，而且身边还围着一大帮文士。他常常放下政事而吟诗作画。当时的著名文人韩熙载、诗人冯延巳等人，都被委以重任。同时，又在宫禁之中大兴土木，造榭建阁，掘池叠山，还广选民间女孩子入宫。桂十五和桂十六就是那时候被选进宫中的。不过，她们虽然生活在皇子和皇子妃的身边，但还时时想念昌容观中的义父。

快过寒食节时，宫廷宗人府安排扫墓事宜。姐妹俩无意中透露出想给母亲扫墓的念头。娥皇听了，便与李煜商量，放这对小姐妹出宫一天，去祭扫母墓。

第二天一大早，姐妹二人便从后宫的侧门到了大街上，买了些纸烛，然后犹如一对放出笼子的雀儿，一面说着笑着唱着，一面向昌容观跑去。她们在母亲墓上添了新土，烧了纸烛之后，便到观中帮义父翻晒整理古乐谱。桂十六忽然看到一卷破旧不堪的《霓裳羽衣舞》的舞谱，便央求义父让她带回宫去，让李煜和娥皇妃也见识见识，因为六皇子夫妇曾不止数十次地提到过这部古谱的名字，并保证说看完就送还回来。

云中鹤听了，半日无语。最后，他叹了口气，说道："看来，此谱与此朝宫廷有缘，天意不可违啊！"遂用一匹青缎子包好，交与了她们。

她们回宫之后，听说皇子妃的妹妹女英来了，桂十五连忙去娥皇宫中。桂十六当夜就把古谱交给了六皇子李煜。

这部天下仅有的孤本古谱，在李煜、娥皇和乐工们的精心整理、修补之下，终于重见天日了。

不过，随着这部古谱的进宫，一连串的灾难阴影，便笼罩在金陵城的宫阙之中了。

也许这部古谱，本身就是一种祸根？然而它又是谁见谁爱，谁闻谁悦的宠物。《霓裳羽衣舞》终于在南唐的后宫中流传起来了。

那宫墙外边的茶馆里，更是听者翘首。甚至还有人在悄悄地记下那若有若无、缥缥缈缈的曲调呢！

第二章　皇子偷情杏花坞　储君暴死金陵宫

闲梦远，南国正芳春。船上管弦江面渌，满城飞絮辊轻尘。忙杀看花人！

——《望江南二首》

一

过罢夏至，天气已渐渐热起来了。这金陵之地，较一般地方要热，故后世人称之为中国三大火炉之一。

日子像车轮一般转动，转眼已近七夕。牛郎织女会面的日子到了。朝廷光禄寺正在忙着举办六皇子李煜的二十二岁生诞酒宴。

七夕这天，气氛显得十分热烈隆重。要说大臣、宫妃们热衷于六皇子的生日，毋宁说更希望目睹大唐名舞《霓裳羽衣舞》。

为筹办这场歌舞，宫廷曾派数百名宫员，到民间广采博取，仅宫廷舞女头戴的孔雀羽毛帽，就动用数万猎人进山猎取孔雀，不少猎人采不回孔雀毛，被官史逼死山林，尸骨无还！当时民间到处传唱"宫苑一坊羽衣舞，林间万具猎人骨"。这一切，养在深宫中的李煜、娥皇，哪里知道呢？

李煜生日舞宴在宫苑东侧的清晖殿举行。清晖殿已布置一新。红彩绿绸，宫灯明红烛，珠光宝气，豪华无比。四周专门设置的木架上放着从地窖中取出来的上岁冰块，以助降温。盆栽的奇花异草摆放在舞坛后部，散发着浓郁芳香。舞坛上铺着彩丝地毯。由于人多，尽管四周有许多冰块降温，还有十名宫女在摇动着长柄绢扇，热气仍然难耐。人们汗水淋漓，人声嘈杂。

老乐工领着小乐班开始奏乐，嘈杂的人声渐静下来。小乐班奏完一曲，只见娥皇穿着孔雀翠衣、梳九骑仙髻，在几位宫女簇拥下，与李煜并肩款款而入。在热烈的掌声中，娥皇在一木凳上坐下来。桂十五奉上烧槽琵琶，她用白皙纤细的双手接过，轻弹了两下，大殿中立刻鸦雀无声，如入无人之境。婉转优雅之声如从天际飘来。渐渐，宫妃、大臣们的心弦都被那纤细的手指拨动着，似入虚无缥缈之中。蓦然，曲调进入高潮，繁音急节，声调铿铮；忽而，乐声终止。人们还没从那如梦似幻的《霓裳羽衣曲》中回过神来，娥皇已经抱着琵琶站了起来。

"妙！妙！"韩熙载高声叫着，"绝妙之乐曲，绝妙之琴技！"

接着又有几位大臣高声称赞，人声鼎沸。

随后，由老乐工领奏，有古筝、玉笙等乐器伴奏，娥皇飘然起立，开始表演《霓裳羽衣舞》。在歌舞名伎秋水的率领下，另有三十六名着白色舞衣的舞女，三十六名着彩色舞衣的舞女，围绕着娥皇伴舞，皆如仙女一般。在优美的演奏声中，她们舞姿翩翩，轻柔婀娜，令观者如痴如醉。

坐在殿前面的六皇子李煜，虽然已经多次看过娥皇表演的《霓裳羽衣舞》，差不多每次排练他必到场，但他仍"百看不厌"。他觉得，人生就应当是一场歌舞，能在歌舞中生，在歌舞中长，在歌舞中死，就其乐无穷，胜似人间世俗的帝王将相。

子夜已过，生日歌舞还在继续。

娥皇因为惦着小仲寓，便和六皇子耳语了一声，离开了清晖殿。

奶妈已给小仲寓喂过奶。小仲寓睡了一个多时辰，醒来时尿湿了襁褓。换过尿布，奶妈正待再喂，娥皇和桂十五回来了。娥皇接过小仲寓，连着亲吻。

已经渐大的小仲寓，不再似前些日子，吃完奶便睡，如今却在转动着一双黑白分明的大眼睛，看着一天天熟悉的世界，小嘴还不时地发着"哦，哦"之声，这是小仲寓最初的语言。娥皇虽全然听不懂，却十分喜欢，也用"哦，哦"之声与之对话。娥皇正与自己的小宝贝说话时，忽然有人报皇太子弘冀来了。

"皇太子到！"

娥皇暗吃一惊，愕然站起来，将小仲寓抱在怀中，惊诧地想：这么晚了，皇太子怎么会到这里？皇太子与六皇子虽是同为钟后一母所生，平时却十分疏远。不说皇太子从不进瑶环宫之门，就是与六弟李煜相见都少而又少。这阵子，事先不通报，突然闯进来，有什么紧急事呢？

时间不容多想，娥皇忐忑不安地将小仲寓交给奶妈，整衣去迎见皇太子。

"不知太子驾到，弟妹赔罪了。"

弘冀扯着满脸横肉笑着说："娥皇妹不必多礼。"

娥皇心中不禁打了个寒战，惶然说："皇太子一定是来寻六皇子的，可六皇子多喝了几杯，现睡在楼上，弟妹这就去叫他来见皇太子。"

弘冀又是一声冷笑："娥皇妹好健忘啊！六皇弟正在清晖殿观看歌舞啊！"

娥皇心中越发紧张起来："嗯，嗯，我还以为他回来了呢！不知皇太子来瑶环宫有何旨意？"

"娥皇妹，你的琵琶弹得太精妙了，《霓裳羽衣舞》又跳得如此优美，实在令人心醉！"弘冀的一双小眼睛不住地转动着。

娥皇早有警惕，她脸上佯作笑意地说："都是一家人，皇太子是大哥，用不着夸。"

"我是说心里话。大哥也不能不心醉呀，嘻嘻，所以……"

说到"所以"，弘冀突然停住，脸上露着淫笑。娥皇的心，蓦然提到嗓子眼里，如一块冷冰，倏忽间堵塞了心房。她害怕听到"所以"之后的话。

弘冀仍说道："我今特意来，是请娥皇妹再奏一曲《霓裳羽衣曲》，让我独享此韵。如何？"

娥皇紧张的心忽地燃起了火，但又不便随意表露出来。这皇太子心狠手辣，在朝廷内外都安插有亲信，谁都怕他三分。一翻脸，他便会举刀杀人，如砍一株小草！娥皇只得克制住自己，因为闹不好不仅自己惹祸，李煜也会受到牵连的。情急之中，她心生一计，说道："很对不起皇太子，我今天已经很疲倦了，不休息好，明日去紫微殿为父皇演奏，就会没有精神，父皇会怪罪的。"

"为父皇演奏？"弘冀有些不愉快。

"是的，烧槽琵琶都提前送进了紫微殿。"娥皇说，"明天，早朝时我要和六皇子同去紫微殿。"

弘冀仍不甘心，他说："即便如此，那也是明天的事，不妨今天先给我弹奏一曲。"

"改天我让六皇子邀请皇太子，专为皇太子演奏，今天我实在太累了。"

弘冀忽然敛了笑容："你是要六皇弟答应才给我弹奏吧？那好，我今晚就不走了，专等他回来，看他答不答应？"

娥皇几乎要哭，她强忍了泪水。这个残忍的无赖，什么事都干得出来，他早就在窥测时机加害六皇子了。今日若触怒他，定然下毒手报复。她早就隐隐约约听宫中人说过，前年，也就是父皇四十六岁寿辰之后，皇太子宫中纷纷谣传，皇太子要纳周娥皇，将来皇太子继位，要册立娥皇为皇后。听了这令人不寒而栗的消息，娥皇又忧又愁，却不敢声言，唯恐六皇子知道后忍禁不住会生出大祸来。已经三年了，那消息像个挥之不去的阴影，时时笼罩在她的心头。

六皇子却未觉察到皇太子在打自己爱妃的主意。虽然娥皇每每委婉劝说六皇子，要随时避让皇太子，但六皇子只是时刻提防着皇太子加害于他，而不曾知道皇太子对他的爱妃娥皇也有非分之想。

娥皇心中惶惶，但不露于形色。她知道现在只有做出两种选择：要么忍辱顺从，要么坚决抵制。后者的结果，丈夫李煜必遭毒害，甚至连她的小宝贝仲寓也将遭残害。此时此刻，她必须冷静，既要保护自己，又要保护一家子。但一时又想不出好对策来。

"皇太子请容禀。"娥皇正色说道,"皇上既令六皇子娶我为妻,我自是应遵从天理。君为臣纲,父为子纲,夫为妇纲。遵从六皇子如遵从皇上,天经地义,不遵从则我之罪,罪该诛死。"

弘冀似笑非笑地说:"我可以依你所言,成全你,行吗?"

这是什么用意呢?娥皇心中更加惶恐,她意识到这句话里包含着杀机。

果不出所想,只听弘冀冷笑一声,不加掩饰地说:"我想,娥皇妹不至于不喝敬酒要喝罚酒吧!"

娥皇仍是镇定地答道:"岂敢。就大义而言,你是皇太子储君,我为六皇子六弟之妻,岂可不轨,为世所不容?"

"既然都是兄弟手足,为我弹奏,聊以一乐,有何不可?却这般抵制?"弘冀的口气咄咄逼人,他打量了一眼奶妈怀中的小仲寓说:"这里弹奏怕小侄儿不安,我俩还是上楼单独去弹奏吧!"

他用的是命令口吻。

娥皇咬咬下唇以暗示桂十五:"好吧,桂十五,上楼点烛,我去为皇太子弹奏一曲!"

桂十五会意地点头说道:"奴才这就去点烛。"

楼上很快亮起了蜡烛的光亮,桂十五又迅速下来报告烛已点燃。娥皇趁机又向桂十五示意让她领路。这不过二十多级的楼梯,往日飘然而上,今日却如登高山,脚软无力。好不容易上得楼来,她有意当门坐下,接过桂十五手上的琴——这不是烧槽琵琶,重重地拨了两下琴弦,不问皇太子是否坐下,只抬头望了望门外边七夕的夜空。天上繁星,照亮夜空。此刻,娥皇心中却不是这繁星明亮的夜空,而是满腔的愤意。她手指机械地动着,却不知弹的是什么。那极不协调的杂音,是她的愤怒之声。

机敏的桂十五,自然知道皇太子的来意不轨,她暗暗为娥皇捏着一把冷汗,心中十分着急。夫人的眼色她已看懂,是要她快去设法救急。她借口出去照料小仲寓，转身下楼，飞奔出院门，欲去报告六皇子。路过庆奴宫门时，她突然改变了主意：去求救于庆奴妃，但又转念一想：庆奴妃，还有意可妃、雪仪妃都参加七夕六皇子生日舞宴去了，进院去何益？她来不及多想，遂又转身去清晖殿寻六皇子。

杂乱的琵琶声从宫中传来。桂十五心如火烧，快步如飞。跑了两百多步，忽然迎头看见意可妃在一宫女陪伴下自前殿归来。桂十五连忙上前请安，接着气喘吁吁地说："快，快，快救周夫人！"

意可吓了一跳："出了什么事？"

桂十五急促地将皇太子来纠缠娥皇的事说了一遍。意可听罢，稍稍迟疑了一下，叫桂十五赶忙回去，自己即将去报告六皇子。

"谢意可妃了！"桂十五感激地说。

桂十五返身回瑶环宫去了。

意可想了想，却没有马上就去报告六皇子。她看看月光下的瑶环宫，便带着宫女进了自己的宫院，关门后，悄悄地上了自己的宫楼。

二

比起庆妃、雪仪，意可的性格活泼多了。她不自悲，只求欢乐。打自当了皇子妃，难得与六皇子一欢，只得能乐且乐，自寻解脱。

今日六皇子生日之宴，是千年难得的一次亲近机会，她兴趣正浓，忽觉身上有异，方记起经期来临，太不巧了，只得快快回宫。半路上，听说皇太子纠缠周夫人，她原打算叫宫人去报告六皇子的，但一想到六皇子心中唯有周夫人，专宿娥皇宫中冷落了自己，心中便感怨恨。今天倒不如借皇太子之手，为自己出口气！受了皇太子的侮辱，周夫人必不敢声张，心中便会忧愁不安，六皇子定会冷落于她，说不定还会移情宠爱自己呢！

意可决定不去报告六皇子。

宫女端来温水，意可洗过后换了衣裙坐在楼台上观月。夜空中银河两岸密密麻麻的星星，如撒了千颗珍珠。那明亮的织女星，还脉脉含情地瞅着对岸的牛郎星呢！今夜是他们一年一度难得的相会一欢。唉，天上人间都一样。六皇子一年差不多也只是与自己欢度一两夜。在这金陵宫中，织女星之苦衷，岂止我意可一人？众多织女不也都在默默企盼这七夕之夜？

想到这里，意可觉得报复一下周夫人也合情理。她心安理得，又仰望着银河出神。

忽然，意可心中一惊：不好！要是六皇子知道了自己不去向他报告，而使周夫人受侮被污，必迁怒于己。到那时，怕自己的性命也难得保住！她想到这里，又连忙弹跳起来，叫上宫女，快步下楼，要去报告六皇子。出了院门，听见庆奴在楼上说话，灵机一动，便上了庆奴宫。

庆奴参加了六皇子生日庆宴后，便悄悄回宫了。晚饭过后，洗理完毕，便习惯地独坐楼台。庆奴性格孤僻内向，心却像这繁杂的夜空。那天规太严，有郎不能会。这今夜相会，该有多少知心话要说！她一次也没有见过牛郎织女会面，今晚皓空万里，她要看个究竟，看这多情的织女是怎样与可怜的牛郎相会的。

此时，宫女领来了意可妃。

意可没有客套，紧张说道："庆奴妹，大祸来了，皇太子今夜来纠缠周夫人了。"

庆妃有些不以为然："他纠缠周夫人与我们有什么关系？"

意可说："桂十五遇着了我，请我和你去寻六皇子救周夫人。我们如不去救，以后怎么向六皇子交代？"

庆奴听了，十分惊惶。在惊惶中，忽然心生一计，说："走，你我和宫女先赶去瑶环宫中，使皇太子不能当着我们的面欺侮周夫人。然后再设法告诉六皇子。"

意可又急又怕："可如今宫女都去了清晖殿没有回来呀！"

庆奴说："走吧，别误时间了。我近身有两个宫女，加上你我，足可缓和一下情势。"

瑶环宫楼上，尽管那琵琶之声确无优雅之韵，如牛发怒，皇太子弘冀却十分高兴。他意不在声调，而在娥皇丰满的体态和阵阵乳香散发出的诱惑力，令他心神迷乱。

"娥皇妹，弹累了，休息片刻吧！"

皇太子近似猥亵模样，使娥皇浑身发颤。她忽然大声喊道："桂十五，你干什么去了？快送凉茶来！"娥皇是在情急之中虚张声势，其实，她根本就没看到宫女桂十五。事有凑巧，此时，桂十六刚刚奉钟皇后之命，给小仲寓送八宝粥来了。听到娥皇的喊声，有些惊惶地登上了楼梯。

弘冀皇太子并不在意宫女，他伸出手去，搭在娥皇肩上说："叫你休息就该听我的。我会宠你的。"

娥皇怒满眉宇，蓦地起身，抖去肩上那只手，怀中紧抱琵琶，厉声地说道："皇太子请自重。"

"别耍小孩脾气，美人大都如此，嘿嘿！"看来，皇太子是不达目的决不罢休了。

此时，楼梯上传来急而杂乱的脚步声。皇太子的手不由自主地缩了回去。

桂十五领着庆奴、意可及两名宫女走上楼来，还没进门，桂十五就大声说道："夫人，六皇子快回来了。"

意可活泼，连珠炮似的说："我们从清晖殿归来后，听见周夫人弹奏琵琶，特来观看。啊，皇太子也来了？好呀，一会儿六皇子回来后，我们可以在这里再举行一场歌舞了。"娥皇心中自然明白，暗暗感激她们，高兴地说道："好，姐妹们来了，我为姐妹们再弹奏一曲。"

不多言的庆奴，心却异常灵活，这计是她在楼下想出的。看看皇太子还没有走的意思，便说："周夫人，不必忙，六皇子马上就会回来，等他回来再弹奏吧。"

娥皇说："好，遵从姐妹们的意见，请大家坐吧，桂十五，沏茶！宜爱，给皇太子打扇。"

皇太子十分没趣，自觉尴尬，然又无可奈何，何况这种场合，是断然不能成其好事的。

"我有些倦意了，先回宫歇息，"弘冀一语双关地说道，"以后，我还会再来。"

娥皇有礼有节地把弘冀送到楼下。

皇太子没趣地离宫而去。

"二位姐妹是我的大恩人啊！"娥皇回到楼上之后，泪盈盈地说道，回头又对宜爱和桂十五等宫女说："还有你们几位，及时解救了我，谢谢你们了！"

说完，命人取来银两，分赏给几名宫女。

意可说："好哇，只谢他们，不谢我和庆妃？"

娥皇说："我定然要重谢两位姐妹的。"

意可说："拿什么谢？"

娥皇说："请容我想好。"

意可捣了她一下："不用想了，往后让六皇子别忘了我们就行了。"

几个宫女羞涩地把头扭向一边笑着。庆奴也顺手捣了意可一下。

意可立即反击庆奴："怎么，你不盼六皇子去你那小宫楼呀？瞧你那成天不快活的模样儿，为了什么？"

庆奴无声地笑了，转过身去，侧身对着意可。

"我哪里不明白姐妹们的苦衷？"娥皇说，"其实我早劝说过六皇子，怎奈他迷歌舞，冷落了姐妹们。"

意可自己也笑了起来说："我不过是自寻开心，说笑而已，替周夫人扫扫刚才那人带来的晦气，哪里能当真？"

娥皇说："我真的理解姐妹，愿与姐妹们心心相印。"

庆奴深感娥皇说的是实话，点了点头，只是没说话。

意可敛了笑说："我们也知道周夫人心肠好，心中也都感激你，要不，今夜就不来帮你解围了。"

楼下传来了宫女的说笑声。

"六皇子回来了！"桂十六朝楼上喊道。

李煜真的回来了，娥皇又忧又喜，忧的是皇太子私闯事件，恐他生气；喜的是丈夫回来了，心中蓦然踏实。

"夜已深了，我们回去吧！"意可对庆奴说。

娥皇说："姐妹们坐坐不妨，今日七夕，又是六皇子生日，姐妹们心中高兴，一块儿说说话吧。"

"夫人，六皇子在楼下，小仲寓醒了。"有宫女从楼下上来请娥皇下楼。

意可说："那好，我们也该走了。"

娥皇亲自将意可、庆妃送下楼来。只见李煜正抱着小仲寓。娥皇上前打招呼，意可、庆奴也都分别向六皇子请了安。

娥皇又亲自将意可、庆奴送出院门，一再压低声音表示道谢。直到她们进了侧旁的院门，才返身进来。

打这以后，有宫人说，太子弘冀自七夕夜回宫之后，先是无端地打骂宫监和宫女，而后便上床睡了，半夜忽然发病，额头烫手，双眼赤红，手舞足蹈，嘴中还含混不清地喊着："鬼，有厉鬼追我，有厉鬼追我！"其状极其恐慌。两个御医足足忙了两个时辰，也没查出病因来。

难道他的病与欣赏《霓裳羽衣曲》有关？

娥皇听了，也百思不得其解。

三

红日早早地透过窗棂，照在檀香木床上。

娥皇轻轻地穿衣下床，以免搅扰了睡在旁边的李煜。

昨夜，六皇子一回瑶环宫，在娥皇送客的当儿，就进卧房睡了。宫女帮他脱外衣、盖单被、驱蚊虫，他都未醒。

虽然娥皇所担忧的事，昨夜并没有发生，但她的心却始终是紧缩的，几乎一夜未眠。清晨起来洗漱完毕后，便叫宜爱上楼抱下小仲寓，只有看见宝贝儿子，她那绷紧的心弦才能松弛一些。

几天过去了，娥皇始终没有提及皇太子夜闯寝宫的事，事情仿佛就这么简单地过去了。而她对于七夕夜六皇子突然归来的原因，终觉是个谜。

往日参加舞宴总是通宵达旦，为何那夜早早归来？假若是因为得到了皇太子闯宫的讯息，那么回来后又为何只字不提，只当不曾发生过任何事呢？

七夕之后的中元日（农历七月十五日），朗朗月夜，朝廷宴请文武百官，君臣们在紫微殿借皎洁月光狂欢了一夜。清晨舞宴散去，李煜才离了紫微殿回瑶环宫。娥皇早已站在宫院前迎丈夫归来。

只要丈夫安然回来，娥皇心中就觉得踏实。

"从嘉，你回来了！"她高兴地迎住李煜，"我去为你备早点。"

李煜感激地朝她点了点头，自己紧随其后。经过前院，鹦鹉见李煜逗它，便连续叫唤："乐而无忧。"

饭后，李煜要来笔墨，挥笔抄录下昨晚已想好的一首词《一斛珠》：

晚妆初过，沉檀轻注些儿个。向人微露丁香颗，一曲清歌，暂引樱桃破。罗袖裛残殷色可，杯深旋被香醪涴。绣床斜凭娇无那，烂嚼红茸，笑向檀郎唾。

"怎样？"李煜手里握着笔，看着娥皇。

娥皇看完词，微微笑着，没有马上回答。

李煜又问："爱妃介意吗？"

"词写得具体细微，才生动可人。"娥皇说道，"这《一斛珠》就有这个特点，起句写晚妆方描好，再轻点些儿唇红，不要太浓——"

李煜兴致极好地接过话头说："瞧，向人微露丁香颗——美人微露玲珑小口，嘴如丁香一颗，张开那樱桃小口，清歌一曲。"

娥皇紧接着说："罗袖已残，暗红色沾湿罗衣倒还可以，而杯中美酒泼了却叫人尴尬。那美人斜倚绣床，娇柔无可奈何，她向檀郎吐去口中嚼了的红丝线。"

这时，意可妃悄悄来到他们身后。

娥皇回过头去，和意可打招呼。李煜不怎么在意，还在继续侃侃谈词："这首词以写口为上，而以姿态、衣物为衬，终究是写人情与心情。"

"这形态、动作、心态都跃然纸上呢。"娥皇说道。

"好倒是好，"意可接过去说。她虽也懂词，但并不爱词，"六皇子成天歌呀，舞呀，酒呀的，可曾细想过目前处境？"

李煜仍醉于词中，不料想意可突然说到题外话，便叹了一口气说："处境怎样？国格仪制早降了，不过，天塌下来有父皇顶着，我虑什么处境？"

李煜这句话虽是口里说的，其实内心早已焦虑不安。建隆元年（960），正月，后周国大臣赵匡胤陈桥兵变，废了七岁的皇帝柴宗训，自披黄袍，当上了大宋开国皇帝。大宋皇朝对南唐虎视眈眈，早欲霸为己有。中主李璟屡屡向宋太祖赵匡胤进贡求安，宋太祖不以为然。这时，大宋皇朝已诏令南唐中主，将黄袍换为紫袍，见宋使行藩臣之礼，南唐已是大宋皇朝的属国了！

意可心直胆大，敢在李煜面前直言。其实，她并不是指国家之事，她原是要提及皇太子时时欲加害于六皇子的事。但话到嘴边却又咽了，转了个弯说："天下大事固然可以不过问，但皇族家事却回避不了呢！"

娥皇趁机又向李煜进言："意可妹说的可是金玉良言。我无时无刻不在忧心。"

李煜自然十分明白自己的处境，但却装作镇静。他说："我不问政事，心疏利禄，只迷恋歌舞辞赋，乐而无忧。爱妃们不必过多为我担心。"

意可说："但愿平安无事。妾今来是有求于六皇子的。"

李煜说："何事？"

意可笑笑："我要绣一个门帘，请六皇子写几个大字。"

"这有什么难的？"

李煜学的是柳公权体，这时的名气已相当高了，自己的妃子求字，当然不能拒绝。他即命宫女去备纸笔。

娥皇和意可打了招呼，说是下楼看孩子了，便抽身走了。

四

下得楼来，娥皇并没有走进奶妈的房间，她来到走廊，静静地站立许久，心中无论如何也不能平静。她不是那种心胸狭窄的女子，丈夫填词描写美人形态，可见他昨天又是遇上哪位美人并动心了，可她绝无醋意和妒忌之心。只是她听见了风声，谣传宋军比周军还要厉害，将来定要攻打江南！这南唐王朝如小舟在风浪中飘摇，而朝中大臣又多沉浸在歌舞盛宴之中，君臣们不问国事，不思安危，一旦有事，如何应付？再说，那皇太子弘冀心怀叵测，不容自家兄弟。而六皇子却又不怎么放在心上。长此下去，必有大患。

传来了小仲寓的哭声，娥皇只好快步走进奶妈房间。

意可请六皇子写好之后，下得楼来，望着娥皇怀中的小仲寓，赞叹道：

"啧啧，这孩子真漂亮，这小国字脸，这双眼皮，这机灵模样，似夫人一个模子印的。这双手，将来执玉笔，一定会比这字写得还好呢！"她摇了摇手上的纸幅。

娥皇问："写好了？"

意可展开了手中纸幅，上面有四个柳体大字：玉楼常春。

娥皇笑着点了点头。

意可说："六皇子睡了，你也累了，我告辞了。"

"意妃妹妹请坐一会儿再回去。"

意可犹疑着，最终还是坐了下来，她吞吞吐吐地说："周夫人，有句话，不知该怎么对你说？"

娥皇在楼上就意识到意可有话没说，这时留下她，实际上也是想让她把没出口的话说出来。

"咱们姐妹间，有什么不能说哟！"

意可笑笑，稍迟疑了一会儿才说："你可要忍住，别为那多嘴饶舌的生气。"

娥皇说："请相信我，意可妹妹。"娥皇像早有思想准备似的，不惊不诧，平淡地笑了笑。

"听说，皇太子继位以后，要册立周夫人为皇后呢？"意可见娥皇并没着恼，继续说道。

娥皇仍然不屑地微笑着。

意可对娥皇的平静神态感到惊奇："怎么？你早听说过？"

娥皇摇摇头："我已有预料。"

意可气愤地说："岂有此理！确实叫人恨恼！"

"恼也无益。"娥皇说，"人的舌头是扁的，有的人就是唯恐朝廷不乱。"

意可赞同地点了点头。她对宫廷内部许多事本来就看不惯，有许多牢骚，说话又很随便，看似粗心，但她粗中有细。在六皇子的宠妃前，她不能无节制地乱说，因此只说了些没要紧的、不犯朝禁的话。

意可妃告辞之后，娥皇一直送她出院门才返身。走进大院后，她放慢步子，往那七株紫薇花树走去，静静地站立树前，似在无声地观赏。其间，两颗清澈的泪珠掉了下来。

她也分明感到，笼罩在她心头的那片阴影越来越沉重了，已压得她有些喘不过气来，她忧心忡忡。

五

一场大雨之后，天气透凉了，那酷暑闷热已经远去，只在午后略显余威。

初秋，更是宫中歌舞欢宴的盛季。灯红酒绿中，花是今朝好，月唯今夜圆。有谁忧国？有谁思民？

正在观赏歌舞的李煜有些倦意。他起身走出宫门，踏着月色走到了清风阁旁，独自徜徉在阁前。那阁旁夏日的荷花早已凋谢，满池秋叶在风中摇曳。李煜漫步走了过去。这时，他忽然发现有一女子在舞动身姿，谁在这秋池旁练舞？

"不知是六皇子来了，奴才失礼了！"女子停了练舞。

李煜认出是歌伎秋水，跳《霓裳羽衣舞》的小领班。那次成功的表演，令六皇子对这个小领班颇有好感。"你舞姿极佳，原来在勤学苦练！难得，难得。"

这秋水长于打扮，头上喜插鲜花。李煜曾听人说，秋水常常引来蜜蜂、蝴蝶在头上飞绕，嗡嗡不绝，挥赶不去。

秋水说："奴才的舞蹈是苦练出来的，可宫中有一个人没怎么练习，跳得比奴才还好。"

"是吗？"李煜很有兴趣地问，"谁个天生善舞？"

"歌舞班的领舞窈娘，她的舞才跳得好呢！"

李煜早听说过宫中太乐署大乐班有个叫窈娘的舞女，不仅舞跳得好，人也长得十分特别，只是无缘见她一面。今听秋水这么一说，兴趣大增，忙说："秋水，你就领我见一见这个窈娘，好吗？"

秋水说："今天的歌舞，只是我们小班来了，大班没参加。"

"那窈娘住哪？"

秋水听六皇子这么一问，便狡黠地一笑说："我领你去，她是独居一楼。"

他们来到禁宫南隅的杏花坞——大乐班女孩儿们住的地方。

走进了窈娘的居室，果然眼前这个女孩不同一般，她那金黄色的头发，一层层卷起如波浪，肌肤洁白如雪，那小嘴唇在雪白的脸庞上，如两瓣桃花，她鼻梁过高，眼窝深陷，瞳仁特别亮，特别大，又因为她身姿窈窕，腰如杨柳，跳起舞来灵若仙子，被人称为"窈娘"。

这窈娘出身很曲折。保大年间，有一个来自西域波斯国的商人，到东方的杭州贩卖丝绸，与当地一织女私奔，流浪在金陵附近的宜兴一带。那男人因不服异国水土，身长毒疮，不治而亡，遗下怀有七个月身孕的女人。这女人因姿色出众，体态妖娆，很快被京口的一位小武官纳为偏房，过门不到三个月，生下窈娘。不久，窈娘生母因遭小武官正房夫人的百般迫害，含恨而终。小窈娘在磨难中长到五岁，被送到润州的一家教坊，跟坊主王妈学习歌舞。不料这女孩不仅天生丽质，且天生善舞，很快把吹拉弹唱一套全烂熟了。琴弹得好，尤其舞跳得好。一双小巧玲珑的脚，可在三寸见方的凳子上跳跃旋转，腾空似鹤羽，灵巧如云雀，很快便在附近扬了名，她八岁时，被金陵禁宫中的选美差使领走，入皇宫太乐署当了歌舞伎。

李煜紧紧盯着眼前这位混血儿的女孩，如痴如醉。作为皇子，他还从未见过这么别有风情的女孩。

秋水知趣地离开了杏花坞。

窈娘本来脱了外衣，要上床睡觉的，见六皇子来，慌不迭地穿上外衣，以袖拂椅，请六皇子上坐。她轻启桃红小嘴说："久闻六皇子极有文采，今到奴才的寒室，我也沾到了文气。"说毕奉上一杯香茶。

李煜喝了一口茶，感觉余香满口，他晕乎乎地问："你也知道我吗？"

其实窈娘自进宫后，就听说在所有的皇子中，唯六皇子长相英俊，待人善良，诗词书画，文笔超群，而且在几次大型舞宴中，她偷偷地注意观察了坐在上位的六皇子，真是觉得灵气逼人，与别人不一般。从此，少女心中的天平倾斜了。虽然她才十四岁，虽然她只是一个歌舞伎，但常常在梦中与六皇子缠绕在一起，醒后满身大汗。她这种心思跟谁也没讲，只是跟太乐署小乐班的领班秋水讲过，因为俩人都是领班，志趣相投，加之秋水与六皇子接触得较多，所以，窈娘把心事透露给她。那更深一层的意思，是叫秋水适当的时机，帮她一把。

秋水今天就是在帮她了。

"岂止知道你……"窈娘外衣尚未扣好，此刻在李煜面前满面绯红，娇羞无比。

看到这个样子，李煜更是心旌摇动，他急促地说："听说窈娘舞姿优美，今特来一饱眼福，不知肯赏脸吗？"

窈娘甜甜一笑说："六皇子要奴才跳，岂敢不从？只是献丑了。"

说着窈娘就在房中翩翩起舞，她跳的"金莲禹步舞"，原本是夏禹在祭礼天地、乞求神祇时所跳的舞，窈娘跳得似乎也在乞求着什么。

李煜看着窈娘如蝶如鹤，飘飘欲仙的舞姿，全身心地融入其中了。他先是嘴里念着"禹步舞"的曲子，拍着巴掌为窈娘伴奏。接着，起身与窈娘携手共舞起来。

唱着舞着，窈娘那未曾扣严的外衣全散开了，露出雪白的胫脖，随着热汗，飘出特殊的香气。李煜全身酥软，跳不动了，拉着窈娘的手一同坐下来。窈娘挣脱手想去扣一下衣服，李煜拉住不放，慢慢用自己的嘴向窈娘脸上吻去。

窈娘呻吟着，倒伏在李煜身上。

李煜动手拉她那已经松散的衣扣，窈娘一震，连忙地对六皇子说："这里左右隔壁住着乐班的女孩子，惊动了她们叫人难为情，上楼到我的卧室去，好吗？"

李煜连忙点头。

杏花坞充满了静谧的神秘。大乐班的少女们早已酣睡，楼上楼下，以及两侧平房中无半点声音。窈娘踮起脚跟，屏住呼吸，探步上楼，还时时回头关照六皇子，担心他发出声响。李煜比她更加小心，踮脚躬身，手扶栏杆，慎而又慎。

窈娘轻轻开启房门，拉着六皇子进来，又不敢点灯。所幸月色如银，明灯般照进小楼房。窈娘请六皇子坐下，李煜随即拉窈娘陪同自己同坐床前。他捉住那双纤细的手，只是不敢说话，恐旁人听见，唯听两颗心在"怦怦"地跳。

子夜早过，皓月西斜，窈娘的小窗关得很紧……

以后，李煜又来过这儿几次。

于是，李煜的词作中，就有了一首偷情之词《菩萨蛮》：

"蓬莱院闭天台女，画堂昼寝人无语。抛枕翠云光，绣衣闻异香。潜来珠锁动，惊觉银屏梦。脸慢笑盈盈，相看无限情。"

词中的天台女，指仙女，李煜在这里借指窈娘。

李煜与窈娘偷情期间，正是娥皇苦恼日趋严重之时。"皇太子与娥皇私通""皇太子欲纳娥皇为后。"一支支谣言似毒箭，射向她。娥皇豁达明亮的心，也变得黯然了。她苦恼的是有口莫辩，埋在心中又恼。她不清楚丈夫李煜知道这谣言不？她担忧他早晚会知道的。

在李煜面前，娥皇装得什么事也没有，总是微笑相迎，温柔相待。不过。凭娥皇敏感的观察，丈夫似乎已经知道那谣言了。

谣言是可以杀人的。

娥皇忧心的事迟早要发生的，只是时间而已。

六

宫苑的梧桐叶已开始凋零了，又一个秋天来到了金陵的皇宫。

南唐金陵皇宫的主宰者，国主李璟，在歌舞声中曾经写过一首很动情的词，描绘了怀念远人的心绪，词写得十分空灵，也十分幽怨，而表面上恨愁两字又着墨不多，却能令人回味无穷：

手卷珍珠上玉钩，依前春恨锁重楼。风里落花谁是主？思悠悠。
青鸟不传云外信，丁香空结雨中愁。回首绿波三楚暮，接天流。

词虽好，国势却日趋严峻。这时的南唐，恰似一位美人，却弱不禁风。宋皇帝赵匡胤吞并南唐之势越来越急，也越来越大，宋军已压到长江边上了。国主李璟束手无策，唯有不断用已逐渐减少的国库金银去进贡，以求宋军不过长江。

正在此际，皇宫内部却演绎出了一幕闹剧。

或许是李煜的《菩萨蛮》引来的祸患，宫中已得知这首词是六皇子李煜与窈娘的偷情之作。皇太子弘冀听到了这首词，心中顿生妒意。原来他早就倾倒在窈娘脚下了，并决心将窈娘纳为太子妃。不料想尚未及动手，这美人儿却被六皇弟抢去了。六皇弟娶了闭月羞花的娥皇，如今又夺去了沉鱼落雁的窈娘，自己的两个意中人都被六皇弟占有了，他能不恨？他曾咬着牙根说过：不争夺过来那貌若天仙的窈娘，誓不为皇太子！

弘冀自恃是皇太子，满以为窈娘会倾心于他。只要见了窈娘，不管什么场合，皇太子就会毫不顾忌地挑逗她。怎奈那窈娘有些不识时务，不为皇太子所动心，只是畏而远之。皇太子想：六皇弟能偷情，我为何不可？他曾两次夜上窈娘的小楼，但都被窈娘拒之门外。见那门紧紧关闭不开，皇太子虽十分气恼，却又奈何不得。

他切齿发誓，总有一天要强纳窈娘为妃。

一个秋风细雨之夜，窈娘在舞宴上以眼神示意李煜。李煜会意，二人走到一个僻静外，窈娘忽然抽泣落泪，哭得甚是伤心。李煜将她搂住，问她为什么伤心？

"你忍心让奴妾离开你吗？"窈娘抽泣着问他。

"啊？这是什么意思？"李煜惊诧，"我说过，我是要娶你的，只是你的年龄尚小，等——"

窈娘哭着说道："已经由不得了你我了，皇太子已经禀奏国主，将纳我为太子妃。"

李煜生气地说："有这种事？"

窈娘一气之下，把皇太子纠缠不休，几次夜闯杏花坞小楼，一五一十地告诉了李煜。李煜气得炸肺，心想，好一个皇太子弘冀，欺人太甚，前夜纠缠爱妻娥皇，近日竟又夺窈娘来了！窈娘是既定的六皇子妃，岂容太子霸占？眼下他不过是皇太子，若将来一旦继承了国主之位，岂不更加胡作非为？还有我等的活路吗？

"窈娘放宽心，我自有办法。"李煜安慰窈娘说，"你先回去吧！"

临别时李煜又安慰了窈娘几句，吩咐她要格外小心，提防弘冀来占便宜，他这才回到了舞宴上。

李煜一气之下，决定去禀告父皇李璟，于是，便毅然去了清晖殿。国主正与一些大臣在那里舞宴。

进了清晖殿，李煜忽然犹豫了。见父皇怎么说呢？又听说父皇已为皇太子纳窈娘为妃一事派宫人去和窈娘说了。虽然窈娘当即哭了，但此事暂未最后决定。在这宫廷里，岂可违背国主旨意？然而，今天若不禀奏父皇，等些日子下了圣旨，不是有理也不能申辩了么？怎么办？李煜没了主张，复退出了清晖殿。

清晖殿外，李煜静静地站在细雨之中，任细雨打湿了衣冠。他想到自己的心上人就要被人从他手上夺走了，竟气得哭出声来。

李煜毕竟是聪明的，他头脑灵活，忽然想到了母后。对，去找母后诉说！

皇太子弘冀虽然也是钟皇后所生，但由于他蛮横无理，不懂孝道，所以，在母后心目中的地位远不如李煜。钟皇后知道了李煜和窈娘之间的暧昧关系之后，对皇太子弘冀的横插一杠也很是不满，她安慰了李煜一番。

七

两天后，国主李璟去皇后宫时，钟皇后在一番家常话之后，提起了皇太子弘冀纠缠窈娘之事，并气愤地说道："六皇子写了一首《菩萨蛮》，国主可曾见过？"

国主说："见过，不必再外传了。皇太子几次上奏请纳窈娘为皇太妃，我正在犹豫。"

钟皇后说："嘉儿既然和窈娘暧昧有私，弘冀却偏要再强纳蛮娶，这也太不成体统了，乱了纲常！"

李璟一听也不知怎么回答才好，他本觉皇太子如此横蛮，有失孝悌，然怎奈他屡屡上奏，自己也有应允之意，如今听了钟后的这一番话，他倒左右为难了。

钟皇后坚持干预此事，一再苦苦劝说丈夫。李璟对这件皇族内部的纠纷，也束手无策，只好去求助佛祖。

李璟和六皇子一样，也是佛家的忠实信徒。第二日，李璟便同钟皇后同去了宫中的清凉寺。老方丈文益大师已在门口恭迎。烧罢香烛，拜罢菩萨，又卜卦问事，事毕，文益请国主、国后去侧殿入座吃茶。茶间，国主有意问卜。

那窈娘，是太子纳为妃子好呢，还是从嘉娶她为好呢？请大师赐教。李璟问道。

文益答非所问地说："国主，我昨日梦中偶得一偈文，老衲也不解其意，请听：发从今日白，花是去年红。何须待零落，然后始知空。"

国主反复咀嚼推敲，似懂非懂，终不解其意。

茶后，文益大师领着国主、国后在寺中各殿看了看，转了转，最后说："国主、国后朝中事忙，恕老身不敢久陪。阿弥陀佛！"说完深施一礼。

李璟心中好生疑惑，这老方丈怎么拒不回答我的提问？但又不好多问，只好和皇后离寺回宫，但心中始终不能释疑。

菩萨不愿明断，皇后心中更是忧苦。怎么对爱子从嘉说呢？左思右想，忽然心中一亮：有了！毕竟是女人，深明女人心理。她想，这事既难定，何不去问问窈娘，听听她心里话再定不是很好么？国主听了，觉得别无他策，只好如此了。

国后亲自出马，去杏花坞找窈娘。

那窈娘的心里话，自是不言而喻的。

李璟依了皇后，准六皇子纳窈娘为姜。不过没有马上操办，以窈娘年幼为由，以免过分刺激弘冀。

皇太子弘冀纳窈娘心切，几次奏请父皇颁旨，但李璟没有同意。他遂迁怒六弟李煜。于是暗暗下决心要除掉李煜，夺回窈娘。

善良但沉溺于歌舞中的李煜，哪里会料到兄长那双沾满叔父鲜血的手，又在悄悄伸向他自己呢？

皇太子不会放过六皇子。有一天，一个东宫的宫女偷偷地跑到瑶环宫，悄悄告诉娥皇说，皇太子曾对人说过，他继位之后，先杀六皇子，再纳娥皇为后，把窈娘等一班妃子全夺过来！她为娥皇担心，要她好好提防着。

那宫女走后，娥皇忧心如焚，不由自言自语地说："祸事临头了，临头了，从嘉啊，你避让都来不及，怎么还去与他相争呢？"

娥皇的心在流泪，这事怎么好开口劝说丈夫呢？弄不好，以为她心生嫉妒，反对纳窈娘为妾呢。娥皇心中的苦楚，在日夜折磨着她，她知道，这宫中并不是天堂，那彻夜的舞，不过苦中之乐；那不休的歌，不过悲中之音，那狂饮之宴原是一场劫难！

只有小仲寓才是娥皇的安慰。她常常抱着已经会下地走路的小仲寓，久久徘徊不语。直到小仲寓在怀抱中睡着了，才让奶妈领去睡觉。她独自上了自己的寝宫，躺在床上，听窗外远远传来的彻夜歌舞之声，听得久了，心中烦乱，便关上窗子，以锦被蒙头。

清晨，娥皇强打精神起来收拾洗理。她虽身为皇子妃，却常常自己动手做些杂事。宜爱刚刚端来早点，李煜便回来了，娥皇忧郁的心中多少感到一点慰藉，她微笑着说："从嘉，你能安全回来，妾就放心了。"

"是吗？"怎么这样紧张啊！李煜不以为然地应了一声。

"唉，岂由我不担忧哦！"娥皇不意失言，已后悔不及。

"啊？"李煜已意识到她的话中有话，惊诧地问，"莫非你听到了什么？"

"没有，没有。"娥皇掩遮着说道。

这反而引起了李煜的疑心。他走近娥皇，瞧着她的脸说道："爱妻，你今日怎么吞吞吐吐的？定然有事瞒着我。"

娥皇知道既已失言，再也不可挽回，倏然间双眼落泪。李煜是个明白人，知道妻子受了冤枉，抚慰着说："爱妻，我深知你善良贤惠，定然有话埋在心里，不愿对我说。若是这样，我也很难过。"

娥皇热泪涌流。李煜说的最后一句话，使她更难过。她悔不该失言。既然如此，只好实言相告："我说了又恐误会。"

"你说无妨。"

娥皇遂把皇太子弘冀的宫女听说的话，原原本本地告诉了李煜，李煜好半天沉默不语。

"你先歇息吧！"娥皇安慰他说，"无非小心提防就是，他也不敢明里对你怎样。"娥皇遂亲手给他宽衣，让他上床休息。

自此以后，李煜连着几天没有涉足歌舞饮宴，每日待在瑶环宫里，读读书，写写字，累了，便逗一逗小仲寓。

不久，听说皇太子七夕回宫后，便病倒了。

又过了些天，李煜渐渐不安定起来，那窈娘的影子常来纠缠他的梦，搅乱他的心，使他烦躁。他的一举一动，娥皇看在眼里，急在心里。她深深理解和体谅丈夫。是啊，一个皇子怎能久困宫中呢？于是，她便陪伴李煜在宫苑的荷花池旁边走边欣赏残荷，以此来宽慰丈夫。

为了给李煜解闷，娥皇在回宫的路上对李煜说："我弹《霓裳羽衣曲》给你听，可否？"

李煜侧头望着妻子说："好倒好，不过，有舞更好。"

娥皇已明白丈夫的心，她想了想说："这也很容易。让宜爱去杏花坞叫窈娘来，我弹奏，她跳舞，你看可好？"

"好！"李煜顿时十分高兴，精神大振，"爱妻想得周全，只是窈娘不曾跳过此舞，须爱妻对她调教一番才好。"

娥皇听了，笑着说道："窈娘聪明，又善舞蹈，只需三五日就可学会。再说，歌舞在自家宫中举行，自家的歌舞自家人观赏，无非是散散心解解闷而已，用不着排场。"

不一会儿，窈娘叫来了，娥皇便同她一道演练去了。

八

周显德六年（959）的中秋之后，一个月明星稀的晚上，李煜问娥皇，何时可演奏《霓裳羽衣舞》？娥皇告诉他说，由于古谱深奥难解，加之舞谱上的舞者形态变化过繁，她和窈娘虽已按谱所示演奏过数次，但仍未得其精华，只可勉强为之。

李煜听了之后并不责怪，反而安慰她说："反正是自家人演奏，自家人观赏，何必那样心怯呢？这样吧，就定在九月丙午吧，可在青竹宫演奏，那里僻静。"他想了想又说，"爱妻和窈娘都为此辛苦了，我有些过意不去呢！"

娥皇说："能使从嘉解闷、欢乐，妾心足矣！"

到了九月丙午，李煜和众妃子早早就来到了坐落在一片翠竹中的青竹宫，待到暮色降临时，宫外挂起了四盏斗大的宫灯，将宫阙和竹林照成一片通红。晚风吹来，竹枝摇曳，那通红便成了一片飘动的彩霞，使人赏心悦目。

酉时，开始演奏。

娥皇以烧槽琵琶开始弹奏《霓裳羽衣曲》的散曲六段。窈娘在清雅、舒缓的散曲中轻柔地旋转着，如一片飘拂的白云。她佩戴的孔雀羽衣和七宝璎珞在宫灯的照耀之下，变化出色泽不定的光彩，令人眼花缭乱，恰似一位飘忽不定的仙女，在梦幻之中时隐时现。

忽然，窈娘似有闪失，其舞步亦与琵琶脱节。原来，她记不起后面的舞步了，便转身望着娥皇。娥皇连忙以手势向她提示，她才得以继续舞下去。

这时，宫监领着韩熙载匆匆走进宫来。韩熙载在李煜的耳边说了几句，只见李煜"忽"地站了起来，一脸的惊慌，连忙跟着他们走了。

见李煜走了，演奏只好停下来。

原来，皇太子弘冀病重，已危在旦夕。

当李煜走到东宫门外时，宫内传出了一阵哭声。有宫人出来报：皇太子薨！

国主李璟和国后钟氏匆匆来了，皇族成员们匆匆来了，一些大臣也纷纷来了，宫中一片慌乱之状。

皇太子弘冀突然发病而死，御医们又一直未能查出病因，故而国主大怒，命人将御医押赴大理寺待刑。

一直守候在弘冀床边的郑妃，边哭边诉说皇太子从发病到驾薨的经过——

今日午后，皇太子临幸郑妃宫中。郑妃大喜，她亲自为皇太子泡上了一盏香茶，皇太子未喝，只说他头痛得厉害，便睡下了。郑妃给他盖上锦面夹被之后，便坐在床边等他醒来。他一直睡到酉时，忽然惊叫了一声，便坐起来了。

郑妃吓了一大跳，问他为何惊叫？他说，他又看到了那个厉鬼，那个厉鬼在拼命地追他。郑妃听了，知道他做了一个噩梦，便安慰他说："梦白是黑，梦恶是善，梦鬼是人，待会儿，我请人去宫外找个卜梦大师来给你解梦。"

弘冀听了，不说一句话，只是双眼直直地望着窗外，浑身颤抖不止。这时，一阵微风吹过，窗外的树枝摇动了一下，弘冀见了，又惊恐不已，他指着窗外喊道："快，快关上窗，不许厉鬼进来！"

郑妃去关窗子时，猛听见弘冀惊叫了一声，跌下床来，仰在地上。郑妃跑过去扶他时，见他眼睛瞪得很大，浑身如筛糠一般。不一会儿，便不再动弹了。

李煜忽然想起了什么，连忙打发一个宫监出去了。

那宫监到了青竹宫之后，将皇太子已薨的消息低声告诉了娥皇。娥皇连忙放下手中的烧槽琵琶，匆匆朝大门走去。当她走到门口时，又回过身来，对窈娘等人说道："各位都回去吧，今晚就不再演奏了。"

众人虽然知道宫中出了大事，但尚不知道皇太子已薨。

宫中第二次演奏《霓裳羽衣舞》，就这样不欢而散了。

这皇太子弘冀平素里骄横残暴，且心胸狭窄。他指示人以毒酒谋害了三皇叔景遂以后，国主李璟并未察觉到是他所为，所以他心中窃窃自喜。他虽不及六弟李煜那样天生有文才，但却天生有武才，且立过战功。当年江北的周兵攻陷江陵之后，吴越军队乘机进攻常州，李璟当时考虑到弘冀年少，又缺乏经验，便下诏让他返回金陵，弘冀立即上表，请求留在军中，并誓死报效社稷。李璟同意了他的请求，并派了柴克宏和陆孟俊两位将军前去救援常州。弘冀配合，他们一举打败了吴越军，并斩下千余吴越士兵首级，还在润州俘虏了吴越的将士数千人。他为防止发生不测，命人将这数千名将士推出辕门，一律斩杀了。

皇太子弘冀的梓宫（棺材）临时置于东宫。宗人府连夜准备五服，继而又要小殓、大殓，一直忙碌了月余。皇太子弘冀薨后，国主李璟先下诏谥号为宣武，后改谥为文献。

当年，景遂被弘冀毒死。

如今，弘冀被厉鬼吓死。

看来，这是南唐王朝的又一个多事之秋。

九

通往昌容观的山径曲曲折折。山径上十分宁静，一点风儿都没有，满山的树叶纹丝不动，偶尔有山雀在枝头上鸣叫，但一听见山径上的脚步声，便"扑棱"一声飞走了。

桂十五和桂十六走得有些累了。当她们经过一条小山溪时，便下来洗了洗脸，又捧起溪水饮了几口，坐在溪边的石板上歇息。桂十六一边擦着两鬓秀发上的汗水，一边指着旁边的包袱说："姐姐，我背一会儿？"

　　"我不累。"

　　桂十六又说："要不，我们分开背？"

　　桂十五点了点头，她解开包袱，取其中一只锦袋交给桂十六，桂十六连忙揣进怀里。然后，姐妹俩又说说笑笑地上路了。

　　天近午时，她们终于走到了昌容观。昌容观山的门前有两棵老柏树。据说，这两棵老柏树是西晋道士王浮路过此山时所植。王浮是位扬道贬佛的著名道士。他认为，当年的老子西出流沙之后，化为了西方之佛，因此，提出了道先佛后、道高佛低的主张，还写了一部《老子化胡经》。如今，王浮虽然早已升仙而去了，但他植下的这两株柏树却依然生机蓬勃，树干合抱，树枝如虬，树冠如伞。过去，凡来观中出家的道士，都是在这里举行"出家剃度仪式"的。

　　她们刚刚走到老柏树下时，值日道士便立即通报进去了。不一会儿，有位中年道士走出观外。姐妹俩一眼就认出来了，原来他就是自己的师兄王齐。

　　她们此次是奉李煜和娥皇之命来昌容观的。原来，她们将《霓裳羽衣舞》的舞谱带回宫中之后，李煜和娥皇又惊又喜。她们将原谱抄录了一部，又仔细进行了校正、修补，而后用绢装裱起来，放在一个特别的锦匣里，存在李煜的书房之中，轻易不肯示人。又将原谱装在锦袋中，让她们送还云中鹤道长。另外，为了表示谢意，还将宫中专用的砚、墨、笔、笺等物赐给昌容观。她们是专程来送舞谱和砚墨笔笺的。

　　可是，姐妹俩来迟了一步。王齐告诉她们说，云中鹤道长已在半月之前去青城山听经了。他代道长收下舞谱和宫中的礼品之后，又将道长临行前的话转告了她们：此谱骄奢，奢极生穷；此谱孽乐，乐极必悲，主凶主淫，不可近之，传之，切切记住！

　　她们吃罢午饭后，便回宫去了。在瑶环宫里，桂十五将义父的话特告了娥皇，娥皇听了，半天无语，她让桂十五不可将此语告诉他人。

与此同时，在东宫崇文馆里，桂十六也将义父的忠告禀报了李煜，李煜当时正在填词，他听了，只是点了点头。并无其他表示。

谁也不曾料到，这部主凶主淫的骄奢之谱，从此便和南唐王朝结下了不解之缘。

第三章　江山残缺中主崩　歌舞依旧娥皇愁

别来春半，触目柔肠断。砌下落梅如雪乱，拂了一身还满。

雁来音信无凭，路遥归梦难成。离恨恰如春草，更行更远还生。

——《清平乐》

一

安葬了皇太子弘冀之后，娥皇虽然也觉悲伤，但毕竟去掉了压在心头的那片阴云。

不过，娥皇总觉得太子弘冀死得有些奇怪：弘冀在战场勇猛能战，平日里很少生病，正是在年轻力壮的时候，为何说病就病，一病不起了呢？

她又回忆起七夕之夜的情景。那是弘冀在听了《霓裳羽衣曲》、观看了《霓裳羽衣舞》之后，突然去瑶环宫纠缠的。听说半夜里他就病了。这次，是她和窈娘为使李煜宽心、解闷，才弹了《霓裳羽衣曲》、跳了《霓裳羽衣舞》，可是歌舞还没结束，东宫就传来了皇太子暴死的凶信。难道这个古谱真的是主凶？她仍百思不得其解。

但她总觉得宫中歌舞过滥过奢，并非好事。她曾在澄心殿阅看保存的烈祖李昪时的诏书、奏折、文诰等文字材料，对皇祖父十分钦佩。

烈祖奉行息兵睦邻，振文兴教，劝课农桑，励精图治的政策，她十分佩服。烈祖还经常收抚颠沛流离者，奖励垦荒，减免赋税，富民强国，使南唐很快成为十国中面积大、人口多的富庶之邦。皇祖父生活节俭、不爱声色、勤于国事。但他信奉道家，因服用丹石中毒，临终前，一再告诫当时的皇太子李璟：对外坚持弭兵休战，以保境安民。他留下国库金银财帛七百余万，让李璟要守住这个根基，切不可走隋炀帝之路！

李璟继位后，牢记弭兵休战的睦邻之策，不练兵戈，只爱好文学，笃信佛教，又生性庸懦，听任陈觉、宋齐丘、冯延巳等人摆弄朝政，朝政乌烟瘴气。后周皇帝柴荣攻打南唐，南唐屡屡兵败城陷，李璟只好被迫将江北淮南十四州献给后周，废了帝号，向后周称臣，于是南唐日渐式微衰败。

如今又是在宋太祖赵匡胤的重压之下，南唐更是日暮西山，如大海中的小舟在风雨中飘摇。无心利禄、酷爱文学的李煜将登上这只小舟。此刻他不是无忧，而只能是想如何忘忧了。李煜生性喜玩乐，"忧"也只是暂时性的。安葬了弘冀之后，他又渐渐忘了内忧外患。

这天，李煜正和娥皇说话，忽然国主李璟派宫人来说，要李煜去坤元殿面见父皇。

在行了君臣之礼后，国主示意他坐下说话。

"这两年来，国事家事总不顺遂，"李璟说得慢声慢气，"我想镇邪消灾祈福。再则，册立你为太子，也可借此庆贺一番。"

李煜在父皇前，始终恭谨，不乱说一句。听父皇所说的家事不顺，自然是指三皇叔景遂（李璟并不知道景遂是被太子毒死的）、太子弘冀以及另外几位皇叔都先后死去这件事。李璟把镇邪消灾祈福日和贺册立皇太子日定在腊月最后一天。他征询李煜的意见，李煜唯唯诺诺地说道："一切听从父皇安排。"

国主遂传命太常寺筹备。

"还有，"国主又补充说，"为了朝廷安全，我原已计划迁都洪都（南昌），如今洪都禁城已经基本建成，过年之后，可考虑迁都，你可先做准备。"

"一切由父皇决定。"李煜答应道，"不过，此事非小。还有些大臣意见不一……"

国主点头。他当然知道儿子说话的分量。从议定迁都之时开始，就有许多大臣反对迁都。但是，若不迁都，金陵与北宋只有一江之隔，一旦宋兵挥师南下，将无回旋余地。

入冬之后，又连着下了几场雨，最后一场冬雨成了一场纷飞大雪。金陵城银装素裹，太阳一出，全城白皑皑的。直至除夕将临，雪才消失殆尽，偌大的金陵皇宫，洋溢着一派节前的繁忙景象。自长秋宫、坤元殿、勤政殿到宫城前的护城河边，彩旗迎风招展，宫灯高悬。从禁城外御街往南，两侧的大街小巷、官府民宅皆扎彩牌，挂彩灯。大街上人群熙攘，一片欢声笑语。上到太子妃，大臣眷属，下到黎民百姓，都为镇邪消灾祈福。在东长安街和宫苑之间，还有近万名僧人分头举行法事仪式，国主、国后和皇太子李煜、太子妃周娥皇先后参加了佛礼。

入夜，宫城内外华灯初上。城门、宫门悬挂着一对对丈二的宫灯，整个金陵城如同白昼。这时，"国主万岁""太子千岁"的喊声不绝，可谓人声鼎沸。在宫禁南苑，窈娘率领的大乐班在《仙韶曲》——这是唐代雅乐与俗乐结合的优雅乐曲，以玉磬、琴、瑟、筑、箫、笙、竽等合奏——中徐徐走来。表演时，数百名歌舞伎边唱边舞。窈娘瞧见李煜正在笑着向她招手，表示高兴。她舞得更加起劲了。宫西苑还有演狮戏，由一位穿紧身服的壮士，一手持响铃绣球，跳闪着带领五头黄色丝锦舞狮。那大狮子张着大嘴，昂首摇尾，在锣鼓声中时而打滚，时而跃上台桌，活泼可爱，博得一阵阵喝彩之声。

一夜狂欢，迎来了元正。皇太子李煜天明时才回宫洗了脸，又赶着去参加朝廷的正旦庆典，这是朝廷制度。这天，文武大臣都要在一大早上朝礼拜。

正旦庆典之后，文武百官和内外命妇便去瑶光殿里参加册立皇太子的大典。

被册立为皇太子，本是储君一生中的一件大事。也是受到朝野关注的一件大事，因为一旦册立，就确定了皇太子是一个一人之下万人之上的皇位继承者。但此事对六皇子李煜来说，却是赶着鸭子上架，很不情愿。他知道为君者的权威是无上的，但他并不热衷。

他不愿当君王。即使被推上宝座，他更无做一个文治武功好君王的才能。眼前的南唐国力大衰，兵力空虚，财力枯竭，已是内外交困，四面楚歌了，自己哪有回天之力？唯求能过一天，乐一天，算一天，让这歌舞酒宴能维持下去就行了。

假若在他面前有两个帝王，一人是秉承天意治理天下的帝王，一个是统领词国的超脱帝王，要他选择时，他会毫不犹豫地选择后者。

册立皇太子的仪式烦琐而又刻板。在这之前，已经在太常寺里演练过数次。李煜在太常寺博士、太祝们的摆布下，一次又一次地重复着同样的动作和同样的词句，如同嚼蜡，索然无味。

中书舍人潘保佑，当年与李煜同读于崇文馆，也善诗词丹青，尤通音律，与李煜交谊颇深。他见李煜神情木然，便悄悄地拉了一下他的衣袖，示意他不可过于应付，李煜只是不理。

册立仪式结束之后，国主李璟在宫中宴请文武百官。宴毕，各官还要相互宴请，日夜连着轴儿转，要一直闹腾到过了上元节。

李煜就是在这长流水不断线的宴席歌舞中，开始了他的皇太子生涯。

二

春分前三天，是春季"籍田"的日子。李璟率皇室成员，在澄心殿前的御花园中进行了亲耕礼。前几天，绵亘数日的阴雨，已经停了。亲耕礼之后，李璟召集大臣正式商议迁都之事。因南唐失去江北之后，滨江而立的江南金陵（南京）已暴露在宋军阵前，随时都有被宋军渡江攻陷的危险。去年春天，他出于安全考虑，要迁都离长江较远的洪都（江西南昌），当时就曾遭一些大臣的反对。但也有大臣支持迁都。国主遂派出大臣去洪都建筑宫城。如今宫城已竣工，是正式迁都的时候了。殊不知，那些反对的大臣仍然反对，极力劝谏，说是如今既然与大宋议和，何以惊虚自扰？且圣驾移动，民心不安。然而洪都宫苑已经建成，若不迁都，岂不出尔反尔？再说，宋太祖赵匡胤早就宣称要统一全中国，已对金陵威慑极大。听说宋师在汴京（开封）南池操练水军，在江北演习战舰，大有兵临城下之势。想到这些，他忽然一改往日的寡断态度，下诏迁都洪都。

建隆二年（961）春初，乍暖犹寒，宫苑除了梅花外，百花尚在梦中。国主李璟留皇太子李煜于金陵监国，并留下太子属官和辅佐大臣，自己亲自率朝廷百官、近卫、六军、宫娥彩女溯江而上。江面上舰船首尾相接，长达百里，旌旗遮日，甚是壮观。这一天，船队进入江西水域，李璟心中忽然生出哀伤之情，遂坐船头，望着东方挥泪。先皇李昪亲手建立的都城金陵，已经历了十九年繁华的金陵，如今却要离它而去了。有些官员竟然失声恸哭起来。

这时，金陵城外的扬子之滨，皇太子李煜也正在面江洒泪。数百侍卫立于身后，娥皇一旁陪伴。见丈夫流泪，娥皇更是忍禁不住，泪已湿了红缎袄襟。幸好身后的意可、庆奴等苦苦相劝，皇太子和太子妃才默默地返回宫去。

回到东宫，宫女和侍卫以及留守的大臣已在宫门迎接。

进宫后，李煜对娥皇说："爱妻，我们明天搬进长秋宫住，你看如何？"长秋宫是皇后住的宫殿，也是金陵正宫。

"哦，我去做些准备。"娥皇应道，显得没有兴趣。

国主西去，皇太子成了金陵城的主人，自然要迁进长秋宫的。搬迁无须费大力，自有宫人动手，侍从监搬。意可、庆奴、乔娘、雪仪四妃也都迁入了长秋宫的侧宫。黄妃因管理澄心殿图书画册，仍居澄心殿旁边的宫内不动，窈娘等一班歌舞伎仍留原处。

时间是洗涮剂。过了些日子，迁都风波渐渐平静下来，一切归于正常。金陵的宫城虽不及往日欢乐热闹，倒也颇有乐趣。李煜常在柔义殿南侧的偏殿里举行歌舞。后来，他干脆令窈娘、秋水等歌舞伎迁到与柔义殿侧门相通的碧玉宫居住，似是自己的两个外室，并让娥皇给她们教习《霓裳羽衣舞》。

两个月之后，李煜突然接到父皇自南都洪都的来信，其言辞甚伤感，读罢泪下：

> ……迁来洪都南昌，相比虎踞龙盘之金陵，狭小甚隘，新建宫苑栋宇简陋。群臣众议哗然，怨声载道，多谏复迁回金陵。悔当初迁都之失，有今日思迁之苦。常夜梦金陵宫殿，为此终将复迁西都（金陵）……

读完父皇的信，李煜异常难过。抬头见娥皇静立在旁，便随手将信递给了娥皇。

看了信，娥皇片刻沉默之后，说道："既然父皇思归金陵，太子可速去上表，敬请父皇复都金陵。"

李煜点头："爱妻的主见很好，我马上写表。"

娥皇正待要替李煜磨墨，却有侍女抢前动手。墨砚中散发出阵阵浓香。李煜展纸执笔，在字里行间，情真意切地请国主复都金陵。

娥皇建议及早动手搬回瑶环宫，腾出长秋宫迎接不久将归的国主、母后。李煜复迁东宫。

搬来迁去，这搬迁之事虽然不必劳累娥皇，然而她在帮助太子李煜主持金陵事务的这些日子里，操劳过度，加之李煜无休止地要求她出席舞宴，终于有一天病倒在《霓裳羽衣舞》的场面上，现已卧病月余。等娥皇稍愈，李煜便陪着她在宫苑中漫步。

春去夏来，正当李煜夫妻准备迎接国主、国后回金陵的时候，就在这时，洪都突然传来了噩耗：国主李璟驾崩！

李煜当即昏厥，几乎倒地。刚刚痊愈的娥皇急忙抢上去扶，差点连她也拖累倒地。幸好宫女和侍卫抢上来搀扶起太子和太子妃。

对迁都有些懊悔的李璟，正打算迁都返回金陵，可是，突然忧郁成疾，卧病不起。时已盛夏，酷热难当，更促使病情恶化，饮食不进，医治无效。他知道自己的时日已屈指可数，便于六月己未亲书遗命："崩后留葬南昌西山，累土数尺为坟"，并加重语气对左右人说："违吾遗令，非忠臣孝子！"

庚申，崩于南都长春殿中，时年四十有六。满朝无不悲伤痛哭。

李煜哀痛不已，不忍心葬父南昌，遣特使护送父亲梓宫返还金陵，殡于宫中万寿殿。

由于处在沉痛之中，李煜数日没有继位的表示，成天守住父皇梓宫流泪。大臣们纷纷谏议：国家不能一日无主，太子理应去丧服理朝政，继位登殿，然后方可正名告哀。

三

南唐中主驾崩，对李煜来说，犹如天塌地陷一般。过去，虽说先是周师后是宋兵屡屡对南唐掠城占州，又削去帝号降制，成为北宋的附庸，但毕竟有父皇在苦苦地支撑着，自己在这把大伞之下，依然是过着灯红酒绿、轻歌曼舞的日子。正如瑶环宫中那学舌的鹦鹉叫的"乐而无忧"一句话，得乐尽情乐。可是，父亲辞世之后，他发现自己的日子连一天都似乎过不下去了。朝中诸事揪心，国库已经枯竭，国内灾荒不断，军中粮草不济，重臣谈宋色变。一想起宋朝，自己便有些不寒而栗。他不敢立即继位，因为尚未向宋朝报丧告哀呢！否则，宋朝将会怪罪，以此为借口便可发檄南侵！若是那样，后果不堪设想。

看来，去宋朝告哀是件大于继位的急事，可是，派谁去呢？记得在保大十四年（956），周朝将领李谷攻占南唐上窑、涡口等地，势在灭国，在危急之时，父亲采纳了冯延巳、陈觉等重臣的建议，曾派翰林学士、礼部侍郎钟谟、工部侍郎文理院学士李德明使周，求周朝罢兵，让南唐称臣。

在显德七年庚申（960），父亲十分器重的重臣冯延巳已经病故，适逢赵匡胤取代北周，宋受周禅，赵匡胤成为宋太祖。他改元建隆。父亲准了陈觉等大臣提出的向宋太祖进贡的奏折。阳春三月，派专使向宋朝进贡绢二万匹、银二万两。盛夏七月，又向宋朝贡金器五百两，银器三千两，罗缎千匹，绢五千匹。继而又派礼部郎中龚慎仪赴宋，进贡乘舆、服御等。其用意是怕宋朝发兵渡江，但却宣扬是朝贺赵匡胤代周即位。从此，向宋朝的贡献尤多，岁费以万计。

那么，今天自己登基为国主，又有谁来朝贺呢？非但没人朝贺，还要派人去宋朝汴京告哀，并请求追复父亲的帝号。

既然冯延巳已经故去，陈觉又年迈多病，李煜只有派中书侍郎冯延鲁赴宋，承担告哀之任。宋太祖爽快地接见了冯延鲁，并谥南唐中主李璟号明道崇德文宣孝皇帝，庙号为元宗。

南唐中主李璟于次年正月葬于顺陵。

事莫大于正位，礼莫盛于改元。在这风雨飘摇的金陵城里，李煜的登基大典，举行得十分匆忙。先是由新国主李煜率领文武百官祭告天地宗庙，接着又在瑶光殿中接受了文武百官的参拜，颁布了即位诏书，封母后钟氏为圣尊后，立娥皇为国后，徙信王景遏为江王，邓王从善为韩王，并留守南郡；封弟从镒为邓王，从谦为宜春王，从信为文阳郡公，从度为昭平郡公……

当年国主李璟虽对北宋称臣，削去了帝号，但平时在自家还是用的帝王礼仪。到了李煜为南唐国主时仍是这样，但在接见宋朝使者时须易紫袍，使者走后，才能再换黄袍。

四

这年冬天，身怀六甲的国后娥皇忽然腹痛发作。不一会儿，宫女飞报李煜："恭喜国主，国后生了一位小皇子！"

国主紧皱的双眉舒展开了，刚做了国主，又得小皇子，可谓双喜。

"仲宣！"李煜脱口而出，"取名仲宣！"

回廊中的鹦鹉叫道："取名仲宣！"

李煜开心地笑了。

二皇子仲宣生后的第二日，李煜亲自到娥皇床前，仔细地瞧着这小宝贝：高鼻大脸，不失为一国之主。娥皇看到李煜那高兴劲头，内心颇感快慰。渐渐地，她心中又涌出一股同情：李煜刚刚登基，万事开头难，日理万机，也真够辛苦的了。父皇盲目迁都洪都，大臣们心志散乱不一，又突然撒手西归，朝政濒临崩毁，当前须尽快整顿治理，安定臣心民心。

"国主，你太辛苦了。"娥皇拉住李煜的手说，"臣妾怎样才能为你分忧呢？"

听了这话，李煜望着娥皇清瘦的脸说："你养了两个皇子，这就是对我最大的安慰，抚育好他们，也就是为我分忧了。"

娥皇粲然一笑，说："抚育好仲寓、仲宣，臣妾义不容辞。然而臣妾是急国主所急啊！"

李煜觉得心中热乎乎的，娥皇实在不愧为少有的贤妻良母。其实，这几天来，他是外乐内苦。上苍阴差阳错地让他这毫无做国主兴趣的文人学士，坐上了苦辣辛酸百味俱全的宝座，这无疑是六月酷暑坐在火炉上炙烤。然而，这些苦衷又怎能对爱妻讲呢？他知爱妻心中的忧虑。自长兄弘冀深夜纠缠之后，她心中已积幽怨，更加上谣言中伤，似伤口上加了一把盐。

"国后，你急我所急，足令我感动。"

"国主，"娥皇说，"臣妾本不该干预朝政，可臣妾有个建议，不知能说否？"

"你为国后，可以无话不说！"李煜认真地说。

娥皇说："打虎还要亲兄弟。国事太繁太重，可以让七弟从善、八弟从镒分担一些，九弟、十弟、十一弟年纪尚轻，可待后再担重任。"

李煜想了想，连连点头说："你说得极是。"次日，他再封七弟从善为司徒兼待中／诸道兵马副元帅；封八弟从镒为司空，留守南都，分担协理军国大政。这司徒／司空之职，皆是实质上的正副宰相。

第三天，李煜又接受了娥皇的一个建议。娥皇对他说，"国都原是先父下旨迁去洪都的，应下旨复迁金陵，这符合礼制，而且可安军民大臣之心。"

李煜深感娥皇不但在为他分忧，且有治国之才。他说："国后想得周全。明日早朝，我便召集大臣商议此事。"

五

柔义殿的前院里，东有牡丹，西有芍药，已繁花似锦。它们是花中的佼佼者，落落大方，高贵婀娜，散发出沁人肺腑的郁香。

春天毕竟从残冬的凄风苦雨中走过来了。

李煜熬过了去年那个使他心力交瘁的寒冬之后，心情略微平静了一些。转眼端午节临近。他甚感这一年来太辛苦了，是在灾难之中度过的。这年端午节，是国后娥皇的生日，他想借这个民间节日，举行一次庆典活动。

　　娥皇二次搬迁到长秋宫后，小仲宣已经半岁多了，他天性聪明，已经开始咿呀学语，见了父亲就张着小嘴笑，还手舞足蹈，逗得李煜心花怒放。桂十六担当了大皇子仲寓的家教师傅，辅导读书学字。仲寓已经四岁半了，像他父亲一样自幼好学，《诗》《书》《春秋》都已经学完了。桂十六很喜欢他。

　　"父皇，你只喜欢弟弟，不喜欢我呀！"有一天，仲寓拉住李煜的手说。

　　李煜高兴地说："哟哟哟，仲寓争宠了。谁说我不喜欢你呀？"

　　"仲寓！"娥皇制止他说，"以后不许这样说，你应该尊父爱弟，不可自私！"

　　仲寓懂事地点头："我知道了，母后，以后一定爱弟弟。"

　　娥皇搂着儿子说："知书达理，这才是好孩子！"

　　李煜插话说："爱妻，你今年二十几了，可曾记得？"

　　有时李煜也这样称呼娥皇。

　　娥皇笑了："五月初五是臣妾二十七岁生日，怎么会忘了呢？"

　　"你嫁进宫来已经是八个生日了，应该好好庆贺一番。"

　　娥皇不以为然："生日是平常事，不须介意。"

　　李煜说："自你进宫后，无处不关心体贴我，我不过借你的生辰略表心意罢了。再说，民间对端午节历来盛重，必举行庆贺。宫中这一年来晦意笼罩，琐事缠身，也可借此来消除晦气，以振朝廷。"

　　娥皇深知李煜苦衷，也就不坚持反对了。

　　李煜命太常寺筹备庆贺国后娥皇诞辰。宫廷内外，都在为娥皇的生诞忙碌着，期盼着端午节到来，还有的悄悄备下了各种礼品。谁知这时娥皇却发出口谕："一律不收贺礼，否则视同辱骂！"这够厉害了，谁敢辱骂国后？于是，无人再敢送礼，准备好的，也只好改作他用了。

　　李煜的几位妃子，进了皇宫之后，各自住进小楼成一统，就不问别宫的事了，平日里也互相少有往来。庆奴妃孤僻，沉默少言；雪仪妃老实，不爱说话。雪仪有时闷不过,便到庆奴宫中坐坐,偶尔也说说心里话,无非是诉说冷落的可怜。同院中与雪仪斜对门的意可妃,发现雪仪有时去庆奴宫中坐坐,这位喜动爱热闹的妃子,瞅准机会也常去庆奴宫中。这天,她正在庆奴宫中,宫女来传娥皇不让生日送礼的口谕。等宫女走了,意可酸溜溜地说:"不叫送礼不就完了,何必还要悬一口宝剑吓唬人呢?"

雪仪说:"这是她真心实意拒收礼物。"

意可冷笑了:"那么她什么时候又真心实意劝说了国主,叫国主多摊了你一夜呢?"

意可又说笑了一阵子,雪仪便起身回宫了。意可也只好辞别庆奴,回自己宫去了。

端午节这天早晨的宴席,称为千秋宴,是专门为娥皇贺生日的酒宴。参宴的朝臣及眷属、皇亲国戚,都嚷着给国后贺诞。李煜陪同娥皇,带着小仲寓,宜爱抱着小仲宣,来宴席谢宾客。各位朝臣因为有娥皇口谕在先,没有人敢送礼物。唯那些皇亲国戚,朝臣眷属们变着法儿以贺仲宣半岁之由,纷纷送了金锁银链之类,披在小仲宣的怀中。

娥皇见了,心中不悦,但仍面带微笑说:"原是要灭奢侈之风,不准赠送礼物,可是诸位不贺我,却贺起小仲宣了。这不是变相送礼吗?"

娥皇当场又将仲宣怀中的礼物,令宫女一一退还原主。

禁宫正门外,传来了阵阵的乐声。由铜鼓手五名,大鼓、小鼓各八名,长鸣角、次鸣角各二名,组成演奏队列,往宴席而来。原定要举行朝拜国后仪式,但由于娥皇坚决反对,也只好临时取消,只由乐队奏乐面贺,然后开席。酒前,先上瘦肉黄花拌面条,谓之长寿面,随后酒酌。席间,韩熙载向娥皇敬酒,这位三朝元老爽朗地说道:"国后,祝你万寿无疆!"

他举杯一饮而尽。

大臣们纷纷向国主、国后敬酒。

因为还要去玄武湖看龙舟竞赛，宴罢即散席。

大家都忙站起去看龙舟比赛，娥皇随桂十五和小仲宣回宫去了。她刚给小仲宣换了件衣服，想休息片刻，因为应酬多饮了几杯，不太舒服。正要躺下，宜爱跑进来说："意可妃她们来了，在偏殿恭候国后。"娥皇不知出了何事，只好连忙穿好衣服。

"诸位姐妹好。"娥皇一进偏殿就笑着说。

意可、黄妃和各位妃子向娥皇行礼："国后吉祥，健康长寿！"

娥皇笑盈盈地说："诸位姐妹们千秋，请坐吧，宜爱快看茶。"

"我们不喝茶。"意可说，"国后，我等今天遵从你的旨意，没送礼品。但我们许久没听《霓裳羽衣曲》了，今日国后定然要给我等奏一曲，让我等也享受一回。"

娥皇有些为难，她说："我为姐妹们弹奏一曲《楚声》吧。"

雪仪说："我等想听《霓裳羽衣曲》。"

"为何非要听《霓裳羽衣曲》不可呢？其实，《广陵散》和《高山流水》《阳春白雪》都极文雅，极好听，我可为姐妹们弹奏，请姐妹们指教。"娥皇笑着说道。

"这是只应天上才有的仙乐，"意可说，"当今能弹奏的，唯国后一人，我们近水楼台先得月，请国后体谅我们的心情。"

娥皇微笑着说："好吧，满足姐妹们的要求。"遂叫宫女取来了烧槽琵琶。

"还有，"意可拽过窈娘，"请窈娘为我等姐妹表演《霓裳羽衣舞》。"

窈娘笑着说："只是《霓裳羽衣舞》需要着孔雀翠衣，佩七宝璎珞，梳九骑仙髻，一时哪里来得及呢？"

"不要那些个行头，你只管跳就可以了。"意可推了窈娘一把。

黄妃、庆奴、雪仪都笑了。

娥皇接过烧槽琵琶，试着弹了两下，觉得不太顺手，便说："姐妹们，《霓裳羽衣曲》太长了，再说，我离开曲谱就弹不成调，而曲谱又在国主那里，不如以后有机会再弹奏，今天就弹一曲《汉宫秋》吧。"

"好吧。"几位妃子也只好同意。

拨弄了几下琴弦之后，她开始弹奏了。曲调如诉如怨如慕。娥皇原只是选了自己喜爱的古曲，不料想，这悲怨哀泣的琴声，激发了深藏在意可心中的哀怨之情。她虽不算失宠，但也不禁潸然。最终控制不住哭出声来。

庆奴、雪仪心中也有怨气，似乎受了感染，也随着抽泣起来。

娥皇见她们哭得伤心，忙停下来说："姐妹们，是我不好，不该弹这哀怨悲凉之曲。别哭了，我们去宫外走动走动，好吗？"她发现几位妃子的脸儿红红的，大约是刚才在宴席上多喝了几杯酒，已有些醉意了。

黄妃擦着泪说："不是因为别的，是国后弹得太好的缘故。"

"国后没有错！"意可哭泣地说，"国后待我们如亲姐妹，真心疼爱我们。"

娥皇也红了眼，说："我们虽不是一母所生，可是同夫同君，命都连着。"

意可带着几分醉意，抢着说道："听你主宰罢了，你是国后，我们不过是妃妾！"

娥皇并不介意，笑说："我可向来不曾有高低贵贱之分呀！"

意可说："国主是你的，你发慈悲才会让我们去分摊难得的一夜，是不是？"

窈娘悄悄走出殿门，站在廊间捂住嘴儿偷笑。只听里面娥皇说道："意可妹妹今儿真醉了，就在我宫中睡一会儿吧，你们快快扶她去睡！"

窈娘不想再听下去了，便红着脸儿离开廊间，悄悄走出了偏殿。

六

国主李煜和几位大臣欢宴一夜，下席之后，已是红日初露。桂十六去请国后同去城外参加"被禊"消灾。等了足有一炷香的时辰，娥皇才领了仲寓赶来。那迟缓的原因，是意可和庆奴几位妃子醉闹偏殿，她自然不能对李煜说了，只推说仲宣吃奶换衣延搁时间了。国主也不责怪，便同乘玉辇出了宫城。

金陵城中佛寺多如繁星，遍布各处，大大小小数千余座。从中主李璟到后主李煜都推崇佛教。国主每每举行佛事活动，必亲自参加。每逢春季，各佛寺都到江边或玄武湖举行"祓禊"消灾。今春因国丧、安葬李璟，各佛寺为他超度四十九天，这"祓禊"就推迟到端午举行。李煜和娥皇在护卫和宫娥的拥簇中出南宫城门，在长干桥参加"祓禊"仪式。仪典由长老文益主持。参加的僧尼主要来自宫城内的佛寺，有清凉寺、诞圣寺、能仁寺、奉行寺、长光寺、清泉寺等二十余寺。用碰铃、小鼓、笛箫等伴奏念经。李煜和娥皇、仲寓面水而跪，文益长老主持为国主、国后和南唐王朝祈祷。

这时，端午节龙舟赛已经开始竞赛。竞赛分三处举行：金陵城西北、玄武湖、城东城的长江；另专门组织十只精致龙舟在护城河为国主、国后作表演竞赛。各舟桡手穿着一色的衣服，腰扎丝带，十分雄威勇武。船首一人背水击鼓指挥，众人听鼓下桡，龙舟行驶如飞。小仲寓看了好高兴，紧握小拳头，随着鼓点挥动，像在帮着指挥龙舟竞争。李煜看仲寓认真的样子，不由开心地笑了。

小仲寓指挥了半天，大概累了，停了下来说："父皇，你可知道这龙舟竞赛的来历？"

小仲寓对李煜一直称呼"父皇"。

"啊，知道，知道。"

小仲寓以大人口吻说："你不知道！要不，你怎么不讲给我听呢？"

娥皇拍了儿子一下说："仲寓，对父皇不能不讲礼节，这么说话很不礼貌。"

仲寓说："不对吗？母后，师父会讲给我听的。"

娥皇说："哦,她是老师,你是学生,以后对父皇要讲规矩,听见了吗?"

小仲寓点着头说："记住了,母后!"

娥皇说："好,我来替父皇告诉你。司马迁在《史记》中记载:楚国三闾大夫屈原,忧国忧民,遭奸人陷害,被楚怀王放逐,直到楚怀王的儿子顷襄王仍不让屈原再返国都。当屈原听到秦国攻陷了家乡郢都时,他忧愤交加,并为国人疾苦忧心,在五月五日这天,含恨投汨罗江而死。百姓为了纪念忧国忧民的屈原,才举行龙舟比赛的。"

李煜接着对儿子说："因为屈原心怀耿直,又是位大诗人,所以,百姓就怀念屈原。"

小仲寓说："父皇,你也是个大诗人,你也忧国忧民吗?"

娥皇接过去答道:"你父皇以爱民为本,削赋息役,以裕民力。就是说,采取减少杂税,废除杂役,用来使国人富裕,这当然就是忧国忧民!"

龙舟已经赛完,各舟都集中在长干桥下,桡手们举桡欢呼"万岁",一时地动山摇。

在"万岁"声中,李煜、娥皇乘玉辇回驾宫城。皇室车马之后,便是文武百官,最后是城中平民百姓。有骑马坐轿的,也有步行的,熙熙攘攘,川流不息地往金陵城拥去。

七

宫廷荷花池中,蛙声一片。天气渐渐炎热。娥皇叫使女把凉席洗了晒干,准备夜晚用。

李煜下朝回到长秋宫,逗了逗小仲宣之后,告诉娥皇说:"今天在朝会上,派翟如璧去汴京进贡。又用黄金一千,白银三千,绢五千匹。"

娥皇说："三月不是去进贡了吗?"

李煜皱眉说："不能一劳永逸啊！"

娥皇知道这是花钱买通宋朝，以求暂且的偏安。所以，心中便有一股说不出的压抑。一年几贡，尽是金银绫罗，哪里还有许多呢？

但这有什么办法呢？宋朝已在训练水军，随时都会渡江。南唐朝不保夕啊。

"国后，下一盘棋吧！"李煜知娥皇心中痛惜，想用话题引开。

娥皇是一位下棋高手，每遇李煜高兴了，便寻他对弈。这阵子李煜主动要下棋，她当然不能拒绝。宜爱随手拿出围棋，又在楠木方桌上摆好棋盘。

下棋刚开始，侍卫来报奏：工匠已到齐了，窈娘请国主亲临训诚指导。

"啊，忘了告诉你，"李煜站起来道，"窈娘已创制出了一种舞蹈，叫《金莲花舞》，需要工匠做个什么台子，我去看看。"

娥皇虽然不知什么台子，但见他如此热心，也不好多问。

出了长秋宫，李煜往竺桥那边走去，窈娘正在那里指导工匠看图。

妙龄十六的窈娘，容貌俏俊，舞技也更趋精妙。

"国主，其他舞跳多了，奴妾自己编了一个新舞蹈。"她一见李煜便说。

李煜高兴地说："好啊，正合我意。可有奇妙构思？"

窈娘自谦地笑笑："有的，不知能成功否？"

"定能成功，"李煜说，"说说看。"

窈娘嫣然一笑，说："需要工匠制作一个大型莲花台。"

她拿出了自己绘制的草图。此台的骨架莲墩有六尺高，舞盘八尺周长。周边用金铂做莲花瓣，用金丝纽带和璎珞做花蕊。花瓣边缘装有八百颗夜明珠。

李煜看了赞叹不已，并亲临现场指导了一番，还派教坊监督制作。

三月完工后，李煜、窈娘都很满意。剩下的只等刷漆、装饰金银彩缎和夜明珠了。

李煜决定中秋节表演。窈娘抓紧时间排练《金莲花舞》,还专请国后娥皇做指导。娥皇本对大兴土木制跳舞台有些不悦,但因李煜高兴,她也不便拒绝,又加之再不表演《霓裳羽衣舞》,心里稍微平静了一些。所以答应为《金莲花舞》谱曲、伴奏。

万事俱备,中秋已到。根据太常寺安排,中秋节宫中欢度活动分两次,先表演《金莲花舞》,再行赏月。

李煜采纳了娥皇的意见,召来黄妃、雪仪、意可、庆奴等妃一同欢度中秋,以示团圆。这天是摆的一字宴席,李煜、娥皇坐中间,窈娘坐娥皇的后边,诸妃分坐两旁。桂十五带着小仲寓坐在娥皇旁。宴罢,观看窈娘表演。

乐班开始伴奏。乐声中,窈娘伸出两只纤细玉手抓住金莲花台,一收腹,燕子般飞身上了莲花台。她穿着窄袖上衣,着洁白绫罗裙,脚穿素色丝袜,在台上飘然起舞,珠光闪烁的片片花瓣回旋起伏。窈娘足尖立于莲花台上,时而腾跳,时而轻旋,如云飘逸,如霞闪烁,如天上仙人,如人间梦幻,使观舞的嫔妃、宫娥看得如进了另一番天地,只觉得那莲花台上的舞者并非尘世的俗人而是天上仙子。最后,那莲花台悄然停止了旋转,乐声缓缓停止。

一片叫好声。李煜极其高兴,他当即亲自为窈娘斟了一杯酒,然后,又当众奖窈娘白银二千,绸缎丝绢各十匹,珍珠十颗,珊瑚一枝。

赏月开始了。

团圆节的月亮特别圆,也特别皎洁。李煜、娥皇都很高兴。柔义殿外是一片草地,中间摆有各种瓜果,大家围桌而坐。参加赏月的,除圣尊后钟氏偶感不适没来之外,皇叔、皇弟及其眷属为一席,国主、国后和宫妃,还有窈娘、秋水等为一席,宫女则各邀成席。宫中赏月每席都有月饼,席正中还摆上了鲜花、石榴（石榴象征着团圆），另备一个大月饼用以祭月。李煜接过宫女送来的月饼，对月虔诚叩拜。祭毕，各席的大月饼被切成若干小块，每个人分吃一块。大家边赏月边吃月饼，欢笑之声，直上云霄。

月上中天，光里吐寒。李煜不禁打了个冷战。娥皇轻轻拉了拉丈夫的手，说："国主，该回去歇息了。"

李煜回头看看爱妻，娥皇一脸倦容，便爱抚地说："爱妻累了，我送你去歇息。"

李煜有些日子没去长秋宫陪娥皇了。这些日子，他一边忧虑着宋朝野心太大，对南唐的屡屡重贡视如粪土，仍然大兵压境；一边以无尽的歌舞来浇愁解恨。他在窈娘等一班歌舞伎那里的时间多，所以经常感到筋疲力尽。今日中秋，月圆人圆，他要好好陪一陪爱妻。

来到宫寝，李煜叫宫女为他洗涤完毕，便拥衣先卧。娥皇不敢先上床，待丈夫卧下，才慢慢卸妆入被。

李煜看到爱妻满面羞红、娇艳不胜的样子，忙去拥她，不料娥皇并未显示出一点激情。她勉强地应付了丈夫的亲吻，便软软地伏在丈夫的胸膛上，轻声说："从嘉，我也知道你是不得已才乐而忘忧的，不过，我还是劝你，今后要禁一禁宫中的歌舞，要知道，每一场舞宴，花销不下万余金呀！"

在无人时，娥皇始以其名称呼他。

李煜挼去爱妻额上一缕头发说："我南唐王朝不在乎浪费这点银子。"

"可江堤上的守军，连过冬的寒衣都不足呀！"

"我明日下旨，为守军丰衣足食才是。"

娥皇从丈夫的胸膛上移下来，紧紧盯着丈夫那瘦弱的脸颊说："耗费金银是一个方面，妾还觉得，那《霓裳羽衣舞》，不，……"她想说此舞不吉祥，因为每当朝廷主办一次大型霓裳羽衣舞会，随后总要发生一起主凶的事件。但话到嘴边，娥皇止住了，她担心给丈夫心爱的舞曲加了"不吉祥"的字，会惹犯丈夫大躁大怒，尤其是在今日中秋月圆之夜，她更不敢说出这几个字来。

机敏的娥皇马上话题一转,对丈夫说:"那《霓裳羽衣曲》的舞宴一举行,耗费尤其巨大,而且各宫殿马上都要仿效。据说连粮科判官刘承勋也在家里蓄舞伎百人,专练《霓裳羽衣曲》舞,他为此大肆贪公肥私,鱼肉部下和百姓,金陵上下都在称他为贪官。"

李煜也觉得爱妻主要不是为了告刘承勋的状,似乎还有未尽之话。但他不愿挑起这些话题,以免破坏了今夜夫妻共度良宵的情致,他紧紧拥了一下爱妻说:"今夜我们不谈其他,只享受我们夫妻之乐好不好?"

娥皇任丈夫百般爱抚,仍是激情不高。李煜诧异:"爱妻如今为何大不如以前?"

娥皇神情沮丧地说:"也不知为什么,近半年来每每感到胸口堵得慌,全身不适。"

李煜问道:"明日叫御医好好诊断。你要注意保重,国家大事少去想些,乐而忘忧罢了。"

娥皇依在丈夫怀里说:"从嘉,不要担心我,你也要保重身体。歌伎舞伎少沾为好。独有那窈娘我看她聪慧过人,选个日子把她纳为妃子吧。"

李煜听了,又是一阵激动。

八

早春二月,春寒料峭。金陵城里,一片冷寂。刚下过一场春雪,太阳虽躲躲闪闪出来了,寒气却袭人,使人觉得春天姗姗来迟。

李煜在二月初七纳窈娘为妃。窈娘住进后宫与意可对门。活泼的意妃,又多了一个可串门的伴儿。窈娘待人纯真而又热情,因此意可越发常去窈娘宫中。这宫中虽规矩很严,然宫妃间互相串门却不受限制。在这后宫的小天地里,也算是一种自由。

李煜因为新纳窈娘，近些天常去窈娘宫。虽然他平生喜歌舞，近又有个舞蹈精灵做伴，然似乎有个阴影总是压在他的心头。仔细想来，或许是娥皇的影子成天印在他的心里的缘故。爱妻近来病情越来越厉害。那弯弯的柳叶眉上总是有一种使人不易觉察的忧郁，然而她却从来不诉说自己深埋在心中的忧愁，八成是为日益亏空的国库担忧，为南唐的命运而担忧，也为他而忧。而她却永远对他微笑，这更令他觉得有一种不祥之兆。他苦于不能安慰娥皇，因而，在他的词中，便渐有了伤感情绪。他极力使自己不要伤感，幸有无忧无虑的窈娘填补了他内心的空虚。

南平（亦称荆南）的国主惧怕宋朝。宋军刚临城下，他就开门出降，在五代十国中最先归宋。宋太祖赵匡胤受后周禅让三年来，经过充分准备，如今正式向外伸出统一全中国的拳头。李煜有些发怵，日夜不安。他觉得南平就是他的影子。

有什么办法呢？还是得过且过，得乐且乐，今日有酒今日醉吧！无非是多进贡，竭力与宋朝交好，或许赵匡胤会允许南唐为宋的仆从国，而不吞并南唐。

六月底，李煜就令太常寺筹备欢度七夕，准备大庆特庆。娥皇听了，十分担心。她深思之后，劝谏李煜："从嘉，七夕是国主诞辰，本可大庆，不过来日方长。宫廷最好有一个规矩，何时大庆？何时小庆？应有章可循。"

李煜这次倒很爽快地说："也好，没有规矩不能成方圆。以后，五年一大庆，三年一中庆，一年一小庆，好吗？"

娥皇说："国主今年二十七岁，自今年始，可以小庆，尽量节俭一些开支。"

李煜赞同说："好，七夕只限皇族家庆，不惊动大臣。"

虽为小庆，但又不失隆重。七夕日，柔义殿院前扎了个七彩锦绣牌楼。牌楼内摆了六桌皇族族宴。正中摆着玉石镶嵌桌面的香案，案前挂着绣有"寿"字的红缎帷幔。案上点着用香料拌和制成的红烛，玉刻的兽头香炉中燃着沉香和檀木，清香扑鼻，使人觉得神志恍惚，飘然若临仙境。

李煜和娥皇在主桌就座。圣尊后钟氏坐上席，皇子仲寓、仲宣坐皇祖母左右，各妃则依次而坐。

其余席上，除皇族外，亦请了徐铉和韩熙载等数位近臣。

圣尊后和宫妃等都用贴身使女在身后打扇，唯国后娥皇不让使女打扇。她说不热，省得着凉，真正热了，她带有丝绸小扇，自扇便可。

"这大热天，哪里会着凉呢？"李煜想。他知国后心中是怎么想的，随即命身后的两个打扇宫女中的一个去给国后打扇。

因是小庆，在这之前娥皇又特别告知不许歌舞，尤其不许演奏《霓裳羽衣曲》和跳《霓裳羽衣舞》，所以，显得有些沉闷。李煜陪圣尊后和娥皇饮了两杯之后，便去近臣席陪宴、对诗，多了一些情趣。

圣尊后年事已高，不多饮酒，只吃了些儿鲜果。等俩皇孙吃完了，便叫桂十五伴陪着仲寓、仲宣去圣尊后宫中。

"好吧，你先去玩会儿再来领他弟兄俩。"圣尊后在宫中对桂十五说。

桂十五应着，返身自去玩去了。

小仲宣只有三岁，却有些大人模样。刚才离席时，他知道对母后辞别："母后，我要去皇祖母宫中，明天见。"

仲寓也说："母后，我也去了，我会按时和师父返回的，请母后放心。"

娥皇吩咐道："好的，不可失礼。"

仲宣说："母后教诲，孩儿不敢违。"

圣尊后笑着说："好了，好了，让两个皇孙今晚陪我玩一会儿吧！"

他们走后，宫妃们对两个小皇子的言行仪态，赞叹不已。有的说，他们不愧为国主之子，既聪慧又达礼。娥皇听了，颇感欣慰，说道："尤其仲宣，今年才三岁，已经背会了《孝经》，一字不掉哩！"

意可赞颂说："真是才华超群。"

宜爱插嘴说："小皇子仲宣喜欢音乐，还知道音调正误呢！"

窈娘也说一句："这小皇子很知礼，见了士大夫，一本正经躬身礼拜，不是平庸之辈可比的。"

娥皇有点耽担忧地说："仲宣成熟得过早，只怕……"她咽下了尾音。

谁也不在意这尾音。

李煜还在陪近臣畅饮对诗，国后和嫔妃们便先告退回宫了。

九

娥皇回到长秋宫刚刚坐定，就只听见廊间传进说笑声。原来是意可邀了庆奴和窈娘来到了长秋宫。娥皇连忙接入，让座。

意可妃话最多，她一说话，便把宫中的静寂赶跑了。

"国后，我是来赔罪的。"意可妃说，"去年端午节，我多饮了酒，哭闹长秋宫，请国后大姐不要记恨。"

庆奴也说："我不是多饮酒，而是国后的琴弹得太好，我被感动得流泪。"

雪仪说："国后不怪罪我们，我们永世不忘。"

意可、庆奴、雪仪三妃一齐跪下赔罪。娥皇连忙站起来制止："事情早已过去了，姐妹们何必要放在心中呢？若来赔礼，则失去了姐妹情分。"

窈娘笑着说道："国后心如菩萨慈悲，要是你们跪了赔罪，国后心中反而不好受，不如免了。"

意可说："既然如此，我们下不为例！"

说着大家全笑了。三个女人一台戏，一会儿这里就叽叽喳喳，热闹一片了。

娥皇宫中摆设朴实无华，除了一颗夜明珠，再无名贵之物器。唯焚香之器不少，有"凤折腰"，有"金凤口"，有瞿玉，有太古容华，都是金的或玉的。那只叫"三云"的玉炉中正在燃着香炭，散发着淡淡的奇香。

意可妃不是大户出身，所以不知这香料是怎么配成的，便问道："国后，请别笑我无知，你这香炭是怎么制的呢？说了，我也好学学。"

娥皇说："其实也没什么奥秘，只记住几种配料就成。"

意可说："我洗耳恭听。"

娥皇遂将药名一一告诉她："丁香、馥香、沉香、檀香、麝香各一两，甲香三两，细挫，加以鹅梨十枚研出汁来，取汁放置银器内，蒸三次，梨汁干了就可以了。"

"谢谢国后！"意可打趣道，"我也去学着配制，让我宫中也散发此香味，兴许国主闻到后，会多去我宫中呢！"

说得大家都笑了起来。

窈娘倚桌旁坐着，顺手拿起桌上一柄小扇，扇了两下。瞧瞧扇面，忽然发现上面写有一首诗，行书十分中看。

秋风纨扇合收扬，丽人何须重感伤。

政事世情不堪看，权且闭目逐炎凉。

窈娘认得这是李煜写的字，她说："国后，臣妾看你心怀豁达，怎么还有伤愁？"

意可问窈娘："你怎么窥测到的？"

窈娘顺手将绫罗小扇递给意可，意可也是一位爱诗的妃子，她细读了两遍之后，说："哎呀，要说国主在劝说国后，毋宁说他自己感伤呢！瞧，这第三、第四两句'政事世情不堪看，权且闭目逐炎凉！'这是一种无可奈何，跃然扇上呢！"

窈娘说："国主的诗写得不错呢，先劝说国后，然后自己也感伤，且闭目自扇，扇伤愁于清风之外。"

意可感叹说："唉，国后感伤国主劝，我等伤愁只有国后体谅了。"

娥皇微微一笑，其实心中凄然只有自己知道。她说："姐妹们都不必伤感，能快活就快活一些。生在乱世，命运必定坎坷。这也是躲逃不了的呀！"

意可听见国后话中已有三分凄伤，自己控制不住，竟幽幽地哭起来了。

第四章　秋风来时意凄凄　伊人走后情切切

晓月坠，宿云微，无语枕频欹。梦回芳草思依依，天远雁声稀。

啼莺散，馀花乱，寂寞画堂深院。片红休扫尽从伊，留待舞人归。

——《喜迁莺》

一

今年夏天似乎特别热，也特别长。暑天迟迟不肯退去，热气仿佛凝结在金陵城的上空，酷暑让人难受。那树梢儿一丝儿不动，闷热得令人喘不过气来。

好不容易挨近中秋，下了一场透雨，天气才稍微转了些凉气儿。

娥皇发现李煜近来似乎心事重重。他虽然表面上乐陶陶的，却掩遮不住内心的忧郁。娥皇是在龙案上的一首词中发现了国主心事的。

李煜酷爱写诗填词，词必有感人之处，动情之语。他以前写的词，无一首不是直抒情怀，充满欢乐和浪漫，而这一首词的风格、笔调、情感，却与往日大相径庭：

《望江南》

闲梦远，南国正清秋。千里江山寒色暮，芦花深处泊孤舟，笛在月明楼。

这首词表面看来，是写南国之秋景，然而知夫莫若娥皇，她看穿了字里行间埋着的一个"忧"字。清秋本身就含有枯萎、凄冷之意，再加上"寒色暮"，则更加苍凉，更何况是"千里江山"！深秋了，一片惨淡的秋色，暮色中芦苇丛中停着一只"孤舟"，一个"孤"字，更流露出内心的哀怨。那楼宇中飞来的笛声，分明是在婉转地哀鸣。娥皇读后颇感凄凉。

娥皇近来越感浑身乏力，心口堵闷，夜间又常被噩梦惊醒。桂十五见她日渐消瘦，曾几次要告诉李煜，都被她制止了，并嘱咐她不可告诉外人。

娥皇收藏起《望江南》，她那颗原本忧郁的心，又添了几分哀怨，从此，李煜忧心忡忡的词句，时常出现在她的心里。

这天，娥皇正在暗暗为丈夫的忧愁而担忧，忽闻李煜下殿来长秋宫了。娥皇忙笑盈盈地迎出门去。

"国主辛苦了！"

"今日上朝，奏折不多，故不十分忙。"

娥皇接过宫女手上的茶，亲自奉送到李煜面前说："又要筹备年贡了？"

李煜叹了口气，没说话，只是喝茶。

为了缓解眼前的沉闷气氛，娥皇说："从嘉，我为你弹奏一曲，可否？"

李煜说："太好了，我已好久未听爱妻弹奏了。"

"弹一曲什么呢？"娥皇拨动着琴弦，"弹一曲《望江南》怎么样？"

李煜笑了说："你一定是偷偷看了我前几天写的《望江南》！"

娥皇抱歉地一笑："我从词中窥见了悲凉之心呢！"

李煜装着无事地说："怎么是悲凉呢？不过是随意写景罢了。秋景大都不过如此。"

娥皇莞尔一笑："不错，从嘉，你有许多写秋景之词，都很是超情。"她接着吟诵了一首《捣练子令》来印证：

深院静，小庭空，断续寒砧断续风。无奈夜长人不寐，数声和月到帘栊。

　　"这首词也描写了秋夜失眠，卧听砧声的心情，"娥皇转声说，"虽然也孤寂清冷，只不过写长夜漫漫，秋闺怀人罢了，只能是一般的闺情，不像《望江南》中的那一个'秋'字。"

　　"不错，那是听到砧声——捣衣棒槌声之后的联想。妇女常在秋天洗制冬衣以寄赠远人，而《望江南》只是近乎正面描写南国秋景，哪里说了什么'凄'呀，'愁'呀的呢？"

　　"尽在不言中的愁，"娥皇说，"更叫人倍觉凄凉呢！"

　　夫妻俩正兴致勃勃谈诗论词，这时，娥皇的妹妹、十四岁的女英来了。她生机勃勃，童真可鉴，人未进门声先入耳："国主姐夫，又与姐姐谈诗词呢！我来了，不会冷了你们的兴头吧？"

　　"看英妹的厉害小嘴儿！"李煜点了她一指说。

　　娥皇一笑："妹妹虽人儿小，心眼儿却不小，才思很是敏捷呢！"

　　李煜关照说："英妹来得少，可多住几日。"

　　女英做一个鬼脸说："多谢国主姐夫关照。"

　　女英去年正月刚进十三岁时，来金陵参加李璟的葬礼，只住了两日便又回扬州老家了。周宗所生的两个女儿，都貌美如花，也都知书达理、聪慧过人，她们诗词书画，琴棋歌舞，都极其精通，在扬州地方已传为佳话。

　　女英去年正月来时，虽然形貌窈窕俊秀，但未免有些幼稚，今年的女英成熟多了，一副闺中丽人的形态，这正应了"女大十八变"的老话。

　　李煜和女英说了一会儿话，问了扬州的情形，便先告辞了。"姐姐，小仲宣呢？"姐夫一走，女英迫不及待地问，"仲宣很聪明，我真想念他。"

　　娥皇说："桂十五引他读书去了，过会儿会回来的。"

　　女英笑着说："还是吵着和你睡一起吗？"

　　"不呢，这孩子现在很懂事，近来很少来我房里吵闹，他一人一床，有宜爱伴他睡。"

"仲寓读书一定也很用功?"

娥皇颇感自豪地说:"仲寓倒也不需要我分心,过几年,就可以去太学就读呢!"

女英不禁感叹:"姐姐,你真好福气呀!"

娥皇微笑着,那深藏在笑中的凄楚,却不为女英所察觉,她以为姐姐默认了。这也难怪,她只看到聪明又俊秀的两个外甥,却不知朝中之忧,国家之愁。那正如国主词中写的,这孤舟眼见要漂出芦荡,在急浪狂风中飘摇,将在惊涛骇浪中倾覆!宜爱从廊间进来禀报说:"国后,仲寓和仲宣今天在圣尊后那里进膳,圣尊后命奴才来报,请放心。"

娥皇答应着:"哦,那好。妹妹,我们也去用膳吧。"膳厅在长秋宫的后院。女英和姐姐进膳后返回宫中,等了许久,不见仲寓、仲宣回来。女英等不及了,对姐姐说:"他们好久不见回来,我想去看看。"

娥皇想,妹妹去圣尊后那儿不便,便劝说:"他们等一会儿就会回来的,再等等吧。"

女英反应敏捷说:"放心吧,我不敢随便进圣尊后宫中的,我只不过想走动走动。"

娥皇同意了。妹妹来得少,对这宫里觉得新奇,本该亲自带她去观看的,但觉得有些疲倦,不怎么想动,便让一个宫女陪她去。

女英走后,娥皇独自看书,但不多时又看不下去了。近年来,她心神总是不宁,看书精力亦不能集中。复放下书,叫宫女端来了温水,洗了脸,正打算等妹妹和仲寓、仲宣回来,这时宫人来报说:

"国后,国主命我来借烧槽琵琶。"

"哦?谁弹奏。"

"是国后的妹妹。"

"哦,叫妹妹要小心呀!"

娥皇十分爱惜这把元宗亲赐的烧槽琵琶，一般没有人敢借，但妹妹自然例外。她知道妹妹自小爱琴，不会弄坏。更何况又是丈夫派人来取的。

女英不但善弹民间俗乐，对于宫乐谱和《高丽乐》《房中乐》《高山流水》《汉宫秋》《仙韶曲》等优雅乐曲也弹奏得十分娴熟动听。去年春天，李煜将整理抄录的《霓裳羽衣曲》拿给女英看过，女英如获至宝，连夜读诵弹奏，至今已娴熟了。她哪知道好事和坏事本是可以相互转化，乐极会生悲的。

二

原来，女英是巧遇姐夫李煜的。她原本想在宫内随便走走，然后设法见到两个外甥，再一同回长秋宫的。因为侍卫都知道她是国后的妹妹，故而也不阻拦，任她自由走动。岂料女英不知不觉中走进了国主的膳厅。李煜正在那里独饮。她刚想要退出，为时已晚，姐夫已经看见她了。

"来，英妹，陪我饮一杯。"李煜笑着向她招手。

女英的脸"唰"地红了。少女的羞涩使她手足无措。但她很快便镇定下来，大大方方地向玉石镶嵌的膳桌前走去，站在李煜身旁说："国主姐夫，请不要怪罪，我不会饮酒。"

李煜问道："你姐姐叫你来寻我有事？"

"我是来接小仲寓和小仲宣的，无意间走错了地方，姐夫恕罪。"

李煜笑着说："无妨，无妨。"

女英低着头说："谢姐夫，我既然不能饮酒，就去寻小仲寓、小仲宣了。"

李煜止住她说："且慢，既不能饮酒，就请给我演奏一曲，听你姐姐说，你的《霓裳羽衣曲》弹得很好，是吗？"

"粗通琴谱而已。"

李煜听了，当即命宫娥去娥皇处取烧槽琵琶。

宫娥应声而去，不一会儿拿来了烧槽琵琶。

李煜遂放下酒杯，对女英说："走，我们去柔义殿。"

柔义殿是国主办公之地，除了上朝或大臣有特殊情况求见，平时很少有大臣来。这殿不算大，有点像后世的小型戏院，只是不设座位罢了。"舞台"部分摆着龙案，朝会时大臣们就在"舞台"前的两侧列班。李煜领女英走进来，叫她在龙案旁一张精制的海底木椅子上坐下。偌大的柔义殿，就只有姐夫和姨妹两人，寂静无声。女英已听见了自己的心跳声，因为她毕竟太紧张了。

"英妹，别紧张，全神贯注就可以弹得好的。"李煜笑着鼓励她。

女英咬了咬嘴唇，随便地拨弄着琴弦，渐渐地，她又恢复到在扬州时弹奏的心态了。她忘记了面前的姐夫是位国主，只当成一个普通的听琴者，全神贯注地跳动着手指。那音色柔和多了。琴声忽而情意绵绵，忽而如倾如诉。

李煜惊呆了。渐渐地，他觉得眼前弹奏烧槽琵琶的不是别人，正是自己所钟爱的国后、与自己朝夕与共的娥皇。不是吗？那身材，那梳着的高髻，那轮廓分明的面颊，那酒一般醉人的旋涡，那柳叶眉下面清澈如泉的眸子，和随着手指拨动发出的音色……竟如娥皇一模一样！

女英没有注意到宫娥早已离去，柔义殿里只有她和姐夫两个人。

李煜惊喜这位姨妹子居然也弹得这样一手好琵琶！心想，岳父、岳母真是调教有方，才调教出了这对貌若天仙、才思过人的姐妹。

弹完一曲，李煜又要她再弹奏了一曲。

三

李煜和姨妹女英同步走出柔义殿时，已经是亥初时分了，娥皇还倚在床头等着。妹妹回来了，一脸倦色，娥皇命宫女给妹妹打水洗浴。洗后，娥皇说："妹妹，你去睡吧，依旧在隔壁房中。"

这是专门为女英留宿设的住房，去年她来时便住在那里。

次日，女英醒来时太阳已经移过了窗户。她揉了揉惺忪的眼睛，一抬身，起来了。

娥皇早就用过了早点，她遵循"清晨即起"的古训，每天清晨她都早早起身，检查了仲寓、仲宣的功课之后才用早点，这是她雷打不动的习惯。她决心教养好两个儿子，这也是对丈夫的回报。

早点后，女英来给娥皇请安。

"姐姐，今天您气色不错。"

"以往你总是来去匆匆，妹妹，今天让宫娥带你到宫廷内外走走，逛逛金陵城。"

"谢谢姐姐安排。"女英自然高兴。

娥皇遂命两个宫娥领着女英出了后宫。

李煜早已上朝。这朝会是朝廷例行制度，国主召集大臣审理各项军政事务。文武百官各依其政务、品级，在规定时间参加早朝，拜见国主，送呈奏章。李煜厌恶烦琐，百官来了不过是参拜，有章奏来，无章不奏，走走过场而已。

李煜参照唐朝朝会制度，作了些修改：文官五品以上，以及两省供奉者、监察御史、员外郎、太常博士，每三天上朝参拜、奏事一次；武官三品以上，每五天上朝参拜、奏事一次；五品以上朝宫，每月朔望日即初一日、十五日上朝参拜、奏事一次。李煜嫌参拜仪式太繁，不就是表示尊敬吗？他规定平素不必三叩九拜，有事则奏，无事则退，假若万一有要紧国事，国主则去紫微殿上朝——临时召集文武百官商议。

朝会制度修改之后，李煜省去了每日的早朝，可利用这段时间去宫苑散散步，呼吸清晨的新鲜空气。他天生不像一般帝王那样坐如泰山，行如游龙，而有一种文人学士的儒雅气度。散步之后，读读书，写写字，或去崇文馆会会文友贤士，读书论史，赛诗填词，倒也其乐融融。

今日的早朝也很简单，参拜完了，有礼部侍郎呈上一份奏章，朝会便散去了。李煜下朝后，又回到柔义殿，阅了奏章。闲了下来时，耳边似乎又响起烧槽琵琶声，这声音又将他领入了神奇而幻玄的世界。等他回过神来，才意识到那是女英昨夜弹奏的声音。他下意识地抬眼瞧了瞧姨妹昨晚坐过的地方。女英的影像犹在眼前。他突然想写一首词来描绘昨夜姨妹弹奏琵琶的情景。铺好纸，他提笔在纸上写下：

子夜歌
新声慢奏移纤玉

写下了这一句，不知怎的，再也写不下去了，只觉思路堵塞。是写情写意，还是描写弹奏呢？仅仅只写弹奏又有什么意思？然写情又怎样呢？国后的妹妹，自己的姨妹，总有些不好下笔。这才是无情遇着多心人。李煜写词多是欢快情调，形态、心态细腻逼真，以情感人，离开了"情"字，他便极难成篇。

他只好暂时搁笔，等有了情趣再续。倏然间，李煜心中有些烦乱，又说不出个头绪，只觉无端的心绪剪不断，理还乱。他站起来，快步走出了柔义殿，去后苑转转。

深秋的后苑花草皆枯，唯有金黄的、白色的、紫色的菊花还顽强地开放着。李煜在一株盛开的白菊前久久静立。这菊花渐渐变了，变成了一张有笑窝的脸，正在微微笑着，似羞似娇，似有情又非有情。这笑脸与娥皇何其相似，然似娥皇而又非娥皇。李煜好生疑惑，如入梦境。他揉了揉眼睛，再仔细观看，那依然是朵盛开的菊花。

他心中有种异样的感觉，但他自己也说不清这种感觉缘于何物。

他决定，今晚在长秋宫举行一次歌舞，由女英弹奏，爱妻娥皇与自己跳舞，还有窈娘也要叫来。

四

李煜热心要办的，娥皇没有不支持的。她把今夜在长秋宫举行的小型歌舞，起名叫"庭院歌舞"。

庭院歌舞规模虽小，但李煜夫妇却很高兴。女英伴奏，李煜、娥皇对舞。有时窈娘和李煜对舞。或者李煜、娥皇、窈娘共舞。

女英才华初露，她弹奏得十分出色。姐姐下午才教她的《邀醉舞破》和《恨来迟破》两词的配曲，她一学便会，且弹奏得十分动情。《邀醉舞破》是几年前李煜和娥皇在舞宴会上对饮时，娥皇写的一首新词曲。而那《恨来迟破》是在另一次舞宴之后，娥皇极度兴奋，伏桌一气呵成的词曲。两首词曲情感绵绵。女英今夜弹奏这两支曲子，娥皇引喉诵词，委婉动听。当窈娘和李煜对舞时，这庭院歌舞便掀起了高潮。

歌舞在夜半结束。

乐而忘忧。女英那颗单纯的少女之心，并没有李煜的那种忧愁，她乐而不思蜀，金陵胜扬州。她想长期住在姐姐身边。

两次弹奏琵琶，聪慧敏感的女英，已意识到自己在姐夫心中有了分量。少女的心中，自以为荣，引以为傲。

她虽为官家之女，但自来过宫中之后，这朝廷的荣耀、富贵使她大开了眼界。在女英眼中，这朝廷不仅建在金山银山之上，而且这宫苑金殿是耸立云霄的人间仙境，它神秘、圣洁，看得见，摸不着，凡人是不能进入的。但她女英居然进入了神圣宫殿，且可在一国之主的姐夫面前一展才华，这足以使她快乐满足了。

下午，女英独自漫步去了庭院旁的芳林苑。这芳林苑不大，树叶大都已凋落，没有多少生气。令她惊奇的是东边生长着一棵高而大的梧桐树，那树的叶子虽已开始凋零，但树干在深秋的芳林苑中傲然挺立，自成一格。

"那树身伟岸，独树一帜，倒有点儿像姐夫！"女英心中突发奇想。她这一想不要紧，脸上便发起烧来。她连忙扭身走出了芳林苑。

她从侧门进了宫院，不知不觉，又走近国主膳厅。那是前天误入的地方。在御膳厅前，女英特意侧头往里瞧了瞧，不料国主又在其内独饮，与此同时，李煜也侧头看见了她。

出于礼貌，女英连忙问安。

李煜忙说："啊，英妹，快来！"

女英微笑着一步跨进门里，那脸儿已如红霞一般了。

李煜已有八分醉意，令她有些怯畏，便情不自禁地向后退了两步。李煜已经离座，伸手拉住她。

女英坐在姐夫对面，今天全没了往日的大方，心里只觉得似有什么事要发生一般。

宫娥取来了酒具。

"来，英妹喝！"李煜举起杯。

女英脸更红了："姐夫，前天我已经告罪了，我不会喝酒。"

李煜自饮了那杯酒，长叹了一声。

女英十分诧异，他为何这样长叹："姐夫，有什么不顺心的事吗？"

李煜又举起杯子，掩饰地说："不，不，酒味太浓，所以才叹气的。"

女英瞧瞧姐夫的眼光，那眼里明显有一种忧郁和孤独。这使她顿生怜爱之心。

李煜还在无声地举着杯子——已经很久了，女英情不自禁地也端起杯，咬了咬下唇："我陪姐夫喝一小口吧！不过，再不能喝第二口了。"

两人对饮了一大口。

李煜指着菜盘："这是鹿肝，吃一点！"

"姐夫事多，遇事想宽些才是，别忧郁过度，伤了身子。"女英一直惦着姐夫的那一声长长的叹息。

李煜惊奇地望着她，觉得这小姨妹像她的姐姐一样，善解人意，关心备至，他又叹了一声说："我要是有英妹长相伴多好啊，可我已娶了你姐姐，再不能有你了。"

女英险些儿坐不住了，她十分难堪。"姐夫，你醉了。"

"我没有醉。"李煜连忙说，"我没醉！"

女英摇摇头，没说什么，也不知该说什么。默默地坐了一会儿，她想起身告辞："姐夫，我不胜酒力，有些头晕，我想先去休息。"

李煜也站起来："叫宫娥送你回去吧！"

宫娥送女英出门，女英回身说："姐夫，你也早歇吧，酒伤身又伤心呀。"她又对宫娥说："你去侍候国主吧，我自己回去。"说着，独自一人走了。

李煜真的停了杯，随便吃了点点心，出了御膳厅，并没急着回长秋宫，而是拐入南廊，信步行着。走了半天，看见了一个宫门，随意走了进去。宫娥宫监早迎了上来，躬身施礼。李煜没有理会他们，继续往里走。

"国主，臣妾未曾远迎，求国主恕罪！"黄妃忽然跨出大门，神色有些慌张。

"这是什么地方，澄心殿？怎么来到了这儿了？"李煜有些恍恍惚惚。

他被黄妃拉着手，进了寝宫，扶坐在椅子上。这是专门侍候国主的龙椅，平素是不许人坐的。

这澄心殿是皇家的图书珍藏室，除了宫女宫监，旁人是不许随便进入的。黄妃专管澄心殿，因之她的寝宫也就紧挨着澄心殿。李煜近几年很少来这里翻阅图书、画册了。这里珍藏的都是墨宝丹青、真迹书画。如《魏徵进谏图》《文成公主入蕃图》《洛神赋图》《游春图》《潇湘图》《唐明皇游猎图》等等，都称得上是无价之宝。黄妃默默地保管着这些图书、画卷，对于宫廷中所发生的事，既不去过问，也不关心。或许正是她热爱先皇十分看重的工作，所以才封她为宫廷保仪的。李煜近年来仿佛忘了这里的图书，也忘了黄保仪这个人了。

今天李煜忽然而来，黄妃起初还不敢相信，乃至听到李煜说话，她才慌乱地出来迎接，原来他是醉而错步走到这里的，想到此，黄妃的心里如打翻了五味瓶，心中一阵难受。

"这里的古籍，今年都晒过了吗？"李煜突然问道。

"回国主，所有古籍都晒过一遍。"黄妃回道。心想，他酒醉心明，还能自制呢！"爱妃任劳任怨，很有功劳。"

此时，宫女已端来热水替国主洗浴，然后扶上床躺下。黄妃精通古籍，李煜同她谈了一会儿古籍，很是兴奋。两人一宿欢畅不已。

次晨，黄妃命厨子给李煜备下了早膳，李煜一面用膳，一面对黄妃说："你派宫监去南门外徐铉家和韩熙载家，请他们去崇文馆。"

"国主是不是要与他们和诗？"黄妃轻声问道。

李煜点点头："许久没有与他们一起和诗了，昨夜同你谈古，又发幽情，今日一吐为快。"

这一天，李煜是在崇文馆度过的。他填了两首词，然后和韩、徐痛饮，半醉后才回到了长秋宫。娥皇连忙迎住他。

"爱妻，我已经邀约了韩熙载和几位近臣，明晚举行舞宴如何？"

娥皇微微一笑说："只要你觉得高兴，我这就去安排。"

李煜说："叫英妹弹奏，也好与知名文人和大臣们见见面。"

娥皇略有些惊诧，"女英？妹妹今天已经回扬州去了，她叫我代为告辞。"

"啊？"李煜忽然睁大眼睛，"怎么就走了呢？不是叫她多住几日吗？"

"妹妹来时，家母身体欠佳，我放心不下，所以提前打发她走的。"

李煜不再说什么。房中旋即陷入沉寂。为了缓和气氛，娥皇轻声静气地说道："从嘉，都安排哪些歌舞呢？"

"叫窈娘领班跳《霓裳羽衣舞》，我本想让英妹弹奏《霓裳羽衣曲》的，谁知她离去了。"

娥皇听了，不再言语。

然而，她心中的阴影愈益扩大。

李煜心中也很不痛快。女英的突然回去，是他不曾想到的。他有些后悔昨天去了澄心殿，若回了长秋宫，他是不会让女英回扬州的。

他站起来，娥皇瞧着他。她猜测他是不是要离开长秋宫去哪位妃子处。

她虽知李煜不快，但能不再弹奏《霓裳羽衣曲》，心中感到轻松了许多。因为近些日子她时时把演奏《霓裳羽衣曲》和跳《霓裳羽衣舞》，与发生的一些灾难联系在一起。她极后悔当年派人去寻觅此曲，竟寻来无休的烦恼。

李煜出了房门，漫步院中。

"乐而忘忧。"他想起鹦鹉的叫声。

李煜朝鹦鹉转过身去，鹦鹉架上空无一物："心疏利禄！"他又想起八哥的另一句叫声。

"哦，从嘉，还没有来得及告诉你呢，昨天，鹦鹉死了。"娥皇悄悄走到李煜身旁。

"啊！"李煜瞪大了惊讶的眼睛。

娥皇小心翼翼地解释说："可能是这鹦鹉已经老了，并没有发现它有病，只是食量比之前减少，半天没有进食，昨天下午就突然死了。"

这只鹦鹉自外域进贡入宫已经六七年了，颇得李煜喜爱。如今猝然死去，李煜十分惋惜。想起往日归来时，鹦鹉用它尖锐清脆的声音迎接，心中很是喜欢。从今以后，再也听不见那声音了，他心中有些凄然。

李煜再也没说什么，便走出了长秋宫。

娥皇目送李煜走远，两颗冷冷的泪，如珍珠挂在眼帘。

五

公元 963 年 11 月，宋朝改元乾德。这一年冬天，天气奇寒。金陵城在风一阵、雨一阵中迎来了又一个新年。

近来，李煜心中十分烦忧。宋朝之师灭了南平之后，继而兵马不停，一举攻下三江口，进而又攻破岳州，再夺朗州，如飓风卷巨浪扑向南唐而来。娥皇的心情更是焦虑。尽管李煜对她极少谈及国事，但一些知情大臣早已悄悄对她说过。只是恐李煜忧心，所以，她从不在他面前提及。

年前，娥皇曾回乡省亲探母。

夜间，娥皇与妹妹女英同床而眠。姐妹二人说了些扬州的变迁，谈了些宫中诸事，一直谈到三更方才睡去。

女英梦中被一阵咳嗽声惊醒。睁眼一看，天并未亮，见姐姐在一旁咳喘着。

"姐姐，你怎么了？"女英大为惊讶。

"没有事，"娥皇说，"前两天偶感风寒。"

"姐姐可要当心，我看姐姐面色大不如从前了呢！"

"我已生了两个孩子，岂有前几年那么红润？"

女英遂又睡去。再睡醒时，太阳已升得很高了，娥皇已在穿衣。女英随即翻身而起，随娥皇来的宫女已经把水端了进来。

早饭后，娥皇拜别母亲，坐了金根车在宫娥、宫监的拥簇下朝金陵城进发。

李煜派宫人在江边候驾。待娥皇进宫后，他问及岳母病情和扬州情况，最后问及女英。娥皇告诉他说，女英在家中与母亲相依为命，十分遵礼守规，在家中或读书写诗，或弹琴自歌。

"开年妹妹十五岁了，"李煜若有所思地说，"已经懂事，就不劳母亲操心了。"

娥皇点头称是。

谁知，就在娥皇回宫不久，周母突然病逝。

娥皇听说之后，当即哭昏过去，经御医抢救，方苏醒过来。后又放声悲哭。虽然这是她的继母，但母女相处极好。她真后悔，上次回家省亲时，为何不多陪伴母亲住些日子呢？为何没亲手为母亲做些可口的饭菜呢？自己还有许多话想向母亲倾吐，但怕母亲病后体弱，影响她的休息，所以话到嘴边又咽下去。可是现在呢？自己的心里话还能向谁说呢？又想到母亲在弥留之际，自己却不在她的身边，没听听她最后的嘱托，没看看她最后一眼，心中便如刀刻一般。她恨自己的大意，也恨自己这母仪天下的身份。若自己是个民间女子，常与母亲厮守着，该有多好！

扬州的丧葬之仪是在太常寺安排之下进行的。娥皇连夜乘金根车去扬州奔丧。她和女英一道，为母亲守灵。在经过了小殓（为死者穿着寿衣）、大殓（将死者放入棺木）、沐浴（为死者洗头，洗身）、饭含（把贝类珠玉放入死者口中）之后，娥皇由于悲伤过度，又加之旧病复发，竟然昏倒在灵床之前。

安葬了母亲之后，娥皇脸色憔悴，消瘦不堪，似换了一个人一般。

六

乾清二年（964）的除夕，是随着一场暴风大雪降临到江南大地的。

南唐王朝的君臣，是在呼啸的北风和漫天的大雪中，熬过了又一个除夕之夜，又草草地举行了正旦朝贺和"人日"（正月初七为人日）活动。

转眼之间，已到了正月十五日。这正月十五日、七月十五日和十月十五日俗称上、中、下三元节，天官可以赐福，地官可以赦罪，水官可以解厄。

快近午时，女英来到金陵宫中。李煜对娥皇说："妹妹来得好，今天是元宵节、上元日，应当舞宴，以求神赐福。"

可今年与往昔不同，国不泰民不乐，金陵城中既无灯会，也无乡戏，冷冷清清。女英的突然到来，使李煜的脸上有了少见的笑容，他邀重臣要员在元宵之夜都到天乐宫参加舞宴，并命光禄寺备宴。

娥皇听说要举行歌舞，便像有块石头压在心头。因为李煜极爱《霓裳羽衣舞》，而此又是歌舞中的重头节目，岂能不演奏？她想劝说李煜不要安排演奏此舞，可又说不出个理由来。李煜已辞了娥皇和姨妹，转身去永乐宫了，娥皇只好和妹妹拉起了家常，问及了扬州新年景况，女英一一作答。

"姐姐咳嗽可好了些？"

娥皇说："没什么大碍，你别总记挂着。"

女英说："不知怎的，我在梦中常听见姐姐咳嗽，醒来却不见人，有时竟然无端生畏，所以就来看姐姐。"

"那是妹妹关心我，所以让我进了你的梦中。"

"姐姐，如果有病，你须早治，不可疏忽呀！"

"没事，我要真有病还能不治？"正说着，仲寓、仲宣、宜爱和桂十五回来了。他们见了女英，都亲热得"小姨、小姨"喊个不停。女英也很高兴，将已快四岁的小仲宣抱在怀中，亲了又亲，旋转了两圈才放下。

她问仲寓、仲宣到哪里玩去了？娥皇告诉她，平素他们的学业安排得很紧，只有节日才放松一点。今日由宜爱和桂十五领着去逛金陵城。李煜原要他们坐车去的，仲寓、仲宣谢绝了，他们要求走一走。说坐车行动不便，所以，只好依了他们。可是出宫城逛了不多久，仲宣累了，他们只好掉回头来。

"小姨要练琴了，晚上舞宴要伴奏呢！"娥皇对孩子们说，"你们听小姨练琴好吗？"

"好!"两兄弟高兴地围在女英身边。

虽然今年节气有些冷清,然依照传统,宫内宫外,都挂着彩灯,宫娥侍女都身着节日盛装。这元宵节也称灯节。

元宵灯据说出自汉代。东汉明帝提倡佛教,于元宵夜在宫廷寺院"燃灯表佛",彻夜狂欢。最初限狂欢一晚上,唐玄宗规定可狂欢两至三个晚上。

由于这年头不景气,南唐金陵宫中自然省去不少活动。申时,李煜命宫女把御膳厅制作的元宵——糯米粉包肉馅或包芝麻拌糖馅——汤圆,分头给几位大臣送去。韩熙载、徐铉等几位重臣也向国主、国后送来了元宵。酉时,娥皇、窈娘、黄妃、乔娘、意可、庆奴、雪仪等一齐来膳厅吃元宵。平素她们都难得与李煜同桌进膳,今日算是团圆了。

晚上,宫妃们都留下参加上元舞宴。

天色尚早,天乐宫元宵的歌舞宴会已准备好了。宫妃们和十几位重臣及眷属,已经纷纷入宫。李煜和娥皇、女英也到了天乐宫。娥皇的宫女拿了烧槽琵琶,侍候在女英身边。进了天乐宫以后,娥皇的眉头不由得锁了起来。

舞宴开始了。娥皇最担心的事情已经摆在了面前:第一个节目就是由女英伴奏,由窈娘独舞的《霓裳羽衣舞》。窈娘穿着翠绿孔雀衣,梳着天仙髻,佩七宝璎珞,在美妙的琵琶声中翩翩起舞。那轻柔娇美的舞姿,如雾似云,宫妃和大臣们再次领略了这优美的琴声和绝妙的舞蹈。

《霓裳羽衣舞》之后,韩熙载等大臣请女英独奏一曲《汉宫秋》,李煜首先赞同,并鼓励姨妹独奏。女英虽有些紧张,但仍欣然弹奏起来。她出色的技艺,赢得了大臣们的阵阵喝彩声。

再之后,是由大乐班演奏。由于娥皇病后体弱,实在支持不住,便提前回宫休息去了。

女英总担心姐姐的身体。她人在舞场,心却挂念着姐姐。

"英妹,你可会舞?"李煜觉察到女英有些心绪不宁,便过来问她。

女英微笑着摇了摇头。姐姐的身体越来越弱，哪还有心思跳舞——她当然不是不会舞，其实，她的舞技亦不在娥皇之下。李煜以为她真的不会跳，便说："那你弹奏《邀醉舞破》和《恨来迟破》，我与别人舞。"

女英乘机请求说："我弹了这两曲，可要回去陪姐姐了。"

"好，弹了这两曲，可以回去。"

女英弹奏了姐姐创制的这两支曲子，时已下半夜了。她刚要告辞，李煜站起身来说："我送你回长秋宫。"

女英说："不必了，怎敢劳国主大驾！我自己回去，有宫娥伴我就行了。"

李煜已经离席说："何必过谦，我送你就是了。"

女英不能推脱，只好同姐夫同去长秋宫。

当走到芳林苑时，李煜对宫女说："你们先去安排姨妹的居室。"

宫女先行而去。

李煜和女英并肩同步而行。宫中各处张灯结彩，况且上元夜月明如昼，女英脸上被月光映得分外柔媚。她比姐夫矮小，头上梳着的高髻刚刚触及李煜的耳垂。透着一种淡淡的特有的气息。她心跳剧烈，一股莫名的热流窜流全身，一阵阵，川流不息。她似乎有些眩晕迷惑。身边那男人的气味进入她的鼻腔，说不出是喜欢、是厌恶或是惶恐。这气味如同麻醉药，麻木着她的神经末梢。

突然前边有什么响动了一下，吓得她惊跳起来，一转身扑进了李煜怀中。

"怎么啦？别怕！那是宫女在说话。"李煜已经把她搂在怀中，用手轻轻地抚摩着她的头发。

"禀报国主，卧室已经整理好了，国后在自己房中等候。"宫女回来禀报。

李煜问宫女："国后歇息下了？"

"回国主，国后没有睡。"

李煜没说什么。

女英这才意识到自己仍在姐夫怀中，羞愧得急忙从姐夫怀中挣脱，说：

"姐夫请回天乐宫吧，我自己回去。"

"好吧，让宫女伴你去。"

女英剧烈的心跳许久才缓和下来。她走在青砖铺就的曲径上，抬头望了望中天的月亮。那月亮亦望着她，似窥到了她的心事，羞得她连忙低下头。

七

一夜狂舞到天明。李煜回到长秋宫时，娥皇已经起床。李煜草草洗了脸，上床睡了。

娥皇检查了一下丈夫的被子盖没盖好，便自己梳妆。她坐在特制的观音坐莲花的铜镜前（以观世音普度众生之心为镜），用象牙梳梳理着秀发。梳一阵子，太累了，手软无力，歇息了片刻再梳。近来，她愈益感到疲软无力，食欲也明显减退。那不时发作的咳嗽实在让她难受。她知道病魔已悄悄向她走来，然而在丈夫面前，她总是强迫自己不要咳嗽，也不让任何人知道。

女英用过早点之后，悄悄地把姐姐叫出来说："姐姐，我要回去了。"

娥皇诧异地说："为什么？昨天才来，今天就要走？"

女英停顿了一下，说道："我主要是想看看你，看到了，就放心了！"

"那也要等你姐夫醒来和他辞别。"娥皇想起了上次李煜对妹妹的突然离去而不高兴，所以才对女英这么说。

女英说："姐夫乃一国之主，日理万机，不好再去打扰他了，请姐姐向姐夫说明即可。"

娥皇听了，觉得不无道理。

午时，李煜醒来，他问娥皇："现在什么时候了？"

"已是正午时辰。"

李煜搓揉几下眼睛，正在穿衣，忽然黄门侍郎前来禀报：吉州（今江西吉安）暴乱，地方告急！

娥皇听了，庶几昏倒。她扶了椅背才勉强撑住。她望着丈夫脸上惊慌而又着急的神色，一颗心一下提到了嗓子眼。这暴乱有没有可能蔓延波及江西，进而涉及南唐朝廷？这内忧外患，国主精神承受得了吗？一阵剧烈咳嗽几乎使她缓不过气来。

李煜匆匆上朝去了，娥皇感到双腿酸软，但她依然苦撑着。

可怕的病魔已蛮横地吞噬着娥皇的躯体。

严重的忧郁，长期过度的精神负担使她终于病倒了。她发高烧，恶寒。她深恐李煜为她分心，不许人向他说起自己的病。她相信她会好的。两个时辰之后，烧退了些，继而又咳嗽不止。忽然，她感到一阵异常的恶心，一低头，咳出的痰中带着丝丝鲜血。娥皇面色如纸，她再也支持不住了，桂十五和宜爱连忙又扶她躺下。

这位受人尊重的国后，终于倒下了。长秋宫的顶梁柱倾斜了。她已感到宫中一片混乱，她无力地招着手，宜爱俯身聆听她说些什么。

"她们要干什么？"娥皇微声问道。

"回国后，她们要去禀报国主。"

"不。"娥皇忽然抬身，她要坐起来。

宜爱扶她起来，她半倚半躺着。对大家说："不许禀报国主，我很快就会好的，知道吗？"

宜爱说："国后，我去请御医？"

娥皇点点头。

御医拿过脉，查看了咳出的血痰。神情有些黯然。他静思了片刻，才取笔墨开了药方。

"御医，我这病——"娥皇轻声问道。

御医温和地回答："请国后宽心养息，不要紧的。"

娥皇说："御医不必忌讳。"

御医说："国后此病乃忧郁成疾，臣将竭力医治，这药方连服五服，想必病情会减轻些。"

娥皇又说："有劳御医，药可否用重一点？让我多些时日，安排一些后事。"

御医神情一黯，说："国后不要多虑，服了微臣这药，可望大愈。切切记住要静养。"

娥皇深明大义地点点头："我明白了。"

御医辞去。

娥皇吩咐再另燃一个香炉，以冲走室中晦气。又一阵咳嗽之后，她又吐了一口痰。宜爱拿了小金盆来接住，抬头看去，看见了痰盂中有鲜红的血丝在游动，她害怕起来，双眼里泪簌簌落下来。

"拿去倒了吧。"娥皇吩咐说。

宜爱去洗了金盆转来，衣襟已经湿了一片。娥皇瞅住她那泪湿的衣襟，心中一热，也潸然泪涌。她说道："宜爱，你不要难过，我会很快好起来的。"

这一劝，反倒使宜爱"呜呜"哭泣起来！娥皇淌着泪，伸出无力的手抚着她："宜爱，往后，你别离我太近，我这病……"

宜爱哭着说："只要国后尽快康复，奴才愿代国后去病。"

娥皇爱抚地说："别傻了，哪有代病的！对了，你们也别叫仲宣、仲寓过来。"

娥皇说毕，宜爱泣不成声。

不一会儿，抓药的宫监回来了。宜爱遂叫宫女去煎煮，自己去仲寓兄弟的老师那里分别嘱咐，说是国后近日心中烦闷，不希望打扰。两位皇子都很听话，答应不去母后那里。

一连几天，两位皇子心中好想念母后，忍不住眼泪都要淌下来了，但他们遵从母命，不敢去见。

直到第六天，他们才奉命前去探望。娥皇半倚床头坐着，眼里头有晶莹的泪水。她微笑着，看来，她早就在等候了。仲寓、仲宣欲扑向母后，被宜爱拉住了。

"国后不希望你们近前，"宜爱说，"因为母后还很不舒服。"

仲寓、仲宣的泪水在眼眶中旋转。

仲宣说："母后，我好想你哟！"

仲寓说："母后，等你心中不烦闷了，再抱抱我行吗？"

娥皇抽咽说："好，你们去吧，过几天再见你们。"

宜爱侧过头去，让自己眼里含着的泪水流淌下来。

娥皇对儿子说："你们要用心学习，遵从师教，记住了吗？"

仲寓兄弟向母亲行过躬身礼，跟着宜爱出了门。娥皇一直望着他们的背影消失在廊间。两位皇子令娥皇聊以自慰，他们长得和他父亲一般模样，聪明绝顶。尤其仲宣，更令她感到自豪。女子在世，能有称心的丈夫，且有孝顺的儿子，万事足矣。她憧憬着两位漂亮又聪颖的皇子早日成为有用之才，这便是她母爱的全部内容。

国主李煜是娥皇的支柱。他的一笑，使她快慰，他的一声咳嗽，牵着她的心。他偶尔一皱眉，她便为他着急。她爱屋及乌，即使她不愿过问朝政，但也有所了解。这几年来，国库日益亏空，宋朝咄咄逼人，有随时吞没南唐之势，加之国有内乱，庶民暴动，国主只爱诗词，不思治国，难以挽住狂澜，怎能不忧愁？

连着几日，李煜在柔义殿没有回长秋宫，他调兵镇压暴动。吉州暴动一时难以平息，他心躁不安地等待着传回消息。第七天，他抽空回了长秋宫，是时娥皇的病已减轻了些，正躺在床上。李煜见了吃惊地问："怎么，你病了？"

娥皇强打精神说："不小心伤风着了凉，过两天就会好的。"

"请御医看过么？"李煜说，"可别掉以轻心，小病不治酿成大患哪！"

娥皇笑笑,装作不以为然地说:"已经看过了,在用药呢,无须为我分心,你全心去关注江西事态吧!"

"已经派兵去吉州了,我正在等候消息。"李煜说。

娥皇笑着点点头,说:"你也不必为吉州过分担忧,终会平息的。"

李煜又安慰了娥皇几句,便去了柔义殿。

半月之后,娥皇已见大好。她是一位自爱、自重的女子,时时注意保持自己的形态。一大早她就起床了,对镜梳理了一会儿。她的发髻梳理得高雅,李煜竟然不曾觉察出她病情的严重。李煜下殿回长秋宫后,娥皇见他眉头舒展,神情开朗,十分小心地问道:"国主心情好像好了许多,是暴乱平息了吧!"李煜说:"自然,吉州之乱已经平息,江西已经安定了。"

娥皇也顿时如释重负:"是吗?释迦牟尼佛祖保佑,这是国主的洪福!"

李煜高兴地说:"皇后说得极是。我已命宗人寺筹办'上巳'的祓禊了。"

娥皇笑着点了点头。

离三月上巳日尚有一月,娥皇暗暗祝愿自己的身子彻底恢复,以便参加一年一度的祓禊活动。

第五章　娥皇病卧长秋宫　女英幽会画堂畔

红日已高三丈透，金炉次第添香兽。红锦地衣随步皱。

佳人舞点金钗溜，酒恶时拈花蕊嗅。别殿遥闻箫鼓奏。

——《浣溪沙》

一

江南的三月，正是花开的季节。但因为三月初金陵尚未完全脱寒，天地还没有来得及暖和过来，所以，那洁白的梨花、鲜红的桃花尚含苞待放。唯宫城外护城河旁边的柳树，早已绿叶垂枝，花絮飞满河岸，如蒙蒙白雪。

禁城移风殿，却又是另一番世界。一片紫花盛放。这是紫蓬莱花，它产自庐山，色泽淡紫，生在庐山的僧寺中。李煜听说后，下诏移五十株来金陵，栽于移风殿前，赐名紫蓬莱。

上巳（袚褉日），天气晴朗，只是还有三分寒意，水还冰凉。李煜和娥皇同乘御车，临近大曲坊的水池边，先燃香拜叩，再脱了风披龙袍，象征性地抹洗了一下身子。这袚褉不过是除病的仪式，也是习俗，在河畔烧香叩头完了，即抹洗身体。娥皇也象征性地洗了洗面，算作消灾除病。水冰凉彻骨，她病好以后，身体十分虚弱，触了凉水，颇感不适。

袚褉之后，侍卫千余，宫女数百，拥着御车到东门郊游。

城郊与宫中是两个世界。芳草萋萋，田野无垠。犁耙水响，农夫们忙着准备插秧。这里的空气，比宫里要新鲜许多。李煜坐在御车上，忽而东望，忽而南眺，心旷神怡，满眼诗情画意。

"国主，是否可以返驾了？"娥皇说。

李煜甚感诧异，说："怎么，你不想春游？"

"国主，"娥皇歉意地一笑，"臣妾可能着凉了。"

"啊，既然你身体不适，我们回宫去。"李煜连忙说。

回到宫中后，娥皇坚持不住，躺下了，宜爱用手拭她的额头，烫得厉害，才知道她又在发烧。李煜让宫监去请来御医，自己亲自守候床前。

"国后伤风很重吗？"李煜问御医。

御医忙答："回国主，一时不易断定。"

"为什么？"

御医说："因为前次国后病体并未大愈，今日又伤风引发。"

李煜问："前次也是伤风吗？"

娥皇心想可千万不能让御医说了病根，又苦于无法阻止，遂抢先答道："国主，前次也是伤风，今日又伤风，这两病相合，是比较难治些，这就难为御医了。"

虽然，娥皇把并非伤风的前病说成伤风，然她也说两病相加难治，在李煜前替御医挑了担子，以防久治不愈李煜问罪御医。

李煜说："请御医务必尽全力根除国后的病。"

御医唯唯诺诺地说："是了，是了，请国主放心。"

看完病，开了方子，御医走后，宫监飞速去御药房抓了药，宫女煎了药汤，李煜接过来，尝了尝，又亲自喂给娥皇喝。

"国后，吃了药，好好睡上一觉吧！"

娥皇心中感激丈夫的关心，说："你休息去吧，国事为重，我不要紧的。"稍停又说，"从嘉，这些日子，你可去庆奴、雪仪宫中走走，不要冷落了她们。"

李煜点了点头，心中想："爱妻真可谓是世间少有的贤妻良母。"

是啊，好久未去意可、雪仪她们宫中了，庶几将其遗忘。有贤惠多情的妻子，再又有能歌善舞、闭月羞花的窈娘，余者哪有工夫顾及？再加上近年朝中不景气，心情大大不如以前开朗，自然冷淡了她们。如今娥皇提及，他似乎有愧，便无声无语地出了长秋宫。

二

南唐朝廷的日子是越来越不好过了，李煜心中自是越来越紧。去年冬天在极其困难的处境中，曾筹贡银二万两，贡金三千两，另帛绢万匹，派使臣送到了北宋汴京。转眼春贡又接踵而来，就是在金陵城中造金造银也来不及啊！这日子怎么过呢？

李煜在紫微殿召见吏部侍郎韩熙载，与他商讨如何才能解脱当前的困境，议来议去也没有很好的办法。最后，韩熙载提了个大胆的想法：用铁铸钱，与铜钱共通杂用，这样即可解决铜的不足。不过这样做的弊病是恐怕有人私自铸钱，扰乱金融。但这也是不得已而为的应急之策，可以解燃眉之急。

"就按爱卿说的去办吧！"李煜说，"还有一件大事，即遴选人才。"

韩熙载已经敏感地意识到，国主要委重任于他了，但又装作不知说："遴选何种等级的人才？"

李煜说："考选进士，此任由你担当。"

韩熙载忙施礼说："臣遵命。"

娥皇服药调理以后，病情日见好转，已能下床。这日天气晴朗无风，宫人置了软椅于前院草地上，娥皇叫人搀着走了出去，坐在外面晒太阳，觉得好了许多了。坐了约一个时辰，似觉得有些困倦，便站起来，去芳林苑小径漫步，闻花观草，体验春天的气息，增强体内活力。芳林苑中花草茂盛，那鲜艳的石榴花尤其可爱,火红火红的,酷似少女青春。娥皇无声地微笑着,情不自禁地走到近前,她细看了个够。

"国后对红艳的石榴花特别有雅兴啊!"

原来,李煜已不知何时悄然出现在娥皇身后了。

娥皇惊喜地说:"国主下朝了?"

好久不见娥皇来宫外走动了,今天见她在苑中观花,李煜心中很是高兴,便搀扶住她往宫门前走。

"宜爱,再拿椅子出来。"娥皇吩咐过后,指着原来她坐的椅子,对李煜说:"国主请坐。"

李煜说:"你身体还没有恢复,我怎么可以让你站着?"他扶娥皇坐下。

娥皇很过意不去,双手持撑住椅把,不急于坐。宜爱又端了一把椅子出来,请国主坐了,她才正式坐定。

"这天气还不错,暖和,几乎夹衣都穿不住了呢。"李煜说。

"是呀,国主可要千万小心,虽是阳春三月,但乍暖还寒,最容易伤人。"

"爱妻放心。"李煜有时称她国后,有时又这样称呼她。

娥皇看着他的眉宇说:"国主近来脸色不佳,似乎有什么心事?"

李煜皱了一下眉头说:"唉,说来话长。"他把心中的烦事告诉了娥皇。

原来,自从韩熙载接受了主考进士的重任,下殿后即进行了准备,二十天即完成了考选,张榜告示:王崇古、舒雅等九人为进士的。但落第的官宦子弟不少。别看这南唐犹如狂澜中的小舟,局势严峻,但南唐历来尊崇文化,对进士企求者还是相当多的。落第了的当然不甘心。他们认为韩熙载有营私之嫌,并举出舒雅为例。认为舒雅是韩熙载的高足门生,平日常居韩府,故而可以推断有营私之疑。这一事件在朝廷上下引起了轩然大波。

李煜生性怯弱,见有这么大的风波,尤其是许多朝臣都出头露面说话了,他感到左右为难。遂又诏命中书舍人徐铉复试,而舒雅则认为这是对韩大人的恶意攻击，拒绝复试，自然后来榜上无名。

韩熙载遂对徐铉有了疙瘩，且暗中对李煜也有抱怨。李煜心中当然明白，本想解释，然韩熙载并不直言。李煜每次有意提及，他都委婉回避。于是，李煜心中有苦难言。

"国难当头，朝中不可互有间隙，重臣尤其不能如此。"娥皇听了李煜说的考场风波之后说道。

李煜点点头，片刻未语。

"促膝交心不能解他心中疙瘩，就请国主迁升韩熙载，以示国主一如既往，并无疏远嫌疑。"娥皇献计说。

李煜想了想，觉得这也是消除与韩熙载之间缝隙的唯一办法。

事后，李煜拜韩熙载为兵部尚书，充勤政殿学士承旨。韩熙载内心深受感动，国主不加累，反而施封，此恩终生不敢忘记。

汴京传来消息，宋朝文明殿落成，要举行典礼。李煜也有准备，派徐铉去汴京祝贺，贡银万两，另有金器若干。这样一来，若再贡，只有拆金陵城的城砖了。

李煜下旨铸造铁钱，刻不容缓。又临时派遣了许多朝廷官员协助准备、监理熔铸，使财力匮乏的朝廷得以喘息缓解。

李煜长吁一口气。下朝归来，他甚觉轻松，遂随意在宫城中走动。这宫城之中，佛寺甚多，钟磬鼓乐之声不绝于耳，四面皆然。这佛家乐声亦是无比动听的。李煜用他特有的音乐鉴赏能力，边漫步边细听，不觉心中有一种异样的感觉。他路经百尺楼下，又西绕至澄心殿、小虹桥，继而又转向南，途经移风殿旁边时，听见国师正在给仲寓兄弟讲孔子的《论语·为政篇》。他停步听了听，又悄悄离开了。

仲寓、仲宣都在这移风殿的侧室学习。李煜特命桂十六、秋水为师傅兼常侍伴读，另外聘请近臣潘佑、翰林院学士钟汉、文理院学士李德明等兼师傅授课。他没有将皇子送国子学读书，因那里太繁杂。对了，他想起来了，他要在金陵再建一所国子学。庐山虽设有国子学，但离金陵太远，不方便。这种高等贵胄学校，始于晋武帝咸宁二年（276）。根据《周礼》"国子之贵族子弟受教于师"而命名的一种专门讲授经学的中央学堂，其目的是为了"辨其泾渭"，区别士庶贵贱的不同，规定只有五品以上官员的子弟才允许入学，六品以下官员子弟只能入太学。

李煜参考唐朝规定，将入学年龄限定在十五岁至二十岁。现在着手创办国子学会越办越好，到仲寓、仲宣上国子学时，则定能办得非常之好了。

提到两个皇子，李煜忽然想起韩熙载的奏章，他奏请恩准加封仲寓、仲宣。李煜想，这皇子封公封王，是前朝后效，天经地义，至于封什么，还需斟酌。一番思索之后，李煜决定封长子仲寓为清源郡公，封次子仲宣为宣城郡公。

"我也是七岁时封安定郡公的。"李煜想，"十二岁封郡王，二十三岁时（959）才封为吴王，以尚书令知政事。"

想到这里，李煜觉得人生过于短暂，皇祖父烈宗年轻时就分别封了父皇和四位皇叔的王位，又分别封了他的两位哥哥、自己和五位弟弟的王位，如今又轮上自己给儿子封公封王了，再过若干年，又轮上儿子封孙子王公爵位了。我李氏家族将一代一代为皇为主，为公为王。

只是，如今这局面能支撑下去吗？朝廷费用巨大，进贡支出惊人。一想起进贡，李煜心中便生寒战。虽然靠了巨额重贡换来了南唐的眼前安稳，但能维持多久呢？

"国主近安！"

李煜正低头忧思，忽听见一个娇声迎住了他，不用抬头，他知道是窈娘。

算来已有旬日不见窈娘了。

三

五月是江南的梅雨季节。那时阴时雨的天气，着实叫人心闷。接着，又是阴雨延绵，只落得宫中地面上生出一层绿霉。

这梅雨天气令娥皇愁苦万分，无端的忧郁布满心间。她说不出所以然，自己的心沉沉的，似乎快坠于地上了。又常常觉得身上发冷，无奈又将冬天的绿缎袄拿出来穿上，而这时别人都穿上夹衣或单衣了。娥皇穿上缎袄还觉得寒冷。而这寒冷似乎是从心里向外透出，更令她痛苦……

还有一件事也让娥皇忧心，就是咳出的痰中常常带有血丝，若是被李煜发觉了，会令他着急伤神的。

传统的端午节到了。

人在忧愁时往事会涌上心头。想起前几年，朝廷虽不景气，那端午节还是十分热闹的，又是庆贺她的生日，又是举行祓禊仪式，更有那玄武湖上的赛龙舟，人山人海，倾城观看。如今，同是端午节，同是她的生辰，却如此近乎凄凉。宫廷没有生机，国主往日陶醉于歌场舞宴之中，如今却独进孤出，心事重重，怎不叫人伤叹呢？娥皇想到这里，潸然泪下。

她走到象牙床边，坐在床上。

"国后想睡？"宜爱柔声问道。

娥皇泪迹满面，点了点头。

宜爱帮她脱去鞋袜，服侍躺下，盖了绣花粉红缎被，四周掖好，才掉过头去，偷偷地拭泪。

娥皇闭上了泪眼。

窗外还是阴沉沉地，天上细雨霏霏。

六月初，忽然下了一场大雨，宫城外玄武湖水暴涨，护城河水变得十分浑浊，庶几漫上岸来。宫中低洼处积满了水，上天依稀要降灾于金陵了。

第二天，又连着下了一天一夜的暴雨，或许是苍天发泄够了，第三天，雨住天晴。太阳一出来，大地很快散发出热力，低温后骤然转高温，使人顿觉炎热难受，流汗不止。

娥皇坐在宫院中晒着太阳。炽热的阳光射在她的脸上身上，少有的暖和注入全身。那面颊像涂上了胭脂一般，石榴花一样红。她解开了缎袄扣子，叫宜爱拿了件夹衣来，换上夹衣。本想自己扣上，但已经无力举手。灵敏的宜爱伸手帮着扣上，娥皇伸手拽夹衣的下摆，觉得很吃力。病中的娥皇，穿衣一如往常，不使衣上有半点皱褶。

"圣尊后到——！"

宫门外，忽然传来通报声。圣尊后钟氏已到侧门外了。

自元宗驾崩后，圣尊后由南都归金陵，住进长秋宫后院的一间宫室中，深居简出。除有时出后院门去寺庙烧香拜佛外，极少涉足宫中。这时突然来到长秋宫，惊动了宫监宫娥，纷纷跪迎圣尊后。

娥皇听了喊声，忙不迭地起身，急于要去迎接圣尊后。由于起身太急，险些踉跄跌倒，宜爱急忙搀扶。然而娥皇不让，坚持自己前去迎接。圣尊后在宫娥们的搀扶下，往宫闱这边走来。娥皇顾不了地上尘土，迎上一步，双膝跪地。

"母后福体安泰，媳恭迎来迟，请恕罪。"

"快起来！"圣尊后忙上前亲自搀扶娥皇起来，"皇媳别讲大礼了！"又对跪迎的宫监、宫娥说："都起来吧，免了。"

众宫监、宫娥谢过圣尊后纷纷起来站立旁边。圣尊后说："我所以不爱出来，出来怕你们礼仪太多。我这个人什么都不怕，就怕这费力劳神的礼！"

娥皇说："媳妇记住了，以后简单些就是，还望母后常来走走！"

"你呀，"圣尊后说，"在我所有皇媳中是最通达礼仪的，好吧，你刚才不是坐在外面吗？"

娥皇说："母后，儿媳在宫里闷长了，出来晒晒太阳。"

圣尊后道："就是嘛，我也高兴晒晒太阳，我们到外面坐会吧。"

宫女搀扶圣尊后来到外面坐下，娥皇紧跟出来，站立一旁。宫女给娥皇端出一把椅子，但她仍站着。

"快坐下吧，何必如此多礼？"圣尊后说，"你要是不坐，我可就要走了。"

"我坐就是了。"娥皇忙坐下。

"我说皇媳啊，你病了好久了，是吗？我都听说了，今日，特意来看看你。"圣尊后爱怜地望着娥皇。

娥皇忙站起来施礼："谢母后，儿媳有许久没去给母后请安了，母后反倒来看儿媳，儿媳心中不安。"

圣尊后摇摇头："病了，哪里还能去请安呢？"

她朝贴身使女招招手，使女忙递过一枝鹿茸，她转手给了娥皇："这是烈宗在位时西藏送来的礼品，我放了多年了，你拿去蒸了，补补身子吧。"

娥皇站起来，双手接过鹿茸，激动地说："母后的关怀，儿媳永铭心间。"

"说这些做什么？这只不过是我的一点儿心意罢了，把病早日治好才是我的心愿了。"

"儿媳遵命。"

"御医有没有诊明你的病因是什么？"圣尊后问道。

"回母后，"娥皇说，"御医只说此病不要紧的。"

圣尊后点头未语，心中不太好过，一片慈爱布在苍老的脸上。

"母后请放心，儿媳会很快恢复的。"娥皇见圣尊后似在着急，忙安慰说。

元宗共有十一个皇子，有七个皇子是圣尊后所生，而在七个皇子中，圣尊后最疼爱的就是六皇子李煜了。对贤惠又多才多艺的娥皇，更是爱怜有加，如待亲生女儿一般。平素，娥皇每五天必去向圣尊后请安问好，一次未去，圣尊后心中就会惦记着。这几个月来，娥皇因病不能去请安问好，圣尊后终于知道了娥皇的病情，她心中十分沉重。

"你不要为国事操心，"圣尊后说，"天塌下来，我们女人也顶不住，撑不起呀！"

娥皇答道："儿媳将母后的金玉良言记在心里。注意身体就是。"

"这世界，都是你想吃我，我想吃你，谁不想吃人，就会被人吃掉。"圣尊后不无感慨地说，"烈宗皇帝当初弭兵止戈，和善友帮，以保社稷。只是人心不古，北方南犯，又屡屡得手，才有今日之虑。可是天要刮风，树能不动吗？这大唐（南唐）社稷能保得住吗？"

圣尊后热泪盈眶，激动了好一会儿，又转换了口气，"保与不保，也由不了你我，也由不了国主。世事自有天定，所以呀，我们都不去操心吧！"

圣尊后并不掩饰自己的忧虑。是啊，一个国家弭兵止戈，不练卫武，既无防御之士，亦无进攻之师，能保住社稷？如今大宋强盛起来了，正在积累财富，大练其兵，雄心勃勃地要统一中国，能不吃掉弭兵止武的南唐吗？既然阻止不了人家统一中国，就得冷静想想，这天下长久割据下去也是不行的，今天这里打仗，明天那里起兵，全是百姓遭殃。再说，这南唐崇尚佛教，不仅金陵遍布佛寺，连这小小宫城之中就建寺院数十余座，难道这菩萨能保佑南唐社稷平安吗？

圣尊后虽已年迈，但对往事记忆犹新。她望着已病入膏肓的儿媳妇，回忆着南唐建国的风雨路程，自言自语地说道：

"唉，这日子，这朝廷！"

她见娥皇心事重重，便拉着她的手说道："我劝你不要多担心，管不了的事就不去想。对身子没好处。好了，你多多保重自己吧，我要回去了。"

娥皇说："谢母后教诲，母后对儿媳如此垂爱，儿媳感激不尽。"

娥皇说完，起身送行。

圣尊后在宫娥、宫监的簇拥下，由长秋宫后门走出，又回到那深深的宫室中去了。

娥皇久久立在回廊上，望着圣尊后的背影，眼里闪动着泪花。

"国后，"身边的宜爱轻声说，"快回房休息吧！"

娥皇顺从地回到自己房中。房中显得特别阴凉，与外面的世界迥然不同，阴凉得有几分凄恻。

四

天气开始炎热了，太阳也火爆起来。这被称为火炉的金陵城，夏季之热，不言而喻，在深宫之中，嫔妃贵妇们是靠了宫娥们打扇度暑的。

唯有娥皇不觉暑热，不仅不用借助扇子乘凉，有时还免不了咳嗽、打冷战。

有一天，李煜下朝回长秋宫，正遇上娥皇一阵剧烈咳嗽。李煜连忙上前，手搀住她，一手轻轻地捶她的背部。咳嗽之后，娥皇强迫自己吞下了本该吐出的痰。

她知道吐出的是血，绝不能让丈夫发现。一切都可忠于丈夫，唯有此事不能。

接着又是一阵恶心。

"爱妻，你觉得怎么样？"李煜注视着娥皇，目光里满含恻隐，"你好像不只是伤风。"

娥皇莞尔一笑说："从嘉，伤风也有轻重之分。"

这莞尔一笑，已失去了往日的明媚，成了病中呻吟。

李煜虽不说话，但心中已有疑窦。娥皇绝不是伤风。他意识到爱妻染病非轻，却只字不讲，那是她把安宁、幸福奉献给丈夫、儿子，而自己却默默承受着痛苦。他轻轻搀扶娥皇来到椅子跟前。娥皇不肯坐，她牢牢地抓住李煜的手，说道。

"从嘉先坐。"

宜爱机灵地端过另一把椅子，两椅并排。李煜看看爱妻执意要自己先坐，便先坐了，娥皇这才坐下。

李煜瞅着她几分病容的脸，把她的手握得更紧了。

娥皇以特有的温柔说道："这一段时间，我身体不好，你就往别宫歇宿去吧。那窈娘善良美丽，也很温顺。你在国事烦闷时，她会替你解闷的。"

李煜感动地望着娥皇，并不答话。

"我这是说的心里话，"娥皇说："从嘉你可千万别误会！"

"我岂有不知，"李煜说，"不过，爱妻的病，莫非……"

娥皇说："也许，伤风同样能传给别人呢！"

"国后，"忽有宫娥来报，发现国主也在，那宫娥便说，"国主，庆奴妃到。"

"快请庆奴妹进来！"娥皇忙说。

庆奴被引入，见李煜亦在，忙跪下呼："国主、国后安福。"

娥皇上前牵起："不必讲大礼，快请坐。"

"谢国后。"

刚刚坐下，宫娥奉上茶来。

"听说国后身体欠安，奴妾特来看望。"

娥皇笑盈盈地说："多谢了。我们姐妹，可不必多礼，今天就在此用膳吧！"

李煜站起来说："你们说话，我出去走走。"

廊间，一只体形稍小的八哥见了李煜，高兴地忽而跳上，忽而跳下，高叫："乐而忘忧。"

老鹦鹉死了以后，宫人又从集市上买来一只八哥，仍然教它"乐而忘忧"。八哥很聪明，只学了数日，像死去的老鹦鹉一样，会说"乐而忘忧"了。

多日不听这声音了，偶尔听来，李煜陡然产生一种异样感情，说不清是凄楚还是辛酸。"乐而忘忧"，何其为乐？何能忘忧啊？国库无银，宋朝架刀于脖，爱妻病重，国将不国，家将不家，能不忧愁？

往日欢乐，似乎远去，何时再有？自从他当上了这岌岌可危的一国之主，就如同坐在针毡般的宝座上，若同苦刑。自己不管怎么样寻乐，也还是冲不掉这一个"忧"字。

庆奴来探望娥皇，让她们好好说说话，宽宽娥皇的心吧。李煜边走边想。他走过回廊，步出宫去，渐觉炎热难当。他走近一株树下，树荫蔽日，他站了片刻，凉爽了许多。倏然间，他想起赠给庆奴的一面黄罗扇，那黄罗扇上，题写过一首词，他至今仍记得原句：

> 风情渐老见春羞，到处销魂感旧游。
>
> 多谢长条似相识，强垂烟穗拂人头。

这是前几年写的，如今，自然已没了多少兴趣。

树上的"知了"在叫着，叫声单调而枯燥。

李煜抬头仰望树枝，细听那知了的叫声，什么都知快乐，这知了不也很快乐吗？然而它究竟"知了"什么呢？

他觉得这叫声十分凄凉，便挥手驱赶。

知了振翅飞去。李煜十分扫兴。

这天晚上，李煜没有去别宫，留在长秋宫中。娥皇请求他不要同枕，但李煜不答应，要和娥皇同睡一头。他太爱她了，情感不能分离，怎么可以分枕呢？娥皇无奈，只好请求背面而睡，以防咳嗽。

"没有别的，我怕咳嗽影响你睡觉。"娥皇解释说，"国事繁忙，国主不睡好怎么行？"

李煜说："这也没什么，你咳嗽我更难受呢。"

娥皇为了不再让李煜谈及她的病情，连忙转换了话题："从嘉，许久不见宫中舞宴了，你的情绪一天不如一天呀！"

"金银亏空，开支费用太大啊！"

娥皇想了想说："举行小规模舞宴，不一定要花许多银子，只要不再演奏《霓裳羽衣舞》。我看你还是要想办法高兴一点才好。"

李煜没有回答。

娥皇还想将《霓裳羽衣舞》这部古谱的不祥之兆告诉李煜，并建议他在宫中要禁舞，但想到李煜十分钟情于此谱，怕照直说出来，令他不快，所以，话到嘴边，却没说出来。

过一会儿，李煜伸手去摸了娥皇的身子，不禁叫道："哟，爱妻怎么瘦得这么厉害？"

娥皇说："病了自然会瘦，病好后调养一番就会恢复的。"

李煜未语。

第二天，娥皇起得稍微晚些，起床后就去梳洗，梳洗完了脱去梳理搭肩（女子梳头专用），去膳房喝了点鲜奶，吃了一点粳米糕，稍事休息后，便和宜爱往窈娘宫走去。此行是她昨晚在床上转侧难眠时想到的。娥皇知道，丈夫在为她的病忧心，对她充满了爱怜。她原来不想让丈夫知道她已病重，以免他担忧，但如今再也隐瞒不住了。应该让他乐而忘忧，好好地处理朝中大事。于是，娥皇想起了往日李煜常常要她陪伴，常通宵达旦的歌舞。那歌、那舞何其销魂！哪里知道天下还有一个"忧"字？娥皇清楚地记得，在一个风雪夜里，他夫妻俩作通夜之欢，她嫣然笑着，以动人的姿态举起酒杯，请他同舞，他却有意逗她说，"你作一首新曲，我再和你同舞！"

娥皇放下酒杯，当场谱了一首新曲《邀醉舞破》，叫李煜高兴了好几个月哩。

那日子，难道一去不复返了吗？

想到这里，娥皇躺在床上不禁悄然流泪。

她不愿生活冷落了丈夫，她要使他欢乐依然。自己虽然已无能为力，但天资聪颖的窈娘可当此任，但要事先嘱咐于她。

这就是娥皇今天要去窈娘宫的目的。

早有宫女禀报窈娘了。窈娘慌忙出宫跪迎说："不知国后驾临，恕奴妾未曾远迎。"

娥皇微笑着走过去，双手搀扶起窈娘："窈娘妹，何必讲此大礼呢？快请起吧。"

窈娘说："谢国后大恩！"遂起身。

窈娘随手来搀扶娥皇。然而娥皇却反手将她胳膊挽住，同步进宫。

"国后凤体欠佳，有事当传奴妾，何须国后亲临？"窈娘说。

娥皇说："我出来走动，串串门儿，不也很好吗？在家里坐着，很郁闷。"

窈娘说："也是，近日国后凤体好些了吗？"

"稍有恢复，尚在吃药。"

"祈菩萨保佑，愿国后早日康复。"

娥皇点着头说："谢谢美意。"稍停又说，"窈娘妹，你觉得宫廷欢乐气氛，比前几年怎样？"

窈娘粲然笑着，说："国后怎么忽然问起此事？"

娥皇叹了声气，说："朝廷前年南迁，先皇驾崩南昌，而后朝廷复迁都金陵，自此国事一蹶不振。今年更不如去年，这宫中没了音乐，没了歌舞，似没有了一点生气。"

窈娘是一位天性好动的人，对于今年的冷清，心里早就不好受了，然她只知不乐，不思索其所以不乐。今天国后提及，倒也触动了她心里积压多时的话，但在国后面前，她不敢放肆，只是说："国主少了欢乐，这宫城自然没有欢乐了。"

"这就是了！"娥皇说，"国主原是很欢乐的，如今心绪不好，才少了欢乐。"

窈娘说："这局面如何扭转呢？"

娥皇稍顿说："要恢复宫廷欢乐，唯有一人。谁能使宫中重新欢乐起来？"

"是谁？"窈娘问。

"是你！"娥皇突然说，"这宫中少乐，唯你可以扭转乾坤。"

窈娘笑着："我？国后取笑了，奴妾哪来如此本领？"

娥皇说："窈娘总不能看着国主寡乐而伤身子吧？"

窈娘敛住笑："可是，奴妾无能为力呀！"

娥皇笑着，摇了摇头："你呀，以前你是大乐班领班，你一领舞，国主十分兴奋，如今再举行歌舞能有何难？"

窈娘点了点头。

"就这么说定了，"娥皇说，"举行几次歌舞宴会总可以吧？你领个头，需要什么协助办理的，可以对我说。"

窈娘高兴了："国后之命岂敢不从？"

"妹妹，我们都是同船过渡，是五百年前的缘分。我有件心事想说给你听，你可不要见外啊。"娥皇收敛了总是挂在脸上的笑容。此时，她脸色严肃，且有痛苦之状。她接着说道："社稷得失，国主有责，国主得失，我等有责。如今，国事日艰，国运难料。为国主解难分忧，外需大臣，内需我等。我托你举行歌舞，无非是借此使国主精神有慰，使宫内宫外平息猜疑，恢复往昔生机而已。但举行歌舞，一定要俭而为之，且不可似往日那样大操大办。若你如我所言去办，就是帮了我的大忙，也帮了国主的忙，帮了社稷的忙。"由于激动，她说完后大口喘息着，急得窈娘连忙上前搀扶。

娥皇喝了点茶水，稍事歇了一会儿，便告辞回宫了。

其实她仍然没有全部说心中想说出的话。她本想说，宫中尤其不可再表演《霓裳羽衣曲》那样的歌舞了，但还是没说出口来。因为窈娘年轻，世事知之甚少，若把自己的心事说给她听，她能理解吗？她若将自己的心事说给李煜听了，李煜会怎样想？想来她已后悔不已。此谱乃是自己先在丈夫面前提及的，又是自己派人四处寻找的，找到后又是自己亲自参与修补抄录的，宫中第一次演奏时，又是自己弹奏的，所以，此曲此舞才在宫中开了先河。而今，自己却要禁止此谱的演奏，这是她万万没有料到的。

种瓜得瓜，种豆得豆。种下了祸害，收获的必然也是祸害。

娥皇边走边想，边想边悲。她已预感到一场灾难即将降临了，然而她却无能为力。

走到长秋宫时，她已是泪水加汗水，全身一片湿冷了。

五

这一次舞宴的规模要胜过过去。文官五品以上、武官三品以上官员几乎都参加了。窈娘挑大梁，任主角，宫中顿时变得有生气了。

李煜也权且压下了心头之忧。他饮了酒，又去起舞，舞累了，再去饮酒。仿佛又恢复了前些年他词中描绘的"金炉次第添香兽，红锦地衣随步皱。佳人舞点金钗溜"的场面了，那欢乐，许久已不曾有了。

直到卯时，歌舞宴席才散去。李煜随窈娘一起同去了窈娘宫中。

这一天，阵雨刚停，气温凉爽了许多，娥皇之妹女英忽然来了。她见了姐姐后，发觉姐姐颧骨高了许多，消瘦不堪，不禁潸然流泪。

"姐姐，你怎么啦？变成了这模样，又瘦又黄！"

"别淌泪，好不好？我见了泪心中就难受。"

娥皇说着，以手帕给妹妹拭泪。"我没有什么，人吃五谷，哪能不生病呢？"

女英说："姐姐身体乏力。这不是一般的小病，姐姐别哄我了。"

娥皇又劝慰说："妹妹，你听姐姐说，别流泪，倘若你姐夫来见了，心中会更难过的。他一直在为我忧心。"

女英抽泣了一会儿，强忍了泪。

"小仲寓、仲宣可好？"女英问。

"好，好，他们都很聪明，很懂礼。不使我分心，这确是很好的安慰。"

女英说："这就好。"

妹妹的到来，娥皇分外高兴，竟然病情轻了许多。她陪着妹妹去膳厅吃饭时，用另备的筷子夹菜，放进自己碗里，然后再吃。

女英瞅着姐姐夹菜的专门筷子，眼里闪着疑问的光。娥皇道："伤风咳嗽也会传给他人的，所以我用此箸夹菜。"

女英听了，没说什么。

其实，女英这次进宫，是心有闷气想向姐姐、姐夫诉苦的。

原来，南唐烈祖李昇夺得杨溥的皇位之后，便将杨氏皇族由润州迁往泰州，软禁于永宁宫中。日久，杨氏家族在禁宫中自行婚配，生儿育女，其子孙已繁衍了三百余人，元宗又命人对杨氏所生男孩子进行杀害，所以，逐渐引起了人们对杨氏家族的同情和对南唐的不满。

原来，后周世宗皇帝攻破泰州时，曾派人去安抚过这些皇族的后代，但由于周世宗于当年五月撤军北上，南唐元宗皇帝李璟担心当年在泰州丹阳宫杀害杨溥、并迫害皇家族的丑行暴露于天下，于是，以保护杨氏族人安全为由，下诏杨氏后人仍迁回润州杨氏的旧宫中居住，并派园苑使尹庭范率兵护送。

当行至半途时，尹庭范按照元宗事先的安排，先让男子上岸，他已在岸上安排了伏兵。当男子上岸后，太子杨链首先被杀，皇太叔杨得顿时明白了元宗的用心，他破口大骂元宗不仁不义，得了杨氏天下，还要诛杀杨氏的全族，此乃为天地所不容，必将遭到报应！他尚未喊完，便已身首分离了！

顿时，杨氏的男子们不愿束手待毙，纷纷以身边的木棍、石头等与士兵拼死搏斗。一时间船上、岸上，刀光剑影，最后，杨氏全族六十余名男子尽遭屠杀，妇孺童子纷纷跳入江中，多数被江水冲走，仅有几名妇女和稚童被渔民救起。

这起惨无人道的血案在民间传开之后，南唐朝廷受到了北宋和江南各国的谴责。金陵城中的一些商贾富户和士绅文人纷纷背叛南唐逃往江北。南唐元宗皇帝李璟已成了千人唾骂万夫指责的暴君。

李璟知道自己已冒天下之大不韪。为了推脱杀害杨氏全族的罪责，他牵出了替罪之羊。他振振有词地宣布尹庭范目无王法，屠杀无辜，将其腰斩，并株连全族——尹氏的百余口人，受其牵连而被杀于刑场之上。

此事，李璟已被置于了不仁不义的境地，也给后周发兵南侵制造了借口。果然，就在这年的秋后，周世宗向天下发布檄文，历数李璟屠杀杨氏全族等大逆不道的罪行。

这件事本来与住在扬州的南唐将军周宗没有什么瓜葛，但周宗夫妻去世之后，只剩下女英住在偌大宅院之中，虽说有奴仆八十余人，但女英总觉得家中孤独。有一日她偕一女仆去瘦西湖游玩时，听到有市人在辱骂李璟，并说他是当面信佛，背后杀人。他几灭杨氏族人，日后后代必得自灭，亲戚六眷皆无好结果等等。

女英以为市人认出了她是李煜的姨妹，是有意说给她听的，于是便以袖掩面回府。自此以后，她每每上街，总觉得人们看她的眼神有些异样，似嘲讽，似鄙视，似怨恨。但总是躲在家中，又觉得烦闷难忍。于是，便来金陵宫中看望姐姐，把心中的苦闷说给姐姐听，因为姐姐是她唯一的亲人了。

　　娥皇听了妹妹的诉说以后，一面为她拭泪，一面安慰她说，反正家中已无什么人了，不如将旧宅让给族人居住，再为她在金陵城里购置一处房宅。这样，她就可以经常进宫来与自己做个伴了。

　　女英听了，脸上露出了笑容。

　　就在这时，李煜回宫来了。

　　娥皇怕他听了心中生气，没有将妹妹在扬州街头听见的话告诉李煜，只是说父母已经不在了，女英一个人留在扬州多有不便，她想在金陵城中为妹妹购置房宅的事说一遍，李煜听了，连连摇头说道："此事不妥，就是为妹妹在金陵购置了房宅，家丁皆齐，但她还是孤零零的，我看不如让英妹搬进宫中，你姐俩早晚也好有个照应，反正宫中空闲的房舍多得很，任她选一处就是了。"

　　娥皇听了，觉得有理，女英更是高兴。

　　事后，娥皇打发人将长秋宫旁边的一坐小楼重新修整、粉刷一新，女英便搬进去了。

　　谁也不曾料到，女英自搬进宫之后，便改变了她今后的命运。也许这是一种天意。

六

　　清晨，李煜洗漱完毕，离开长秋宫去光政殿时，拐了一个弯，想去看看女英的住处。经过女英的门前时，他闻见了一股清香。原来，女英洗理完毕，正背对门口。那已成熟的少女背影，散发着迷人的诱惑力。发髻高高挽在头上，白罗衫内衬粉红色小衣，亭亭玉立。他不便让她看到，便悄悄离开了。

　　今天，他在光政殿召见了两位大臣。然后，又去柔义殿处理了一些奏折。这时，那个丰满的背影，又时不时地在眼前晃动起来。他闭上眼睛，想驱赶走那个背影，然而徒劳，闭上眼后看得更真切了。

这几年，李煜发现姨妹女英忽然变成一个成熟的、倾国倾城的小美人了。娥皇有沉鱼落雁之容，女英有闭月羞花之貌，一对天仙怎么偏偏都生在周家？女英和姐姐一样会打扮，梳高髻发，细眉秀眼，脸上有如姐姐一般的笑窝，那是一潭迷人的泉水。左右两眼下各有一颗不为人注意的微痣，却偏偏被李煜发现了。

他放下了笔，离开了柔义殿。

在御膳房用罢午膳，他便往长秋宫而去。他有午休习惯，往日多在柔义殿旁的侧殿中歇息一会儿。今天他有些身不由己，在途经姨妹门前时，他放慢了脚步。见那扇门半掩着，便顺手轻推，门半开了。他抬头望去，眼前一亮，原来床上正有个睡美人儿。

他要和小姨妹开开玩笑，便撩起珠帘而入，轻声步近床前，静立良久，心跳加速。他努力使自己的心慢慢平静下来之后，又伸过手去，轻抚了一下那梦中的笑窝。

醒了，女英忽地坐起。她一看，眼前站着的是姐夫。她莞尔一笑，连忙羞涩地低下头。"脸慢笑盈盈，相看无限情。"李煜心中忽然闪出两句词来。

那羞涩绯红的脸蛋，那高耸的胸脯，何其富有诱惑力！他已不能顾及身份了，忘了自己是谁，他已被这小美人所惑，竟伸出两臂，抱起了女英，在她那白嫩似玉、娇艳红润的脸上一阵狂吻。

片刻之后，女英忽然用力推开姐夫，下床来穿上鞋，羞涩地说："姐夫，我知道你是误会了，姐姐在隔壁房中，你错将我当成姐姐了，是吗？"

女英的脸上并无恼色，只是泛着霞红。

李煜愣愣地瞅着姨妹，一时竟不知如何回答。

还是女英灵敏，她似是而非地笑着。

"为我弹奏一曲，好吗？"李煜望着女英的脸说道。

女英说："呀，烧槽琵琶断了一根弦，等会儿姐姐午休起来，我要了琴弦换上，再弹奏，好吗？"

李煜连连点头说："也好，我等着你换好琴弦。"说完，转身离去了。

瞧着晃动片刻才平静下来的珠帘，女英痴呆着，似乎觉得这房中一下子静下来了——那一场无声的、火热的唇间接触，使她有些眩晕，她感到自己差点就会晕倒。

李煜没有去隔壁娥皇的寝宫，他又返回了柔义殿，但已睡意全无。他忏悔刚才的猛浪狂热，自己怎么会突然有此举动呢？

英妹的诱惑力太大了，使他神魂颠倒不可自抑，险些儿咬破了芳香的红唇，幸亏没有做出蠢事来，否则会贻笑宫廷内外的。这时，似乎女英笑着走过来了，走近了，近了，就立在龙案的一旁。他拭拭眼睛，再看，龙案旁什么也没有。

女英再也没睡，宫女打来水，她洗过脸，默坐在床沿，直等姐姐起来洗过脸，她才走了进去。

"姐姐睡得可好？"女英问。

"很好，妹妹早就起来了吗？"

女英点了点头："姐姐，我午间做了一个梦，很怕人。"

娥皇笑了，安慰说："梦是反的，做噩梦，无险事。"

午后，女英换上新琴弦，稍微练了一下，即放下了烧槽琵琶。她似觉心烦意乱。那突然被搂抱的那一刻，不知怎么，竟然变得又迷人，又羞人，又怕人。那令她心跳的吻，更变得回味无穷。她悄悄地摸了摸自己的红唇。

她怀疑刚才是一个梦。

七

夏天的夜来得特别迟。

晚饭后，女英洗过澡，与姐姐在院中纳凉。夕阳早已收尽了余晖，但白昼依依地不愿退去。宫女给娥皇打扇子，娥皇摇摇手说："别打了，我受不了凉风。"

女英也不让宫女给她打扇，她手里拿着绫罗小扇。坐了些时候，娥皇说天凉了，要去睡觉。女英只好回了自己的卧室。

正是六月三伏，这天气实在炎热。女英在卧室中坐了许久，仍然不能入睡，虽然窗户没关，但还是没有一丝儿凉风。她开了门，半掩着，又躺在床上。

夜已深沉，女英面向墙渐渐睡去，好梦香甜，酣睡正浓。

梦中，觉得两颊似乎被什么轻轻地抚摸，她醒了。霎时间意识到发生了什么。这是她熟悉的男人的那只手。她完全清醒了，但没有动，也没有声张，只是屏住了呼吸。那手移到肩，又顺着胳膊下移，下移……

女英惶然心跳，热血激流，几乎昏厥。忽然间好像什么也不知道了，唯那颗少女的心在骚动。她觉得胸乳涨疼得厉害。此时，她似乎完全失去了自制能力，无反抗力量，也不想反抗了，只是大口地呼吸着……

窗外天空明亮，有许多星星闪眨着眼睛。银河两岸，更是一片繁密的银色，自窗顶泄向屋内。

星星有眼睛，星星看到了一切。这南唐金陵宫中发生了一件奇也不奇，怪也不怪的荒唐事。除了天上的星，谁也不知道。

第二天，女英的心急迫地跳了一天，恍惚了一天，脸也烧了一天。姐姐什么也不知道，但女英深感惭愧，她说话少且声音低了许多。

"你怎么了，妹妹？"下午，娥皇忽然问，"你好像没有精神？"

女英惊了一跳，惶惶掩遮说："昨晚夜里……又做了回噩梦。"

"哦？"娥皇警惕起来，"有这样的事？"

白天做了噩梦，晚上又做了噩梦，那间屋子莫非不祥？娥皇想了想，原先宜爱在里面睡了多时，也不曾有什么异常显露。若真有妖呀，魔呀，鬼怪的什么，岂能无动静？

"今晚，叫桂十五跟你做伴吧。"

女英房里，又加了一张床。

"噩梦"自然不做了，然女英竟做起另一个梦来了。她连着两夜不能入睡，回忆着那惊心动魄的过程。无奈长夜人不寐，此情诉于谁人知？难耐这寂寞啊！

又是一个夜晚，女英好不容易等桂十五睡熟了，便轻轻走了出来，踏着朦胧月色，往移风殿那边悄悄而行。因为她与国主姐夫有约，她在画堂南畔等候。镰月星残，静夜轻风，小径清晰，树叶沙沙作响，萤火虫飞来飞去。女英心中好紧张，唯恐被人遇见。到了移风殿前，她心中惶惶如做贼一般。她停步仔细听了听，四周无响声，欲再起步，不行，这鞋底的声音会引来麻烦的。她害怕了，想回身，却又不甘心，怎么办？她站在那里，让慌乱的心少许平静些儿，心中有了计策。过了这移风殿和回廊，她脱了金丝绣花鞋，挟在食指和拇指之间，穿着袜子走过台阶，果然没有一点儿声音。

柳树旁，有个身影迎住了她，那身影伸开双臂，紧紧把她搂在怀里。

她躺进了姐夫的怀中，只感觉通身酥软。

树影婆娑，万籁无声。

第二天下午，女英去窈娘宫与窈娘续琴论谱时，途中经澄心殿前，又遇上了姐夫李煜。她脸又红了，咬了咬唇，轻轻打了声招呼便擦肩而过。

一纸飞到女英的手上，她脸更红了。在无人处展开一看，是一首词，墨迹还未干。这是一首极富浪漫情意的传世之作，是写李煜和姨妹昨夜幽会的趣事，仅四十四字，意境如此真切，且形象生动，栩栩如生，别有情趣：

菩萨蛮

　　花明月暗笼轻雾，今宵好向郎边去。刬袜步香阶，手提金缕鞋。画堂南畔见，一向偎人颤。奴为出来难，教君恣意怜！

　　女英那手提金缕小鞋儿，穿着袜子悄悄走过移风殿前台阶的形象，跃然纸上。

　　好一首千古少有的艳情词！

　　女英看后，虽然羞得脸儿透红，但很快就记住了这首词。

第六章　三起风波宫阙乱　一代丽人香魂消

林花谢了春红，太匆匆，无奈朝来寒雨、晚来风。

胭脂泪，相留醉，几时重？自是人生长恨水长东！

——《相见欢》

一

入秋之后，下了一场小雨，那夏日淫威大减，气候渐凉，只在午后略显余热。

娥皇的病，让李煜越来越担心。他决定陪她去寺中烧香，求佛祖保佑爱妻早日康复。大早起来，娥皇梳了高髻发，插了玉簪，又换了桃红夹袄，浅灰色绸裙裤。女英穿着绣花红粉褂，披白狐坎肩，下穿青色长裙，随国主李煜和姐姐娥皇乘玉辇同去净德尼寺。除了贴身使女宜爱和桂十五外，还另带了几个宫女。

净德尼寺在宫城东南的山坡上。到了山前，需下辇换软舆，娥皇请求步行，李煜依了她。因为路不远，山坡平缓，上了山坡，便是净德尼寺了，娥皇身体虚弱，她患的是痨病，一经疲劳，呼吸十分困难，每上几步，就得停步休息半晌。两个宫女搀扶着她。女英见姐姐这般模样，心中十分难过，紧步姐姐脚后跟，一步一步蹭着。李煜心中更不好过，爱妻成了这种程度，令人忧心。平素由于她坚强，并不显病态，故此他不知道这病严重。想起前些时日，爱妻在重病之中，自己竟然和姨妹私通，自寻快乐，实在有愧。

但为时已晚，唯有在内心忏悔，洗涤自己的过失。

净德尼寺的比丘尼有八十余人，全部是宫人出家的，多为烈祖和元宗的宫人，也有少数后妃。得知国主、国后和皇姨前来烧香，她们早已在寺前恭候。他们虔诚拜佛之后，便匆匆离寺返驾回宫了。

女英见姐夫心情不好，她知道是因为着急姐姐的病，苦于没有办法解除她的痛苦。

整个下午，李煜留守在娥皇房中，什么也不说。娥皇如常，谈笑自如。那苍白脸上，总是挂着微笑，笑容仍然十分迷人。那眉宇间虽暗藏着不易觉察的病态愁容，却使那柳叶眉更好看了。

"从嘉，你原是很爱作画的，如今荒疏了吧？"娥皇说。她显然想分散他的注意力。

李煜说："哪里还有心情！"

娥皇说："闲下来，作作画也好，更能陶冶情操。"

李煜没有说话。

娥皇心中明白，丈夫在去净德尼寺上山时，见自己三步一停，五步一歇，气喘不已，发觉了自己的病非同小可。她用尽心思变着法儿使丈夫宽心，却不能奏效。

"国主，《凌波仙子舞》在宫中很少跳过，如今已秋凉了，我和妹妹来伴奏，请窈娘跳舞好不好？"

李煜摇着头说："爱妻是我的主心骨儿，你恢复健康了，才会有我的欢乐。"

字字如斧，击在娥皇忧郁的心上。沉静坚强的娥皇险些流泪。回想起嫁进宫十年来，国主恩宠厚待，爱怜如初，虽纳妾而不疏自己，自己一直以丈夫之乐而乐，以丈夫之忧而忧，可如今呢？反倒成了丈夫的拖累！

"从嘉，你才是我的心中依托，你为我担忧，我更忧愁，怎能很快恢复健康呢？"

李煜点点头说："说得有理。现在，你睡上一觉吧，可恢复精神。"

女英悄悄离开了姐姐，回到隔壁。她深为姐姐和姐夫的恩爱所感动。这文人学士加皇子出身的姐夫，居然如此多情，深爱病中的姐姐，实在难得。月余以来，姐夫和自己关系暧昧，那惊梦偷情令人销魂，那黑夜柳下幽会，想起来怦然心跳。虽如此，但姐夫仍钟爱姐姐，这使她感到自惭自责。

有一天，李煜特地到长秋宫来同娥皇商议："爱妻，你我依然搬回瑶环宫，好不好？"

瑶环宫是李煜夫妇在那里度过新婚蜜月的地方，也度过了继位前的幸福时光。那时何等快乐？半点烦恼都不曾有。自从搬来长秋宫后，便没有顺心的日子！国家多难，皇室多灾，爱妻害了如此重病，都因为长秋宫的缘故！秋天有什么好？一片枯黄，树木落叶，其状凄凉，且还要在秋字前加一个"长"字！长秋岂可顺遂？国后为一国之母，国母有难必为国难。

这就是李煜要迁国后回瑶环宫的心理。

"瑶者玉也，玉的光彩，吉祥如意。爱妻之见如何？"李煜问她。

娥皇十分高兴地说："从嘉，你想到我心里去了，我仍搬回瑶环宫旧宫去住。但愿过去的欢乐、吉祥随之而回。"

李煜高兴地说："会回来的，一切都会回来的。"

修整瑶环宫的诏令当天就颁发了。经过月余的日夜修理、粉刷，瑶环宫已焕然一新。

娥皇仍然居瑶环宫小楼。楼前院象征南斗星、北斗星的紫薇花树依旧，只是繁花早已谢去。八哥笼依然挂在回廊柱上。

"乐而忘忧！"

八哥迎着李煜叫着。李煜笑着点了点头。

意可、庆奴也随之迁到了西院的宫楼，窈娘、雪仪居东院宫楼。

仲寓和仲宣迁澄心殿内的北室，这是为了方便他们的学习，也为了不影响母后养病而精心安排的。其中也有娥皇怕自己的病染给二位小皇子的原因。

爱妻和嫔妃们喜迁原居，李煜很是兴奋。

搬到瑶环宫的第三天，东西两院的宫妃发生了摩擦，险些闹起乱子来了。

前天，搬迁过来安顿好了之后，闲不住的意可妃走下她的小宫楼，去东院窈娘宫看看。窈娘请她坐了喝茶，说笑了一阵子，窈娘突然想起长秋宫西院没这瑶环宫的东西院好，便说："这里好多了，放眼也看得远，西边不美东边美，西边不利东边利。"

意可说："就是。"

又说笑了一阵子，意可和窈娘又去了雪仪宫玩了一会儿，便回自己宫去了。

是夜，国主李煜去了窈娘宫。那是国后娥皇说她身体不好，需要安静休息，请李煜去窈娘宫安歇的。

"从嘉，你若爱怜我，今夜就请去别宫，待我病好，再回来，好吧？"娥皇委婉劝说。

她其实是担心她的病传染给丈夫。

李煜觉得迁来瑶环宫不久，不应离开爱妻。娥皇莞尔一笑，很感激地说："你去窈娘宫吧！窈娘是位难得的女子，美丽温柔，贤淑达礼。"

她的确因为病中无法安慰丈夫而暗自伤心难过，更何况与丈夫一起，极易传病给他。唉，或许自己不能久留人间了，何不趁她健在，让丈夫去选择一位继国后，以防因她骤然离世而丈夫悲伤。可是，谁是最好的人选呢？

国主很尊重国后，连着两天都去了窈娘宫中。

意可妃不甘寂寞。她发觉李煜连着两天都去了窈娘宫中，心中醋意大发。国主在国后宫，天经地义，没人敢指责，为什么总去窈娘宫？意可越想越觉不平。盛怒之下，忽然忆起前天窈娘说过："东边不美西边美""西边不利东边利"的话，更是气不打一处来。难怪，她是别有用心挖苦人！她窈娘住东宫楼，就含沙射影地挖苦西院宫楼！

意可妃向同院宫楼的庆奴妃说了，撺掇庆妃一起找李煜评理去。

庆奴却摇着头，说她不想去。

"你不去，就守你的空房吧！"意可气愤极了。

庆奴说："找谁评理去？"

"找国主评理去！"

庆奴笑了，"怎么评？"

"你笑什么？舍得一身剐，敢把皇帝拉下马！"意可铁了心。

庆奴笑得更厉害了，由冷笑而苦笑，到狂笑、痴笑，最后变成了大哭。

意可慌了："你……你怎么啦？"

庆奴大哭不止。

意可不由得害怕了，和宫女争着往楼下跑，去向李煜禀报。

李煜不在瑶环宫。娥皇听了，一边吩咐快寻御医，一边赶去西楼。当她气喘吁吁地被挽上楼，刚踏进庆奴宫时，发现庆奴已倒在地上。宜爱搀娥皇坐下。娥皇问："御医来了吗？"

跟随娥皇上楼的意可，伸手去试了试庆奴的鼻孔，吓得连忙抽回手来，惊呼道："国后，庆奴她，她……"

"哦？"娥皇惊恐不已。

顷刻，楼上楼下，院内院外，嘈杂起来了。接着，从庆奴宫中传出了宫女的哭声，哭声虽然不大，但在宫禁上空久久盘旋着，令人惊心，也令人生悲。

二

庆奴猝死，经御医检查，不曾发现异常。此事很快传遍宫廷，如同刮起一阵大风。

可怜这幼年丧母、少年丧父、孤苦伶仃的庆奴，就这样仓促地离开了人世。

鹦鹉死了国主都难过，何况妃子呢？李煜心中十分悲痛。庆奴为人孤僻，很少与人来往，少言少语，有话放在心中，积累了忧郁。过分孤僻不合群，多忧寡欢，终究是不好的。

李煜下旨厚葬庆奴妃，并且请百名僧人来为庆奴念经，以替庆妃超度，也为西院宫楼驱魔镇邪。法事一直做了49天，宫中才安定下来。

同住西院楼的意可妃却不安定，常找娥皇哭诉。说她害怕，做梦发狂，要求迁出西院宫楼。为了给意可壮胆子，娥皇多安排了几个宫女住进意可宫中。虽然如此，意可仍然常常害怕，甚至在梦中惊醒后，会大喊起来。

庆奴哭笑的最后一幕，永远留在了意可的脑里，但她不敢对人说起。

李煜只好亲自到宫中劝慰。这天，意可被通知说，国主临宫。迎进李煜之后，她脸上没有欢颜，只有哀怨流露。宫监招呼李煜洗完澡便退出了。李煜在楼台坐了两杯茶凉时分，等候意可洗完澡，本想叫她上楼台陪坐，以便安慰她的，岂料不等开口，她已上前行了跪礼："国主，奴妾不舒适，不能陪国主坐，实在有愧！"

"啊，怎么？身体欠佳？"

"一时很难说清楚，请国主允许奴妾先睡。"

李煜想了想，无可奈何说："我也想早睡。"

意可候李煜先上床。房中香兽驱蚊，香气扑鼻。床上还垫着凉席，不过席上铺了床单。候国主躺下，意可才上床，躺在国主身边。

"你哪里不舒服？"李煜问，"明天请御医看看。"

意可说："御医不能救活庆奴妃，还能治我的病？庆奴的死，未必没有鬼。我怕那鬼来害我，要我去和庆奴做伴。"

"何必出此不吉利之言？"李煜有点不高兴，"已做了法事消灾驱魔，又派了宫娥进宫，有什么可忧心的。"

见李煜不满，意可哭了——将女人特有的法宝拿了出来。她只是一味地抽泣。李煜心慈，动了恻隐之心，说："有话可直说，不要放在心里，以免伤身。"

意可抽泣着说："说了，国主会降罪的！"

"夫妻间不能动辄怪罪！"

"我不能住这瑶环宫西院，请国主高抬贵手，允我迁走。"

"为什么？"李煜惊诧。

"远一点好，去了别宫，国主不去我宫，也无怨。"

李煜沉默。月光从窗口洒进楼来。

"庆妃的真正死因，国主未必知道。"意可突然说道。

李煜惊觉："啊？"

"气死的！"意可说。

"怎么气死的？"

意可告诉李煜说，窈娘曾说过"西院不美东院美，西院不利东院利"的话。她和庆奴住西院，都不美，也不利，唯有东院美，东院利。因窈娘住东院，所以，庆奴给活活气死了！

李煜未语，心中暗想：窈娘真的会说这种话吗？在李煜心中，窈娘的分量当然比意可重要。如今，意可告了窈娘的枕头状，他不好不听，但听了又有点不太相信。

"奴妾知道国主的心中唯有窈娘，常去窈娘宫中亲近她，"意可说，"故此请求国主允许我迁出此宫，以免也走庆奴的路。"

李煜只好说："容我想想。"

意可便在李煜面前耍起娇来。

次日，李煜将意可所说的告诉了娥皇，娥皇想了想，只是淡淡一笑。

娥皇已敏感地意识到意可妃所说的噩梦闹鬼，无非是妃子争宠，失宠怨哀。娥皇虽然看准了意可的心，却不便直言丈夫。

"爱妻，想到了什么？"

娥皇说："我所想，你自然也想到了。"

"我历来自愧不如爱妻灵敏。"

虽如此说，然他也意识到意可的动机了。渐觉意可不善，便有了厌恶感。娥皇善言劝道："你可千万不要在这些事情上深究，以免推波助澜，闹得宫院不宁。"

几天之后，李煜就知道了个中是非了。他是在窈娘宫中无意得知的。

"窈娘，你实在很美！"李煜笑着说。

窈娘娇声答道："那是国主的恩宠，奴妾比国后差之甚远！"

"那么，比意可呢？"

"也未必强似意可妃。"

李煜说："我听人说，西院不美东院美，也是说窈娘美，不会说意可美吧？"

"有这话？"窈娘惊诧，"奴妾不知？"

"你真的不知道？"

窈娘忽然想起，那句话依稀自己说过。"我说过，"窈娘说，"可我说的是西边，不是说西院。"

"爱妃把我弄糊涂了，什么西边？"

"我说过西边不美东边美，西边不利东边利。"

窈娘接着解释说，原居的后宫在瑶环宫西边，那里树大墙高，没有东边开阔，所以不及东边美。

"你是说长秋宫不吉利,瑶环宫吉利?"

"是这个意思。"窈娘笑着回答。

李煜听了,顿时心中明白了。自此,他恼起意可来。这意可居然乱解人意,制造事端,陷害窈娘。

这场风波虽已止息,但娥皇心中也不快活。西院闹了人命案,身为国后,能不为内宫牵肠挂肚?就如寻常百姓人家,出了事故,主妇不能无动于衷。对于意可的无端生事,娥皇暗中烦恼,但又不便说出,只好压抑心中。前日又起了一场秋风,下了场秋雨。娥皇禁受不住这凉意,咳嗽加剧了。

三

娥皇的忧愁深藏心底,她咳吐鲜血不止,再也支持不住了,又卧床不起。

李煜并不知娥皇在吐鲜血。娥皇一直不许宫女告诉李煜。见她卧床不起,知她病情加重,心中十分忧虑。他命御医一定要医好国后,否则问罪。他常无声地呆立床前,默默地看着日益消瘦的妻子。那连续痛苦的咳嗽,使他心如利爪在攫取。

娥皇终因无法控制,当着丈夫的面呕吐了鲜血。

李煜难过地抚着娥皇,泪水无声地流淌下来。

娥皇命宫女挽李煜出宫下楼。李煜只好一步一步走出瑶环宫。

八哥抖动翅膀叫道:"乐而忘忧!"

他没理会。那鲜血,那消瘦得叫人可怜的面容,那连续的咳嗽声,常留在他的脑海。她眉宇间深藏着忧愁,他早已发现了。他倍加痛苦。

"灾难为什么偏偏降在好人头上呢?"李煜愤然想道,"所谓贵人多磨难吗?"

他离开瑶环宫,漫无目的地在宫中走着,只隐隐觉着身后有侍从、宫女、太监跟随着。

"不，不！"他在无声地喊着。这是前世冤孽！对，前因后果！他忽然想到了菩萨。对，应该忏悔，就在瑶环宫的偏殿里立佛，让菩萨更近一些，为前世赎罪消灾。

第三天，在瑶环宫正宫楼上的厢房中，清凉寺来了几位和尚，他们打鼓敲磬唱经。主持老禅师开光立佛，国主李煜戴伽帽穿袈裟，跪拜顿首，虔诚至极。

宫门外边，悬着国主李煜亲笔所书的四个大字："报慈道场。"写的是道场，其实为佛场。自此后李煜天天进"报慈道场"拜佛，为娥皇消灾祈福，道场日夜香火不断，供果不绝。

时已初冬十月。"报慈道场"开佛光以来，娥皇病情依旧，不见好转。有一日，拜完佛后，李煜又来娥皇面前，久久不语。楼外秋风呼啸，如饿狼哀鸣，听来十分凄然。楼下芳径上的花草早已在秋风中枯死。瑶环宫中紫薇树也已秋叶落尽，赤裸裸地颤抖着枯枝。宫楼内外，都变得凄凉悲怆。

李煜突然发起怒来，他大骂御医说："御医何用？不能治国后之病，必须追究问罪！"只听娥皇用微弱的声音呼叫丈夫，他俯身听她要说什么。

娥皇劝说："不可问御医之罪，御医为我尽了心，自古医生只能治有命的！"她说得很吃力。

李煜未语。

国后还要坐起来，宫女搀扶她，半依半躺，穿上了衣服。李煜亲手在她背后垫了被子。

"从嘉，你请坐。"娥皇执住李煜的手。

李煜望着娥皇，心中十分哀伤。

"我永远不能忘你的恩宠爱怜，"娥皇双眼闪着泪花望着丈夫，"今世不会忘怀，来世一定报答！"

娥皇已预感到生命已到了残冬，死神已悄悄走近瑶光殿下。此时，她有许多许多话要对多情厚爱的丈夫说。然而，她力不从心，已没有力气说了。

李煜的泪水夺眶而出："爱妻别说，别说，别说这些，钢刀在刻我的心啊！"

娥皇无力地望着李煜，泪如泉涌："天下没有不散的筵席，不论愿不愿散……"

"求你别说了。"李煜泪水如注。他蓦然站起，对宫监说："快去寻找高医，把御医换掉，一定要治好国后！"

"从嘉！"娥皇倾了倾身子，跌下床头。早有宫女一旁接住了，又抱上床。她恳求丈夫，"你答应臣妾，不再责怪御医，倘若国主要惩治太医，毋宁惩治臣妾。"

"为什么？"李煜说。

娥皇说："臣妾不得这不治之症，就不会连累御医了。命，天定，我说过了，不由御医。"

李煜不说话了。

一番折腾后，娥皇已经精疲力竭。她躺在床上，闭目休息。

李煜吩咐宫女小心伺候，自己轻步离了床前，走出宫门。

宫外寒风阵阵。李煜立在风中，许久许久。他忽然感到有些寒意，便要宫女上楼取了件貂皮背心穿上，抬步走出院去。

柔义殿前院原先还盛开着的黄菊、白菊，现早已叶死枝枯，满目凄哀。李煜走进殿来，在龙椅上闭目静坐了一会儿，然后又睁开了眼，打量着这大臣朝拜的宫殿。此时似乎什么也不存在了，大殿里十分空荡。他脑海里浮出了前些天写的《三台令》：

> 不寐倦长更，披衣出户行。
>
> 月寒秋竹冷，风切夜窗声。

反复低吟《三台令》之后，李煜已泪水淋淋。良久，他又提笔填写新词。抒发胸臆。沉默了片刻，写了还是秋天时就构思过，但一直未写成的一首词：

孤窗月影低

泪水已滴湿了诗笺，他再也写不下去了，便又放下了笔。

已近月余，娥皇没有见过仲寓、仲宣了，心中十分想念。要见当然不难，只是唯恐将疾病传给他们。越想念便越是爱，越是爱则越想念。这想念如同煎熬，实在难以忍受。

娥皇咬咬牙，强忍住心头的思念。

但她的病情已日趋沉重。

宫女煎了药，李煜恰好归来，他接过汤药碗，亲自尝了一口，然后给已半躺着的妻子喂药。近期以来，李煜每次必亲自给娥皇喂药。喂完药，宫女扶娥皇躺下，片刻，她又昏然睡去。

李煜无声地望着那黄纸般瘦削的脸，心里阵阵作痛。

娥皇忽然哭着轻叫："宣儿、寓儿，我的皇子……"

"爱妻，你怎么啦？……"李煜俯身拥住娥皇，焦急地呼唤。

娥皇双手推开丈夫："梦，我做了一个梦。"

"啊，你在思念仲寓、仲宣了，我去带他们来见你，好吗？"

"不，不，"娥皇连连摆手，"我虽想念他们，但不能亲近。"

李煜深知娥皇之心："我知道你爱子莫若护子，担心他们染病。不让他们来床前，但来门口相见，可以吗？"

娥皇伸手拦住丈夫，深情地说："从嘉，有你，我还有什么不放心呢？你去见见他们吧，督促他们好好学习，将来成为栋梁之材。"停停又说，"若如此，即使我薄命西归，也会感到快慰的！"说完，泪如雨下。

李煜含泪抚摸她枯瘦的手。

"我这就去澄心殿，看看他们。"李煜说完，便快步去了澄心殿。

四

在澄心殿苦读的仲寓、仲宣早就思念母后了。有时傍晚站立院外，望着瑶环宫方向流泪，那情形十分可怜。教习的师傅苦苦劝慰，有时和他们做游戏，以使他们分心。这天，他们正在思念母后，忽然听说父皇来了，分别在东室、西室读书的仲寓、仲宣，被叫到澄心殿旁边的黄妃宫南侧会见。父皇和他们一见面，他们便齐齐地跪下了，双眼流泪。李煜上前牵他们起来。

两位皇子哭着扑入父亲怀中。李煜不住地抚着他们的头。

仲寓哭道："父皇，我好想母后啊！让我看看母后吧！"

仲宣更伤心，可怜兮兮地乞求："父皇，让我见见母后吧，我都快想死了……"

李煜忍住眼泪说："你们母后身体不好，暂时不能相见，再缓些日子吧。"

"我们一天也等不得了啊，父皇！"小仲宣直跺脚。

"父皇，我们去瑶环宫，只在窗外见见母后，好吗？"小仲寓不住地拭着泪。

李煜感动了，半天没说话。最后，他下了决心要带仲寓、仲宣去见他们的母后。

"好吧，带你们去见母后，但只许窗外见，不许大声说话。"

两皇子高兴了："谢父皇，遵从父皇旨意！"

"好，这就去。"李煜牵着他们的手。

站在旁边抹泪的黄妃问："国主，我也去吧？"

"不必了，待会儿，我派宫女送皇子回来。"

仲寓、仲宣好高兴，跑跑跳跳，跟着李煜往瑶环宫走来。瞧着两个可爱活泼的皇子，李煜心中暂时忘了忧伤。进了瑶环宫前院，李煜忽然想到，该先去向娥皇通告一声，好让仲寓、仲宣隔窗相见。他对两个皇子说："你们先在这里玩玩，等我上去与你们的母后商议，再下来领你们上楼。"

两皇子答应了。

李煜进了里院，上了娥皇寝宫楼，轻步走进卧室。恰这时娥皇已睡着，不曾醒来。李煜不忍心惊动，又轻轻退出来，在楼台上小声问宜爱："国后睡了多久？"

"回国主，国后刚刚睡下。"

李煜站了片刻，缓步下楼。他想先领着两个皇子转悠一圈，等娥皇醒了再见。

到了前院，不见两皇子，想必在院外。他又往院外看了看，也不见人影。于是，立即返身向设在不远处的"报慈道场"走去。刚踏进院门，忽然由"报慈道场"传出一声孩子的惊叫声，是仲寓的声音！李煜连忙往"报慈道场"跑去。

只见仲寓惶恐地从"报慈道场"中跑出来。道场内阴森可怖。李煜看到小仲宣仰面躺在地上，便连忙抢上前去抱起小仲宣。此时的小仲宣已经昏睡般不省人事了。

"仲宣怎么啦，仲宣怎么啦？……"

李煜将小仲宣抱出"报慈道场"。小仲宣面色寡白，通身溜软，双目紧闭。李煜泪流满面，他将仲宣抱出"报慈道场"门口，询问仲寓发生了什么事？仲寓哭着诉说了经过——

原来，李煜上楼之后，小仲宣随即跟进了里院，只见那"报慈道场"的门没关，里面十分寂静，烟雾缭绕，就走了进去。

仲寓见弟弟去了"报慈道场",也自然跟了进去。仲寓刚迈过门槛,蓦然间听见内殿"哗啦"一声,接着弟弟惶恐地叫了一声就倒在地上了。与此同时,从神坛后面蹿出一只花猫。原来,那花猫正偷吃贡品,小仲宣走进去,花猫惊慌逃窜,将佛案上的大琉璃灯碰翻,落地摔碎,小仲宣受惊吓跌倒了,后脑磕在砖地上……

两个宫女闻声跑来,要代李煜抱小仲宣,李煜不松手:"快,让御医往澄心殿去!"

仲寓跟在后面哭着。这时,惊动了仲寓和仲宣的师父,她们急迎上来,接过小仲宣。御医不敢迟疑,飞身来了澄心殿,走上前便用手掐住仲宣的人中,片刻,小仲宣抽泣叹气。第一声便叫着:"母后。"

这喊叫声似在撕碎人的心肝,黄妃、宫女、师父、侍从都流下了眼泪。李煜用自己的脸去挨那张幼稚可爱的小脸。

小仲宣连叫几声"母后"之后,便无力地合上眼皮。御医诊了脉,开了药方,吩咐众人不必围在这里,让小皇子安静休息。

李煜看看娥皇吃药时间快到了,要回瑶环宫,便将仲宣交给了黄妃:"好好照料,药煎好后,你亲自喂。"

"国主请放心去吧,这里一切有我。"黄妃答道。

"我给国后喂完药后就回来。"李煜心挂两头地走开了。

五

李煜赶回瑶环宫时,宫女已煎好药等候着了。

已醒来的娥皇见丈夫忙忙碌碌,不好意思地笑了笑。她并不知刚才发生的一切。李煜心中忧虑小仲宣,忍不住流出泪来。

娥皇惊愕:"从嘉,你怎么……"

李煜掩遮说："没什么，刚才走急了，风吹灰尘进了眼中。"

娥皇似信非信地望着他。

李煜尝尝汤药，坐在床前，说："喝吧，喝了病便会好的。"

娥皇被宫女扶起半躺着喝药。

"爱妻，你好好休息，我今天去黄妃宫。"

"好哦，"娥皇说，"澄心殿有存放的图书、古画，都是国宝，黄妃勤勤恳恳，是有功的，你多看看她。"

"是的，从皇祖父到父皇，都很珍惜那些图书、画册。"

"请你顺便去瞧瞧两个皇子,看他们功课如何？"娥皇眼神里充满母爱。

"当然要看,你放心养病。"李煜鼻子发酸,差点又要掉泪。到了澄心殿,他径直去看小仲宣。

"二皇子可好一些？"还没进门，李煜就急着问道。

黄妃忧心地回答说："回国主，刚才喂过汤药了，此刻还不见效果。"

走近小仲宣，李煜默默不语地立着，他伸手摸摸小仲宣的手，又用脸去试试小仲宣脸上的体温。小仲宣仍然紧闭双目。

"国主，二皇子老是不醒，怎么办？"黄妃焦急地说。

李煜没说什么，又观察了片刻，心中想：受惊太重，需要几天才可恢复正常。遂吩咐她，让四宫女轮流值守小皇子，又叮嘱她自己要好好休息。

李煜进了黄妃宫，怀着一颗并不轻松的心。黄妃高兴地陪伴，令宫女端来热水，让李煜洗脸，直到他上床躺下，都没说一句话。黄妃知道他心中不快活，自己又苦于无法开导。

"国主，我们早些歇息。"她试探着说道。

李煜仍不作声。

黄妃心中惆怅。李煜已有数月未到她的寝宫了，如今来了，他的心境又是如此不好，真不知道用什么言语去安慰他才好。

"国主！"门外忽然传来宫女急切的喊声。

李煜已意识到又出了什么大事，便立即跳下床来，披着衣衫便匆匆走出宫门，大声问道："出了什么事？"

宫女哭着说："二皇子他，他……"

不等宫女说完，李煜一边喊着"仲宣怎么啦？仲宣怎么啦？……"一边向宫外冲去。

当他跑到小仲宣旁边时，只见他口吐白沫，面色乌紫，头后仰，肩高抬。医学上称之为鞠躬反张。他扑上去，一把抱住小仲宣，大声说道："仲宣我儿，仲宣我儿！"继而转头说道："快召御医，快……"

宫女说道："宫监已经去了。"

就在这时，门外传来："御医来了！"

满头大汗，气喘吁吁的御医跨进门槛，顾不上向李煜行礼，就直奔到床前。见小仲宣的症状，便大惊不已。他说："国主，小皇子是受惊过甚所致。"说完，跪在李煜面前。

"还跪着干什么，快给皇子医治啊！"李煜急得直跺脚。

"臣已无能为力了。"

小仲宣的手脚已经不再动弹了，黄妃连忙伸手去摸，只觉得他的手脚都已凉了。她惊得大叫起来。接着，李煜抱正小仲宣的身子，坐在地上恸哭不止。宫监和宫女们也跟着哭出声来，一时间哭声不绝，宫中一片忙乱。

"是我大意的罪过啊！我带你去见母后，见母后……"他抱着小仲宣的尸体要去见娥皇。

刚出门，他突然站住了。站了一会儿，又转身回来，仍将小仲宣放在床上……

李煜因悲痛过度而晕倒在地，宫女、太监急将他抬上床去。御医取出一种药粉，置他鼻下。不一会儿，他醒了。俄而又失声痛哭起来，双手又抱住小仲宣的尸体不放。直到四更天，李煜再次被从昏迷中救醒，黄妃亲自搀扶他回了自己寝宫中。

次日，宫监报与圣尊后钟氏，钟氏最疼爱仲寓、仲宣两个皇孙。她哭着被宫女搀扶到澄心殿南室，直扑小仲宣的遗体，放声号啕，哭得昏天暗地。当她哭得没有一丝儿力气了，倚在了宫女身上。哭声越来越小，最后已哭不出声了。

宫女们抬着圣尊后去黄妃宫躺下，盖上被子，让老人家歇息。

李煜早被几位大臣请到了移风殿，并备下饭菜。因为他已一天一夜未进食了。

窈娘、意可、雪仪都赶往澄心殿，个个哭得泪人一般。

这时候，李煜忽然忆起是娥皇吃药时间了，便和韩熙载等大臣说了一声，起身直奔瑶环宫。

宫女煎好汤药，苦等不见李煜归来，药汁已经渐凉，又不敢擅自给国后喂食，因为李煜每次必亲口尝药，亲手喂药。

李煜终于回来了，宫女急向他禀报："药已熬了两次了。"

"倒出来我尝尝。"李煜吩咐。

接过药汤，李煜尝了尝，温热合口，遂请娥皇用药，喝完药，娥皇不像往日一样躺下，而是伸了手拉住丈夫，轻声问："仲寓、仲宣都好吗？你去看过他们吗？"

李煜不敢看娥皇的脸，含糊其词地说道："嗯，好……"

娥皇的手几乎颤抖地说："究竟怎么样了？我怎么觉得你心里有什么事儿呢？"

李煜心中颤抖，不敢说话。

"仲寓、仲宣想我吗？"

"嗯，想……"

"你怎么啦？你快去叫两皇儿来一下，我想见他们。"

李煜站起来，佯装生气："告知你了，他们都很好，你不是说一般不要来见你吗？"

娥皇见李煜生了气，也不再说什么了，不觉流下泪来。

李煜为她拭去泪水，安慰说："爱妻，不要生我的气，我心情不好，一时恼怒，过两天我再让皇儿来见你。"

"臣妾不敢生气，是想念皇儿厉害。既然他们都好，我也就没什么了，你忙，你去吧，要保重自己的身体啊！"娥皇爱怜地望着日渐消瘦的丈夫。

李煜唯恐娥皇再问起两皇子的事，不敢在她面前久留，又安慰了几句，便匆匆下楼去了。

李煜怀着巨大的痛苦，瞒着娥皇安葬了二皇子小仲宣。前不久，他曾封长子仲寓为清源郡公，次子仲宣为宣城郡公，如今仲宣已死，他下诏追封仲宣为岐王。

岐王仲宣下葬那一天，天上正下着小雨。老天也似在陪着李煜悲哀，连着三天不晴。

安葬了小仲宣之后，李煜终日守候在娥皇的病榻前，默默不语。见娥皇已病入膏肓，又痛失爱子，这过度的哀伤压在他的心头，使他难以承受。但又不能让娥皇察觉，所以，只好默诵诗词以排解心事。他悄悄吟了一首怀念小仲宣的词：

永念难消释，孤怀痛自嗟。

雨深秋寂寞，愁引病增加。

咽绝风前思，昏濛眼上花。

空王应念我，穷子正迷家。

　　几位宫女望着李煜的悲伤模样，又洒泪吟词，也都跟着哭起来，但又不敢哭出声来，只好背过身去偷偷抹泪。此际，娥皇醒了。她望着宫女们的神情，觉得气氛有些异样，心中已生疑惑。

　　"从嘉。"娥皇向站在窗前的李煜喊了一声。

　　李煜连忙抹去眼泪，回头答应。

　　"我想坐起来。"娥皇示意宫女们将她扶起来。

　　宜爱等人连忙扶起她半躺着，她抓住宜爱的手，轻声问道："宜爱，你们……为什么流泪？告诉我。"

　　宜爱听了，本想强装笑脸回话的，不想此时控制不住感情，竟失声痛哭起来，哭了一会儿，才撒谎说："回国后，我们见国后已病许久，心中焦急，才哭的。"

　　娥皇听了，一边笑着，一边说："真难为你们了，记住，今后谁也不许哭。"说完，两行眼泪却无声地淌下来了。宜爱连忙用手帕为她拭泪。娥皇悄声对她说："宜爱，你且和她们出去，我有事要向国主说。"

　　宜爱哭着点头，低头走出去了。

　　娥皇慢慢伸出手，拉住李煜的双手，对视良久。

　　"从嘉，"娥皇终于开口了，"我已经觉察到，你们有事在瞒我。两个皇儿来了吗？"

　　李煜心如刀割，但未开口回答。

　　娥皇说："我嫁进宫中已经整整十年，多少事也经历过了，从嘉，你有事不要瞒我。"

　　国后的话没说完，已被宫监打断："圣尊后驾到！"

　　娥皇说："快迎母后！"

　　李煜急迎出门。

六

李煜迎进圣尊后，娥皇已艰难地下跪于地上。圣尊后进门见了，心痛不已，连喊带叫地挣扎着上前搀扶娥皇："你这是怎么啦？我的好儿媳！"

娥皇吃力地说道："母后安康。儿媳久不能去给母后请安，深感有罪。"

圣尊后半是心痛半是责怪地说："快去躺下吧，请什么安，有什么罪呢？瞧你都病成这样子了！"

几个宫女搀娥皇上了床，她又探起身体说："母后请坐，国主请坐。"

宫女端来椅子，请圣尊后坐下，又奉上茶来。

圣尊后瞧着娥皇的脸，执住她的手叹惜道："天哦，我李家哪辈子造了孽？"说着老泪簌簌。

娥皇的泪水像扯不断的线。

李煜劝说："请母后保重，别哭伤了身子。"

圣尊后想到自己哭，可能会引起娥皇更伤心，对她的病不利，遂强忍了泪："国后不必忧心，多往好处想，这病就会好得快些。"

"是，母后。"

圣尊后又问了娥皇饮食，服药情况。娥皇都一一作答。由于先前下跪迎圣尊后的劳累，娥皇又是一阵咳嗽，咯血在盂子里。圣尊后见了甚是怜悯，分外难过，寻思不宜久坐，以免影响娥皇休息。便说道："国后一定要安心养病，不可过度为小仲宣而难过。保重身体要紧……"

"哦，小仲宣他……"娥皇惊诧地瞪大眼睛。

"母后！"李煜着急，连忙制止，可是已经迟了。

圣尊后不知仲宣的死讯尚瞒着娥皇，她继续说："仲宣可望成栋梁之材，是李氏可以托望的好皇孙，谁知却早早去了……苍天在上，为何不让我替小仲宣死呢？"

圣尊后话犹未完，娥皇已悲极晕死床上了！

"爱妻，爱妻！"李煜连忙去抱她。

"国后，我的好皇媳！"圣尊后也扑到了床前。

宫中一片慌乱，哭喊之声沸沸扬扬。

东西院的窈娘、雪仪、意可都被惊动了，也都赶了过来，窈娘见圣尊后在一旁哀哭，忙跪下请圣尊后回驾。

圣尊后流着眼泪回宫中去了。

御医急速赶到，那刺激鼻腔的香药早已握在手中了。置药之后，娥皇渐渐醒来。

"我的仲宣儿哦，我的命根子哦！"娥皇凄惨地喊着，倒进了李煜的怀中。

这悲号之声，使瑶环宫抖动起来。

这悲号之声飞出宫城，飞出金陵。江南小朝廷在寒风中倾动。

雨点夹着寒冰击打着宫瓦，瓦声叮咚，仿佛在奏哀乐。冰雨时小时大，时停时落，其后又纷纷扬扬下起了大雪，整整下了两天两夜才住。

七

天气很冷，虽然宫中已有数盆炭火。但仍觉寒意侵骨。

娥皇与李煜常常对视无语，彼此忧伤之心相通。过了冬至之后，娥皇的病日趋加重，立冬之后的一个雪夜，娥皇突然高烧昏迷不醒。直至次日未时方醒过来。

"母后！"

娥皇听见一个十分熟悉的声音。这声音把她从一片迷离中唤了回来。她睁开双眼，见日思夜想的仲寓正跪在床前。

"仲寓，我的皇儿！"娥皇呼唤着，伸出了双手。

李煜站在一旁泪雨滂沱。

仲寓再也控制不了幼小心灵中那爱母思母的心情，他急促地用双膝向母亲床前跪奔。此情谁能不为之落泪？

忽然，娥皇瘦削的脸变得冷若冰霜了！她转过脸去，伸出一只手连连摇摆着。

仲寓不知所以，一双眼睛吃惊地望着娥皇。

"仲寓，母后不让你靠近床前。"李煜拉了拉儿子。

仲寓哭着跪退。

娥皇这才转过脸来，一脸的笑容。她温情的声音中尽是母爱："寓儿，你要好好学习，不要再来我宫中了，更不许近我床前，听见了吗？"

"听见了，母后。"

"我倘若离开了你——"娥皇刚刚说到这里，便被仲寓的哭声打断了。

"母后，不要离开我！我要母后！"

娥皇只是微笑着，目不转睛地望着仲寓。

仲寓也目不转睛地望着母亲。

娥皇艰难地闭上眼，觉得很累。过了片刻又睁开，双睫尽湿。

"你回去吧，寓儿！"娥皇说。

"不不，母后，我要守在你身边！"仲寓哭声不止。

娥皇毅然挥手："走吧。"说完，又转过身去，不看仲寓。

李煜噙泪亲手牵起仲寓的手，将他送出宫去。

娥皇的心好像被仲寓牵走了，她觉得她的心中在流血。

天渐渐黑下来了。寒风在宫外号叫着，雨夹冰打在窗台上，其声亦如哭泣。高脚铜架上的烛光在摇曳着，把黑影投在墙壁上，如群魔乱舞。宫中虽然又添置了几盆炭火，但仍不能驱走寒气。

娥皇昏睡了约半个时辰，醒了，见李煜静守在病榻前。

"从嘉！"

李煜答应了一声，等着娥皇说话。

"从嘉，"娥皇凄凉委婉地说道，"我一个微贱女子，有幸嫁于皇子，承蒙恩宠，已整整十年——"娥皇无力，又合上眼睛。

李煜握住她的手，泪水涌了出来。

娥皇又睁开眼："女子之荣耀，再无超臣妾的了，所不足的是，仲宣不幸身殁，先我而去，不过我很快会见到他的。"

她再也说不下去了，泪水已湿枕头。

李煜只是流泪。他又能说些什么呢？眼看娥皇的生命已如将尽的烛光，自己虽为一国之主，但却无回天之力，想到此心如刀绞一般。

夜更深了。娥皇再三催促，李煜才离了病榻。

次日早上，李煜上朝去了。这几天，女英由桂十五陪着，去母亲墓上祭奠去了，刚刚回来，见躺在病榻的姐姐，面如黄纸，瘦得可怜，顿时哭了。两姐妹抱在一起，又对哭了好一阵子，在宜爱的劝说下才止住。

"妹妹，你坐下，别太靠近病榻。"娥皇指着一张椅子。

女英坐在椅子上。

"宜爱，你把烧槽琵琶取过来。"娥皇艰难地翻身坐起，宫女帮她穿上棉衣。

娥皇伸出枯瘦的手接过烧槽琵琶，注视着妹妹。

"妹妹，"娥皇语轻情重地说，"这是父皇元宗所赐的烧槽琵琶，是一件稀世珍宝，留给你吧，以后，你如能天天为国主弹奏，使他快乐，我也就瞑目了。"

女英已明白了姐姐的含意，一下子哭着扑在姐姐身上了。

娥皇轻轻推开她，从枕边取出约臂玉环，递给了妹妹。

"姐姐！你这是……"

娥皇正要说下去，李煜下殿回来了。女英连忙起身施礼。

李煜见了姨妹，说道："妹妹来了，不必拘礼，坐吧。"

女英退至椅子坐了。

　　"从嘉！"娥皇看看李煜，转而又看看女英，说道："我无以报恩报德。我的妹妹，能歌善舞，多才多艺，且贤淑聪颖，绝不在我之下。妹妹若能继承我志，早晚服侍国主，我在九泉之下也就安心了。希望你答应我的这一请求。"

　　李煜用手帕捂住脸，不知是抽搐还是点头。

　　"我还有个请求，请答应。"娥皇又说。

　　"好，我答应，爱妻说吧。"

　　"今后，宫中应禁《霓裳羽衣曲》，因此曲此舞演奏一次，花销不下万金，而江堤上的将士尚缺过冬的寒衣。百姓还有饥寒交加者，另外，宫中已养歌舞伎八百余人，可否放些出宫？"娥皇说到这里，又大声咳嗽起来，连眼泪都咳出来了，李煜连忙命宫女送来一杯温水，亲手喂她喝了一口。

　　缓过气来之后，她又把女英叫到床前，在她耳边低声说了一会儿，女英也边听边点着头。

　　李煜轻步走到娥皇的病榻旁。

　　娥皇的脸上绽着笑容，她说："烧槽琵琶妹妹已经接过，我将约臂玉环也留给妹妹了。"

　　宫中寂静无声。唯听见板炭不时的"噼啪"之声。

　　第二天，风雨全住，天放晴了。这是入冬以来少有的晴和天气。阳光照射，气温转暖。娥皇见了明亮的阳光，心里十分高兴，她振作精神下得床来，宫女为她生了火炉，备了热水给她洗了个澡之后，她自己慢慢地梳理着那曾经领导了南唐女性的发型——双环缩鬓。妹妹进来时，她微微含笑对李煜说："从嘉，你要以国事为重，请不必为我哀伤，你答应吗？"

　　李煜含泪不语。

　　"照顾好我的妹妹，她是我唯一的亲人，你答应吗？"

　　李煜肝肠寸断，不住地点头。

她的神态好像要去参加歌舞宴会，从容自然。俄而又转过身对妹妹说："妹妹，我把仲寓也委托给你了。"

"姐姐！"女英泪雨骤下，"别说这些，你会很快好起来的。"

李煜挽娥皇至榻前，说："爱妻，你不要用刀剐我的心啊！"

娥皇微笑着对丈夫说："由命不由人哦！"

她又调脸对女英说："妹妹，你说在扬州听到有人骂我李氏皇族要遭报应，这报应让我一肩挑走吧，往后的南唐李氏皇族一定会再展宏图的。"

娥皇眼里一反常态，没了泪水。她挣扎着坐在床沿上，从枕下取出早已放置的一颗玉桃，含在口中。便再也没话了。脸上亦无悲戚之色。

当御医们匆匆由隔壁房中赶来时，娥皇已经永远闭上了美丽的双眼。

国后驾崩，一缕香魂渐渐西去，顿时宫中一片恸哭之声。圣尊后钟氏闻知后，悲痛过度，从此也一直卧床不起。

娥皇之死，在李煜心中留下一道永远都不能合拢的伤口。

南唐王朝，已日落西山。

第七章　旧情新欢小周后　危机四伏金陵城

无言独上西楼，月如钩。寂寞梧桐深院锁清秋。

剪不断，理还乱，是离愁。别是一般滋味在心头。

——《相见欢》

一

李煜见娥皇离他而去了，悲恸欲绝，多次哭昏倒地。窈娘、雪仪、黄妃、意可等妃将他安置在窈娘宫中。

一夜，妃子们忙碌了一整天，刚刚睡下，窈娘正在娥皇灵前烧香，院中突然传来呼喊声。窈娘往楼下望去，见几个宫监正搀着李煜，此时有宫女慌慌张张跑来禀报：

"国主去投井，被宫监救了，请窈娘快去！"

窈娘、黄妃等急忙跑出去，只见双眼浮肿的李煜，正一个劲地要挣脱宫监们的手。

"放开我，我要去追回国后！"

黄妃、窈娘苦苦地劝，李煜哪里肯听！只是一味地挣脱。宫监们拼力拦住，才抱住他离开了井台。

女英从楼上跑下来，走到李煜跟前，双膝跪地，哭着说道："国主，请恕我无礼。如此扔下姐姐丧事不问，却要投井！太失一国国主的身份了！既如此，请允许我替国主一死，让国主去治理丧事吧！"

女英起身便往井台走去。

"英妹，英妹！"李煜在后边大声喊着，又对左右喊道：

"还不快去拉住！"

几位宫女早已飞身去抱住了女英，那女英亦不言语，只是挣脱。

李煜说："你姐姐去了，你再要去，你姐姐所托付之事如何交代？"

女英挣扎着跪下，大声说道："国主也受姐姐托事，怎么不考虑？"

李煜点头说："请起吧，我会自持的。"

国后娥皇的灵柩设在瑶环宫西室，停枢近两月。其间李煜无心上朝。左仆射殷崇义几次奏章，说是钱币屡屡变换，招致商贾百姓不满。李煜无意过问；宋太祖赵匡胤派作坊副使来金陵吊祭娥皇时，他才去接见。宋使走了之后，他日夜守在娥皇的灵柩之前。

守灵期间，李煜噙泪亲自为娥皇撰写了诔文，讴颂她的美德品行，写得十分悲哀凄婉，并命石匠将文刻在石碑之上。又以泪研墨，作了一篇《挽辞》，写下了《感怀》《书灵筵手巾》《书琵琶背》等诗词多首，有的留下了，有的被他在焚化香纸时投进火中烧了。

次年（965）春正月壬午日，国后娥皇葬于懿陵。李煜亲手点燃诔文在陵前挥泪焚烧。

"……执子之手，与子偕老……神之不仁兮，敛怨为德；既取我子兮，又毁我室！……"

安葬刚刚完毕，天下起雨来。李煜以御笔在白绸上所写的柳体挽词，在雨中抖动着：

> 珠碎眼前珍，花凋世外春。
>
> 未销心里恨，又失掌中身。
>
> 玉笥犹残药，香奁已染尘。
>
> 前哀将后感，无泪可沾巾。

联落款为：鳏夫煜。

国后娥皇谥号昭惠后，亦称大周后，因娥皇姓周。

娥皇安葬不久，传来了后蜀被大宋所灭的消息。后蜀主孟昶在位期间，宫中荒淫无度，君臣大肆挥霍，整日沉浸在歌舞女色之中，连他放在床下的夜壶上也都缀有珍珠宝石，称之为"七宝溺器"。其奢侈程度则可知一般。

大宋军队攻入成都之后，孟昶投降。

有道是"物伤其类"。李煜得知后蜀被灭的消息之后，整日里心惊肉跳。如今的十国中，在北方只剩下北汉了。北汉是个小国，此时已是大宋案板上的肉了，大宋随时可以发兵将其吞食。下一步，大约就会轮到南唐了。李煜此时的心情，又能对谁说呢？他伏案写了一首《忆江南》：

多少泪，沾袖复横颐，心事莫将和泪滴，凤笙休向月明吹，肠断更无疑。

这哀伤之情，是无法排解的，他在词中三次重复了"泪"字，实在是句句皆泪。通篇皆泪。

写完后，他伏案痛哭了一会儿，也许连日失眠使他太倦，竟伏在案上睡过去了。

自皇子仲宣薨后，圣尊后钟氏心中的悲痛尚未平息，接着又是国后娥皇驾崩，这使她的心中更是雪上加霜。在娥皇的丧事办完之后，她要女英去她宫中做伴。女英曾向她说过，如今姐姐已经不在了，自己留在宫中，多有不便，打算下个月搬到白鹭洲的一座宅子里。谁知圣尊后听了，顿时流泪不止。她抓住女英的手，伤感地说道："女英呀，小仲宣殁了，你姐姐又去了。国主已心力交瘁。如今，朝廷形势急转直下，大宋随时可能渡江攻城，我已没有多少日子了，你是唯一可安慰我的人，你若出宫，恐我这老命也就休矣！"

圣尊后说不下去了，女英听了，也感伤流泪。

"女英，就留在宫中吧，不只我离不开你，仲寓和国主也离不开你呀！"圣尊后说道。

女英拭去泪水，说道："圣尊后之命，岂有不听？只是——"

圣尊后说："一切事情有我来安排，你放心好了。"

女英唯唯诺诺地说道："遵圣尊后之命，我愿留下，侍候圣尊后。"

"这倒也不必，你仍住在瑶环宫，常来我这里说说话就可。"接着，她又说道，"女英，你去一下，叫国主来我这里。"

"是，圣尊后，我这就去。"

李煜听说圣尊后叫他，便立即起身去了后宫。

"国主，"圣尊后习惯这样称呼李煜，"我有一事与你相商，你先坐了。"

李煜谢坐，说："母后有话请吩咐，皇儿恭听。"

"贤媳娥皇，作为国后，堪为天下绝无仅有，然而她英年早逝，由天不由人啊！如今丧事已毕，国主不要再忧伤了，要以国事为重。整日里处在忧郁之中不理国事，并非上策。"

李煜说："皇儿遵从母后之命，尽力克制。"

"国后娥皇去了，国主常念心中，此乃常情，"圣尊后说，"但国中不可无后啊。"

李煜默然。

连日来，李煜虽在悲愁之中，然不能不考虑继册国后之事。而几位妃子中，他最宠窈娘，不过，窈娘只是一颗珍珠般的星星，还更有一轮明亮的圆月照在他的心头。这轮明月，与国后娥皇一脉相承，才貌相当，更何况娥皇生前曾经有过这个愿望，并已言明。自己既然与娥皇情深如海，就应依其言行事。但国后新亡，又不便急着公开迎娶她的妹妹。如今母后提及此事，他心中本已欢喜，但又不好说出来，有些左右为难，便说道："母后，国后新丧，皇儿想暂不议继后之事。"

"暂时不正式册立也可，可心中有数才好，"圣尊后说："我这一病，不同往常，或许来日不多了，你总不能让我心中留着心事西归吧。"

李煜一听母后说她来日不多时，心中的伤痛又被触及，慌忙跪下："母后不要忧心，福体很快会恢复了。定可活到百岁。"

"人可百岁，唯我不能。"圣尊后伤感地说，"这国事、家事都塞充在我的心里，真是度日如年啊！"

李煜含泪说道："母后不必为朝廷和家事担忧，菩萨保佑，自可逢凶化吉。"

"我何曾不想多活几年！可是命不由人呀，宫廷多舛，国事多忧，我没有一天快活日子。"

"那是因为儿的不孝，才使母后忧虑的。"

"不说这些了。人总是要死的，谁也保不了命，"圣尊后说，"还是回到册立国后上来吧。我看这女英与娥皇一般模样，才思过人。举止端庄，又是开国元老的女儿，册立女英，也可以寄托你对娥皇的情意。"

李煜连忙跪在圣尊后榻前，说："遵母后旨意，当选择适当日子迎娶。"

"既然国主同意，我心里自然安慰。可让女英暂居瑶环宫，以便随时来我这里说说话。"

次日，李煜走出瑶环宫。恰逢女英在宫苑偕仲寓散步，见父皇来了，仲寓很有礼貌地向他行礼问安。

李煜的脸上泛着数月来不曾有过的笑容。

"英妹，圣尊后让你住瑶环宫，你愿意吗？"

女英低下了头，轻声说道："岂敢不遵命。"

仲寓在一旁说道："父皇让小姨住母后房中，好吗？"

李煜和女英听了，都会心地笑了。

二

又住了月余，女英住进了姐姐原居的瑶环宫。宫楼经过了大规模修整，又按照女英的设想进行了重新布置。家具也换上了新的，唯姐姐睡的象牙雕床没有更换。

不知是天意还是人意，娥皇十九岁嫁进宫，做了瑶环宫的主人。如今十六岁的女英成了瑶环宫的第二任主人。只因娥皇后去世不足一年，李煜还不能正式公开迎娶女英，故此女英只能委屈做预备国后。

那首《菩萨蛮》在宫中再次传开了，"刬袜步香阶，手提金缕鞋"的前奏，终于有了圆满的结局。

虽非正式迎娶，李煜实际上是奉圣尊后的旨意，对待女英和对待娥皇一般亲密，一样宠幸，甚至新欢胜过旧欢。

不过，李煜对娥皇仍然旧情不忘。夜里，他在瑶环宫的书房中，填了一首思念之词——《相见欢》：

林花谢了春红，太匆匆。无奈朝来寒雨晚来风！ 胭脂泪，留人醉。几时重？自是人生长恨水长东！

"人生长恨水长东"！当女英读了这首词时，心中十分感伤。"林花谢了春红，太匆匆。"是哦，姐姐才二十九岁，走得太匆匆了，为什么好景不长，知己匆匆消逝呢？她见李煜在悄悄流泪，连忙掏出绣绢给他拭泪，李煜慢慢伸出手去，捉住正给自己拭泪的纤手至胸前，顺势接住她。她也顺从地跌入了他的怀抱。

"英妹，是你挽救了我，否则我已不在人间了啊！"李煜满怀伤心地说。

"能使姐夫宽心忘忧，我才算对姐姐有了些交代呢？"女英温柔地说。

她想起姐姐说过："能使你姐夫欢乐，就是我最大心愿！"这句话已成了姐姐的遗训，女英以此为己任。

李煜伤感的心得到了安慰。他说："有了你，也算是我的好福气！"

女英轻柔地说："姐夫今后不要再悲伤了，这也算是我的福气呢！"

李煜将女英搂得更紧了，低头用吻来回答她。

殊不知，在李煜与女英幸福温馨的新欢中时，从武昌传来了消息：后蜀主孟昶投降后，宋太祖赵匡胤封他为检校太师兼中书令、秦国公。时隔不久，宋太祖请他赴宴，饮酒至半夜方散席回去。当夜，他觉得胸闷腹胀，至寅初死去。其中秘密自是不言而喻。

孟昶的宠妃花蕊夫人，被宋太祖纳入后妃，后来很得宋太祖的宠爱。

李煜得知这个消息之后，数日默然不语。他知道，自古降主无善终。他也知道，南唐王朝已在风雨飘摇中了，倾覆之期已经不远。孟昶的结局就是自己的一面镜子。

几天没回瑶环宫了，因窈娘病了多日，李煜常去窈娘宫中看望，督促御医诊治。这一天，有一宫监寻到了窈娘宫，向李煜禀报说：圣尊后病情转重。

李煜是位孝子，他放下窈娘急步去了后宫，连着三天都守在母后的榻前。晚上，又回到窈娘宫中安歇。圣尊后虽病重，却很关心皇儿的健康，安慰他说："国主，这人哦，生生死死，本也平常。百姓家也有生死，也一样喜乐哀痛。"她很累，歇了片刻才接着说，"何必忧心如焚？要以国事为重。"

李煜说："母后身染沉病，儿子怎能不忧心？愿菩萨保佑母后早日恢复健康。"

圣尊后说："无命者，菩萨也无能为力。你多为国事操劳，有女英在这里，你可三日来看望一次。"

李煜望了望坐在床前的女英，女英朝他点了点头。

圣尊后说："就这样了，你去吧。"

李煜有点为难："母后，女英代我照料母后，行吗？"

"行！"圣尊后说，"我喜欢女英。"

李煜朝女英连连点头说："有劳你了。"

"请国主放心！我一定尽心尽力。"女英说。

大病月余之后，窈娘从死神手中挣脱了，病情逐渐好转，病前本来有些瘦削的身体变得弱不禁风了。

窈娘是因怀孕不注意小产，大出血致病。

窈娘病好不多日，噩耗接踵而至，圣尊后薨。南唐皇家，不足一年，连着三丧！国主李煜精神几乎不能支持，在圣尊后榻前跪哭不起。女英和众妃子跪在李煜后边。

一个朝廷将要发生巨变，先期常有预兆，这连连发生的丧事，便是前兆。

李煜压着巨大悲痛，召回八弟南都（南昌）留守邓王从镒还金陵都，以助朝政。调遣鄂州节度使、武昌军林仁肇为南都留守。

深秋之后转而入冬。腊月葬圣尊后于顺陵期间，宋太祖遣使者前来吊唁。

圣尊后谥号光穆皇后。

由于光穆皇后驾崩，按照盛唐传下的惯例，国主须孝守三年，其间不宜婚娶。李煜本想在明春册立女英为国后的，现在只好延期了。

女英也只好再等上三年。不过，已经成年了的女英，实际上已在统摄后宫了。

三

寒风萧瑟中，办完圣尊后丧事的南唐宫迎来了新年。然而如今的新年，如同设置在前面的关隘，叫人望而生畏，因为又要筹集银两去汴京进贡了。

筹了数日，尚不足数，李煜心烦意乱，下殿回到瑶环宫的女英寝宫中，免不了唉声叹气。

"姐夫，母后已经安葬，你可要节忧呀，不要伤了身子。"

李煜又叹一声说："丧事刚完，又要进年贡，国库罄空，囊中羞涩，怎不忧心啊！"

女英听罢此话，未语。是哦，早在一年前听姐姐说过，一年要四贡北宋朝廷，宫中国库早就告急，苦于筹集金银。不进贡则又关系到南唐的生存，实在是难为国主了。时下年关已迫，贡银无着，怎能不着急！女英虽聪颖，但巧妇难为无米之炊。

"原是为年贡发愁，愁又有何用？慢慢想办法就是了。"女英只好安慰他。

"慢慢想办法？时不我待啊，过年关如过鬼门关！"李煜几乎绝望。

女英不愧是李煜的贤内助。她的柳叶眉微微一挑，笑着对李煜说："小妹倒有一计，不知可行否？"

"什么计？快快讲出来听听！"李煜有些急不可耐的样子。

女英嫣然一笑，却不急着说出来。

"快说啊，现在如救火一般紧急呀！"李煜说。

女英笑说："姐夫向来温和，今天看来要动肝火了！"

李煜无可奈何地笑了："要知道，我心中能点燃火呢！"

女英虽阅历不多，但在闺中时读书颇多。她对春秋战国、秦汉隋唐的历史知之甚多，因此对于北方大宋朝廷的兴起和今后的发展，亦有自己的想法。大宋既有统一全中国之大志，必有统一之良策韬略，绝非是只图一方之安、享受一方之乐的等闲之辈。

依她看来，大宋正在积蓄国力、窥测对手，选择其国君无能、朝政腐败者一举击破，这样便可得天下之心。另外，采取先易后难、先近后远之策略，再灭一些小国。南汉最远，故之下一次攻击的可能是吴越。而南唐早已顺宋称藩，并以重金进贡，宋太祖深谋远虑，在吴越、南汉没有消灭之前，对南唐必施仁义，以笼络人心。

对于李煜所想，女英也暗自思索过：李煜寄希望于大宋，以重金贿赂，以图大宋能对南唐维持现状。而大宋最终是要统一全国的，怎容得下割据诸侯？宋太祖赵匡胤有一句名言："卧榻之侧，岂容他人酣睡？"他独领天下是无疑的了。但无论如何，要帮李煜渡过眼前的难关。摆在他面前有两条路：一是对抗，并且去征服吴越、南汉，扩大实力，再与大宋决一雌雄。这看来是不可能的，南唐既无兵力，且国主李煜慈善成性，又无此大志。二是干脆投降宋朝，以摆脱困境，去了这虚假荣耀。这也不可能。李煜好词喜乐，风流倜傥，做南唐富庶之地的小国之主足矣，怎情愿投降呢？那么，唯一的路只有继续重金贿赂大宋以换苟安。聪明的女英有自己的精细见解，她想出了一个主意可助李煜解燃眉之急。只是不想马上说出来罢了。

"你再不说，我都要急得哭了啊！"李煜说。

女英说："你须得回答我所问，我才能说出计策来。"

"要考我？好吧！说吧！"

女英微笑着说："我在这宫中，该怎么被称呼呢？"

"明日国后呀！这还有疑问吗？"

女英脸霎时红了："前面二字何时去掉？"

"待服母后丧期届满，立即册立，行了吧？"李煜说。

女英说："窈娘也很聪慧美丽，早得国主宠幸，这国后本该是窈娘的。"

"窈娘虽合我意，然不及你。立你为后正是圣尊后旨意，没有谁推翻了，你放心好了。"

"既然如此，臣妾该献笨拙小计了，计虽笨，却也是无奈。"

"快请讲。"

"年贡所短之金，可向大臣均借，随后筹集退还。"

"好！"李煜听了，合掌一拍，"妙极。借各位大臣之金，以解朝中燃眉之急，年后退还，妙哉，妙哉！"

女英接着说："要向大臣们说明，凡借出贡金者，年后除还本外，另加赏金，借得越多，赏金越高，这样，才能激起他们的热情来！"

李煜听了，一时竟没了言语，只是紧紧地握住了她的手，显得异常激动。

四

女英所献之计很快解决了乾德三年（965）的年贡之困。大臣们积极借银，共借得白银二万，黄金三千，金银龙凤茶酒器数百件。

春天从寒冷中走过来了。

"乐而忘忧！"瑶环宫的八哥在回廊中叫着。

李煜一年多没有注意八哥了。在这虽然寒冷但充满阳光的春日里，听见它的叫声，心中充满辛酸。忘忧！谈何易，那失子之悲，亡爱之哀，离母之痛，岂可忘记？宫中已久无舞宴，亦未闻歌。李煜不禁打了个寒战。他回身向八哥走去。

"乐而忘忧！"八哥跳着迎接李煜。

李煜伸手逗逗八哥，教它喊道："乐而有忧！"

那八哥真有灵性，随着改了叫声："乐而有忧！"

"对了，这就对了！"李煜说。

从"乐而无忧"到"乐而忘忧"，再到如今的"乐而有忧"，谁解其中味？这倒明明白白记载了李煜人生的三段旅程，也暗暗揭示了旅程之苦涩。

此时，女英走下楼来和李煜一起逗了一会儿八哥，便并肩走出瑶环宫，在宫苑中漫步，纵谈词情画意。宫苑中的花卉虽未开花，然春光明媚，和风煦煦，亦别有一番情趣。

他们边谈边走。女英虽不作词，对词却颇有兴趣，因此很高兴听李煜谈词：

"五代之前，词方兴起，虽然不乏佳作，但亦不能掩其萌芽之态。"李煜像一个教者在对女英解说，"而词之解脱旧体，但痕迹犹存，词的特色尚不甚显著。"

"五代之前，讲究声律，着重辞藻。就形式而言，有了发展。但就内容来看，往往艳情流于泛滥。"女英接着他的话说道，"其能醒人耳目者，倒是那些写了风土人情的词篇。"

"英妹的见解精辟，看来你也善词呀。"

女英笑笑，接着说："概不如姐夫之词写得真情实意，姐夫之词，乐则写乐，悲则写悲，率性任情，语出平易，情溢行间，毫无搔首弄姿之态。且流畅、自然、深沉。"

李煜笑着说："是吗？'今宵好向郎边去。刬袜步香阶，手提金缕鞋！'这可是真情实意哪！"

女英听了羞涩地低了头。她并不恼，俄而抬头说："我非仰慕姐夫之为国主，而是仰慕你的多情溢趣之词，风流倜傥之性，所以……"

"我得才女知音，原来得益于我的词啊！"李煜风趣地说道。

"词人者，赤子之心也！"女英发出了感慨。她的意思是，你太忠于词了。

李煜似真似假地说道："赤心者，忠于情也！"

二人会心地笑了。

女英走到虹桥时，对李煜说："我爱你的词更爱你的情。"

"如此说来，词亦情，情亦词了？"

女英未答，只是低头走着。

他们走出南苑，又折向东。李煜遥望着池旁的垂柳，不禁想起旧作《杨柳枝》，便随口吟唱起来：

风情渐老见春羞，到处芳魂感旧游，

多谢长条似相识，强垂烟穗拂人头。

女英忽然想起一件事来，她问李煜："姐夫，去年调林仁肇去南都镇守，武昌岂非无主将？"

李煜听了，半晌无语。

女英见他正在思索，便没有再问。

思索良久，李煜像对女英，又像自语："这样吧，遣吉州刺史杨守忠为武昌军留守。"

女英虽已内定为国后，掌握着后宫实权，但对国政只静观而不参与。故此对李煜将遣杨守忠为留守一事不多说话，自信这是为后之道。

正当他们兴致极好地漫步言谈时，门下侍郎忽然来报："宋太祖遣使已到金陵城外。"

李煜、女英一听是宋朝特使来，只好分手。女英匆匆回瑶环宫去了。

离大宋京城较远的南汉（今广州），中宗刘晟因荒淫骄奢，在三十九岁时就死了。他儿子刘猎继位，年仅十六，也是一个昏庸无能、荒淫无度的昏君，国内赋税繁重，民不聊生，矛盾十分尖锐。他将朝政委托宦官龚澄枢和才人卢琼掌管，自己终日行乐不止。而龚澄枢夜郎自大，不知天高地厚，常出兵骚扰道州。

宋太祖赵匡胤正图统一，岂容南汉骚乱？他对南汉早已作了仔细分析，并成竹在胸。那刘猎荒淫贪色之徒岂能治国？亦不堪一击。只是南汉路途遥远，发兵征伐，重耗资财，毋宁以攻心为上。故此遣使诏南唐国主李煜以邻邦友好身份，写信给南汉国主刘猎，劝其臣服大宋，否则将出兵讨伐。

　　李煜连忙换了紫袍（穿紫袍，表示不敢称王，以示自己是宋朝臣僚）接见了使者。他听取诏旨以后，不觉进退维谷。这宋太祖真是强人所难。劝降的差事，不是大宋出面，却要南唐去完成！但再三思之，却又不敢推卸，心中十分焦急。

　　安顿好大宋使者之后，李煜下朝回到瑶环宫中。女英见李煜似有重重心事，不知又发生了什么事，温和地问道：

　　"姐夫，朝中又发生了什么事？"

　　"宋太祖派使下诏，令我写信劝南汉国主刘猎投降大宋。"李煜将写信劝降之事一一告诉了女英。

　　"这有什么难的？"女英笑了说，"不要金，不要银，只一封书信。"

　　"刘猎会反唇相讥的。"

　　"南唐年年贡宋，谁人不知？有什么可相讥呢？"女英劝慰说，"再说，这大宋的赵匡胤是得罪不起的。可不要吃了一生长斋，却让这一碗狗肉污秽了呀！"

　　李煜良久才下了决心："好吧，令知制诰潘佑书写！"

　　潘佑写了长达数千言的致南汉国君刘猎书，先叙友好睦邻累世之交往，手足之情谊，然后，语意急转，劝其息兵，化干戈为玉帛，向中朝大宋称臣，以免中朝大宋兵戈相征，生灵涂炭，殃及百姓。

　　其后，李煜派知制诰龚慎义去送书信。

　　刘猎虽昏庸，但自恃中朝大宋远隔千山万水，奈何南汉不得，故不但拒不听劝，居然还扣了龚慎义。不过，此事南唐李煜对赵匡胤便有了一个交代。知制诰龚慎义被扣，李煜心中不安，派了大臣去龚家安慰，年俸薪禄照发。

五

岁月的更迭，时间的流逝，使李煜心头的忧郁渐渐洗涤了许多。如今又有了美貌无双的女英不离左右。女英不但才思敏捷，而且温柔贤惠，很得李煜宠幸偏爱。而女英比起姐姐确实也丝毫不逊。她不但对诗词颇有造诣，且对花草树木、历史变迁诸方面，比姐姐兴趣更浓，知识更全面，因而更能开导李煜，话题也就更广泛。她贤惠而不阿谀，温柔而不娇柔，关心朝政而不干预朝政，只在必要时提示几句。这就是女英的性格。

又是一个花开季节。南汉刘䶮果然被宋朝所灭。这虽在预料中，但李煜难免又在心中投下了阴影。宋太祖本想用和平手段统一江山，既然刘䶮不驯，又是那样腐败，攻破又有何难？大宋只派大将潘美挂帅，由西路出师征伐，不过三月即灭南汉，生俘刘䶮！

李煜并不同于刘䶮，但由此及彼，想到了大宋已灭南汉，他感到自己末日将临，一个巨大阴影压抑心头。女英从李煜口中知道了南汉已被灭亡，不用多说，自然明白他心中的忧郁。她请李煜靠近窗前，和他观赏窗外景色。

"国主看到了什么？"女英挽住李煜的胳臂，亲切地问。自从她向李煜奉献筹借年贡之计后，李煜对她非常信任，常在同大臣们议决军机大事时，请她也参加，因此，她对姐夫的称呼也渐渐变成"国主"了。

"夕阳。一轮血红的夕阳。"

"还看到了什么呢？"

"夕阳无限好，只是近黄昏。"

李煜回过头来望着女英，女英莞尔一笑，说："这是想到的，而不是看到的。"

"不错，"李煜又瞧窗外，"我想到，南唐社稷，也如这夕阳，已近黄昏了。"

"除了夕阳，国主还看到了什么？"

李煜没回答。心想：还看到了什么呢？为什么要问这个呢？这英妹的话真有点蹊跷，他说："还看到了那棵老梅树。"

宫墙边的一株红梅是娥皇亲手栽下的。如今梅树依旧人不在，一丝哀伤掠心头。"梅树，梅树……"

"国主都是见物不见人呢！"女英说。

李煜回过神来，不解地看着女英，问："你说说看，何以不见人？"

女英嫣然一笑，良久才说："国主似觉得臣妾故弄玄虚？"

"你把我弄得糊涂了啊！"

"那梅花谢了，国主不曾看见？"

李煜转头看窗外，大声说道："我看见了，梅花已谢了多时，如今春花早已开了！"

"梅花谢了，春花开了，对。"女英说，"我拜读过国主的《后庭花破子》，不知国主自己还记得否？"

李煜说："当然记得。"他遂吟诵起来：

> 玉树后庭前，瑶草妆镜边。
>
> 去年花不老，今年月又圆。
>
> 莫教偏，和月和花，天教长少年。

女英说："美树长于后庭前，仙草置于妆镜边，花不老，月又圆，不要使其偏废。天教长少年，花好月圆长寿。这诗意原本很好。"

"还有什么不好的吗？"李煜问，"我写的是心中所求。"

女英不急于回答。她熟知国主的脾气，只要谈诗论词，便什么忧愁都可以放下，乐陶陶的谈吐，入情入意。因此，又进而引逗说："国主去年写的那首《相见欢》，我读后为之伤感。开句便说林花谢了春红，太匆匆。最后问儿时可重见？人生长恨水长东，那更是情意深深，感人至甚，是佳篇名句。"

李煜连连点头，不禁蓦然想起了娥皇。

反应敏捷的女英，透过李煜神情的微妙变化，窥见了他的心中所思。她轻轻地拽了李煜去椅上坐下，又命宫女沏了香茗，接过来捧给他。

女英走近窗前，眺望窗外的天际。夕阳已经西沉，夜幕徐徐降临。李煜也走近窗边，悄悄以手轻拂着女英的云鬟。

"你在远望何物？"李煜在女英耳边问道。

"我在西望长安。"

"哈哈哈！"李煜大笑，"我的明日国后在作诗呢！"

"我不在作诗。长安有人作诗呢！"女英说。

"谁？"

"中唐宪宗李纯……"女英侧过身来，面对李煜。

李煜说："又在故弄玄虚了。"

"唐宪宗时长安有两个秋娘，"女英一本正经地说道，"一个是白居易《琵琶行》中'妆成每被秋娘妒'的歌舞名伎杜秋娘，另一个是工诗词，能书画，通音律，善歌舞的杜秋娘。"

李煜接过话头，"杜秋娘丰姿绰约，深得宪宗宠幸。"

女英点头："杜秋娘曾作《金楼曲》。'劝君莫惜金缕衣，劝君惜取少年时。花开堪折直须折，莫待无花空折枝'。"

李煜脉脉含情地点点头。

女英："可是，眼下世事不稳，大臣之心涣散。令人不安哪！"

李煜说："是这样，这朝政是有些荒芜。可能是我治理无方吧，让英妹见笑了。"

"依臣妾愚见，该整顿一番，重振朝纲，不能让人觉得南唐日暮，同朝各做异梦。应鼓励文武大臣，要大有作为才好。"

"英妹真贤也！"李煜感动地说。

女英自谓"愚见",却真提醒了李煜。这朝不可不朝,国不可不国。朝臣为国之栋梁,栋梁萎靡不振,何能振兴国家?南唐本是富庶之地,近年来财力一蹶不振,不可长此下去。须重振南唐,使国力重新恢复起来,大宋将刮目相看,不敢轻易下手金陵。

李煜明白,这是女英以前人的故事提醒他,要他惜时如金,振作起来,不可在忧愁中消沉下去。要重振南唐,就须调整朝臣。

时过不久,他在早朝时颁旨:

> 拜韩熙载为中书侍郎、百胜军节度使兼中书令。

自后,李煜常和大臣们讨论政事,有时夜半方散,不仅改变了朝政荒疏局面,而且渐渐有了些生气,大臣们也关心起国事来了。韩熙载两次上书引"经国十策",来谈古论今,极陈时政,不乏宏论。

所不幸的是,老天不作美。是年江南大地干旱,五谷受旱歉收。次年春,南唐许多饥民逃荒,路旁有饿殍,哀鸿遍野。好端端的一个鱼米之乡,竟到处是一片凄怆。李煜忧心甚重,又苦于无力救助饥民。

"国主,"女英见李煜皱眉不展,她说,"臣妾有一愚见,不知国主愿听否?"

李煜一把拉住女英:"快给我说说!"

女英说:"何不给宋皇帝写一奏章,报告南唐灾情?则可免今年夏贡。宋皇帝为得天下人心,也许会开恩施救。"

"英妹所言,只对一半,夏贡或许可免,想大宋对我施救则不大可能。"

"依臣妾所见,大宋皇帝要统一全中国,会广施仁义之策。"

李煜说:"不妨先试一试。"

开宝元年（968），宋太祖赵匡胤看了南唐李煜的奏章，得知南唐灾情严重，民不聊生，于是在二月春荒时节，特恩施米麦十万石，急运南唐，解了南唐的春荒。

李煜非常高兴，下朝后，夸赞女英献计有功。

"国主，"女英微微一笑，若有所思地说，"朝中好像很久未设宰相了呢！"

李煜说："可不，我继位近八年，宰相职位一直空着。"

女英说："这宰相总揽政务，总理百官，事关社稷江山，国家兴亡，此乃要职，怎么可以空着呢？"

李煜连连点头，觉得女英确有辅佐之才，只是她遵守妇道，不干预朝政，不然，让英妹当个女宰相倒真合适。他洗理完毕，上了雕牙床，开始认真思考，谁可任宰相一职？

六

第二日早朝，知制诰潘佑上殿奏事，李煜遂请他坐下，说是有事相商。

"我想迁枢密使、右仆射殷崇义为左仆射同平章事，卿意若何？"李煜问他。

左仆射同平章事，实为执掌宰相之权，潘佑当然知道。国主征询己见，是对自己的信任，必须认真。对于殷崇义其人，潘佑有不同看法，而国主既然准备选任其人，必然对他有几分宠爱。反对意见，不一定听得入耳，还会有顶撞国主之嫌。稍一思索后，便委婉推脱说：

"臣对殷崇义了解不深，中书舍人张洎最了解他，待臣去咨询，然后奏国主。"

李煜答应了。他是真心实意想征求大臣意见的。这宰相之职非同小可，不能独断行事。

潘佑还没回奏国主，知制诰、中书舍人张洎已上书陈谏。大意是说：殷崇义虽文采斐然，不过一介书生，胸中少有经纬，亦无安邦定国之策，非为大才，不宜为宰相执牛耳。

李煜犹疑了。他又想到了韩熙载头上。韩熙载是三朝元老，他胸怀大略，又极博学，他曾提议铸铁钱，缓解了国库危机。他总有自己的独到见解。

然而，朝野也议论韩熙载生活放荡，狂放不羁，常托疾不上朝。他年已六十有六，却蓄歌伎数十人，而又对歌伎放纵，管束不严。住室临街，歌伎与行人调笑馈赠，男客与歌伎杂居厮混。有人说此人断不可拜相。

对这些传闻，李煜将信将疑。于是，他派了太常博士陈致雍、宫廷翰林图画院待诏、擅长画人物的顾闳中，以拜访为名前往韩府暗中察看。

准提菩萨生日那天，陈致雍、顾闳中来到了韩府。因韩熙载经常邀请文人学士、丹青墨客聚会，饮酒听乐，对陈、顾也视为朋友，并无戒。大家围坐品茶，谈笑风生，海阔天空，谈禅论经，直至日暮，兴味尤浓。韩熙载挽留众客便宴。

晚间是歌舞。

小型歌舞在客厅举行，友好私聚，无拘礼仪，倒也活跃，直至寅夜方散。

陈致雍、顾闳中不忘君命，暗中观察歌舞场景、人物情态言谈。最后认定不过是平常歌舞场景罢了，虽过于奢华，倒并无殊异，于是回宫去了。

顾闳中回到画院，便凭记忆，绘了一幅图画（这便是后来的名画《韩熙载夜宴图》），以便向国主复命。

李煜又召来陈致雍谈在韩府看到的情况，并说："请太常博士将之所见所想，一一实谈，无须虚辞。"

陈致雍奏说："韩公堪称我朝重臣，又都是腹有经纪的饱学之士，处事有度，虽府中蓄伎，宴乐属实，男女杂居之说有误，臣以为不可全信。至于拜相，臣不敢多言。"

李煜默然点头。俄而才说："我将慎思。"

屋漏又遇连阴雨。拜相事还没个头绪，李煜的五皇叔江王病故，年仅三十一岁。他只好搁下韩熙载拜相之事，去料理江王的丧事去了。

其实，李煜心中也十分清楚，在南唐朝廷中，文武百官多迷恋于灯红酒绿之中，家家蓄伎，夜夜歌舞，虽民间百姓多数处于水深火热之中，但他们熟视无睹，充耳不闻。有一次，他让桂十六带仲寓去宫外逛逛，回来后，他问桂十六可曾听到什么新鲜事儿？桂十六告诉他说，他们在秦淮河的桥头上看到了一个卖唱的汉子，那汉子唱了四句词儿，她记住了，那四句词儿是：

> 日短复夜长，百姓为谁忙？
> 宫家一曲歌，南郊三年粮！

李煜听了，半天无语，是啊，官宦人家一夜的饮宴歌舞所花去的银钱，何止是农家三年的口粮呢？至于像宫中欣赏一次《金莲花舞》或《霓裳羽衣舞》，须花费万金！若买成粮食，恐怕可供百户吃上十年了。

至于韩熙载家中的歌舞宴饮，能责怪他吗？金陵城中的皇亲国戚，朝廷中的文武官员，哪家不是醉生梦死？再说，此风自先皇元宗始，就已成了瘤疾，自己不就是在歌舞宴饮中度过皇子生涯的吗？上梁不正下梁歪，现在，上梁是不正，而且随时都会塌陷下来，关键是要在梁未倒塌之时，选拔出一位宰相，来支撑目前的这种局面。

宰相一职，唯韩熙载可任。

但韩熙载是来自北方的贵族，先皇李璟和当今国主李煜虽然过去都曾委重任于他，但到底还是对他这个"外来人"有些不放心，所以才派人对他暗中察访的。

韩熙载的确是个人才，他不但是位饱学诗书的文人，亦是一位精明能干的重臣。在元宗李璟即位不久，北方的石敬瑭父子丧权辱国，民不聊生，怨声载道，韩熙载不满后晋的腐败无能，便和自己的好友李保诀别，毅然到了金陵，并说，若南唐用我为相，我一定北定中原。他的这种豪言反映了当时不少人对天下形势的看法和愿望，也是对李氏南唐的信任。但元宗李璟不重军事，又不管政事，沉溺于写诗填词、崇佛修行之中，偏信陈觉等庸臣的主张，消耗了兵力、国力、财力，终于自毁了烈宗创下的根基，丧权辱国，先后向北方的后周、大宋称臣。

韩熙载虽然已先后被李璟、李煜所重用，但他目睹了南唐王朝的种种弊端，也亲身经历了由上升到逐步沉落的过程。他也知道南唐必定会步后蜀的后尘。他知道国主李煜想任他为相，以撑起这将要倾倒的南唐。但审时度势，他知道自己亦无回天之力了，所以，早已心灰意冷。为了避免嫌疑和忌妒，他只好随大流和朝中贵富们一样，在家中蓄伎，集社会名流在家中宴饮，过着醉生梦死的日子。不过，他的内心世界却是痛苦和矛盾的。当开国老臣、娥皇、女英的父亲周宗去世时，他去灵堂吊唁时，听到有位同僚哭着说道：你老先生真是聪明啊，生的是时候，去的也是时候。

韩熙载从他的话外之意中已经听出，说周宗是看不到国破家亡的情景了，我们这些人今后将会是个怎样的下场呢？现在朝廷危在旦夕，今后的下场不仅仅是山河破碎，等待他们的将会是阶下之囚！所以，他也及早行乐，花天酒地，以麻木自己的身心而已。他的心境，从《韩熙载夜宴图》中的五个场面里，都能看到他沉郁寡欢、心情沉重的神情。

七

李煜很尊重五皇叔江王。当年烈祖李昇初受禅时，以十二月二日为仁寿节，五皇叔因为出生在这一天，故而小名叫仁寿，其母是烈祖的一位宠妃。这位宠妃不喜欢李璟。烈祖却非常喜欢他。他平素简易节俭，诚恳待人，以安其政，当时诸王大臣皆喜欢信佛，唯他专以六经为事。

李昪在世时，性情暴躁，发脾气时，声如猛虎，殿中金环受震动，左右都丧胆落魄，唯这位宠妃不惧。有一次她左手端着吃的食物，右手持匕首，准备自杀，从容地走近他。

正在发怒的李昪却顿时息怒。过了些时日，烈祖到齐王李璟（继位前李璟为齐王）宫，遇李璟在修理乐器。烈祖大怒，斥责他不成材。几天之后，这位宠妃自以为得宠了，便在烈祖耳边吹风说：江王有才，比齐王强多了。烈祖正色说："子不教，父之过，这是常理，你怎么敢随便这么说呢？"当即呵斥她下殿，并令宫女去了她的玉簪珥，幽禁于别宫。数月之后，又命她去庙寺当了尼姑。

烈祖李昪晏驾时，这位宠妃已在寺中齿落目瞑，她哭着说道："你这人猪，骨头都烂了！我终于见到你这般下场了！"

烈祖是背生毒疮而死的。

元宗李璟即位后，封他为保宁王，并允许他的生母——那位当了尼姑的宠妃，居宫就养，还进封她皇太妃。

五皇叔死后，李煜下诏：谥号曰"顺王"。办完丧事之后，李煜命八弟邓王李从镒出镇宣州。行前，邀近臣徐铉等到绮霞阁饯行，赋诗相送。李煜先吟了两句：

咫尺烟江几多地，不须怀抱重凄凄。

徐铉续句是：

满坐清风天子送，随车甘雨郡人迎。

各位近臣也都赋诗或吟诗相赠。

八

开宝元年（968）春，邓王李从镒出镇宣州，赴任之后，宗人寺卿上殿奏本说："光穆后（圣尊后）孝期三年已满，中宫虚位四年，应立国后，依礼正名，母仪天下！"

李煜说："你的意见很好，请容我慎思。"

下殿之后，他回到瑶环宫，女英接入，亲自奉上春茶一杯。她望着李煜的眉宇说："国主眉宇间有祥云飘飞，必有大喜！"

李煜望着女英明亮的眼睛，说道："你猜猜。"

女英十分敏锐，她已猜中八分，但却笑而不言。

"该给英妹正名国后了！"

女英仍含笑相视。

李煜宠幸女英到了极点，他说："如今正名，顺理成章，我要朝廷上下好好庆贺一番！"

女英仍是含笑不言。

李煜遂决定在冬十一月册立女英为国后，命太常博士陈致雍研究历代皇帝大婚礼仪沿革情况，并制定出举行大婚的仪式程序，又令翰林学士徐铉、知制诰潘佑参与此事。

徐铉发表意见认为：当前国家财源困竭，国主婚典当以节俭为宜。

潘佑年轻气盛，对老臣不大瞧得起，因而针锋相对地说："国婚大礼，事关国体。不隆重一些怎么行？"

徐铉心中明白，这潘佑不知天高地厚，又不识国情民情。他不便辩驳。国主婚典原应隆重，可当今是何许时候？怎样局势？还要婚事大办！但若直驳潘佑之见，想来李煜定会反感。故而只婉转地说："按古例，帝王婚礼不用大型音乐。"

潘佑认为，古今有别，不应沿袭。今当盛世，应以乐颂太平。

徐铉又提出："按古仪宫闱中即使用乐也无钟鼓。"

潘佑仍不让步，他冷笑了一声说："《诗经·关雎》上不是有'窈窕淑女，钟鼓乐之'的记载吗？为何我朝不能用钟鼓呢？"

徐铉想说《诗经》上说的是普通百姓的婚礼，我们今天讨论的却是国君的婚礼呀！但他终于没有把心中想的说出来。

陈致雍见情形不妙，再争论下去会伤感情，便息事宁人地说："两位大人的意见都有道理，鼓乐之事还是请国主钦定吧！现在就婚仪跪拜大事来议一下。"

徐铉心中虽有不平，却也只好如此。对于婚仪跪拜事，他说："据《后魏书》载，国后先拜后起，帝则后拜先起，再行夫妻对拜。"

潘佑不同意，他认为国主不同于平民，无须答拜引礼。

接着又讨论了车服仪制，意见免不了各执一词。只好也报国主钦定。

李煜也颇感为难，犹疑不决。最后交给安郡公徐游去定。这徐游是烈祖李昇养父的孙子，主管宫中营膳之事，徐游圆滑世故，又善于揣摩李煜的心思，故而站在潘佑这一边，当即写了奏章呈送李煜。

所巧的是，娥皇进宫时十九岁，十四年后女英与李煜举行婚礼时，女英恰好也是十九岁。关于居住在什么宫？李煜一再征询女英的意见。女英权衡利弊，最后依然定在瑶环宫，只是又作了一次布置。正厅、客室、书房之桌案几乎都是南海红木所制，室中的金杯玉盏，香炉宝鼎以及水晶珊瑚、玛瑙、灵芝，都极其富丽，尤其壁上的那幅南唐画家阎立本画的《步辇图》以及吴道子画的《大护法神像》等稀世图画，更是璀璨夺目。至于宫中的被枕罗帐等都是派员到苏州、杭州、无锡等地精制精选的，其豪华程度已超过她的姐姐大周后当年的大婚盛况。

李煜与女英早已成婚，这先婚后礼的形式，只是向朝野炫耀一下而已。

有些程序是按古已有之的规矩进行的。按礼仪制度，婚礼有六仪，但贵为国主的李煜不能屈尊去国后家迎新人，于是，以发册奉迎的形式代替亲迎。发册，就是由国主选派正副使臣，带着国主的亲笔册文，前往国后娘家奉迎国后入宫。

　　自周宗夫妇去世之后，女英便由扬州搬到金陵宫中了，家中亦无亲人。为迎娶时符合礼仪，正宗寺早已在白鹭洲旁边购置了一所有十间房舍的宅院，并修葺一新。还将周宗的一位堂弟一家迁进居住。正堂中供有周宗夫妇灵位以代替女英的娘家。

　　奉迎那一天，李煜诏令韩熙载和潘佑为奉迎正副使，前往白鹭洲的周府奉迎女英。临行前，李煜按正宗寺事先安排好了的仪式，向正副使说道："兹册立东都留守周宗之女女英为国后，命卿等持节奉宝册迎娶。"

　　韩、潘二臣受命之后，亲率迎亲仪仗队伍，浩浩荡荡地朝白鹭洲走去。此时，金陵城中空巷无人，倾城出动，都拥到奉迎道路的两旁，除想见识一下盛大的国主迎亲场面，也想目睹一下早已是小周后女英的玉容。有关小周后女英的才华、美貌以及她在宫中的种种传闻，纵然宫深如海，宫墙入云，但还是从砖缝中透露出来，成了人们饭后茶余的话题。

　　奉迎使臣到了周家之后，先取出国主的诏告和册文，双手置于门前的桌上，然后照本宣科对女英的堂叔说道："奉册后，遣使持节奉宝册，行奉迎礼。"

　　那周老先生遂出门迎接，正副使臣将带来的白鹅（代替白雁）和迎亲礼品奉上。待女英穿戴好了之后，便和周家的家人告别，上了玉辇，在正副使和仪仗官员的簇拥下离开周府，向宫中进发。

　　在女英进宫的必经路上，十里长街早已挤得水泄不通了。女英从帷幔缝中向外瞅了一眼，只见彩旗如云，人头攒动。耳际听到的是潮涌般的欢呼声和爆豆似的鞭炮声。

　　她将沿着这条路，一直走到天下女子的极点。

登上这个极点的道路各不相同。

走下这个极点的方式，也各不相同。

九

国主李煜大婚，宫中大摆酒宴，群臣赴宴祝贺。

婚宴十分隆重。文武百官，凡居在金陵城者都可赴宴，吃酒作乐，席间觥筹交错，多有酩酊大醉者。徐铉对这灯红酒绿、纵饮狂欢的场面心中独有我见：国家内外交困，操办婚事耗资无数，豪奢挥霍，实在痛心。又有什么办法呢？他仿照后蜀主孟昶的桃符写了副对联，叫侍卫送到瑶环宫，趁人多混乱之机贴在洞房门口两边（当时这就是对联）。

这桃符，在中国大概没有人不知道。早在春秋战国时期，人们对自然的了解和认识还很有限，一些天灾地祸和人的生死现象认为是鬼神使然。为了驱鬼辟邪，人们便在春节时用桃木削成一寸多宽，七八寸长的木板，挂在门的两旁，称之为桃符。

四年前（964）春节，后蜀主孟昶要翰林院士作诗句题写桃符，并命一个名叫辛寅逊的学士为自己寝室门的桃符写诗。辛寅逊拟出诗名后，孟昶认为欠佳，自己动手写了一首联诗："新年纳余庆，佳节号长春。"由于该联诗对仗工整，含义清晰，颇合春节气氛，分别写在两块木牌上，分左右嵌缀在寝室两旁，人称之桃符诗。这或许是中国的第一副楹联了。

徐铉也效仿那桃符，写道："两位新伉俪，一对旧鸳鸯。"这位忠臣以他独特的形式一吐心中块垒。

因是国主国后大喜的日子，婚礼中既守祖法，又兼民俗。俗话说，新婚三日无大小。李煜对徐铉的对联不恼不怒，一笑了之。其余大臣们也不再拘君臣之礼。有的相嬉取闹，有的写诗讥讽李煜女英先婚后典，如庶民百姓家宴一般欢乐。老学士韩熙载忽然站起来，大声喊道：

"老夫朗诵一首词可好？"

"好！"席间一片欢呼之声。

韩熙载说："国主国后问罪否？"

"但诵无妨！"李煜说，他调脸问女英："爱妻也不会反对吧？"

今天的女英浓妆盛扮显得雍容华贵，光彩夺人，她红着脸想阻止，但又不好开口，这个聪明的女英已心知三朝老臣在取笑他们了。

韩熙载说："我已六十有六，本已年老，然国主之词实在太精妙了，老夫极喜爱，我且吟咏国主的一首《菩萨蛮》吧。"

花明月暗笼轻雾，今宵好向郎边去。刬袜步香阶，手提金缕鞋。

画堂南畔见，一向偎人颤。奴为出来难，教君恣意怜！

笑语喧哗，掌声不绝。几年前，女英在花明月暗之夜，穿着袜，手拎绣鞋去画堂与国主幽会，偎在国主怀中颤抖的形象在词中生动再现。

李煜微微笑着，并不着恼。女英羞赧地低下了头。脸上绽开两朵彩云。

酒宴之后，潘佑提议请女英弹奏烧槽琵琶，遂令宫女去瑶环宫取来烧槽琵琶。女英接在手中，轻弹了两下，宴厅里立刻静了下来。女英弹奏了一曲《房中乐》。

这是首宫廷古乐，源于周代，采用传统的民间乡乐。女英以烧槽琵琶独奏，十分动听。此曲原本是用于宴请宾客的后宫之乐，歌颂了后妃之德。

女英弹奏完，博得百官一片喝彩之声。

婚宴一直闹腾到子夜之后方散。

十

婚典之后，小周后女英，其被宠的程度远胜于大周后娥皇。李煜有时甚至不上朝来陪这位流光溢彩的英妹。

阳春三月，春花吐艳。李煜令工匠在御花园的花丛中修建了个小亭，亭顶覆盖着红罗，再押以俄帽。小亭雕花刻凤，十分华丽。四角缀珠，耗金八千两。亭子极小，仅能容下二人。李煜常与女英在小亭中酣饮、弹琴，早忘了亭外的那些烦恼之事。

"国主，你给臣妾的恩宠，臣妾刻骨铭心。"女英将头靠在李煜的胸前，含情脉脉地望着他。

李煜笑着说："已给你正名，再不怀疑我对你的真情了吧？"

女英莞尔一笑，脸庞上的酒窝十分醉人："虽得国主殊宠，但臣妾却有不安。"

"英妹有何不安？尽管说出来。"李煜说。在背地无人时，他仍称爱妻为英妹。

"臣妾担心诽语，说国主受我拖累不上朝。"

李煜点头，息思片刻，说："这好办，我明天上朝就是，英妹可以安心了吧？"

这一天散朝后，大臣退殿，女英从礼乐寺中学乐出来，与李煜东西南北地谈了一会儿，自己又谈起了音乐。

"英妹可会吹箫？"李煜问。

女英含情一笑，其实，近来已将不会的乐器全学会了。

李煜已经明白这笑的含义。他高兴地说："看来英妹真正是多才多艺了！"

女英说："元宗皇帝（李璟）的词也极好，'小楼吹彻玉笙寒'，多美的句子！有景有情有意。虽然说的是笙，我在小楼吹玉箫，何曾不美雅？"

"是这样，特别是'花明月夜吹玉箫'，那景那情确引人陶醉，那音那意揪动人心。"李煜仿佛置身于听箫的境界之中了。

女英引李煜词中的句子："国主的'心事莫将和泪滴'，越是泪时听笙听箫越流泪呢！国主词中多有吹笙吹笛之声。那《忆江南》'千里江寒山色暮，芦花深处泊孤舟，笛在月明楼'。这情这景够动人心的了。听罢月明楼吹的玉笛声，谁个芳心不动情？国主的那《菩萨蛮》则别样风流，'铜簧韵脆锵寒竹，新声慢奏移纤玉。眼色暗相钩，秋波横欲流'。这是哪位美丽女子？多么传神！"

李煜笑了。明知女英醉翁之意不在酒，借填词之机取笑，他也不介意，有意把话题引开去："古时，有伏羲氏作瑟，有女娲作笙簧，是不是夏（古时称中国）祖先创音律之始呢？"

女英抿嘴笑，知李煜是想引开话题，她只好也随之转过话题，笑着说："国主在考英妹呢！"

"非也。"李煜搂紧她说，"闲趣逸谈罢了。"

"那女娲作笙只怕多是神话传说之类。夏、周时的《大舞》《诗经》所记的歌曲，或许是最早出现的音律歌舞。"女英轻声慢气地说，"渔猎时期，祖先创音律是从打击为乐开始的，也就是《尚书》中所记的击石推石、百兽率舞，模仿百兽形状呼叫跳舞。之后，《吕氏春秋·音律》中已经有了音律、音阶的记载了。"

李煜内心惊叹，这女英的确知识渊博，竟对音乐古今也知道得如此之多，了解得如此深。这在五代十国皇后中，是无可匹敌的。且周、秦、汉、唐也极少有。同代人后蜀皇后花蕊夫人善诗词，但也难以与女英相提并论。

"我的国后，你的确非等闲之辈！"李煜显得非常激动。

女英红了脸，说："太平庸了呢！难与我姐姐相比。"

"我失娥皇乃一生中大不幸，今得英妹是不幸中之大幸！"

"臣妾攀龙附凤，且深得国主恩厚，"女英说，"是前世所修，祖上积德。女子得福如此，足矣！"

李煜令宫女送上茶来，先给英妹，然后自己取一杯。品了一口，太烫，放下杯子，又记起原先的话题。

"箫始自何时？我想，"李煜说，"记得史书上似乎说过，西周时歌颂大禹治水功绩的《大夏》乐舞，有龠，或许就是今日的箫笛了。"

"国主所说不谬。"

李煜接着说："你对音律乐理很有见解，比我强！"

"国主何必过谦，臣妾不过一知半解而已，岂敢班门弄斧，在国主前狂妄？"

"我很喜欢你的赏析能力！"李煜由衷地说。

女英略停，想了想说："《大夏》乐舞中已有了两竹管排箫，与陶埙是先后出现的古时吹奏乐器，那女娲作笙簧的传说，也并非完全没有来由。"

"对，只是后来箫演变为单管，笙为排管的两种乐器。"李煜接过来说，"而陶埙由单孔发展为五孔，到周秦时发展到七音了。"

"那个竹管横笛是不是就从这陶埙演变发展而来的呢？"女英问，遂又自答，"不，笛是从古代的'骨哨''鹿哨'开始的，其后又进展到三孔、五孔和七孔。秦汉之后又出现竹、木削作的无簧横笛、竖笛。"

李煜想到佛经。那上面也有音乐的记录。

"佛经上说，万象为一，皆有灵性，听说乐声能感花草舞。"

女英微微笑："我也是看到古书上说，美妙的琴声能感召菊花作舞。"

他们滔滔侃谈，兴致犹浓。这时忽有侍卫来传报：

"中侍郎韩熙载请求上殿！"

对于老臣韩熙载，女英一向有点紧张，她正欲回避，李煜拉住她说："英妹不必走开，一同上殿与韩爱卿议事。"

原来，李煜有意让枢密使、右仆射殷崇义任左仆射、同平章事，但有大臣对他的才能提出了异议，李煜想听听韩熙载的看法，所以才召他进殿商议这事的。

<h1 style="text-align:center">十一</h1>

自从瑶环宫那只鹦鹉死了后，只剩下了八哥，整日里身孤影单地立在架上。过去，娥皇还常常逗它，时刻不忘让宫女们为它添食加水。如今，女英补了姐姐的位置之后，成天沉浸在欢娱和恩爱之中，很少顾及于它。不知它是感到了孤独和冷落，还是年岁已经老了，早已没了往昔的活力，所以，再很少开口说话了。

前些日子，宫女们忙于国主、国后的大婚典礼，晚上竟忘了将鸟架子提进房里，当晚又下了一场大雨，这八歌受了凉，次日清晨，只见它的一只脚被银链子系着，身子悬在半空中摇摆着，它已经死了！桂十五将它埋葬在一株梧桐树下。

李煜听说八哥死了，才想起再也听不见它的"乐而忘忧"的叫声了，心中觉得有些怅然。随即下诏在民间再征集这种鸟儿，但至今未有结果。

为使女英高兴，李煜派人在宫中的荷花塘与观鱼池之间挖了一条小溪，小溪九曲十八弯，一岸植杨，一岸植柳。杨柳婀娜，蝶飞燕舞，令人赏心悦目。他别出心裁地要在溪中荡舟游玩，并要韩熙载、殷崇义、徐铉、潘佑等近臣伴同。君臣们谈笑风生，吟诗诵词，又在船头置罐数只，罐内盛酒，谁若吟诗不成，则罚酒一杯。女英被罚饮了一杯，立即脸如桃色，又增了几分风韵。

龙舟缓缓而行，过小亭东，穿汉白玉单孔石桥，继续往东，直至通往城外护城河的水闸。

女英抬头望着高入云端的宫墙，问道："这水闸通往何处？"

陪同的太监连忙答道："回国后，宫墙那边就是玄武湖，这宫中溪水经水闸流入玄武湖。"

女英听了，点了点头。她记起来了，她曾去玄武湖看过赛龙舟，赛龙舟时，湖面上龙舟竞发，湖岸上人群似潮，热闹非凡，不似宫中这么冷清。正想说，她感到浑身一震，原来，船头撞在宫墙上了。她头上插着的一支珠钗被震落下来，"咕咚"一声，掉进了溪水之中。随行的太监欲下水去摸上来，李煜说道："不用着急，待会派人再寻找吧！"

调转船头之后，女英望着宫外远处的一抹山影，说道："国主，这景致使我想起了你的《捣练子》。"

李煜笑而未语。

韩熙载说："国后记性好，朗诵出来，我等听听，好不好？"

女英只是笑，没有朗诵。

李煜问女英："国后怎么忽然想到《捣练子》了呢？"

"由远山联想到的。你看，远处的那一抹青山，不正如佳人黛眉吗？词中'带恨眉儿远岫攒'，远岫不就是远山？那美人怨在眉梢，以致眉儿像远处的青山。"

徐铉说："老臣拜读过这首词，还是由臣来诵朗吧！"

云鬟乱，晚妆残。带恨眉儿远岫攒。斜托香腮春笋嫩，为谁和泪倚阑干？

韩熙载故作疑问："词中'云鬟乱，晚妆残'是指哪位呀？"

李煜笑着说："不过文人弄墨，泛指罢了。"

"这位女子心事才重呢！"徐铉望着女英说，"云鬟乱了，怨眉紧锁，春笋般嫩手托腮而思，苦恼啊！"引得几位近臣大笑起来。

女英的脸羞得更红了，似涂了胭脂一般。

她只好掩遮似的埋怨国主："瞧你，惹火烧身了吧？都是那《菩萨蛮》招来的！人家把什么词都往奴妾身上拉！"几位大臣吓得连忙解释："说笑而已。"

女英无可奈何地笑着说："其实，那是写虚有的事，国主只不过是词中泛指罢了。"

女英笑着将头转向龙舟的一边。

天至午时，舟拢岸了。李煜和大臣们分手，女英同李煜乘软舆回宫。

"国主，你久未去别宫了呢！"女英忽然在李煜身旁悄声说，"那窈娘病后，我曾去探望过两次，你是不是去看一看！"

李煜说："英妹贤惠。只是，有了国后，我顾国后还顾不过来呢？不想再去别宫了。"

女英的脸顿时涨得通红，她娇嗔地点了一下丈夫的脸："不害臊！"随即正言道，"不可因臣妾而破坏了后宫制度。倘若这样，臣妾则一开始就要背不贤名声。"

李煜没有说话，他果然到别的妃子处住了一阵子。

女英虽年轻，却深明世故，体恤后宫嫔妃在宫禁中的孤苦。世上有几多女子不怀春？怀春久之便生痛苦。女英没事时，常阅史书或者后宫秘闻之类，更加同情黄妃、窈娘、意可、雪仪她们。

有一天李煜回到瑶环宫后，高兴地对女英说："好久没有举行歌舞了，过两天举行后宫舞宴好不好？"

女英高兴地说道："国主安排吧。"

这后宫舞宴，虽参加者仅嫔妃宫女，但气派不凡，头天就派宫监到处置办行头，仅新添金丝扇一项，就耗银九百余两。窈娘久没有跳舞了，身子不及以前和软。不过，好在她常于宫院独自练习，并不荒疏。另有秋水，她的歌舞是很出色的。至于弹奏，女英可以一展身手。

遗憾的是，李煜坚决不答应意可来参加这后宫舞会。女英一再请求，他只是不许，甚至恼怒起来，说是要将那闹事的意可关进牢去！女英跪着哀求才免她进牢关禁。这后宫深苑也是几人欢乐几人愁呀！

后宫舞宴的第二天，南昌尹、南都留守林仁肇派使者专程送来一灰黑色鹦鹉。这小东西真机灵，刚一送到，见了李煜便喊"万岁"。李煜很高兴，赏了使者。他对鹦鹉爱不释手，依然将它挂在回廊柱间，派了专人饲养，教鹦鹉说话。

过不久，李煜的八弟邓王李从镒，派人自宜州送来了一只黑色八哥。这八哥虽然也会说话，但进宫之后，要么不开口，要么只会喊"穿衣吃饭"，李煜反复教它说"乐而忘忧"，它却依然只喊："穿衣吃饭！"

女英笑了，李煜也无可奈何地苦笑起来："这是民间喂养的八哥，只把'穿衣吃饭'记在心中了。"

"穿衣吃饭！"八哥又喊了一声。

李煜叹了口气，哭笑不得，恨之不成器。

"这八哥也很有个性呢，"女英风趣说，"它不愿进宫，乐于民间，所以死不肯学新语。"

"八哥啊八哥，你真没出息！"李煜无可奈何地对八哥说道。

女英说："让八哥过些时日再学吧。也许新进宫来，过不惯呢！"

只好如此了。

李煜与女英晚膳之后，已是华灯初上了。

忽然传来嘈杂的人声，远处，有灯笼火把在夜色中摇晃，不知发生了什么事？

不一会儿，有宫人来报，说是有两名宫女溺水死了。原来，她们是去水闸边为国后女英寻找金钗的。先下去的宫女，不慎被水闸旁的湍流卷进闸口，另一宫女去救她时，亦落水而死。

女英听了，心中既惊又悔，自己的一支金钗落水，却连累了两名无辜。两个年龄与自己相仿的女子，就这样活生生地丢了性命！

李煜命人安排厚葬这两名宫女，女英还悄悄地包了些金银首饰，让桂十五交给负责去抚恤的太监，让他们带上，以作为她们父母后半生的衣食费用。

第二天早上，李煜刚刚走到回廊上，忽听那只鹦鹉高声喊道："万岁！"

那只八哥立在鸟架上，冷不丁地又说了一句："穿衣吃饭！"

李煜听了，觉得毫无雅趣，不觉摇了摇头。

十二

四月八日是浴佛节。李煜很是诚心，下诏早做准备。

相传这天是佛祖释迦牟尼的诞生日，佛祖也是要人类来祝寿的。佛界传说中有"龙王倒香水灌洗太子"的故事。各佛寺院里，这一天均以香浸水、浸洗释迦牟尼佛祖像。国主诏令除了要各寺为佛祖祝寿洗佛外，还将宫中的宝公院改为开善道场。

浴佛节这天，李煜与女英戴着僧伽帽，穿着袈裟，虔诚跪拜。李煜宽宽的额头还结了血痕。他磕得红肿，诵经不止，至为诚心。从开善道场诵佛经出来，李煜夫妻还巡视了宫中以及金陵城中部分寺院，布施众僧尼，并吩咐按僧尼实有人数，向府库支领米布。他俩最后去了净德尼寺看了看。这里是为宫廷中宫女仆妇信佛出家修建的寺院。在净德尼寺烧了香之后，被主持空外大师接入佛堂侧室用茶。

十一年前，空外大师亦曾在这侧殿中请元宗李璟用茶，吟喝"发从今日白……然后始知空"。当时元宗不悟，原来应在太子弘冀头上了，不多久弘冀崩！如今在同一侧殿，这位住持接待了李煜，不过他什么也没说，欲言又止。

李煜、女英只好饮完茶出来，别了众僧尼回宫。

南唐国主笃信释迦牟尼佛，宋皇帝赵匡胤也早已知道。大概受了国主影响，南唐举国臣民信佛，佛寺遍布，城内城外比比皆是。祥云缭绕，香烟缈缈。中原地区的僧人多来金陵云游，这些云游僧人无一例外都会受到金陵皇城的热情接待。

在这些云游僧尼中，有一位少年，名正，字元叔，原本是江南人氏，后去淮北普渡寺剃度为僧。此僧虽然年少，但极精明，不但精通佛经，且能言善辩。后由淮北过江，先在金陵城外的文殊寺中挂单驻锡，经常在金陵城中的一些寺院中走动。

后来他又投清凉寺的法眼禅师为弟子，因他常常外出不归，不守寺规，被法眼禅师逐出禁苑。但他却因此而走运。不久法眼禅师圆寂，他便成了清凉寺的住持，号曰小长老。他年纪虽小，但慈眉善眼，佛法广博，又常常到民间宣佛。所以极受南唐军民和朝野的拥戴，小长老的法名家喻户晓，妇孺皆知。

其实，这清凉寺小长老是宋朝派遣江南的密探。小长老还有一位师兄，叫樊若永，又名樊知古，住在采石山旁的望江寺中，他原来是江南的一名秀才，但数次举进士未第，难得李煜王朝的重用，便投身宋朝，被宋军秘密遣往江南，配合小长老，以作宋军渡江灭南唐时的内应。

大宋皇朝为了迷惑麻痹南唐，多次暗中派人，以问佛听经名义，去金陵城中拜见小长老，并在市井之中大力宣扬小长老的人品学问和在佛教中的权威。

虔诚事佛的李煜，早就对这位小长老十分崇拜了，认为这是佛祖降吉祥于南唐的预兆。只是未曾与小长老谋面，心中总觉遗憾。

　　机会终于来了。

　　有一天拂晓，李煜刚刚醒来，便听到了一阵悠扬的钟声，此钟声不紧不缓，不噪不吵，十分悦耳，不似以往的钟声。他将自己的感觉告诉了睡在一旁的女英，女英也有同感。早膳前，他便命人将撞钟人召来。当他抬头看时，大吃一惊，撞钟者竟是一名稚气未褪的童子！

　　李煜问他，他非佛徒，为何在寺中撞钟？

　　那童子跪在地上，虽面对国主，但无丝毫畏惧之状。他答道：他客居寺中，因撞钟僧人有疾，他代为撞钟。李煜问他，可愿意削发为僧？

　　童子说，他不敢一个人独受国主的大恩大德，请求国主大发慈善之心，多建一些寺院僧舍，广纳天下崇佛之人。

　　李煜听了，很受感动。这小小年纪的童子都能身心一致，事佛崇佛，实在太难得了。那么自己呢？身为一国之主，总不能像普通的施主那样，给寺院一点施舍就心安理得了吧？于是他下诏：命国内寺院可以修缮，继宝公院改为开善道场之后，又在宫中建了永慕宫，在苑中建了静德寺等寺院十余处，以供内宫礼拜佛事。还在钟山上大兴土木，建起精舍，并亲笔题写了"报慈道场"四个柳体大字，命工匠刻匾置道场正门楣上。仅这一处道场中就供着僧人超过千名。金陵城中寺院林立，僧尼数万。其食宿费用，皆由南唐国库支付。

　　由于国主崇佛，上行下效，有不少人因事佛而受到李煜的重用，如张洎就因常在李煜面前谈佛论经而得宠，被授予中书舍人。重臣韩熙载好佛崇释，许多寺院请他撰写寺名、碑文等，他都欣然同意，写完后还要赠送银两米油……至于地方官员，一边事佛造寺，一边鱼肉百姓之事，已成风气。一时间，全国上下，处处有事佛之举，天天闻诵经之声。

　　佛祖佛经能挽救南唐小朝廷的命运吗？

　　其实，童子撞钟事件，便是小长老和樊若永事先导演的。

十三

就在李煜痴迷在崇佛诵经声浪中时，也有较为清醒的官员，不断进谏朝廷，指出妄佛荒政可致误国。但李煜信佛已经是吃了秤砣——铁了心的，不管谁阻止事佛，他都非常恼火。他曾对上疏请求废佛的两名大臣进行了惩处，一个削去官职，一个流放边地。歙州进士汪焕，以当年梁武帝事佛的可悲下场为教训，以死相谏，请求李煜不可妄佛。

当年的梁武帝，出生在金陵城中的报恩寺附近，天监元年称帝，时三十九岁。他为帝初期，勤于政事，任用贤能，关心民生，发展生产，国泰民安。但到了晚年，对佛事走火入魔。他在鸡笼山旁建同泰寺（今南京鸡鸣寺旧址），巍峨宏伟。他曾数次舍身寺中，同时，还在建康（今南京）城建造数百寺院。后来终因佛废政，国已不国，危机四伏。他的侄儿勾结大将后景，操纵了朝政。这位已八十六岁的"菩萨皇帝"，最后竟被活活地饿死在台城里了！

不过，汪焕的运气好。他本来想以死相谏的，但李煜却没有问罪于他，只是在他的表文天头上用御笔写下了"此敢死之士也"。并提升他为校书郎，但却不采纳他的忠告。

下朝后，他将汪焕上疏一事说给女英听，女英听了，半日无语。最后，她轻声吟诵了唐代诗人杜牧的两句诗：

南朝四百八十寺，多少楼台烟雨中。

十四

开宝三年（970）以来，南唐连年丰收，民食有余，商贸活跃，这是李煜继位以来的全盛时期。李煜对女英开玩笑说：

"这丰收年景全托了新国后的福！"

女英说："国运是国主之运，国主洪福齐天！"

"自我继位以来，屡遭灾难。国后正式归嫁宫中才得以好转，这不是国后带来的福气是什么？"

"国主真的会取乐呢！"

看到丈夫高兴，女英藏在心中已有几天的一件事，便试探着说出来了："国主，有件事，如果你不生气，我则禀告，如若生气则罢。"

"我何时对英妹生气来？"李煜说，"请讲无妨。"

女英谨慎地说："意可妃不敢面奏，只央请我代奏。她请求去净德尼寺院为尼——"

听说意可要求去当尼姑，李煜半天没说话，他虽恼恨意可的狂躁，但听说她要离宫出家，便有了恻隐之心。

意可是一位活泼，而且不怎么顾及后果的妃子。酒醉闹事之后，李煜再也不去她的寝宫了。每每见李煜去窈娘宫、雪仪宫，她倍感寂寞。一种女性所特有的妒忌油然而生。渐渐地，她变得沉默了，沉浸在痛苦之中。多少深夜不眠，常以泪水洗面。与其在这深宫守活人寡，毋宁削发修行，净心脱俗，少了这眼见的痛苦。她便寻了个机会，请国后去她宫中。女英原本有意去她宫中坐坐的，因为女英每隔几日就要分头去各位妃子宫中坐坐，抚慰她们。意可借了这机会，向女英请求出家。

女英倒也同意，觉得李煜既然一直冷落意可，不如让她去当尼姑，在寺院里找些精神寄托，以免日后这位敢说敢当的妃子，生出意想不到的事来，所以，今天找了个机会向李煜陈述此事。

"准她带发修行！"李煜思考了一会儿。

"臣妾代意可妃谢恩了！"

李煜没有说话，气氛变得有点沉闷。女英心中有些不安，便设法打破这局面："国主明天要去青龙山打猎，是吗？"

"是的。"

"深山之中，很多猛兽，国主务必要多加小心。"女英担忧地说。

"无妨。"

再没什么可说的了，李煜似乎也不愿意多说话。女英揣摩这阵李煜在想什么。李煜此时此刻的心中一定不会好受，他虽恼意可妃，如今却要离去，他心中一定会生出怜悯来。

"臣妾想去意可宫看看，安慰一番。"

李煜默默点头。

次日，女英来到西院宫楼，意可妃得知消息，早已下楼，见女英来了，连忙上前施礼："国后早上安好！"

女英在玉辇上招手说："不必多礼，上来吧！今天国主恩准我与姐妹同游宫苑。"

"谢国主恩，"意可妃说，"奴妾怎敢与国后同乘一辇？"

"既是同游，不必拘礼，上来吧！"

意可犹豫着，仍不敢上。

女英说："是不是要我下来与你同行？"

"不敢，不敢！"意可无奈，只好上辇。

女英往辇后一瞧，侍卫、宫监、宫娥跟了不下百人。"这是何苦呢？"她说，"我们姐妹在宫苑随意看看，只跟随几个宫女就可，其余都回去吧！"

侍卫、官监遵命退去。

这时，李煜早已上了青龙山。文武大臣，侍从护士，共约三千人，声势浩大，甚是威风。其实，李煜不过一介书生，只文不武，手无缚鸡之力，岂可与野兽搏斗？何况信佛的人以慈善为本，忌屠杀生灵。他实则是来玩一玩，观观阵，取乐而已，意不在物而在猎。他骑着马，不拿弓箭，只在腰间挂了宝剑，做做样子。侍从们前后左右拥戴着，在青龙山转了半日便返驾宫城了。

女英已经在宫前迎候李煜了。入宫后，李煜问及女英与意可同游的事。

"游兴很高呀！"女英笑着说，"不过意可心中有点忧郁，这也是必然的。"

"她可曾说过什么？"李煜关注地问。

"不曾多说话，对宫苑景物反应冷淡。对于国主，她倒有些留念，亦有自责之意。"

李煜没说什么。

女英以试探口气说："念及意可妃在宫中一场，如今遁入佛门，可否赏赐些金银给她？"

李煜略一思索，说："国后安排即可。"

次日，女英赠意可白银三千两，黄金两百两，帛五十匹，又派宫女三十人送意可妃去了净德尼寺。

净德尼寺这所皇家寺院，过去曾收留过不少晏驾皇上的嫔妃，这次收留在位国主的妃子，在寺院历史上，还是第一次。自此，一颗天真、活泼的少女之心，就停泊在这孤灯古佛之侧了。

第八章　壮志未酬身先死　山雨欲来国将亡

往事只堪哀，对景难排。秋风庭院藓侵阶。一任珠帘闲不卷，终日谁来？
金锁已沉埋，壮气蒿莱。晚凉天净月华开。想得玉楼瑶殿影，空照秦淮。

——《浪淘沙》

一

开宝四年（971），贡占城、阇婆、大食（今越南、印尼、阿拉伯等国），诸国派使臣到金陵，进贡了一批当地的珍品异宝。李煜遂遣九弟吉王从谦将贡品送到宋都汴京，以表示对大宋皇朝的忠诚。

作为使臣的吉王还没有归来，皇叔齐王景达薨。

齐王是烈祖李昇的第四子，字子通。生于吴顺义四年。这年大旱，李昇（当时为徐温的养子）刚刚辅政，非常焦急。七月十五日这天突下大雨，景达出生。因此取小名雨顺。后来李昇受禅，封景达为寿阳郡公，进而又封宣城王。李昇想以景达继位，但又难越长次之规。待李昇晏驾时，二子达景先死，长子（元宗）李璟热衷诗词，无意于皇位，他谎称有病，推让其弟，想以此让位，承先帝遗愿。但群臣不赞成，李璟才不得已继位的。遂封景达为鄂王，加侍中，又进封燕王、诸道兵马元帅、中书令、徙封齐王。

景达孝顺。有一次跟着元宗游后苑，泛舟池中，不幸元宗舟覆。景达其时本在其他舟中，且不善泅水。然他跳入水中，背负元宗出水。景达为人性刚，疾恶如仇，刚正不阿，朝臣都害怕他。

李煜继国主之位以后，加封四叔景达为太师、尚书令。景达享年四十八岁，在皇兄弟中寿命是最长的，谥号昭孝王，留葬江州庐山。

办完齐王丧事，李煜颇觉疲倦，他睡了半天。女英轻手轻脚给他盖上锦被，生恐惊了他的睡梦。但他还是醒了，起来洗漱之后，坐在书房中批阅奏章，然心神似觉不安。

"英妹，我们出去转转吧？"女英正在读《战国策》，听见李煜叫她，便来到书房。

"许久没有谈诗论词了，"李煜说，"我觉得温庭筠的词颇有新意。"

"我不大喜欢他的词。"女英说。

"他的词颇耐读呢！"

"前些天从桂十五整理出的文稿中，我读了你的不少近作，正有不少感想呢！"女英边走边说。她是想岔开谈论温庭筠的话题。

这时，突然宫监来报，请国主上殿，几位大臣有要事密奏。

李煜只好去了光政殿。

原来，几位大臣正与一位商人说话。这位商人约莫五十岁，他见李煜进来，连忙叩拜，禀报说："宋朝有战舰数千艘，停在荆南，定然是南下来攻金陵的。他日夜兼程赶到金陵禀报国主，请国主赶快秘密派兵前往荆南，可一举将战舰烧毁，否则祸事不可免。"

李煜一听，顿时惊慌起来，想来想去无决策。打发商人走了之后，他又同几位大臣商议了一阵烧舰之事。

下得殿来，他的心情特别忧闷。他断定，宋太祖赵匡胤已做好了准备，要下手攻击南唐了，而南唐的老将李金全、皇甫晖、刘仁瞻等已先后亡故，得力文臣严续去世，南都留守林仁肇，虽有强兵十余万，但远在南都，金陵几乎无可战的兵师，若宋师攻城，岂不坐以待毙？

他没有对女英提及烧舰之事，恐她跟着着急。他想了想，没回瑶环宫，而是进了东院的窈娘宫中。

窈娘见李煜来了，心中十分高兴，谁知李煜却总是皱眉少语。窈娘知他心情不好，很是不安，惶怯地问道："国主，是因为奴妾怠慢？……"

李煜摇着头，坐上床沿。窈娘令宫女端来温水，亲自给他洗过，再请他上床休息。这初秋天气，不冷，只盖着一床夹层的红缎被。

"国主心中不愉快，奴妾心中也很不好过。"窈娘说着，也卸装上床，陪着李煜。

李煜没说话。

窈娘无措，只好轻揉他的前胸。

"你睡吧，待我静一会儿。"李煜说。

窈娘停止了轻揉，无声地睡下了。

李煜在听窗外秋风之声。一股凄伤之情，在心间油然而生。连年来，悲事不断，祸事连绵。几位文臣武将相继过世，圣尊后仙逝，三位皇叔和四岁的小仲宣已先后离世了，二十九岁的娥皇又悲离而去……他不能入睡。他想竭力抹去心中忧愁。然而忧愁却偏偏来纠缠不休。伤心诗句总在心中涌起：浓丽今何在，飘零事已空。沉沉无问处，千载谢东风……

"睡吧！快睡吧！"他命令自己，"明天早朝时，还要和众大臣商讨眼前的局势呢！"

想到局势，就更难以睡着了。那股如大山倾压下来的势力，正铺天盖地而来。江山、社稷、宫殿……整个世界都将倾覆！

他坐了起来。外面已下起了秋雨，打在秋叶上，沙沙作响。这声音听来越发让人忧愁。他叹息了一声，又无可奈何地躺下了。

窈娘并没睡着，李煜时躺时坐，令她很不安，但又苦于不能安慰。万般无奈，披衣下床，取下挂在墙上的琵琶，为李煜边奏边舞，她跳的是《霓裳羽衣舞》，而只穿小衣的窈娘跳起的羽衣舞，更是别有一种风情。听着看着，李煜不禁兴奋起来，他也着单衣下床，同窈娘跳了一阵子，才拉窈娘上床同睡，算是度过了一夜。

二

第二天早晨，李煜突然病倒了，浑身高烧，满嘴胡说。女英得知，迅速来到窈娘宫中，将李煜搀扶回自己宫去。御医诊过之后，开了处方。女英亲自动手点药，又亲自给他喂药。

女英不知道李煜的病因。

"取笔来。"李煜服了汤药，命宫女取来纸笔。

"你还是安心养病吧。又作什么词呢？"女英在一旁劝说。

李煜已经起床下地，女英只好扶他去桌前坐下。他执住笔，在"澄心殿笺"上写下《病中感怀》：

> 憔悴年来甚，萧条益自伤。
>
> 风威侵病骨，雨气咽愁肠。
>
> 夜鼎唯煎药，朝髭半染霜。
>
> 前缘意何似，谁与问空王？

女英在一旁看了那词，已潸然泪下。李煜无言，慢慢伸出手去，抓住女英的手，滴下了两珠泪。女英急忙回过脸去，强制住自己的情感，然后她又转过头来，说："国主，你要欢快一些才好，姐姐临终对我的嘱咐，就是要我使你多欢乐，无忧愁。"

李煜点了头。

女英说："倘若国主忧伤，臣妾会更伤心的。"

"我明白。"李煜说，他担心女英忧愁，会像她姐姐那样，招来病祸。

因此，安慰她说，"我不过偶感不适而已，英妹不必为我忧心。"

女英扶李煜离桌前去床边——其实搀扶是多余的，只不过体现了女英的一份温情罢了。她端过汤药，红唇先试，然后让他喝了。

时停时落的秋雨，四天后才晴。李煜在女英的精心照料和多情安慰中渐渐好些了。他多日前写了一首词，此时正反复修改。改好了，书在诗笺上：

乌夜啼

昨夜风兼雨，帘帏飒飒秋声。烛残漏断频欹枕，起坐不能平。

世事漫随流水，算来一梦浮生。醉乡路稳宜频到，此外不堪行！

这所谓"醉乡路稳"，女英知道，实际上是借酒浇愁，"世事漫随流水，算来一梦浮生"，也是一种无奈。莺歌燕舞是世事，家丧国忧是世事，一切都漫随流水，但他内心的痛苦，怎能掩盖得了呢？

女英至今尚不知道，宋朝的战舰已经云集，准备出战了。那江上的风浪已经在咆哮，随时都可席卷江南。

"国主，世事不必太重感伤，顺其自然，不伤身体，还是任其漫随流水吧。"女英劝慰他说。

李煜正要答话，忽报郑王求见。

"是七弟来了！"李煜好一阵高兴。

郑王从善走进来跪下道："国主，国后！"他只喊了一声，便潸潸淌下泪来。

李煜上前牵起七弟坐下说："我不过偶感风疾，病已经好了，七弟不必挂心。"

女英说："郑王请宽心，国主已经痊愈。"

从善哭诉说："国家形势日益严峻，我不能替国主分忧，有何面目对烈祖和父皇？"

李煜说："七弟尽管放心，局势还不至于不可扭转。"

"目下局势怎么应待呢？"从善说，"去烧了那停泊在荆南的宋舰？可国主又有顾忌。"

"是啊，焚烧宋师的战舰，会引火自焚的，"李煜说，"何况宋皇帝也会再造兵舰。你放心，此事我已作了安排，今年提前去进年贡。"

从善说："国主，请准许我去汴京贡宋吧！"

李煜略一思忖说："也好，七弟亲去汴京，可见我南唐一片赤诚，同时也好探探赵匡胤的底细，以便做到有备无患。"

站一旁的女英听了，欲言又止。但从善心中知道，自己去向赵匡胤进贡，有如肥肉落虎口，凶多吉少。但为了拖延南唐亡国的时间，也只好硬着头皮渡江北行了。

三

就在这一年的七月，一代才子、南唐的重臣韩熙载因病卧床不起了。他是在开宝三年初冬患病的，先是感到四肢无力，夜盗凉汗，继而右腹下部疼痛，难以上朝参政，请求移居金陵城南的戚家山别墅中静养、医治。

李煜经常派御医前往探视，眼见韩熙载的病情日渐严重，御医亦无良方，李煜十分焦急。他自从派顾闳中夜探韩府之后，即对他有拜相之意。后又听说韩熙载对他的好友说过，他蓄伎四十余人，是为了自污，以避免为相。现在老了，不能给后人留下笑端。当李煜拜他为太子右庶，分司南部之后，他将府中所蓄歌舞伎全部遣去。后来，又拜他为秘书监、兵部尚书、中书侍郎、承光政殿学士承旨。可谓对他信任备至。可是，到了开宝三年仲夏，他已米水难咽了。李煜曾将宫中的高丽参、峨眉的紫灵芝以及藏红花和西域进贡来的雪莲等珍贵药物，派专使送到戚家山别墅，无奈韩熙载常常处于昏迷之中，稍清醒时，又腹部疼痛难忍。有一天，他又清醒了，说是要上表朝廷，无奈已无提笔之力，只好由他口授，由家人代笔，写成了表章"……臣无横草之功，有滔天之过，老妻伏枕以呻吟、稚子环床而坐泣……"说到这里，其气已如游丝，其语已渐飘忽。

临终时，大约是未能最后见上国主一面的缘故吧，他的双目半睁半合，泪水满眶。一脸凄然之色。

韩熙载死时，享年六十九岁。

其实，身为南朝重臣的韩熙载和开国元老周宗一样，死的都是时候，若是晚几年后再死，看到的将是一幅国破江山改的悲惨图像。

韩熙载死后，李煜极其悲痛。他对潘佑说，韩熙载在世时，一直想拜他为相，但未能做到，如今去世了，想赠他同平章事职衔，不知古代有无此例？

潘佑告诉他说："晋朝有此先例。"

李煜听了，使赠韩熙载为右仆射、同平章事，并下诏三日不上朝，谥文靖，还赐宫中衾被以殓，命徐铉为他撰铭文，葬于梅岭冈，其墓在谢安墓的右侧。

韩熙载的去世，犹如南唐这座大厦倾倒了一根支柱，李煜感到江山摇摇欲坠。

四

郑王李从善北上汴京之后，李煜的一颗心日夜都是悬着的，一天一天过去了，却没有消息传来。李煜有时登上宫中的楼台向北眺望，只见眼前的江水浩渺，再远处是天地相接，一片迷茫。他多么希望七弟能平安地回到金陵啊，他猜测，七弟久不归来，其中必有变故。

这一天，李煜下朝之后，正走在官禁的林间小径上，忽然天上下起小雨，他连忙到井边的一棵梧桐树下躲避，十几个跟随在身后的宫人，连忙去取绢伞、夹衣等物。这秋雨缠缠绵绵，淅淅沥沥，不紧不缓不断线，使他觉得无比沉闷。他忽然有了冲动，便脱口吟哦了一首题为"忆别"的《清平乐》：

别来春半，触目愁肠断。砌下落梅如雪乱，拂了一身还满。 雁来音信无凭，路遥归梦难成。离恨恰如春草，更行更远还生。

吟完了，心中淤积的沉闷似乎减少了一些，这才回宫休息。

李煜猜测得不错。郑王李从善到了汴京之后，宋太祖赵匡胤既不放他回江南，又不杀害于他，而是封他为泰宁军节度使，并为他建造了宅第。泰宁军节度使的治所在山东曲阜，但李从善却不能离开宋都京城——实际是一种软禁。

当时派遣李从善为南唐特使去汴京进贡之前，李煜又特意准备了白银五万，暗中送给了赵匡胤的开国元老赵普，以请赵普周旋。赵普便将此事禀报了赵匡胤。赵匡胤听了说道："此礼你不可不收。"

赵普不敢。

赵匡胤又说："大国之体，不可自为削弱，当使之弗测。"

当李从善朝宋进贡之后，赵匡胤不但不追究南唐的贿赂之罪，还亲赐李从善白银五万——恰好是李煜悄悄送给赵普的行贿之数此举，意在笼络人心，知情者都说宋皇帝赵匡胤心怀大度。

赵匡胤也的确大度。他把南唐郑王李从善留在汴京当人质，又让七月去朝宋进贡的南唐吉王李从谦从汴京返回了江南。

李从谦回到金陵时已是深夜。他顾不了路上的劳累，就急忙去了李煜的寝宫，除了将自己去汴京看到的、听到的和经历的实情向李煜详尽禀报了之外，还带来了赵匡胤的旨意：大宋皇朝召南唐国主李煜去汴京，并为李煜也建造了豪华、宽敞的府第，以备他去居住！

李煜知道，自己一到汴京，就是家破国亡之时！

不能坐以待毙！

不能甘当阶下囚！

从谦走后，李煜和女英抱头痛哭起来。事后，李煜权衡利弊，把自己的想法告诉了女英：

为了不使赵匡胤找到发兵的借口，同时也为南唐能缓一口气，南唐眼下只能采取两条应急措施：一是下令贬损仪制，改诏为教。改中书、门下省为左右内史府，尚书省为司会府，御史台为司宪府，翰林院为修文馆，枢密院为光政院，大理寺为详刑院，客宾省为延宾院。宫号亦随之改变，以有别于大宋皇朝。殿阀鸱吻一律拆掉，降封子弟王者皆为公。从善为楚国公，从镒为江国公，从谦为鄂国公。二是派户部尚书冯延鲁赴大宋汴京祝贺"长春节"，同时进贡三十万金，并向赵匡胤解释：国主李煜因病不能应诏去汴京，并请求恩准楚国公李从善返回南唐。

女英听了，也觉得只能如此。

天有不测风云，谁知冯延鲁到了汴京之后便病倒了，未能见到宋太祖赵匡胤，便返回了金陵。

不久，有些来自汴京的传闻，在金陵城的宫内宫外传开了，说郑王（后降为楚国公）李从善已在大宋京都受封。他在汴京备受大宋皇帝的礼遇，不思南归。

李煜对宋太祖赵匡胤既怕又恨，但却又无可奈何。

五

赵匡胤是李煜的克星。

他不但是南唐的克星，还是南平、后蜀、南汉等诸国的克星。赵匡胤建立了北宋王朝之后，终于结束了五代十国的分裂局面，平息了地方割据，统一了中国，尤其值得一提的是，中国的活字印刷、指南针、火药这三大科技成果，都出现在北宋时期，这是后话。

北宋开国皇帝赵匡胤是一位杰出的帝王。

赵匡胤出身于军人家庭，自小对练武打仗有兴趣，其父是位武将，曾在后唐任过中级禁军头目，对他的一生有所影响。二十一岁时，富于冒险精神的赵匡胤开始浪迹天涯。开始，他沿黄河流域西行，在关陇受到几个市井无赖的围攻和殴打，身上钱物亦被抢走，他只好去复州（今湖北襄阳）投奔防御使王彦超，王彦超并不收留他，给了他十贯钱，就打发他走了。后来，他又去随州（今湖北随州市）投奔刺史董宗本。董宗本收留了他，但其子董遵诲瞧不起赵匡胤，经常凌侮他，于是，他愤然辞别，又走上了流浪的道路。

在襄阳，他投宿在一个寺庙里，寺中的老僧对他说："我给你一点盘缠，你一直往北走，或许可交上好运。"

他按照老僧人所言，去投奔邺邺（今河北大名）的郭威。

在路上，他遇见几个文人正对着初升的朝阳吟诗。从来没吟过诗的赵匡胤突然心血来潮，当场也吟了四句：

太阳初出光赫赫，

千山万山如火发。

一轮顷刻上天衢，

逐退群星与残月。

那几位满腹学问的文人听了，觉得这位流浪汉虽然文采不中，但诗中的气象非凡。不是一般之人。

到了邺都，郭威果然收留了他。

郭威受禅即皇帝位后，是为后周太祖。他提升赵匡胤为东西班行首。两年后，又任他为开封府马直军使。郭威死后，其养子柴荣即位，是为周世宗。由于赵匡胤在与北汉的一次战役中立过功，被周世宗提拔为殿前都虞候，领严州刺史。

显德三年（956），赵匡胤与南唐军战于涡口，大败南唐军，并夺得南唐战舰五十余艘。

在以后的多次战斗中，赵匡胤充分显示了过人的勇气和胆略。滁州战役开始时，赵匡胤失利，后来，他与南唐军的皇甫晖决战，当皇甫晖刚刚摆开决战的架势时，赵匡胤突然只身骑马冲入敌阵，大吼了一声："我要捉的是皇甫晖，其他人不是我的敌人！"在皇甫晖一愣神的瞬间，被赵匡胤一剑砍在他的头上！士兵们一拥而上，活捉了受伤的皇甫晖，一举攻下了滁州！

赵匡胤称帝，是他早已策划好了的。

周世宗死后，七岁的柴宗训继位，这时，赵匡胤已迁为殿前都点检，手中掌握了朝中的实权。

显德七年（960），赵匡胤以北征契丹为名，率大军行至开封东北四十里的陈桥驿时，天色将晚，大军驻扎。

当晚，将士们哗变，全副武装的将士将赵匡胤的住处团团围住，给他披上了象征皇权的黄袍，并高呼"万岁"。

赵匡胤佯装拒绝，但将士们知道，如果拥立赵匡胤为帝，自己则是开国功臣，若是失败，则会被杀，还要诛灭九族！故而大家都毫无退路地坚决拥立赵匡胤为帝。这就是历史上著名的"陈桥兵变"。

其实，陈桥兵变这场把戏，是赵匡胤的弟弟赵匡义（赵匡胤称帝后改名为赵光义）和幕后策划者、老将赵普导演的。

赵匡胤虽是行伍出身，但有治国之策。

他有十位结拜弟兄，是帮他建功立业、夺得江山的忠实追随者。他称帝后，便请这十位结拜弟兄参加宴饮。当饮到一半时，他忽然发话说："如果不是你们拥戴，我哪能当上天子呢？不过，当了天子之后，我没睡过一晚上的安稳觉。"

十弟兄听了不解。

赵匡胤说："天子这个位子，谁不想坐？"

十弟兄听了，大惊失色，都表示对赵匡胤没有异心。

赵匡胤仍是笑眯眯地说道："我知道你们没有异心，但你们手下的人如果突然给你们也来个黄袍加身，到那时，你不想当天子能行吗？"

众人听了，都顿首哭泣起来。

赵匡胤见时机已到，便兜出了此次宴请的老底说："人生就像白驹过隙一样，转眼即逝，你们何不放弃兵权，去当个地方官，并多置些好田好地，多养些歌伎舞女，朕可以与你们结成儿女亲家，君臣无猜疑，左右皆相安，不是很好吗？"

第二天，这些人果真都纷纷称疾。赵匡胤下诏他们释去兵权，赐给他们巨额金银财物，并分别封到各地，有的任节度使，有的去充任州府的官员。

李煜不仅文治武功无法与赵匡胤匹敌，其日常生活更是无以相比。比方说，赵匡胤当了皇帝之后，仍然穿着旧衣，有一次，他看到他的三公主穿着用翠鸟羽毛装饰的衣服，即劝阻今后不可再穿。

三公主不以为然。赵匡胤说："因为你是公主，你穿上这件衣服，宫内宫外便会仿效，翠鸟的羽毛很昂贵，必然会有人乘机牟取暴利。你生在福中，可要知福啊！"

还有一次，一位公主说："父皇既然当了皇上，就要像历代的皇上一样，用黄金装饰车子。"

赵匡胤说，我用四海之财，可把整个宫殿用金银装饰起来，但我是为天下守财，哪能妄用？我以一人治天下，不是以天下人侍奉我一人！

公主听了，无言以对。

赵匡胤总结了从开平元年（907）到显德六年（959）这五十三年内，中原更换了五个朝代、八姓十三个君主的教训。他在老臣赵普的协助下，实行政务、财务、军务分立制度，制定了一系列加强中央集权的措施，还实行减轻赋税、奖励农耕、兴修水利、繁荣工商等政策，其国力迅速强大起来。在灭了荆南、南汉两个割据政权之后，他又以西蜀勾结北汉伐宋为由，挥师向西灭了西蜀，继而又灭了北汉。

对江南的南唐，赵匡胤却不急于以武力征服，因为他知道国主李煜只会吟风弄月，不善治邦；文武官员沉醉歌舞，糜烂不堪；朝野信佛造寺，瘴气蔽天，终会自取灭亡的。何况他们已降国号，按时进贡。再说，他对南唐随时可挥师南下讨伐，不过，目前攻打南唐尚有一个障碍，即南都留守林仁肇。林仁肇是一名身经百战的虎将，熟悉兵法，战功显赫，在南唐朝野中极有威信。他手中握有二十几万兵马，是南唐的顶梁柱，不能小视。不除掉林仁肇，必成宋军之大患，而以兵力在战场上消灭林仁肇，宋军又很难速战速胜。

为此，赵匡胤大伤脑筋。他扣留了去进贡的郑王李从善之后，就和自己的心腹谋士赵普策划出一个不动刀枪，就可抽掉南唐顶梁柱的谋略。

对此，林仁肇毫不知情。

李煜更不知情。

六

就在李煜朝思暮盼地等赵匡胤放七弟李从善返回金陵的时候，却收到李从善派人从汴京送来的密信。信中向李煜禀报，南都留守林仁肇可能会背叛南唐，投降宋朝。

这消息，简直如头顶上响了一个炸雷！只震得李煜险些跌倒在地。

这是宋朝的反间计。

春节那天，宋皇帝赵匡胤宴请各国使臣，李从善也在受请之列，前往赴宴。宴后，赵匡胤请李从善去他的书斋用茶。书斋墙壁上挂着许多画像。李从善大饱眼福，一幅幅地观赏。忽然，李从善暗暗吃惊，有幅画像极像南都留守林仁肇。又仔细看了一会儿，不错，是他，是林将军，千真万确！

不过，李从善不明白林仁肇的画像为什么会悬挂在宋皇帝的书斋中？

赵匡胤悄悄对李从善说："林将军为表示对大宋的忠心，特意命人画了像送来。"赵匡胤又指着远处的楼阁对李从善说，"那就是朕赐予林将军的府第，是按江南式样建造而成的，不知林将军中意否？爱卿若有兴趣，可抽暇前去一看。"

李从善支支吾吾地应付着，心中却感到气愤不已。

待回到住所以后，便连夜写了密信派人送到南唐。

那幅画像是真的。但那是南唐的大臣皇甫继勋派人秘密潜往南昌，设法临摹了林仁肇画像，又偷送到北宋的。

李煜闷在鼓中。看了密信之后，他怒发冲冠，恨不能马上去将南都留守的林仁肇抓来斩首！下殿回到瑶环宫，依然怒火不息。女英自然好言相慰，平静之后，李煜将林仁肇私叛北宋的事告诉了女英，并表示要抓林仁肇问罪。

"这消息是哪里来的呢？"女英有些疑心。

李煜将七弟从善的密信内容说了："这是无疑的！"

"依臣妾分析，消息有些突然。"女英冷静地说，"林仁肇是我朝良将。忠臣身经百战，以死报效我朝，怎么会突然背叛变节？"

李煜一时无言以答。

"这林将军，人称'林中虎'啊，"女英说，"打仗英勇无敌，而且善战，宋师最害怕的就是他，会不会是？……"

李煜似有所悟，觉得女英说得有些道理，值得思考，于是说："哎呀，莫不真的其中有诈！"

他想起了一件往事来——

开宝四年（971），宋师进攻西蜀，扫平南汉。林仁肇自南都南昌来金陵见李煜，提出宋军在淮南各地城池的守军力量单薄，又加之宋师去西蜀、南汉，往返千里，劳累不堪，防线空虚，是乘机出兵攻打宋师的极好时机，请求率兵出击，收复江北失土，以稳江南局势。

李煜听了，先是赞扬他的英勇和对南唐的赤诚之心，接着又怕出师无名。若出师不利，则后果不堪设想。他犹豫不决。

林仁肇见李煜在殿上来回走动，额头沁出了汗珠，知他对此有后顾之忧，便进一步说了自己的计谋："为了不使汴京抓到把柄，我假装率部渡江投奔北宋，家眷因此而由金陵送进大牢。如果诈降成功，我将重创宋师，收复江北；若不成功，则成仁。请求横尸灭族，以保南唐社稷。"

李煜听了这番掷地有声的话语，颇受感动，然不敢接受。他安慰了林仁肇，劝他不要轻举妄动。林仁肇心头凉了，只好连夜回了南都南昌。

次日上朝，皇甫继勋上朝奏事，无意之中谈起林仁肇。皇甫继勋位居神卫统军都指挥使，执掌京都守卫兵权，常以其父（以身殉国的名将皇甫晖）

之功受宠自傲。他此时趁机大肆诽谤林仁肇，说林仁肇的坏话，并说亲自听林说想自立为江西王。疑惑中的李煜听了这些谗言，心中狐疑又起，他疑惑林仁肇会真的叛变。于是，立即令殷崇义、皇甫继勋去南昌，以劳军为名，诏林仁肇离任，另有重任。

李煜打算先削了林仁肇的兵权，再仔细调查林仁肇的叛宋是否真实？并无杀林仁肇之心。

可是，殷崇义、皇甫继勋到了南昌后，林仁肇盛情接待。酒兴正浓时，林仁肇这位赤心为朝的顶梁柱，哪有防奸诈小人之心呢？他饮下了皇甫继勋暗下了毒药的毒酒，宴席未散，便倒地身亡！

事先皇甫继勋早就作了暗中布置，故林仁肇死时军中并未发生混乱。

殷崇义也不知底细，他见林仁肇中毒身亡，吓得大惊失色，暗暗叫苦。皇甫继勋却杀气腾腾地指责林仁肇叛变，并宣布国主已命朱令赟为南都留守兼南昌尹。

回到金陵后，皇甫继勋谎称林仁肇不服，所以他先下手为强，毒死了林仁肇，以防林仁肇兵变。

李煜听了，久久未语，只是长叹了一声气。

知道林仁肇被毒死后，历来乐观开朗的女英，居然几天不想说话。李煜甚是奇怪，一再追问，女英才失望地说：

"顶梁柱倒了，这朝廷……"

李煜心中也不愉快，叹气说："这有什么办法呢？谁让他有叛变之心呢！"

"依臣妾看，忠诚我朝的恰是林将军，而今祸殃我朝者，还暗藏着，不可不防，在这危急关头，国主可要三思而后行啊！"

经女英提醒，李想也有了疑心。这林仁肇一再要求进攻宋朝，怎么会突然叛变呢？

李煜未语。这位只爱歌舞诗词的帝王，哪能明辨这变幻莫测的政道呢？

南唐的顶梁柱又倒了一根，整个南唐再也没有一个像样的将领了。

七

黄梅雨季，阴雨连绵，天空晦暗。

李煜心里与这阴雨天空一样阴暗。朝中文武官员闻知林仁肇被毒死，多有不服，有的大臣公开发牢骚，说是林仁肇报国无门，反遭身死，令人寒心。

山雨欲来风满楼。奸臣逞恶，国主不防，大臣们个个深感自危。

李煜独坐光政殿，心中阴沉得如浓云密布。

他召来了殷崇义，要他再说说去南昌的经过，谁知殷崇义忽然跪下，双目流泪。李煜好生奇怪，一再追问是怎么回事，殷崇义才禀奏：

"启奏国主，臣有罪！"

"你如实奏来！"李煜心中惊跳。

殷崇义遂将皇甫继勋如何暗中布置，如何在酒中下毒毒死林仁肇等经过一一详奏，他还说："毒死林仁肇之后，从一些人的口中得知，宋朝那幅林仁肇画像，可能是皇甫继勋所为。"

"你，去吧！"李煜怒从心起。

殷崇义连连叩头谢恩离去。

李煜泪涌。

"来人！"李煜喊道。他要下旨去捕拿皇甫继勋问斩。

然而当侍卫应声上殿等着下令时，他却瘫软了，倒头伏案不言。

李煜不能杀皇甫继勋，因为皇甫继勋临去南都前曾经请示过他：若林仁肇抗命怎么办？他说过："若抗令，可当机立断自行处理。"

大臣们对皇甫继勋都恨得咬牙切齿，这个残害忠良之徒，不杀不足雪恨！许多人极力请求惩处这个奸臣，潘佑甚至近乎质问李煜：

"国主，"潘佑义愤填膺，"林将军并没抗令，此其一；林将军忠心国家，并无反意，此其二；皇甫继勋妄杀忠良无辜，诬计害国家栋梁，为何不能杀之？"

李煜摇手，制止潘佑不要再说下去，他合上了双眼，以示不再听。

潘佑愤然离去。

八

李煜不杀皇甫继勋的一个真正原因，谁也闹不明白，唯女英知道，皇甫继勋背后有座大靠山，那就是宋皇帝赵匡胤。

女英为人聪明，连着发生的事变已经使她看破了南唐的"红尘"，她对朝廷失去了信心。她知道自己无力辅佐李煜治国，暗中不免忧心，但表面上却不露声色，不显半点伤感失望之情。

这天，李煜回到瑶环宫，女英一如既往地温情接入，仿佛朝中发生的一切她全然不知。神态依然是那样温柔，笑容依然是那样可人，举止依然是那样端庄。李煜只有在这时才感到有些安慰。他本想把心中的烦闷和苦衷向女英倾吐，岂料女英却先开口了：

"国主，林仁肇受害身死之后，宋兵是否可长驱直入而不遇抵抗呢？"

李煜听了，又勾起他对林仁肇的思念。想起几年前，他在沿江巡检时，林仁肇曾面奏请命，他想诈降邻国吴越，而后反攻之，前后夹击灭掉吴越，铲除仇患以振国威，使北宋不敢南进，用以攻为守之策遏制宋朝。可是李煜要遵祖遗训，奉行与邻友善而不攻之策，故而不允许。如今回想起来，不禁感叹不已。自古天下有如此忠诚良将么？林仁肇已死，他追悔不及！

　　女英见李煜未语，知他心中难过，便安慰说："国主也不必太伤心了，这全怪皇甫继勋，他暗中勾结宋朝，欺哄国主。"

　　"英妹可知我之良苦？"李煜心中忧郁。

　　女英深知李煜信佛心慈，又生性软弱，因此只是微微笑着说："可怜国主菩萨心，凡事多虑难决断啊！"

　　李煜听了，啼笑皆非："你说我该怎么处置？"

　　"国主被欺是不可忍的，"女英说，"背叛则更不可忍！"

　　李煜握拳捶打了一下桌说："好，英妹给皇甫定的两罪，使他罪不可赦。"

　　夫妻俩的酒宴还没上桌，侍卫来报："中内史舍人潘佑大人率数位大臣在瑶环宫外求见。"

　　李煜看了看女英，思忖着说："可对他说，明日光政殿召见。"

　　侍卫下宫楼去了，片刻又返回来说："国主，潘大人一定要求进见。"

　　其时，潘佑已闯入宫门，他在楼下跪着大喊："请国主召见潘佑！"

　　女英见已成僵局，忙劝解说："国主，潘大人虽然有些冒失，却是忠心为君为国呢！"

　　李煜冷静下来，走出宫楼门，站在楼台上说："潘卿，看来你已点燃了怒火，要来烧朕了？"

　　跪在下面的潘佑说："臣冒死请求立诛误国欺君的皇甫继勋，尔后可治臣私闯禁宫之罪。"

　　李煜说："既如此，呈上奏章！"

　　李煜接过潘佑的上疏，没好气地说道："潘卿可先回去，待朕细阅奏章，明日再议。"

　　这是潘佑的第八次上疏。前七次上疏，主要是进谏国主整顿朝纲，惩处奸佞，并指责李煜用人不当，忠奸不辨。最后，乞求隐退归田。李煜对他上疏的过激词句甚为不满，尤其批评他身为一国之主，不图进取，一味怯弱，造成今日局面，其责无可推卸等词，更觉刺耳。便免了他的中书舍人（后改为内史舍人）让他去专修国史。但潘佑脾气倔强，性格刚直，在修史时，常与挚友、司农寺卿李平谈论富国强兵之道，抨击朝中弊端，关心南唐命运，同时对奸佞之辈深恶痛绝。由于二人志同道合，故而来往密切。

潘佑的第八次上疏，是准备向李煜死谏的，他事先已写好数万言的表章，在表章中，他写道："三军可夺帅也，匹夫不可夺志也，臣乃者继上表章，凡数万言，词穷理尽，忠邪洞分……"呈上表章后，他置生死于度外，在大殿上当面指责李煜容忍奸佞之辈，杀害无辜大臣，不纳忠臣之谏，一任朝政昏暗，尚不及舜、纣和孙皓之辈！

李煜本来心绪不好，被潘佑这样屡屡激怒，便再也忍受不了，当即气得满脸涨红，他手拍龙案，暴跳如雷，命左右卫士将潘佑押送大理寺治罪。

当潘佑被押出殿时，又挣扎着转过身来，用一双血红的眼睛望着李煜，大声呼号："南唐基业必毁你手。总有一天会家亡国破，遗恨千年的！"

潘佑虽然被卫士架住了双臂，但他还是在满朝文武官员跟前高声喊道：

"臣终不能与奸臣杂居，不再事亡国之主……"

潘佑所谏字字含血，句句含泪，也亦字字戳到了李煜的痛处，句句说到了李煜的骨髓。然而，一向软弱心慈的李煜，这次却容不下臣子的冒犯。他当即对列班的朝臣说道："潘佑应治何罪？"

殿中是一片沉静。李煜向众朝臣巡视了一会儿，又问道："请众卿直言。"

张洎见李煜几次看他，便出班跪奏道："潘佑犯上作乱，无视国君，中伤大臣，其罪滔天。臣闻潘佑与司农卿李平常谈论神仙道术，诋毁佛教，其中必然另有图谋，应将李平一并收监审理。"

徐铉接着奏道："李平乃系北人，当初与朱元投奔金陵，后朱元叛变投宋。臣以为潘佑欺君辱主，其主谋是李平。"

还有几个平素与潘佑、李平不和的朝臣，也趁机落井下石，在李煜面前诽谤他们二人。

李煜越听越生气，越生气越不冷静。便当即下诏大理寺：先查抄李平宅第，审理李平之罪。

李平当时正在书房中研读《道德经》，忽见大理寺官员率数十名禁军闯进院中，李平大惊，他问，自己犯有何罪？来人只是说奉旨押李平去大理寺候审。

李平只好放下手中之书，禁军给他上了枷锁，他没来得及向妻子和小女儿告别，便被禁军押出了大门。

其时，他的妻子正在房中与女儿抽丝绣花。怎知天降大祸于李氏家中？

李平原名叫杨讷，少年时在嵩山当道士，有个与他同时学道的道友叫朱元，二人平时关系颇好，他们看到中原战乱不止，民不聊生，便双双投奔到江南。二人受到元宗的重用，曾授予李平为户部侍郎，李煜为国主后，又被授为司农寺卿。

李平平时虚心好学，他上书李煜说，欲使国富，必先民富。他提出恢复井田之法，按户均用，若有豪绅富户买贫户的田亩，一律勒令退还贫户。他还依照周代之礼，统一制造户册民籍，对各家的耕牛亦造册登记，禁止屠宰耕牛，以利于发展农业生产。李煜对他的建议十分欣赏，授他为司农寺卿。

但李平的这些主张却直接损害了富豪强绅的利益，而这些富豪强绅又与地方或朝廷中的官员们有千丝万缕的关系，故而，便招致一些人的不满和攻击。后来，朱元被迫投奔江北，他则受到了牵连。因此，一直不能大用。而潘佑却大胆站出来为李平说话，并竭力推荐他，请求国主重用于他，这便得罪了一些朝臣。此次，潘佑死谏李煜，得罪国主。张洎等人又秋后算账，乘机诬陷李平，所以，李平才被诬下狱，看来，是九死一生了。

李平入狱以后，他自己不知所犯之罪，大理寺又未及时会审，所以心中便猜想到与潘佑上疏一事有关。因为在他下狱之前，潘佑闯宫谏君的消息早已在朝野中传说开了。人们纷纷赞扬潘佑的敢说敢为。他除了敬佩潘佑刚烈不阿的人格之外，既未同他商讨过上疏内容，事先也不知道潘佑要上疏谏君。他知道，如今潘佑获罪，自己必遭猜疑、牵连。加之当年自己上书请复井田法，得罪了不少人，还有朱元投宋，自己曾被怀疑并受到了排斥，加上忠国忠君的林仁肇将军被无辜毒杀，南唐的顶梁之柱已经倾倒，自己必然难逃一死，其罪名即使不定叛国，也可定欺君，尚不如在大理寺定罪之前自绝，少受屈辱，亦可以明心志。

他在夜深人静时，朝着金陵的宫城拜了三拜，又转向朝着北方——他出生的故乡叩了三个头，便解下自己的腰带，在牢房的房梁上悬梁自尽了。

李平在狱中自杀之后，朝野议论。大理寺卿肖严次日早朝时将此事上奏李煜，李煜听后，半天无语。

肖严又出班跪奏，他认为潘佑虽然辱君有罪，然不属叛国投敌之罪，应审理之后再定罪。

接着三朝元老、检校太保廖居素上奏。他说："南都留守林将军之冤死，已冤及天下，此案未了。李平未审，又死狱中，若再杀潘佑，恐有后患。"

内含书人徐铉因病卧床不起。当他知道了潘佑死谏、李平自缢的讯息之后，连夜上书陈言：社稷危难，正是用人之际，请求李煜不忘前车之鉴，辨清忠奸，以振国威。

李煜有些心烦意乱，他对这些大臣的廷奏和章奏只是听听、阅阅而已，此刻，他眼前浮现出的，仍是潘佑当朝辱骂他的情景：潘佑的眼睛死死地盯着他，在台阶上高喊"南唐基业必毁你手，总有一天会家亡国破，遗恨千年的！"

他将案上的几份奏折向边上一推，没好气地说道："众卿所奏，等朕再阅，退朝！"

自此，他连续三天不再上朝，自己也头痛了整整三天。

九

国后女英认为潘佑敢于直谏，是朝中的忠良之臣；那些为他鸣不平的朝臣，亦是南唐的正直之士。她待李煜退朝之后，将自己的想法说给李煜听了，并劝他要慎思，勿忘林仁肇的教训。

谁知李煜心烦难静，凡提到潘佑的名字，他便暴跳如雷。女英便避开他的锋芒，谈了一些他事之后，突然问他："唐太宗是不是位明君？"

"当然是。"

"何以成为明君的？"女英又问：

"他得力于纳谏，故而能明辨是非曲直，魏徵就是位敢于直谏的贤臣，常常与唐太宗当面争执，多次触怒太宗，武德九年（626），太宗下诏，凡男十七岁以下、身体高大壮实者，也可在应征之列。诏敕下达数次，魏徵认为不妥而不发诏敕。太宗盛怒，指责他违君抗旨。魏徵毫不惧怕，他说：'竭泽而渔，就无鱼可捕了！'"

李煜说到这里，忽然停住，望着女英说："英妹，你该不是把潘佑比魏徵吧？"

女英笑了，又说："太宗问魏徵，怎样才能明智？怎样才算昏暗呢？魏徵说。兼听则明，偏听则暗。这可是至理名言啊！"

李煜知道她是在用魏徵的事来劝说自己，笑了，他接着女英的话说："我还知道，太宗曾说过：'君臣相遇，有如鱼水，则海内可安！'太宗希望大臣们'直言鲠议，致天下太平'，他还对诤谏者给予赏赐呢。"

女英听了，心中窃喜，她接着问道："国主，以臣妾看来，潘佑直谏是为国为主为公，他当面辱骂国主，虽然罪大，但不致死……"

还没等女英说完，李煜便打断了她的话："我虽说过要治潘佑之罪，但没说要治他的死罪啊，更何况还须大理寺审理完毕才能定罪呢！"

女英说："若是如此，臣妾便放下心了。"

李煜回到女英宫时，已是午时。二人午膳之后，女英安排李煜在榻上小睡。李煜由于心中烦躁，刚躺下了一会儿，复又坐起。

女英知道他的心绪不好，便试探着说，要与他下棋。谁知刚刚摆好棋具，他又推开棋盘，说是要填词。待桂十六将文房四宝端来之后，他提笔只写了"秋风秋雨秋虫啾"七个字，便又掷下笔，在宫中独自徘徊起来。女英看得出来，他不是在构思词句，而是忧心忡忡，难以在烦躁中自拔出来，长此下去，必然折磨成疾。她想起了姐姐临终前的嘱托，在国主最痛苦、最孤独的时候，不但要为他排忧，还要给他以安慰和欢乐，让他乐而忘忧。

正在这时，窈娘来了。她是来向女英请安的。其实，也是想看看李煜是否在她宫中。女英将自己的想法告诉了窈娘，想让窈娘组织一次歌舞，让李煜散散心。窈娘说前几天李煜去她宫中时，她已提出过要安排一次歌舞，让李煜欢喜一下，李煜当时就问可演哪些歌舞？窈娘将李煜平时喜爱的歌舞名称报给李煜听，李煜听了，只是摇了摇头，所以以后她便不再提此事了。

"可有别的法子？"女英问道：

"法子倒是有一个，只是须经国后允许。"

"说吧，什么法子？"其实，她已猜出窈娘要说的话了。

果然，窈娘说："奏《霓裳羽衣曲》，演《霓裳羽衣舞》，国主准会高兴的。"

女英听了，心中忐忑不止。她知道，若按窈娘说的去办，国主定然高兴，但姐姐临终之前曾悄悄对她说的遗言，她不敢忘记：此曲此舞，主凶，可穷天下，且耗费巨大，宫中应禁。

算来，自姐姐去世之后，宫中再未演奏这天下闻名的古曲和古舞了，每当李煜提出要在宫中演奏此曲此舞，她就按姐姐所说的"此曲此舞，耗费巨大"为由而婉言阻止，却隐去了"主凶，可穷天下"六个字，因为她怕李煜听了心中生疑。如今窈娘又提此事，她还是按过去说的：此曲此舞，耗费巨大，不允演奏。

"此曲此舞，耗费巨大，可穷天下"的意思十分明白。

窈娘听了女英的话之后，"扑哧"一声笑了，她说："演奏此曲此舞，远不如臣妾表演《金莲花舞》时的费用！再说，国主独爱此曲，其他曲谱远不称意。"

女英听了，半日无语。

窈娘见女英有为难状，便笑着说道："臣妾知道，国后心痛花国库银两，不好向国主开口，此事由我向国主提出，可以吧？"

经窈娘这么一说，女英更是进退维谷。

这时，李煜走了过来，见窈娘又说又笑，便问她有何开心之事？

窈娘便如实将刚才自己说的话又向他复述了一遍。李煜听了，脸上露出笑意，他高兴地说道："爱妃所说，甚合我意。就演《霓裳羽衣舞》吧！"

女英有苦难言了，一时竟未想到合适的话来对付。

李煜见女英没有认可，以为她真的是心痛国库的银子，便开玩笑说道："国后理财有方，可嘉。此次歌舞，可节俭一些。"

窈娘听了，欢欢喜喜安排去了。

女英犹如哑巴吃黄连——有苦难言。若按李煜的意思去办，便违了姐姐的遗言；若按姐姐的遗言去办，必然会使已焦头烂额的李煜更加烦恼不堪。她想拖延时间阻止此事，谁知就在晚膳时，李煜兴高采烈地告诉女英说："窈娘已安排好了，明晚同她一道去清凌宫观看歌舞。"

女英见事情已经到了此种地步，也只好顺其行事了。

事有凑巧，就在第二天午时，有宫监来报：大宋皇帝派翰林学士卢多逊出使南唐，以重修地图为名，来索借南唐的地理图径。

这明明是明火执仗的抢劫！

地理图径上记载着南唐的关隘、城池、江河、防务、道路、布军等等，此图直接关系到国家的安危，故从不示人。若将此图径索去，无疑是为宋师攻打南唐做了向导。

赵匡胤的用心，李煜心中十分清楚，但他又不敢违抗他的旨意。虽有朝臣反对，李煜还是忍气吞声地同意将江东诸州图径借宋。他虽心中怨恨，脸上却强装笑容，以礼相待，并在宫中为卢多逊举办盛宴，连续三日。第四日，卢多逊携南唐图径北归，李煜又亲自到江边为他送行。

在此之前，李煜令人去澄心殿，找黄妃取来收藏的宝画《活牛图》，托卢多逊带回汴京呈给宋皇帝赵匡胤。卢多逊接画在手，细看，画中有牛有栏，栏外满是青草，有一头水牛，还低头摇尾地在栏外牧放吃草。

"这画怎么叫'活牛图'呢？"

李煜笑着答道："请特使夜间再细看。"

回到驿馆之后，卢多逊夜晚取出画来暗中细看，不觉好生奇怪，那栏外吃草的牛竟然自动进了栏，神态安详地卧宿在牛栏内。卢多逊大惑不解，第二天，他问李煜，李煜笑而不答。

据说，赵匡胤看了《活牛图》之后大为惊奇，视为至宝，但又百思不得其解，便召来百官询问，他们也都莫名其究竟。后来又昭告天下，以求解释其原理。

有一位名叫赞宁的和尚揭榜进言："此图本是在栏内外各画了一头牛。栏外吃草的那头是用沃焦山石磨色画的，只能在白天看见；牛栏内卧槽的那一头是用海南珠脂调色画的，故只能晚上看见。"

赞宁和尚靠的是想象，宋太祖也信以为然。

实际上，千年之后，这一秘密也不曾为人所破。

北宋派使者强行索走南唐诸州图径一事，在朝野引起了一片哗然，有的惊恐不已，认定是宋师不久便会发兵南渡，金陵南唐已朝不保夕，纷纷做亡国之后的安排；有的愤慨不已，除痛恨赵匡胤逼人太甚，又怨恨李煜骨头太弱，一味屈宋，将"国之利器"的地理图径借给北宋，无疑是将祖宗开创的基业，双手拱于敌国，不但愧对先帝，也愧对江南父老！一时间，金陵城中军民群情激愤，商贾怨声载道。

送走宋使以后，李煜连续几日精神恍惚，白天坐在崇文馆中，只是木木地望着长长的雕龙红木柜匣，那是存置地理图径的地方。如今已空空如也。夜间又久不能眠，困极了稍稍闭目，又会被噩梦突然惊醒，醒来后不是下床呆坐，就是秉烛去佛殿诵经。以图心灵解脱。

女英看在眼里，急在心头。

由于宋使强索南唐图径，宫中演奏歌舞一事便拖延下来了。

有一天，李煜在窈娘宫中留宿时，窈娘又提起原先拟定要举办歌舞一事，问他可否能办？李煜听了，精神大振，他当即应允，并指定次晚改在青竹宫举行。

十

女英原以为经过地图风波之后，李煜早已忘了歌舞之事，心中还有些庆幸，不想突然听到宫监来报，说国主要她明晚晚膳后去青竹宫观赏歌舞，她听了，心中一惊，知道此事已不能阻止了，便想以身体不适为由不去观看。

谁知次日晚膳时，李煜突然亲自来了，说是请她伴驾，同去观看歌舞。女英无奈，只好上辇与他去了青竹宫。

女英推说身体不宜，不能操琴，所以，演奏《霓裳羽衣舞》时，便由大乐班的乐工代为操琴。

窈娘身着娥皇当年亲自制作的服饰，在小乐班八名舞伎的拥簇下，走进大厅，款款献舞。在《霓裳羽衣曲》的乐声中，窈娘的舞姿刚刚舒展时，大理寺卿肖严突然来了。他走到李煜身边，在他耳边低声说了一阵。李煜听了，立即站起来，跟着他匆匆出了青竹宫。

窃娘望着女英，意思是问她能否继续歌舞？

女英从大理寺卿严峻的神情上，已猜出朝中又出事了，而且出的是一件大事，否则，李煜是不会撇下《霓裳羽衣舞》和《霓裳羽衣曲》去处理一般国事的。

女英心中一阵紧张，这南唐王朝再也经不起风波了啊！她心中在默默念佛祖保佑，朝廷中千万别再有祸。

是祸避不开。不一会儿，李煜命人传话女英：潘佑服毒自尽。

女英听了，只觉得双耳"嗡"的一声，险些晕倒。窃娘问她，歌舞是否继续下去？她摇了摇手，便在桂十五的搀扶之下，匆匆回宫去了。

歌舞只好不欢而散。

原来，大理寺在未审理之前，潘佑在家中候审。当他听说李平在狱中自尽，自知李煜必听佞臣之谤加罪于他，他临死之前坦然自若，站在庭中，面对宫阙，大声喊道："吾为大丈夫，死不足惜，但决不愿跟随不忠不孝不仁不义的昏庸国主去做亡国之奴！"

他所说的不忠不孝，是指责李煜将南唐图径双手奉于北宋，乃为对祖宗社稷的不忠不孝；不仁不义，则是指责他姑息小人，杀害忠臣；而说昏庸是指责李煜荒淫无度，却又低三下四地屈从北宋。

喊罢，气绝身亡。

原来，他已事先服食了砒霜！

当女英得知了潘佑之死的经过之后，忽然心中似有所悟。朝廷正在多事之秋，又失去了一位朝中大臣，实在是社稷的灾难！而这灾难恰恰发生在宫中演奏《霓裳羽衣曲》和《霓裳羽衣舞》之际，难道这古曲古舞真的是不祥之物？姐姐说的"主凶，可以穷国"，是指此古曲古舞会招致灾难来临吗？

她百思不得其解。

潘佑死后，李煜大病了一场。

金陵城中议论纷纷，一片惊慌。不少铺店关门打烊，外地客商纷纷离去，朝中命官离心离德，人心惶惶，其间，三朝元老廖居素，看到国运将尽，自己又无能为力，为了不至于在国破时而受辱，便身着朝服，投井而死！

退隐山谷的处士刘洞得知潘佑以死上谏，以身殉国的消息之后，十分激动，他写了一首七言律诗，颂扬潘佑的刚烈，并将此诗贴在城中的墙上。有许多人立在诗前抄录，并广为流传。这些情况，都传进了内宫。

李煜知道，自己已错，但懊悔已晚，无法挽回了。他从病床上坐起来，双手抱住女英，泪流满面，边哭边说："天将坍塌了啊！我怎么办？"

女英听了，心中如焚。她安慰李煜说："既然李、潘二位大臣无罪，应下诏厚葬，臣妾愿陪国主亲去安慰两位大臣的眷属。"

李煜听了，哭得更加厉害了。他望着女英的脸说道："朕是孤家寡人了，英妹拉我一把啊！"

女英也哭了，抽抽噎噎地说道："妾臣今生今世永随国主无悔。"

次日，李煜带着女英，亲去潘佑、李平两家抚慰，将已流放边远的李平的妻子，派人接回金陵，并拨重金抚恤家属，接着，他俩又到廖居素家，亲自吊唁。虽然这样，仍然不能消去心中的伤痛。

十一

安葬了潘佑、李平两位朝臣，吊唁了三朝老臣廖居素之后，更引发了李煜忧思七弟从善的伤感。这国伤家愁，何其不忧？抬头凝望北方秋空，北雁又南飞了，却没有带回远方亲人音讯。他热泪满目，实在忍不住思念的煎熬了，便提笔奋书给赵匡胤上书，祈求大宋皇帝放七弟从善返回江南，写好之后，派遣特使去汴京了。

赵匡胤哪里肯答应呢？

被扣为人质的七弟遥遥牵住了李煜的心，如绞索，愈绞愈紧。以后朝中许多仪制渐被荒废，那些常规酒宴之类一概不举。他还常常独自绕宫城踱步而行，走走停停，停停走走。这宫城仿佛渐渐遥远起来，宫殿仿佛倾塌变成了废墟！

"毁吧！毁吧！连我一起毁掉。"李煜自言自语，声音十分凄凉。

他想，赵匡胤已经几次派遣特使，以各种理由请他去汴京，他都拒绝了。他知道，宋朝早已撒网，如今正在渐渐收网。他这网中之鱼，既没有力量更没有勇气拼个鱼死网破，唯有等着被捞捕、上案板、进油锅了。

想到这里，他已泪水迷离，便连忙转身往宫中走去。

偌大的宫城，竟然死去一般寂静。荒草满目，一派凄凉景象。路过长秋宫前，李煜更不敢侧目相视。那里居住过两代君王，当年烈祖居长秋宫之日，何其辉煌？烈祖驾崩时，国库金漫银溢；元宗梓宫归金陵之日，那宫廷金银尚宽绰有余；如今，宫中早已入不敷出，不可示人的"国之利器"已被大宋索去了，自己还有何面目面对列祖列宗？

这时，身旁突然传来银铃般的笑声，李煜回头一看，女英已笑盈盈地站在院门外边了，她说："国主，今天出了个怪事呢！"

李煜望着女英，不知出了什么怪事。

女英说："清晨，突然飞来一只八哥，落在架上，并不飞走。"李煜惊奇："有这等怪事？"

他和女英来至回廊间，果见柱上有一只八哥。

"是不是原来放飞的那只八哥呢？"李煜走了过去，伸手撩逗。

李煜刚要伸手撩逗，那八哥忽然开口说话了："忧而无乐。"

李煜、女英惊呆了，这是怎么回事？八哥如何这般话语？

李煜无心撩逗八哥，径自走出廊间。

刚要迈步上宫楼，宫监忽然来报："宋朝来使。"

女英看了看李煜，见李煜眉宇间又涌起忧郁神情。他惶惶地离开宫院，随着宫监去了。

"启禀国后，这八哥只是不肯飞去。"宫人上前报告女英。

"八哥，国主既放你远飞，你就飞吧！"

八哥只是叫着："忧而无乐！"

女英无奈只好长叹了一声，自己离去。

李煜接见宋朝特使下殿归来了，他告诉女英说："宋太祖派遣知制诰李穆为国信使，南渡金陵。"

原来，大宋皇帝赵匡胤十一月要举行郊祭，邀李煜同去参加大典。这一次不同以往，已暗示若再不去，将出兵江南。去不去由李煜自决。权衡利害，李煜惶惧，只好推说有病，不去汴京。

"听天由命吧！"说完话之后，他的神情已有几分凄怆。

他已预感了事态的严重。

十二

开宝六年（973）八月，被扣押在汴京的郑王李从善的妃子周氏，常常站在下关的渡口遥望着茫茫扬子江，一站就是大半天。她望穿两眼，盼着丈夫平安归来，因为丈夫作为国主的特使出使汴京时，是她来到这里与丈夫相别的。丈夫临上船时曾对她说过，他很快就会回来的。可是如今已经去了两年半了啊！

周妃见丈夫久去不得归来，日夜悲泣，久而成疾，她常常闯进宫中去求李煜，李煜总是好言相劝，并答应向大宋上书，请求放还七弟，劝她回府耐心等待。后来，周妃一直不见丈夫归来，便埋怨李煜，说他不讲手足之情，让自己的胞弟去北宋为人质，情何在？理何在？她边哭边诉，有时悲极，竟倒在地上！

李煜一方面同情自己的弟媳，一方面又害怕她来询问，所以，每每听说周妃来了，便连忙躲避起来，再安排宫人女眷尽心安慰于她。

重阳节前三天，女英见李煜愁眉不展，心事重重，便笑着说道："国主，重阳节快到了，我已命人在城南凤凰台上备下了菊花酒和重阳糕，待重阳日，可去凤凰台登高望远，饮酒填词。"

李煜似乎有些走神，没有反应。

女英接着说："天高气爽，登高望远，心胸开朗，可借金秋之风，一扫心间烦恼。再说，重阳登高，自古有之，天下尽同。国主若在重阳登高，既可视为与国人同庆佳节，又可安定军民之心，何乐而不为呢？"

李煜听了，觉得有理。

重阳这天罢朝，准朝中官员偕家人、亲朋登高远足。李煜、女英、仲寓以及黄妃、雪仪、窈娘、秋水、宜爱等分乘玉辇和安车，前有出行仪仗，出了宫门，过西虹桥，浩浩荡荡地朝凤凰台走去。

到了凤凰台上，窈娘看到台南侧的向阳坡上长着一片菊花，那菊花有的金黄，有的红艳，有的雪白，有重瓣的，也有复瓣的，与周围的枯草败叶相比，更显得鲜艳，缕缕清香随风吹到游人身边。窈娘便领着几位妃子和宫女们争先恐后去采撷。殊不知那满坡的菊花，是昨晚刚刚从花农的菊圃中搬运来的，数百人又连夜埋在南坡上。由于没有伤根，昨夜与今晨又喷洒了些许清水，所以，株株枝叶青翠，朵朵鲜花争艳——这是女英事先安排好的，以期李煜欢心。

李煜没有去采撷菊花。他和女英沿着石阶登上了凤凰台的顶端。他手扶着亭子的木栏，向北眺望。眼前是滚滚的长江，江水浩瀚。再向远处放眼，则是天苍苍地茫茫了。此刻，他想得最多的就是七弟李从善。他如今在何处？是否也登高向江南眺望？他能看到自己的故国家园吗？能看到凤凰台的六哥吗？想着想着，眼前模糊了，两行清泪无声地流淌下来。

女英一直守候在他的左右，见他落泪，知他思念从善，便将手中的一只茱萸囊递给李煜。她本想以此来谈论重阳节的风土人情，以使他抛开眼前的忧愁。谁知李煜接过茱萸囊，记起了唐代诗人王维的那首《九月九日忆山东兄弟》，便低声吟哦出来：

> 独在异乡为异客，每逢佳节倍思亲。
>
> 遥知兄弟登高处，遍插茱萸少一人。

他吟哦到最后一句时，竟泣不成声了。

女英见状，知道一时无法劝慰于他，只好陪他流了一会儿泪，又喊过桂十五姐妹俩，让她们将昨日准备好的茱萸囊分给大家。

"国后，重阳节登高为何要佩戴茱萸囊？"宫女秋水一向以女英为师，有疑问就问她。

女英说："这茱萸，又叫越椒，有特殊香味。将它置于囊中，不但可以蓄香味，且能辟邪。"

秋水听了，点头称是。她将一只香袋递给宜爱，另一只佩在自己的衣襟上。

这时，宫人送来了食盒，将重阳糕、菊花酒和应时瓜果摆在石桌上。女英为李煜斟上了一杯菊花酒，自己也倒了小半杯，笑着对李煜说："国主，饮一杯重阳的菊花酒吧，此酒可免灾，也可辟邪。"说完，先抿一小口。黄妃、雪仪等也先后举杯，请李煜饮酒。

李煜饮了几杯菊花酒之后，又吃了一块重阳糕和几粒葡萄，心情舒畅了一些。傍晚，城中炊烟袅袅，空中孤雁飞鸣，他忽然心血来潮，命人铺好文房四宝，坐在石凳上写了一首《谢新恩》。

冉冉秋光留不住，满阶红叶暮。又是过重阳，台榭登临处，茱萸香坠。紫菊气，飘庭户，晚烟笼细雨。離離新雁咽寒声，愁恨年年长相似。

写完了，他又从头至尾吟咏了一遍，才放下笔，将诗笺交给了桂十六。

当他们从凤凰台回到宫中时，当值的宫监向李煜禀报说："邓王妃周氏于重阳日申时自缢于寝宫。"

李煜听了，顾不上说话，便匆匆向邓王府跑去，刚跑出几步，摔倒了，众人连忙将他扶起来，此时，他才失声抽咽起来。身边的国后、众妃子也都悲啼一片。

从善妃死后，李煜下诏厚葬。

虽然如此，李煜心中自责不止。是啊，七弟是为社稷，也是为自己才甘愿冒险使宋的。他被扣押为人质，自己的责任难卸；如今弟媳周氏又死，她是因亲人未归，心中思念才死的。其责任也在自己。

他痛恨自己，心想，当年为何不是自己使宋呢？他双手握拳，不断地捶打着自己的前胸，仰头说道："苍天啊，难道南唐社稷在劫难逃了吗？"

是的，南唐王朝已经在劫难逃，这不是天意，这是人意，是历史发展的必然。

第九章　秦淮河里将士血　石头城上国主泪

四十年来家国，三千里地山河。凤阁龙楼连霄汉，玉树琼枝作烟萝，几曾识干戈？一旦归为臣虏，沈腰潘鬓消磨。最是仓皇辞庙日，教坊犹奏别离歌，垂泪对宫娥。

——《破阵子》

一

开宝七年（974）春，李煜曾派陆昭符为南唐国使到大宋进贡，并呈上了自己亲书的疏表，请求宋太祖赵匡胤允许七弟邓王李从善回江南。赵匡胤不但不放还从善，反而授他为兖州、沂州两地的观察使，并让从善向李煜写了一封劝降信。他在信中说宋皇帝对他信任重用，以礼相待。对于南唐，宋皇帝不忍心以刀兵相见，只是想让南唐自然归服大宋，以免置军民亡命于不顾，等等。

李煜知道此信是七弟身陷囹圄而不得已为之的。宋皇帝步步紧逼，不给李煜以喘息之机。

到了这一年的秋天，宋朝又派特使到金陵，送来了诏书，再次要李煜赴汴京，参加郊祭大典，宋太祖还警告李煜，若再置之不理，大宋必出师讨伐。

李煜以有病为由，再次拒绝北上。

徐金定、殷崇义、陈乔等几位南唐重臣也一致认为，若国主一旦去汴京参加郊祭，便会像邓王李从善一样，自投罗网，去而难回，失去自由。

郊祭是宋朝帝王的大礼之一。宋皇帝要在冬至这天到京郊祭天，向天下宣示自己是"奉天承运"皇帝，以此为由诏李煜去汴京，并对他恩威并施，臣服大宋，以免兴师动众的讨伐。李煜不但不敢去汴京，甚至不敢去江边送别宋朝的使者。

大宋特使回汴京，向宋太祖禀报后，宋太祖认为李煜抗诏，是为大罪。大宋先礼而后兵，师出有名，并决定发兵讨伐南唐。他下诏拜大将曹彬为三军统帅，于十月初自汴京出发，浩浩荡荡挥师南下。

为了再次讨好大宋，李煜又施惯用手法：派遣江国公从镒带着丝帛二十万匹，白金二十万两去汴京上贡。他想或许宋皇帝会发慈悲，收兵不攻。在这之前，李煜曾上书请求封爵，但赵匡胤没有答应。这次上贡，会是什么结果呢？

李煜翘首以望。

李从镒上贡还没归来，大宋的军队已经水陆并进杀过来了，攻取池州，直抵安庆。

曹彬在皖河聚军造浮桥，为攻打金陵做准备。

这架浮桥之图原是金陵清凉寺小长老和望江寺樊若水所献。浮桥直抵采石矶。采石矶在金陵西边百里。消息传到宫中后，李煜开始有些惊慌。军机大臣张洎却很不以为然，他说这不可能，有史记载以来，长江上没有建桥先例！

李煜于是松一口气说："宋师搭桥渡江，我也以为是儿戏。"

君臣遂都安下心来。

殊不知，自武昌以下，南唐军不战自溃。池州守将不敌宋军，弃城而逃。宋军乘胜直前，势如破竹，连克铜陵、芜湖等城，果真只剩下最后一个采石矶了。

南唐统军老将李雄奉命迎击宋军，几经转战，至溧阳时，被宋军截击，经殊死激战，可怜老将军和他的七个儿子都为南唐捐躯！

开战之初，军民愤慨，朝中主战派得势。此时，李煜从惶恐中镇静下来，对大臣们说："宁可玉碎，不为瓦全！"他将亲临前线，率领将士与宋兵背城一战。若有不测，他将引火自焚，死也不做大宋之鬼！

秋末，李煜进行了一系列战前部署，他将军机大事之重任委托陈乔、张洎等老臣，将守城军旅交皇甫继勋统领，又以徐元楀、刁衎为内殿传诏，命镇海军节度使郑彦华率三百艘战舰、二万水师溯江而上；命天德都虞候杜真率一万五千步骑沿长江南岸迎战宋军，并命中书舍人潘慎修筹丝帛万匹、银五百万两，筑城聚粮，以固守金陵都城。

他还向邻近的吴越国主钱椒求救，并派人送去他的亲笔信函，要求结盟，共同对付宋师。

他又诏令金陵民间的各种武装组织，出击宋师。这些组织有的自烈祖时起就成立了。有义军、新拟生军、新拟军、团军、凌波军、义勇军、自在军、排门军、白甲军等，共十三种旗号。不过，这些民间武装虽然人数不少，毕竟缺少训练，战斗力不强，与宋师战斗，多半被歼。这时望江寺中的樊若水正配合宋军日夜奋力建浮桥，桥址定在采石矶。望江寺就在采石矶边，樊若水对这一带地形了如指掌，有他当内应，宋师的建桥进度很快。采石矶地势险峻，悬崖峭壁，突兀江中，与江北天门山夹江对峙，江面窄狭，正是建桥的理想之地。

一旦浮桥搭成，金陵指日可破。

大宋节度使潘美率水陆步兵五万人马，沿大运河南下，已先期攻抵江北的西都扬州，等待渡江。

这又是插向金陵的一柄利刃！

更糟的是邻国吴越王钱椒为了求得自保，听说宋军已顺流东下，指日可破金陵，他不但不救南唐，反而将李煜的亲笔信派人送给了宋太祖赵匡胤，并派将军王愕领兵数万，进攻南唐常州。常州守将禹万城，本来就难抵宋军，又受王愕攻击，且无援兵前来解围，只好打开城门投降。

南唐已四面楚歌。

吴越军队攻下南唐的常州后，被胜利冲昏头脑，又去进攻润州。所幸，被刚刚调来的民间武装凌波军所迎击，大破吴越军，王愕只好率部退回了常州。

二

由于望江寺的樊如水和清凉寺的小长老早已测量好江水深度、水流及江面的宽度，并绘制了架浮桥图，又加上时值大江枯水季节，江水流速缓慢，便于搭桥，所以，只用三天三夜，宋军就在江面上搭起了一座用船连接成的浮桥。宋军由采石矶渡江了！

这震天惊雷，摇撼着南唐宫殿。李煜和大臣们惊恐万状。消息传来的时候，李煜正和女英一道在佛堂礼拜，他当时惊得半天未语。几乎晕倒，女英忙抢上前搀扶，但他挣扎着一步步走向窗前，对着窗户哭着喊道："苍天啊，难道果真容不下李煜了吗？"

女英无言可说，只有不断地用绣绢轻轻给他拭泪。

这时，西江又传来了消息：镇海军节度使郑彦华与宋军水师初战失利，他怕全军覆没，迟迟不敢出击，只好节节败退！天德都虞候杜真率军西进时，同宋师步军相遇，经过一场激战，杜真兵败如山倒。

南唐气数将尽，宫廷一片混乱。金陵城中富户商贾，纷纷出城逃难。城中极度混乱。

在大敌压境面前，倒是许多百姓敢于抵抗宋兵。船工、渔民、农民纷纷组织起来保卫家乡，出击宋兵。民间武装凌波军、义军等常常出其不意地偷袭长江上的宋军船舰。但这只能给宋军制造一些麻烦，而不能阻挡其前进。宋军主力由采石矶渡江东下，逼近金陵西、北两面，在东路，已联合吴越王愕之军，再度强攻润州，若润州被陷，形成了对金陵的围城之势。

李煜担心难守润州，遂又调侍卫厢虞候（皇宫禁卫队长）刘澄任润州节度使，统皇家军三万前去润州，同已守在润州的将领卢绛一道，固守南唐的这座重镇。

刘澄常年驻皇宫，多受国主的恩宠，多得丰厚赏赐。

养兵千日，用兵一时。此次受命于危难之时，必然会不负重任，在阵前立汗马功劳。

刘澄临行之前，李煜亲自为他送行，对他说："爱卿跟随朕多年，从未离开朕，今日国难当头，坚守润州事关重大，朕不得已遣你前去，望爱卿不要辜负朕的重望。"说完，流泪不止。

刘澄听了，也流下泪水。他跪在李煜面前说道："国主之恩，臣永世不忘。今受国主之托，当以生命守润州，以报效国主、社稷。"

君臣挥泪相别。

刘澄走后，李煜心中安定了一些。

他把希望寄托在这位多年在自己身边供职的大臣身上，只要刘澄守住了润州，就能拖住宋军兵力，减轻对金陵城的压力。若宋军久攻不破，可能会收兵，南唐也可利用这一时机，重新调整兵力，与宋军决战，鹿死谁手，尚不可知呢。

此时，他又想起了林仁肇。

若当年采纳林仁肇之策，给宋军以打击，宋军也许不敢如此狂妄；若今日林仁肇仍在，宋军更不敢轻举妄动，而且南唐军力亦不会如此涣散软弱！

想到此，他心中自愧自责。

就在李煜日夜等待刘澄传来捷报时，刘澄却阳奉阴违，心怀鬼胎。他到达润州之后，见大宋和吴越的联军逼近城下，便心中思忖：宋军所向无敌，势如破竹，吴越军又为虎作伥，以自己所统的二万兵力与之对抗，岂不是以卵投石，必败无疑？再说，他已看出南唐被灭已是朝夕之事，不如献城降宋，尚可保全性命，还可受宋皇帝的重用。

他叛国的主意已定，但献城降宋还有一个障碍，那就是一同守润州的卢绛。刘澄到润州后，一直瞧不起这位地方武装组织的头目，但又惧怕他的威猛，两人少往来。这次，刘澄为达到目的，特设盛宴招待卢绛。席间，他数次提到宋军的强大，遭到卢绛的鄙视。当刘澄试探地问："若润州守不住，将军作何打算？"

卢绛剑眉双竖，立席而起："大丈夫当以生命守国土，报效国主。"

"可是，我们都是上有老、下有小、家臣奴仆一大群的人啊！"

卢绛看出了这个贪生怕死的皇家军首领的真面目，他拍拍腰间的利剑说："谁要是弃城不顾，我要他全家一个不留！"

自此，刘澄对卢绛又怕又恨。

一日，卢绛因心绪不好，鞭笞了两名部属，刘澄连忙派人将这两个人请到自己营中喝酒，席间对他们说："听说卢绛非常记恨你们，看来你俩都活不长了。"

看到这两个部属茫然地望着自己，刘澄紧接着说："我看你们不如趁机把卢绛杀了，把军队带到我这边来，我一定奏请国主重赏你们！"

两个部属对刘澄这种离间的德行非常反感，翌日就将刘澄的话全部告诉了卢绛。

卢绛对刘澄愤恨之至，但碍于他是国主的亲信，不好责处他。

不久，刘澄以担心国都守兵不足为由，奏请国主李煜，召卢绛回金陵守城。

障碍搬掉了，刘澄当夜召集部属，边哭边说："我等受恩于朝廷，理应守城，但父母家眷都在金陵，润州又难以守住，忠孝不能两全啊，怎么办呢？"部属们心中已明白了七八分，于是都号啕痛哭起来。一时间，军营内一片混乱。

这个信誓旦旦要以"生命守润州，以死报效国主、社稷"的宠臣，终于下令打开城门，向宋师投降了。

三

闻报刘澄献城投敌，李煜心冷如冰，失声痛哭，又昏厥过去。宫监速将李煜抬到床上平躺，急呼御医来救。

苏醒之后，李煜发现自己半躺半倚在女英身上。

"英妹啊，一切都完了！南唐怎么尽出这些败类啊！"李煜无力地呻吟着，十分凄怆。

女英平静地说："不必过多思虑，顺其自然吧！"

"人之将死，其言也哀啊！"李煜泪如泉涌。

女英给他拭泪，说："我朝遵祖训不练兵戈，无半点御敌能力，所以才有今日。"

"我向往太平，为什么天不助我啊！"李煜心痛了一阵后，镇定下来对女英说，"我要搬到澄心殿去住。"

自局势恶化以后，澄心殿成了南唐王朝的象征，也是李煜向南唐朝臣发号施令的重地。李煜和陈乔、张洎、徐游、徐元桥、刁衎都日夜守住在澄心殿内。澄心殿实际上已成为守卫金陵城乃至南唐的指挥中心。如今宋军已过采石矶，润州已失，金陵东南西北四面受敌，李煜、女英和几位妃子也都住进了澄心殿。李煜曾对嫔妃说过，要死都死在一起，和祖宗社稷共存亡。女英听了，两颗伤心泪从眼中滚落下来。

"国主，不要太悲伤。要活下去，无论什么情况，都要活下去。留得青山在，不愁没柴烧啊。"女英劝慰他。

李煜木然地望着她。

　　陈乔等大臣联名上表，要求对叛国投敌的刘澄之眷属族人问罪。李煜准奏，命大理寺按律处置。刘澄的父母、妻、子女及族人百余人被斩！

　　刘澄全家被杀的当天晚上，风雨交加，狂风撕扯着宫苑中的梧桐树，树叶满天旋舞，一阵阵的暴雨击打着黑黝黝的城阙，老城墙的砖缝向外渗水，一些坍塌处虽已重新填土充实，但大雨倾盆，有些新土被雨水冲刷流失，士卒们冒着大雨在抢筑修补。

　　李煜独自坐在澄心殿的龙案后边。

　　突然，一阵目眩，一道雪亮的闪电闪过，接着，一个震耳欲聋的炸雷。那炸雷在澄心殿的殿脊上滚过，随着闪电和雷声，蜡烛被震熄了，殿内一片漆黑。

　　宫人连忙又点燃蜡烛。

　　女英正在亲自为李煜做莲子羹，险些被雷声震落手中的玉碗。待烛火点上之后，她将莲子羹端给李煜，柔声说道："国主，夜已深了，且有风雨，歇息吧。"

　　李煜叹了一口气，忧心忡忡地说道："我睡不着啊。"说着，望了望窗外的夜空，闪电过后，又是漆黑一片。

　　女英说："国主，为金陵，臣妾以为应增兵力以加强城池防务。"女英对城防军事知之甚微，但她总觉得，守住了金陵城，就是守住了南唐社稷，南唐的存亡，在此一举。仅仅依赖皇甫继勋负责金陵城防，是令人担忧的。她常听大臣们说他是个常败将军，她不能放心，只是不便直言。

　　"爱卿对皇甫不必担心，他出身武将之家，且年轻有为，为国为家这一道理他是知道的。再说，他也知道林仁肇一案，朝野对他憎恨，他可在守城之战中立功，以正视听，想必会尽职尽责的。"

　　女英不语。

　　李想又说："目前，南都节度使朱赞不在金陵，而在金陵的武将中，眼下也只有皇甫继勋了，委重任于他，也是无奈之举。"

澄心殿一片沉寂，唯风雨之声不绝。

其实，女英的担心是对的。正当李煜希望皇甫继勋大显身手、建功立业、尽职守城时，皇甫继勋正在营中鞭笞一名叫丁洛胜的偏将，因为丁洛胜负责守卫金陵西门，他乘围城的宋兵不备，率领三百余名精兵前往偷袭，烧毁敌营。然而，凯旋后，却被皇甫继勋派人将丁洛胜缚到帐中，鞭笞责骂丁洛胜，丁洛胜不服，他说我抗击宋兵，保卫金陵，何罪之有？皇甫继勋恼羞成怒，竟打得丁洛胜胸背血肉模糊一片，惨不忍睹，皇甫继勋还下令不许偷袭宋营，违者轻则囚禁，重则砍头。

守城的将士们敢怒不敢言。

皇甫继勋是金陵城中的首富。虽被李煜所重用，但脚踏两只船。他早已暗中与北宋勾结。他主张李煜去汴京朝拜赵匡胤，以求得亡国而不亡命，自己则可亡国而不亡家。他是朝中的主和派，其实是主降派。这次国难当头时被李煜委以重任。他当着满朝文武大臣向李煜表白，他将招募新军，调度民间武装和金陵的主力部队一道守城，人在城在，坚守金陵，而他心中却另有打算。宋军已经从四面包围了金陵，破城已是早晚之事，于是他将宋师已兵临城下、围得水泄不通的重要军情隐瞒不报与李煜知晓。

四

大敌兵临都城，岂能保密？将要破城的消息不胫而走，城中百姓极度恐慌，大臣们更是日夜不安心。李煜曾几次召皇甫继勋进宫报告军情，皇甫皆以军务太忙、难以抽身为由未去宫中。

女英总觉情况不大对头。宋军既然围城，怎么多日无消息传进宫来呢？

"眼下情况似乎反常，"女英对李煜说，"不知国主是否思索过？"

李煜紧锁着眉头。

"国主为何不派大臣出城巡探呢？这皇甫继勋……"女英有点焦虑。

李煜经女英提醒，也觉情况不对，遂连续三次诏令皇甫进宫询问军情，但皇甫仍推说军务太忙，不见李煜。

"国主，臣妾思忖，皇甫屡召不见，内中必有缘故。"女英再次表示了自己的疑惑。

李煜已心生疑窦，遂率亲近大臣及宫监，爬上宫中楼台眺望，啊呀！只见江面风帆林立，战舰满江，排列有序，城外旌旗招展。宋兵已经兵临城下了！

李煜大惊失色，险些跌下楼台。此时，他才知道皇甫继勋隐瞒敌情不报！回到澄心殿后，立即召来左仆射殷崇义和大理寺卿肖严，当即下诏令查清皇甫继勋之不轨。

经查，皇甫继勋曾矫诏杀害南都留守林仁肇，鞭笞出击宋师的守城将士丁洛胜，隐瞒重要军情不奏，妄图开城降敌。按刑律属叛国罪。李煜咬牙准奏：处死罪大恶极的皇甫继勋！

又下诏拜殷崇义为司空，与兵部侍郎刁衎共同负责金陵的防务。

在这非常时期，要捉拿皇甫继勋可不是件易事。皇甫继勋不但性情狡猾，多生疑心，而且手握兵权，一旦反抗，其后果难以想象。李煜接受了殷崇义的建议，将皇甫继勋诱进宫中。再行拘捕问罪。

午后，皇甫继勋正在与侄儿密谋如何将家中的浮财尽快转移、掩藏，忽接传诏：皇甫继勋率将士日夜不息，守城有功，国主在澄心殿备宴，召皇甫继勋进宫接受封赏。

开始，皇甫继勋有些怀疑：是否国主下的圈套？进宫会不会有变？但又想，自己的不轨之举都是秘密进行的，李煜不可能知晓！也许李煜知大势已去，想笼络自己，为他出力卖命，故而宴请，并加封赏。

大凡利禄之徒，常常会被利禄迷住心窍。皇甫继勋不能不要赏赐，更不能不要高官厚禄。他接诏之后，安排其侄儿在帐中等候，便随来使进宫。谁知刚过了护城河，刚刚走进宫门，忽见左右两侧冲出一队禁军校卫，不由分说，将他捆缚起来。

此时，大理寺卿肖严手执尚方宝剑走过来，立在台阶上宣读皇甫继勋陷害忠臣、欺君抗上、隐瞒军情、妄图投降等八大罪状，并大声宣布：立即押赴刑场，斩首示众。

皇甫继勋听了，往时的骄横都不见了，脸色苍白，双腿颤抖，跪在地上乞求饶死，校尉们只好架住他的双臂拖着走。当走到街头闹市时，突然呼啦啦地围过一群人来，有士卒，有商贩，有路人。他们有的指着皇甫继勋大声痛骂，有的往他身上吐唾沫，有的上前抓他的脸，有一个年轻的士卒冲进人群，他是丁洛胜手下的马夫，也是当时去偷袭宋军的士兵之一，他数落皇甫继勋殴打囚禁士兵，有的士兵因此致死，有的落下了终身残疾，他自己的右手亦被打断！他说着说着竟克制不住，冲上前去，用牙咬住了皇甫继勋的手臂，用力一甩，咬下一块肉来！其他人见了，也都纷纷拥上去，有的用手乱抓，有的用牙咬，一时间，群情如火，怒气冲天，无法阻挡。行刑官和校尉们也不劝阻，听之任之。当人群散去时，这位红极一时、富极一方、作威作福的皇甫继勋，被愤怒的将士和黎民们活活咬死了，又被人们用小刀割成碎块，以解心头之恨！

女英听说皇甫继勋尚未行刑即被军民击毙而割尸，感叹说道："善有善报，恶有恶报！"

五

卢绛率五千凌波精兵，离开刘澄出润州之后，在返回金陵途中受到宋军和吴越军的围攻。他杀出一条血路冲出，回到金陵城外，此时，才知道金陵城四面已被宋军围得水泄不通了。卢绛自知进不了城，也救不了圣驾，只得回头去宣州，后来又去了岭南。

　　大宋朝廷突然派使臣李穆送南唐楚国公李从善归来。李从善持宋皇帝赵匡胤手谕给李煜，劝李煜当即归汴京，以免攻城有失。这可说是宋皇帝的开明之举。围城不攻，最后再劝李煜一次，可谓仁义尽至。

　　李煜犹豫未决。

　　历来劝李煜不可去汴京的大臣陈乔，这时怒火烧胸。他说："自古没有不亡之国，降宋定然会受奇耻大辱。"他激励臣民将士决一死战。

　　李煜片刻不语。

　　女英在一旁知道李煜左右为难，降，属不忠不节；抗，则如鸡蛋撞石头。

　　李煜思忖良久才说："陈卿所言句句在理，不知众卿还有何高明之见？"

　　陈乔献计说："宋遣李穆再来劝降，还可利用，先请求宋退兵，再另行派使急召南都朱令赞援救金陵。"

　　中书舍人徐铉说："臣愿冒死去汴京，当面责问大宋皇帝为何出兵攻我？"

　　李煜说："此时去汴京，必被扣留，去不得，去不得！"

　　徐铉跪下说："为保社稷，生死何足惜？"

　　陈大雅也跪下说："臣愿去南都召朱令赞速来救金陵！"

　　李煜双手牵起徐铉、陈大雅两位大臣，感动地流下泪来。他一手拽住徐弦，一手揽住陈大雅，哽咽道："两位爱卿奉命出城，知死不辞，我感激不尽啊！"

　　当夜，陈大雅便悄悄出了南门，带着国主李煜的密诏去了南昌，密令朱令赞前来援救金陵。

　　徐铉知此行汴京凶多吉少，遂回家做好后事安排，回头拿了李煜呈赵匡胤的《乞缓师表》，即出城北上。

　　徐铉日夜兼程赶到汴京。

　　宋皇帝阅罢《乞缓师表》说道："朕知李煜好文学诗词。朕虽戎马行伍，却尊崇文化，故而诏令李煜来京。他为何一再不来？"

徐铉辩道："陛下，江南以小事大，如子事父，李煜无罪，陛下出师无名。无罪何以见伐？请陛下罢兵。"

赵匡胤生气了，大声说道："既谓父子，何以分两家？大宋江山唯一家！"

徐铉进汴京的使命未能完成，不敢久留汴京，只好匆匆返回金陵。赵匡胤没有为难于他。

朱令赟接到国主李煜诏令，立即赶造大筏巨舰，操练水军。其筏长百余丈，大舰可载兵千人，他本人乘坐的舰船特别巨大，上面装有甲士，可顺江而下撞断采石矶之浮桥。其后，再率水陆步骑三军沿赣江入鄱阳湖，下九江湖口镇，决心与宋军死战。

宋军大都集结在长江下游，朱令赟一举攻下湖口，布兵调将守湖口镇，又督军沿江东下，进逼皖河口，一举击败了前来迎战的宋军水师。宋军大将曹彬遂令步兵从南岸迎击朱军，以救水师，然也战败。朱令赟的士气大振，乘胜挥师东下救金陵。经铜陵、芜湖多次激战，终于推进到虎蹲州附近，在那里可以遥望采石矶下宋军的浮桥。消息传至金陵宫城，李煜和大臣们无不欢欣鼓舞。

国主李煜几个月未有今天的好心情，他先是带着女英和嫔妃们到净德尼寺烧香拜佛，并许愿若南唐江山无恙，将拨大批金银，重整寺庙，重塑佛身。接着又诏令太乐寺安排一次舞宴，女英亲自操起了烧槽琵琶，窈娘跳了《霓裳羽衣舞》。李煜与大臣们通宵饮乐，久违的欢乐场面出现了。

这是南唐后宫的最后一场《霓裳羽衣舞》，又应了"此舞主凶"的预兆。

然而天不助南唐。正当朱令赟率水军一鼓作气顺流杀下，大宋溃不成军时，殊不知时值隆冬枯水季节，采石矶江面窄狭，宋军又在两岸浅滩打下木桩，朱令赟的舰筏不易通过，受阻不能前进。他决定以火攻毁浮桥，再顺江进金陵。他用小艇装满柴草，浇上油，顺水快划，在前头开道，大舰紧跟其后摇旗呐喊，点燃柴草直捣浮桥，一时烈火浓烟冲天而起，宋师不敢靠近，纷纷后退。眼看浮桥就要着火，偏巧这时忽然起了北风，战场上的形势马上发生了变化。顷刻间黑云红火往西南回头，一丈多高的烈焰反扑回去，风助火势，烧着了朱军后跟的大舰。大舰欲退却，因舰大难以调头，朱军乱作一团，难以分散。朱令赟水陆诸军不战自溃。入夜，主帅朱令赟眼见江面上一片火海，士兵们尸流江面，知道自己的军队已全军覆没，救援金陵无望。他站在船头，朝金陵方向施礼三拜，然后纵身跳入了火海之中……

六

朱令赟为挽救南唐而饮恨长江之后，李煜再无可调的援军了。

这时，清凉寺的小长老忽然出现在禁宫门口，李煜得知，如绝处逢生，立即将他请进宫中，奉若神明。他对小长老说："国难临危，宋师围城数日，生灵涂炭，请求活佛指点迷津，善救众生。"

小长老合掌说道："洗净浓妆为阿谁？子规声里劝人归。百花落尽啼未尽，更向乱峰深处啼。"

李煜听罢，知是唐代一位禅师的一首诗，其中禅意深奥不易解。他便默不作声。

小长老对李煜说："贫僧当以佛法退兵。"

李煜听了，心中大喜，他下诏各寺念经。祈祷佛祖保佑宋师退兵。

次日，小长老登城作法，向正在攻城的宋军高喊："我佛慈悲，普救众生，请宋军退后五百丈。"

说来也奇，宋军果然停止攻城并纷纷后退五百丈。

小长老回头对殷崇义说："你快去报告国主，下诏众僧及臣民来城上念经，贫僧自有退兵之法。"

李煜又令各寺僧及军士日夜诵经，其声势浩大，满城沸扬。

次日，正当军民随他诵经时，城墙上刮起一股狂风，城外忽然向城中射箭、抛石，纷纷如暴雨，军民躲不过，伤者众多，李煜急召小长老进宫，可这时小长老突然声称生病了，不能起来。

"国主，臣妾以为，那个小长老在戏弄国主。"女英虽也信佛，但她对小长老的神秘行踪已有怀疑。

经女英一提，李煜陡然警觉起来。十二年前，这小长老自江北募化而来，全身披绣玉袈裟，到处宣讲佛法，显得很有来历。他出入宫禁，不被约束，城中防务、各门兵力、粮食储备、朝廷动向、人事安排等等，他都一清二楚。联系到他作法失灵，又称病不出这一动向，很多大臣对他的真正身份产生了怀疑，他们的想法和李煜、女英的想法相同。于是，李煜命人以为他治病为名，将他软禁起来了。

其实，这小长老虽然精明过人，城府极深，但也会露出破绽。他在城头作法，让宋师退兵五百丈，本是事先与宋师统帅说好的，以显示自己的法力，并以此来麻痹南唐君臣士卒。还约定，若南唐军民不肯倾城诵经，则由他作法，以袈裟摇动为号，宋兵便发箭和石块，以示佛祖的惩罚。谁知他正站城头带领众人诵经时，不想自己的袈裟被一阵狂风旋起，在风中摆动，城外的宋兵以为他发出了信号，所以才按约定信号释放箭石的。

小长老被软禁起来以后，并不慌张，只是日夜面壁诵经，任凭殷崇义、陈乔等以看望他的名义轮番对他审问，他总是闭口不语。其实，他是在故意拖延时间，等待宋师破城之后，他便可以得救了。

为了弄清小长老的身份，陈乔派人去小长老曾经住过的寺庙查询，从一些僧尼口中得知，小长老总是行踪神秘不定，但与望江寺樊若水关系极好。宋军在采石矶造浮桥，便是樊若水和他提供的数据和地形图。原来，樊若水先在江边建塔，夜间，将绳索系在塔上，摇小船引绳到江北，测量出江面的宽度，并秘密送到江北。宋军才建起浮桥渡江。如今樊若水已立功受赏，其身份暴露无遗。小长老乃是樊若水的同党无疑。陈乔建议立即拘捕、审问，但殷崇义以为，小长老乃出家之人，又受汴京派遣，若经朝廷判罪再杀，必招致佛界僧众的疑虑，同时又会刺激汴京，因此，建议秘密诛之。李煜同意了他的建议。

晚上，小长老正在面壁诵经，忽听一阵脚步之声，不待他回头，便被几位校尉扭转过身子。开始，他还有些无所谓，但看到眼前托盘上的那把和田玉酒壶时，浑身一下子就瘫软了，原来那是一壶鸩酒。

他不想死。

前不久，他还是南唐君臣的贵宾，军民眼中的活佛，宋太祖的功臣，可一转眼，竟然成了阶下之囚！这变化太快、太大了。

不死已是妄想！

他抬头看了看，陈乔对他怒目相视。他身后的禁军手握钢刀，一派杀气。

他双手捧起鸩酒，含泪饮下。

南唐君臣虽然识破了小长老的真面目，并将他处死，但为时已经太晚了。南唐王朝已病入膏肓，无可救药了。

七

处死小长老以后，已是黄昏时分了。此时，城外攻城宋兵的呐喊声已经停了，营帐旁边燃起了火光，火光蔓延数里。那是宋兵在升灶煮饭。金陵受了一天的激战和惊恐之后，此刻也安静下来了，除了城墙上有些值更的灯火之外，城中一片漆黑。

李煜独自坐在澄心殿的临窗处，窗外暮色四合，已听不到白天的嘈杂之声。他觉得自己独处在一叶孤舟之中，这叶孤舟已被风浪驱逐到一个四周不见岸边的茫茫大海之中。他仰头看天，天太远；低头看水，水太深，他觉得自己的身子随着小舟在往下沉，往下沉，一直沉到暗无天日的冥冥之中了。他被从未经历过的孤独包围着，那孤独忽然变成了一只巨兽，巨兽张开了血盆大口……他大喊了一声惊醒了，原来自己做了一个噩梦。由于害怕，贴身褂子已经被汗湿了。风自窗外吹来，他感到彻身的寒冷。

这时，宫女桂十六点燃了蜡烛，烛光摇曳着把李煜的影子映在雪白的宫墙上。窗外的一钩冷月悬在空中。那早已落了叶的樱桃树和白兰树，都被夜色笼罩住了。宫内宫外，显得更寂静了，尤其听到杜鹃的声声啼叫时，更感到格外的惆怅和悲切。

女英进来了。她走近案桌前，点燃了炉中的香，那香的缕缕青烟，在宫中盘旋。她又款款走近李煜，默默坐在他的身边。她知道，此时此刻想安慰李煜，唯有无言相对最为合适，否则，任何话语都是做作的，多余的。李煜一只手搭在女英肩头，另一只手握着她长长的玉色裙带，轻轻吟哦起来：

樱桃落尽春归去，蝶翻金粉双飞。子规啼月小楼西，玉钩罗幕，惆怅暮烟垂。

别巷寂寥人散后，望残烟草低迷。炉香闲袅凤凰儿，空持罗带，回首恨依依。

吟哦完了，他又从桂十六手中接过笔来，女英为他研磨，桂十六为他举烛，他在纸上飞快写下了这首《临江仙》。待墨迹风干后，桂十六正欲像过去那样收捡起来，不想李煜却低声说道："烧了吧。"他见桂十六站着未动，又补充了一句，"这江山这金陵，这宫中的人和物，都脱不了明日的劫难，留下一首词，又有何益？"说完，走过去要过诗笺，又吟哦了一遍，泪水无声地流下来了。他边流泪，边将诗笺在烛焰上点燃。诗笺在一团辉煌之后便化成了灰烬，纷纷落在地上。

桂十六年少聪慧，又善记忆，所读的古文，如《周易》《周礼》等，只要读三遍，便可背诵。李煜的这首《临江仙》，是写的眼前的情景，又加上浅显易懂，所以她看过之后，早已记住了，待她回去之后，便边回忆边抄录下来，与过去的词保存在一起。

李煜一夜未眠。

女英守在他的身边，亦是一夜未眠。

次日，几位重臣早早来到了澄心殿，见李煜一脸的憔悴，便都噤若寒蝉。李煜前日曾去净德尼寺，与众尼边诵经边痛哭，一时寺中悲哭之声不断。最后，他又与她们相约，要她们积柴薪于院庭，如若城陷，宫中举火为号，他与她们俱焚。

"召黄妃。"李煜突说道。

黄妃仍居澄心殿宫中，闻召即至。原来，李璟与李煜都是很有功力的书法家，李璟习羊欣，李煜善柳公权，宫中还收集了天下许多墨宝、名画，皆由黄妃保管。

"这些都是先帝留下的珍宝，若城破时，你就把这些全部焚烧，不可落于他人之手，我将与这些珍宝同去！"

黄妃含泪答应。

窈娘、雪仪在悄悄流泪。数十名宫女也都跟着痛哭起来。她们已知死神将至，宫廷将亡。

女英拉着仲寓的手跪李煜面前，哭着说要与江山同生共死。在场的大臣、宫监，没有一个不失声痛哭的。

八

宋开宝八年（975）十一月二十七日。冬季的白天特别短促，黄昏早早来临。这时，清凉寺响起了钟声，这钟声在寒风中特别凄凉，让人听了伤心断肠，这是南唐的丧钟。这古刹的钟声正在预告金陵城将要被宋军攻破。

万名僧尼跪在各寺门前号啕，天悲地哀。

　　这时，黄妃和几个宫女将宫中珍藏的古字古画、古籍古董和一些稀世珍宝，抱到了澄心殿台阶下的院子里，又把一些宫烛混杂其中，还在上面淋上了一些麻油，在这些即将被焚的古籍字画中，有被称作天下画圣的北朝杨子华的《宫苑人物屏风》和同代大画家曹仲达的《弋猎图》《名马图》，以及阎立本的《历代帝王图》，吴道子的《十指钟馗图》等数十大箱历代书法作品，如卫夫人的《古名姬帖》、蔡文姬的《悲愤诗》、柳公权的《玄秘塔碑》《神策军碑》、颜真卿的《麻姑仙坛记》《祭侄稿》、王羲之的《十七帖》、孙过庭的《唐孙过庭书谱》，还有东晋的谢尚、谢奕、谢安三兄弟的一大抱书稿和王献之的《鸭头丸贴》《十二月帖》等。这些世上绝无仅有的文化瑰宝，都堆积在这里了，堆成了一座五彩缤纷的山丘，等待这些瑰宝的，将是一团烈焰，它们将在烈焰中灰飞烟灭。

　　它们曾被李氏两代君王宠爱过，呵护过，如今，要在第三代君王面前，先行化作火中凤凰。

　　它们幸运，因为它们看不到国破人亡、易换主人的悲剧。

　　它们看到的是一个因大奢而遭大失的词国帝王！它们看到的是一个毁灭这些世间瑰宝的罪人！

　　点火之后，桂十五抱着一只锦匣跑到女英跟前，将手中的锦匣交给她。

　　女英知道匣中装着什么。她姐姐曾经爱过匣中之物，她自己也曾爱过这匣中之物，但她记住了姐姐临终的嘱咐，不再去碰那匣中之物了。细细回想来，这南唐宫中的不幸都与这匣中之物有关。每凡碰过一次匣中之物，宫中便会有灾难降临。

　　黄妃点燃了一卷古籍，又将古籍扔在一捆古字画上，霎时间火苗借着纸上的麻油散开，火焰渐大渐高。

　　烧了这个魔鬼！不使它再在人间作祟！

　　女英并不打开锦匣，她奋力将锦匣抛进了火中。这时，李煜惊恐地问道："那不是《霓裳羽衣舞》的舞谱吗？"他连忙从宫女手中夺过一根竹杖，将锦匣挑出火堆。他不顾自己的衣袖已被烈焰熏黑,忙打开锦匣,从匣中取出一个锦袋,将锦袋捧在手中。

原来,娥皇当年将这卷古舞谱整理修补之后,制作了锦匣锦袋密为保存。她去世后窈娘曾多次央求一睹名曲,李煜终于答应了她的要求。窈娘本来对音律就有造诣,看了几遍之后已能按谱表演,但并不甚熟练。后来,由于女英让桂十五将锦匣移至别处,窈娘及宫中人便再未见到过。

女英要求李煜将锦袋抛于火中,李煜不肯,说道:"这可是天下第一舞啊!此谱一焚,后世则难有此舞了……"他将锦袋紧紧地揣在怀中,似乎这舞谱已和他的身心以及他的灵魂,都融为一体了。

女英见状,只觉得一阵巨大的痛楚向她袭来,险些站立不住,幸亏桂十五将她扶住了。

火苗吐着舌头,越烧越旺。熊熊烈焰使宫城突然辉煌起来,一片火海映红夜空。

守在净德尼寺阁楼窗前的意可,望见宫中升起了火焰,她悲壮地高声喊道:"升天了,升天了!我要升天了!"

她跑下阁楼,走向寺院中堆积的柴薪,点了火……

净德尼寺的大火烧起来了,八十七名尼姑一面念经一面走向火海。她们在大火中超度永生,去了那没有恩怨和烦恼,没有贫贱与富贵的极乐世界。

但她们到了极乐世界以后,必然会大吃一惊,不是已与国主商定好吗?为什么没见到国主呢?

原来她们的国主食言了,失约了!

宋军在城外吼声如雷,攻城的战鼓越敲越急。

天黑下来了,整个世界都黑下来。但宋军与往日不同,就是天黑以后,仍攻城不止鼓声更急。死亡之神正一步步走近金陵的后宫。

女英知道金陵难以固守,若宋军进城,城中必遭大屠杀,生灵遭涂炭,她悄悄地将李煜拉到一旁，低声告诉李煜说，眼下有三种选择：为保社稷，可以死相拼；为保名节，可以命求全；为保臣民，可以降受辱。

李煜听了，难以决断。

女英说："国主之择，即臣妾之命！"说完立在一边，等待着李煜选择。

李煜犹豫着，虽是寒冬，可额头上已沁出了汗珠。

"大势已定，国主，"女英说，"外无救兵，内无粮草，绝无第三条路可走。"

李煜仍不语。

有宫女忽然来奏："国主，瑶环殿的八哥自己撞死笼中了。"

李煜木然，片刻才说："禽鸟通人性，你们好好把它埋葬了吧。"

"是！"宫女应声去。

待了一会儿，他忽又喊道："把宫中鸟儿和白鹤等，一律放飞，由它们去吧！"说完，他从剑鞘中往外拔剑。

女英见了，大声哭着抱住李煜，悲伤地说道："国主，臣妾最后请求国主一次，"她跪在地下，激昂悲壮地说，"请求先赐臣妾一死！"

她闭上双眼，泪水从紧闭的双目中溢出。

李煜手软了，将剑还原剑鞘，回身抱住女英。宫妃们也都跪在地上流泪。城外的吼叫声如洪水猛兽。

李煜命人拿过纸笔，挥泪写下乞降条款。写完，又亲手抄了一遍，然后叫过已有十八岁的儿子仲寓，并命陈乔靠近一些。

"陈卿，你和清郡公仲寓出城去见大宋将军曹彬。"

陈乔一见是乞降条款，以手揉搓，掷之于地。

李煜吃惊地看着陈乔。

陈乔跪下，哭着说："请国主杀了臣，因臣有违命之罪。"李煜摇头。陈乔大步走出澄心殿，他召唤两个侍从跟着他。他走到一棵樟树下时，解下身上的金带交给他们说："好好埋葬我的尸骨！"说完，自缢而死！

女英紧挨李煜坐着，窈娘、雪仪、黄妃聚在一旁，数十名宫娥挤在一起。这黑夜的空气好像凝固了，显得特别可怕。

时刻太难耐了。李煜领着女英和几位妃子、宫女打着灯笼，去宫苑后侧西北角烈祖庙敬香谢罪。拜辞祖庙回到澄心殿后，时已夜半。女英依然紧挨李煜坐着，半步不离。几位妃子无声地等待着那个可怕时刻的到来。

夜已深，天更寒。

"禀报国主，金陵城已破！"殷崇义匆匆来报。

城破了，没有惊异之声，反而更安静了。大臣们一个个都拥过来，都没有说话。他们身心都已麻木了。

悄悄地、悄悄地传来了琵琶声。是谁轻轻弹奏起琵琶？其声时高时低，时快时慢，如泣如诉，悲愤交集。原来是女英在弹奏。

不知谁在抽泣，伴着琴声。

霎时，澄心殿中一片悲凄之声。

九

这一夜，大宋将军曹彬的军队却守在宫外，并不进宫，他们按照宋太祖的旨意：护好南唐禁宫。唯吴越王愕，十分放纵，竟然放火烧了升元阁。

这阁原为东晋哀帝时所建，后来南朝梁帝又改建过，南唐初重建。此阁，楼台高有数丈。破城前，许多商贾和附近平民千余人避乱躲进阁中。

王愕的军队进城之后，便包围了升元阁，他们虽然知道里面并无兵卒，但也不放过屠杀无辜百姓的机会。他们在升元阁下堆上柴草，泼上桐油，点火烧阁。一时间火光冲天，映红了半边天际！火随风势，廊柱被烧断之后，阁台轰然倒进一片大火之中，可怜那千余逃难者在火海中呼号、惨叫，却无人能救。吴越军队在烧阁的同时，还闯进教坊强行将乐工和歌舞伎押到升元阁前，逼他们在火堆前演唱，供他们取乐。待他们狂饮滥醉时，竟当场杀害乐工，强暴女伎。那些乐工和歌舞伎们忍无可忍，奋起用他们手中的琴笛箫槌同吴越兵拼死相搏，最后，全部被残杀在升元阁的废墟之前，其惨状目不忍睹。

十

自开宝七年（974）十月，宋军开始攻打金陵，直到开宝八年（975）十一月，宋师终于攻下了金陵，南唐宫中的君臣皆成囚犯！

破城之后，大宋将军曹彬命令，只留一部分军队负责城中秩序，其余军队撤出城外驻扎，一律不许扰乱市井。曹彬还派兵专门负责守卫南唐内宫，宋军入城后，再未发生抢掠杀人事件，宫中内外，十分宁静。

近午时分，曹彬遣使者进宫，请南唐国主李煜出宫。

李煜默默无言，像即将要去赴刑场。他自动脱了上衣，露出半边膀子，同殷崇义等四十多位大臣同出澄心殿。大臣们也都露着半边膀子。

女英泪水涟涟地目送国主走出。寒风刺骨，奇冷袭身，膀如刀刻一般。李煜等跟着特使来到军门，只见曹彬大将军、副帅潘美率千名士卒列队在军门静候。李煜捧金印率大臣行礼，但并未跪叩。

曹彬接过李煜双手捧上的南唐印玺说："请穿好衣服，天气太冷，以免着凉。"

李煜等人默默地穿好了衣服。

"我奉旨南下，行前皇上一再叮嘱，不许怠慢江南国主。"

李煜说："谢皇恩，罪臣屡次违命不去京都，皇上仍这般厚待恩宠，是为万世仁君。"

曹彬说："想来金陵久困，费用开支又大，请早日去京都汴京。"

出降仪式结束后，曹彬派兵护送李煜一行回宫。

李煜和大臣们回宫之后。曹彬的部将田钦有些担心说："大将军，李煜降后再领着大臣们返回宫去，恐有不测，或有自杀者，以末将之见，不可不防。"

曹彬笑了，说："彼能出降，安能死乎？"回头对副帅潘美说："潘将军，可派五百健壮士兵去江边做准备，搭好跳板，让江南主李煜和辎重物品上船。"

女英率后妃们在澄心殿前，迎接国主及大臣们入宫。澄心殿中静了许久，李煜才开口吩咐大臣们回去收拾行李和贵重财物，安排好眷属、仆人，随时准备启程赴汴京。

女英领着桂十五回瑶环殿收拾行李去了。

李煜吩嘱黄妃，将剩余的图书、字画清点造册，准备移交宋军；令妃子们分头去收拾自己的衣物细软，同去汴京，听候发落。

晚上，女英悄悄对李煜说，宫女桂十五请求去容昌观出家，她已答应放她出宫，否则，一旦渡江北去，就回不了江南了。桂十六仍留在自己身边。两姐妹留下一个，也免去自己的过分想念。

李煜听了，点头应允，并嘱咐女英多送些金银给桂十五，以备出宫后维持生计。

桂十五离宫时分，弯月当空，四周出奇的静寂，给人一种庄严之感，妹妹桂十六将她送到宫门口，临分手时，姐妹抱头痛哭起来，哭了一会儿，二人又说了一会儿话，最后姐妹俩约定，李煜北去汴京之后，今后的词稿由桂十六收藏起来，将来姐妹重新见面时，将江南江北两地的词稿合二为一。

桂十五踏着朦胧月光，一步一回头地走出了宫门。天遥地远，这一对孪生姐妹何时相见？

黄妃率领一班宫人，清点出六万多件古籍字画，一一造册登记，但她却漏一件，即那卷《霓裳羽衣曲》的舞谱。原来，李煜从火中抢出锦袋之后，一直揣在怀中。这几天他日夜不宁，未曾脱衣睡眠，所以，古谱依然在他的怀中。大宋将军曹彬要南唐清点古玩字画造册登记时，他让黄妃将宫中澄心殿、崇文馆以及禁中百宝大盈库的珍宝，全部造册登记了，甚至连烈祖和元宗灵位前供奉的铜铸九鼎都造册登记了，唯独不肯将此舞谱登记在册。

他宁肯不要社稷和江山，不要王冠和宝座，也要冒险偷偷留下这卷古舞谱！

他怕舞谱在怀中磨损，晚上，让桂十六用丝线将锦袋密密地缝在他的内衣前襟上。

他哪里知道，这缝在前襟中的舞谱，将会给他带来杀身之祸！这部舞谱本身是人世间的一大祸患。

第十章　汴京城里梦故国　北邙山上筑新坟

春花秋月何时了，往事知多少！小楼昨夜又东风，故国不堪回首月明中！

雕栏玉砌应犹在，只是朱颜改。问君能有几多愁，恰似一江春水向东流。

——《虞美人》

一

北渡的行期已定。

宋军已派兵接管了金陵宫禁。

李煜及其族人、眷属和随行的宫人已都收捡好了行李、物品，在各自宫中待命启程。

不随李煜去汴京的其余太监、宫女、乐工、画师、卫兵、杂役等，愿出宫者允许出宫，自谋生路，自寻归宿；不愿出宫者仍留宫中。

离启程的日子只有三天了。

李煜已从极度恐惧的阴影中解脱出来。虽然成了亡国之主、大宋的俘虏，但日有所食，夜可成眠，也不再日夜心惊胆战了。只是自己即将离开生活了三十九年的宫城，离开自己熟悉的楼阁，离开曾经繁华的金陵城以及祖父、父亲创下的基业，心中摆脱不了一种难以名状的凄凉和惆怅。他多么想再去看看莫愁湖，看看玄武湖，看看白鹭洲，还想到石头山、钟山和覆舟山去看看，去金陵城中的大街小巷看看，去秦淮河看看。美丽的江南无限风光，哪一处都会令他魂牵梦萦。可是，现在已经迟了。

当他走到报慈道场时，两行清泪悄然淌下。他又想起了聪慧灵秀的小仲宣，想起了爱妻娥皇，以及她枯瘦的身影和满脸的悲戚。爱妻啊，你早走得好，若能活到今日，看到眼前这亡国的情景，你会怎样心疼啊？想着想着，他"扑通"一声跪下了。女英连忙将他扶起来。他们朝小蓬莱走去。

这小蓬莱虽非仙境，却也勾起了李煜的愁肠，当年，李煜在花苑小山坡的花丛中，造的那个仅容二人、雕龙刻凤的美丽小亭，如今已经残破不堪了。它孤零地立在寒风中，无言地望着它昔日的主人。

宫中的一亭一阁，苑中的一草一木，都令李煜回味无穷。那高高耸立的长干塔，原本是专为七月十五点"圣灯"用的，塔旁建有盂兰道场，李煜同女英经常来这里礼佛。如今，旧时的主人就要离去了，明年的七月十五日，那塔顶上的"圣灯"不知燃否？

看到天色将晚，女英轻声说道："国主，回去用膳吧！"

李煜点了点头，顺从地跟随着女英向澄心殿走去。

启程这天，李煜去家庙拜祭。他率仲寓、女英、窈娘、黄妃等嫔妃在值守家庙的老仆人引导下，进入家庙。李煜跪在列祖列宗灵位前，拜祭之后，又默默地说道："求列祖列宗保佑我们北上汴京，平平安安……"

就在李煜在家庙中拜祭时，忽然听到庙外传来了低沉而又苍凉的歌声，他回头一看，发现庙外的院子里跪满了人。他认出跪在前排的是宫中的一些乐工和歌舞伎。他们听说自己的国主要北上汴京之前，要祭拜家庙，便自发地聚集在庙前为他送行。他们一边唱着李龟年谱的《渭州》，一边捧着酒壶、酒杯，等待着李煜从家庙中出来。

李煜一出来，便紧紧拉住一位老乐工的手，泪流满面。他接过老乐工

264

奉上的一杯清酒，一饮而尽，随后什么话也不讲，掉头向江边走去。

此时，灰暗的天上下起了淅淅沥沥的小雨。在迷离的小雨中，李煜的身影颤颤巍巍，一步一摇，低沉、苍凉的《渭州》在他的身后响起：

　　劝君更尽一杯酒，西出阳关无故人……

二

数十辆马车队停下了。

李煜掀起帘子一看，已到了金陵下关渡口。

码头上，曹彬等数十位大宋的将军们早已在码头旁等候迎接。远处，有列队的宋兵。江面上停泊着一片大小不同的船只，延绵十余里。李煜去家庙拜祭时，曹彬已命人将造册登记的宫中物件运至江边了，其中图册书籍就有十万余卷，装了千余口木箱！仅装运这些图籍的船只，就需三十余艘，其他衣物行李、生活器皿、字画古董和各国的贡物，以及随行的数百人，所需的船只就可想而知了。

李煜与女英在曹彬的亲自护送下，过了跳板，登上了一只刚刚用桐油涂过的双桅大船。船上既无表明身份的旗帜，亦无看守的武装士兵，唯在前舱中安排了桂十六等三名宫女，以照料他们的起居和途中杂事。李煜与女英住在中舱，舱中早已铺好崭新的被褥。床前有矮桌一张，上面摆设有文房四宝和纸笔，壁上挂着娥皇留下的那把烧槽琵琶。

仲寓、窈娘、黄妃、徐铉、张洎、殷崇义、李从镒等都分别被安排在各自的专船上。

"呜——"牛角号响了，那是准备拔锚起航的信号。

就在这时，忽有一辆马车向码头飞奔而来，被宋军拦住。从车上走下两位女子，因为离得太远，看不清楚面目。不一会儿，曹彬跳上李煜的船头，对李煜说道："有宫妃前来送别，愿与之见否？"

原来是秋水和宜爱。

秋水和宜爱二妃在破城之后，不愿随李煜去汴京，要求留在江南。如今她们特来为国主和国后送行。

见李煜和女英上岸来了，她二人不顾地上泥泞，连忙跪下。李煜和女英也抢前一步，在苦风凄雨之中抱在一起，哭成一团。连江岸上看热闹的行人，码头上列队的宋兵，都不忍目睹，纷纷将头偏向一边，许多人流下了眼泪。

临别时，秋水抽下头上的一枝印度兰插在女英的头上，同来的宜爱送来了一捆宫香。在船夫的几次催促之后，她们才恋恋不舍地送李煜和女英登上了跳板。

号角声声，船队起航。李煜站在船头，任凭雨水湿衣，仍不住地回头遥望迷蒙中的送行人群，也遥望迷蒙中的金陵城。这李氏几代人挣来的大好河山，即将被自己遗弃了。他的心似刀刻。他默默地回到中舱，铺上诗笺，挥笔写下一首《破阵子》：

四十年来家国，三千里地山河，凤阁龙楼连霄汉，玉树琼枝作烟萝。几曾识干戈？一旦归为臣虏，沈腰潘鬓消磨。最是仓皇辞庙日，教坊犹奏别离歌，垂泪对宫娥。

航行中，李煜不时地掀开舱帘朝外看望，只见江水悠悠，雨雾茫茫。

女英悄悄问："船到何处了？"

李煜摇了摇头。他真的不知道身在何处了。

三

午时，江面上浓雾消退了。

李煜走出舱来，前后看了看，只见船队浩浩荡荡，顺江而下，逶迤数十里！

午饭的饭菜虽不及宫中精美，但有白米鱼汤，外加莲藕、荔枝，倒也可口。为李煜夫妇做饭、烧水的炊船跟在李煜所乘大船的后边。

饭后，李煜睡了一会儿，刚刚坐起，有人送茶来了。随着送茶士兵进舱的，是宋朝的大将军曹彬。曹彬双手朝李煜抱拳问道："这里的饭菜恐难适应口味，请江南主见谅。"

李煜忙说："罪臣能得将军关照，心中实在有愧。"

曹彬说："出汴京时，皇上亲自口谕，要我进城之后，要善待李君，君以文噪天下。我虽行伍出身，但亦拜读过江南主的大作。"

"将军过谦了，罪臣无非是写些风花雪月或无病呻吟罢了，难登大雅。"

"这船上颠簸，旅途寂寞，不妨多写些佳篇以打发船上沉闷的时日。"曹彬说到这里，转身问身后的随从："李少微和李廷珪随行否？"

随从答道："在后边船上，与宫中的几位画师共住一船。"

李少微是位制作砚台的高手，他造的龙尾石砚非石非玉，磨墨无声，蓄水润砚，雕龙欲飞，故深受李煜所爱，被诏为砚官。李廷珪是制墨高手，他的墨一磨即化，浓香扑鼻。若不经砚磨，置于池中，百日不溶，世人称奇。李煜所用之墨以及南唐书写重要文书所用之墨，均出自他手，李煜诏他为墨务官。李煜没想到，这位武将还晓得将这两名只有九品中阶的低级文官也带到船上了。

又开始落雨了，雨中还夹杂着碎雪。

雨雪打在船上，唰唰有声，把离愁别恨，勾引出来。

曹彬见李煜脸有愁色，便宽慰他说道："去汴京路线要东下润州，再转入运河北上。一路上有看不尽的新鲜。"

"啊，啊……"李煜机械地应着。

"这冬季水枯，船行缓慢。江南主可慢慢欣赏风光。"

李煜不语。

"那大运河是三百多年前，隋炀帝所开凿的。"接着，他讲了当年开挖运河的经过——

当时，隋炀帝征调民工一百多万，历时六年，挖成了东北起自汤郡（河北），东南到余杭（杭州）的大运河。运河两旁开辟大道，道旁种上杨树和柳树，岸边有四十多座行宫，供他歇息。

有许多民工在开挖运河时累死了。有一段河道挖浅了，隋炀帝竟然下令将挖这段运河的官吏、民工五万余人全部活埋在岸边！

不知曹彬是为了进一步宽慰李煜，还是另有用意，他接着讲了他所知道的杨广的一些故事。他说，杨广三次通过大运河到江都巡游。他乘着二百尺长、上下四层的大龙舟，随行的嫔妃、王公大臣、僧尼道士分乘几千艘华丽的大船。首尾相望，延绵二百多里，拉船纤夫八万余众。两岸还有二十万骑兵护送，旌旗蔽日，热闹非常。一到晚上，灯火通明，鼓乐喧天。杨广在船上纵情饮酒作乐，观赏两岸风景。沿途五百里以内的百姓，都要献珍贵美味，食品吃不完，便挖坑埋掉。

曹彬说得正起劲，忽报请曹将军回指挥船商议要事。曹彬便告辞了李煜。

曹彬走后，李煜望着灰色的天空，听着拍击船舷的涛声，不由得又伤感地流泪了。前途茫茫，他不知道等待他的将是什么？隋炀帝的穷奢极欲是天下共知的。不过，从一位武将口中说出来，更令他感到心惊。

女英走过来给李煜拭泪。此时此刻，她也无法进一步安慰他那颗伤痛的心。罄竹难书的别离情，万语难述的亡国恨，都刻在他憔悴的脸上。脸上胡须纷乱。

"英妹。"李煜突然搂住妻子，浑身颤抖。

女英紧紧拥抱丈夫。

他们再没有说话，各自心中都有千言万语，但从哪里说起？此时无声情更真，都在无言之中了。

朔风钢刀般吹来，天地这般昏沉，波浪如此凶狠。那如钢刀的风不是吹在他们身上，而是刺在他们心里。这两颗苍凉的心，已千疮百孔了。

船舱里，窈娘坐在木板铺上，眼盯着船舱发呆。这位昔日快乐无忧、生性活泼的歌舞名伎、后宫宠妃，如今变得如此呆板，毫无生气。黄妃、雪仪也都相对无言，任凭这船载着她们行驶，去哪里？走哪条路？她们都不过问。同船的还有几个宫女，更是不说一句话，只知道悄悄地擦泪。

也许是为了打破这难耐的寂寞，窈娘问黄妃："黄姐，听说汴京是中国的中心，汴京城比金陵城还大吗？汴京的人比金陵城还多吗？那里的大街有金陵繁华？城中有没有秦淮河？"

黄妃说道："我也没去过，不过，听说了一些汴京的见闻，觉得汴京藏龙卧虎，人才济济，地处中原，田沃粮丰。"

窈娘开朗，又好奇好动，一下子忘了此时此刻的身份了，她对黄妃说道："难道他们宫中人也会跳《金莲花舞》？"

黄妃望着她，一脸苦笑。

窈娘说："就凭她们的那双大脚板，能跳得了《金莲花舞》？"说完，"咯咯"地笑了，抬头见大家的脸上都阴沉着，挂满忧郁，她连忙收住了笑容，叹了一口气，也靠在舱壁上发起呆来。

窈娘说得对，汴京的宫中确实没有人会跳《金莲花舞》。

天上刚刚停了雨，不长时间便又下起来了，那落在船上、江上的雨点，像泪珠儿，滴个不停。

李煜嫌舱中太闷，他站在船头上。雨水已打湿了他的头发和衣衫。

四

就在船队航行时，大宋皇帝赵匡胤派特使沿运河两岸下达圣旨：冬季天寒河流水浅，运河沿途各县要蓄水保水，以确保载运李煜及其百官的舟楫通过，各州不得有误。这是大宋皇帝的仁慈大德。

圣旨既下，沿途各州县不敢怠慢，积极蓄水保水。延亘四千里的大运河沿岸都在为李煜等人忙碌着。

一路之上，李煜夫妻和百官臣属，虽然心中忧郁愁苦，旅途艰辛难熬，然受到的照顾却十分周到。行船时间过久，便停泊岸边游览。运河上结了冰，曹彬命士兵们破冰开路，不敢怠慢，一丝不苟。李煜身为俘虏，却受到上宾重臣之待。他们在船上度过了漫长的寒冬，终于来到了宋朝的大本营汴京，时间已是开宝九年（976）春正月了。

李煜、女英被前来码头迎接的大宋官员请上岸去。一踏上这北方的土地，只见冰冻三尺，他们都觉殊异。李煜又回头瞧了一眼那载运他们从江南到汴京的舟楫，心中说不出是何种滋味。他知道，这舟楫不会再载他们重返金陵了。

正是忧愁袭上心头当儿，他忽然听见有"铛铛"的清脆钟声传来，好熟悉，好亲切！钟声是从不远处的寺院里传出来的，这里叫汴口，是汴京的东南门户，也是通往江南的商埠码头。距码头三百步远便是钟声传出的寺院。

大宋皇帝赵匡胤虽不信佛，却不侵扰寺院，因此，汴京郊外寺院有九百余所，僧尼两万余人。汴口普光寺更是远近闻名的寺院。佛教虽不及金陵普及，却也十分盛行，这使李煜的心境有了稍许慰藉。他情不自禁地戛然止步，望着寺院，合掌胸前，虔诚地躬身一拜。

女英也和李煜并肩连拜。

其时是正月初三，新年气息十分浓郁。汴京臣民浸泡在节日的欢乐之中，又加之曹大将军班师回京，更是热闹异常。汴京城内到处张灯结彩，锣鼓喧天。李煜并眷属及臣属百官乘车进城，其后旌旗招展。曹彬只率少数士兵入城，其余皆驻京城十里开外。

攻下江南的捷报，早已呈奏宋太祖，那捷报上说：曹彬等于十一月十七日率大宋将士，直取江南金陵，南唐朝臣无一漏网者。国主李煜被我部下生擒，江南昏暗朝政止在旦夕，百户灾火顿时熄灭。其在城官吏、僧道、百姓从久困暴虐之中得救，喜逢再生，肯望天朝感恩戴德……

入城之后，李煜一行先在大宋特为他们准备的馆舍安歇，等候举行献降仪式。

李煜夜不能眠，心中千头万绪如乱麻一般理不出头绪。直至天快亮时，由于长途疲倦，迫使他迷迷糊糊睡过去了，醒来时阳光已洒满窗外。

"国主醒来了？"女英轻声问道，"昨夜辗转不成眠，五更之后你才睡熟呢！"

李煜翻身起来，说："如此说来，你也不曾入睡？"

女英嫣然一笑，十分惨淡。

李煜洗脸、用餐之后，看看天气晴好，没有坐下来烤火，却独自去了院中踱步。女英也悄悄跟了出来，和李煜同步院中漫走，两人都没有说话，但两颗心是相通的。他们一步一步，一圈一圈，从院北墙到院南墙八十二步；从东墙至西墙五十五步。绕院一周二百二十五步半。这院中是他们的世界。从上午到下午，他们煎熬了大半天，却不见宋臣，这是为什么？宋太祖未必有意让他和女英在这小天地里数步子？

夕阳将落时，李煜忽然对女英说："多日不写词了，倒有些手痒了呢！"

女英的眼中溢着异样的光泽，丈夫有词兴，说明精神尚好。

"我心中已有腹稿，你听——"

多少恨，昨夜梦魂中。还似旧时游上苑，车如流水马如龙，花月正春风。

女英默默点头。她环顾四周，低声说："这首《忆江南》关键在'恨'字上。"

是啊，多少"恨"，有无限的亡国之恨。他想起旧时游上苑的情景，想起金陵城中的繁华，以及宫中的富贵，以及明媚春光，都从梦中来。能不怨恨？

可是，应当恨谁呢？

五

李煜到汴京后的第三天，才被通知去皇城明德门举行降礼。

李煜、女英和同来汴京的大臣、嫔妃们纷纷穿戴白衣、白纱帽，这是在金陵时专门赶制而成的献降之服。

圣旨来了，李煜忙跪在楼前。中使立于门前宣诏："江南主及妃眷众臣去明德门楼下听命，不用献俘仪式。"

就是说，李煜可不以俘虏身份，只作为臣属对待。此举可见赵匡胤的心胸。

宋朝大将军曹彬也来了。他告诉李煜说："圣上虚怀若谷，已下诏令，江南主和百官到明德江楼下见驾。"

接着，御使来宣圣旨，李煜、女英和属臣连忙跪下听旨。御使宣读圣旨说：

"上天之德，本于好生；为君之心，贵乎含垢。江南伪主李煜，聚兵峻垒，包蓄日彰，劳锐旅以袒征，傅孤城而问罪。洎闻危迫，累示招携，何迷复之不俊，果覆亡之自摄……彼皆闰位之降君，不预中朝之正朔，分颁爵命，方列公侯。尔实为外臣，庆我恩德，此禅与皓，又非其伦，特升拱极之班，赐以列侯之号。式优待遇，尽舍扰违。可光禄大夫、检校太傅、右千牛卫上将军，仍封违命侯。"

这真是出乎意料！李煜当时听了，还来不及回过神，便被女英拽了一下。李煜当即脱了白衣纱帽，然后率先跪下接旨，高呼大宋皇帝恩德，尔后，乘车与曹彬一同进了宫城，来至明德门楼下，列队等候。李煜、女英站前列，殷崇义（后来为避宣宗庙讳改名汤悦）等四十五位重臣列成五排站在后面。

大宋皇帝来了。

他没有去明德门楼上，而是径自来到李煜早就等候着的楼下，身后跟了三位大臣和几名近侍，倒显得可亲。这使李煜紧缩的心松弛了许多。他率女英和降臣急忙跪下行叩见礼，三呼皇上万岁。

李煜刚开口背诵似的说着已准备好的献降词，赵匡胤挥手制止说："不要称罪臣了，本是归朝，无须谢罪。请起来吧！"

李煜和大臣们再次叩谢而起。

赵匡胤说："行程数千里，够你们辛苦的，朕历来重才，江南有许多贤士学者，应该量才录用才是。宣读封诏之后，卿等可先去歇息，然后安顿住宅，再行上任。"

曹彬宣读授封诏：违命侯李煜之妻周氏封郑国夫人，封李煜子李仲寓为左千牛卫大将军。封李煜的四位弟弟李从镒为左领军卫大将军，李从谦为右领军卫大将军，李从度为左监门卫大将军，李从信为右监门卫大将军。封李煜的侄子李仲远为右骁卫将军，李仲信为右武卫将军，李仲康为右领卫将军，儿子李仲宣为监门卫将军，汤悦以下各臣参照原官职予以封授，以上所封之官皆赏赐住宅、物器、鞍马等物。

稍后，宋皇上在文德殿单独召见了李煜和女英，并抚慰了他们。这时，李煜才从惊恐和绝望中恢复过来，他觉得赵匡胤的确是位宽厚仁慈的帝王。

召见之后，李煜、女英、嫔妃、大臣一齐谢了皇上厚恩，拜别皇上回到了各自的住所。

六

午后，大宋朝廷后宫王公公领着四名宫女来了，李煜和女英连忙迎进前厅。

王公公朝他们施礼之后，说明了来意：今晚汴京宫中宴请高丽、琉球、波斯等国的使臣，请郑国夫人前往宫中奏乐。

李煜一听，如五雷轰顶，这不是明显欺辱自己吗？

"是皇上所诏？"李煜问。

"是晋王派奴辈来的。"晋王是赵匡胤的弟弟赵光义，"今晚皇上亦要驾临宫宴。"

"不，我不去，我身体不适！"女英说完，拂袖离开前厅。

李煜也对王公公说："请回禀晋王，郑国夫人偶染风寒，不能进宫。"

王公公已年过五十，身子有些发福，办事十分干练。他将李煜拉到一边，小声说道："违命侯爷，汴京不是金陵，若夫人不去，奴辈如何交代？"

王公公说的声音不大，李煜却掂量出了话的分量。是啊，君要臣死，臣不敢不死，更何况自己是归降之臣，女英是罪臣之妻呢！王公公接着说道："倘若抗旨，不说郑国夫人，就是侯爷也脱不了干系呀！"

但真要他答应让爱妻女英进宫，他无论如何都难以接受。他急得头冒虚汗，在地上徘徊不止。

"我去。"女英突然返回前厅，"请王公公稍等，待我去更衣即来。"说完，拉着李煜向院中走去，边走边对李煜说："我若不去，你会获欺君抗旨的大罪，还会因此而诛杀江南归降来的大臣和族人！"

李煜虽然心中气愤，但也别无良策。

女英更衣出来，跟随王公公出了大门。临上轿前，她回首望了李煜一眼，柔声地说道："天冷，你回去加件夹衫。"

李煜走到轿前，对女英说："爱妻，早些回来啊！"

女英点了点头，轿夫放下了轿帘。

望着渐渐走远的轿子，李煜忽然觉得自己十分孤单，好像被一阵大风卷到了一个荒岛上，四周杳无人烟。

当天晚上，女英没有回来。

次日，李煜坐立不安。一会儿在厅中等候，一会儿去书房转转，一会儿又到院子里走动，女英仍然没有回来！晚上，李煜坐在灯下等了整整一夜。

第二天午后，李煜伏在书案上刚刚打盹儿，桂十六将他叫醒，说门前来了两乘轿子。

门口，女英已经下轿。

"爱妻怎么才回来呀？把我急坏了。"李煜急不可耐地用双手拉着她。

女英未答。她眼中虽无泪痕，但却满目含怨。

"爱妻，你在宫中都见到过哪些人？有没有江南的故人？"

女英机械地点了点头，转身便进了起居室。

这时，护送女英回来的太监和宫女从轿上取下十匹丝绢和一些食盒之类的东西，说是奉晋王之命送来的。李煜命桂十六收下之后，转身进了起居室。

也许女英太累，她已倒身睡下了。

李煜给她盖好被子，女英闭着眼，枕上已经湿了一大片。

李煜知她受了委屈，便不再说话。他拉过一乘木椅，守候在床边。

女英在宫中看见了皇上赵匡胤和晋王赵光义、宰相赵普、大将军曹彬等人，还见到了金陵宫中的窈娘、黄妃、雪仪等妃嫔，以及几位江南故臣，她们虽然同在后宫中参加舞宴，但没有机会凑在一块诉说彼此的遭遇。

宴罢，有几位外域使者提出，听说江南来的有位妃子，不但容貌美，且舞艺十分精湛，尤其是她跳的《金莲花舞》，令观者为之倾倒，所以，要求能亲眼一睹。

赵匡胤点头应允。

窈娘说，她未穿舞衣，汴京宫中亦无金莲花台，不能表演《金莲花舞》。席间，她只好跳了《凌波舞》中的一段应付了一下。谁料她刚跳完，竟赢得了满堂喝彩声。

晋王赵光义当众提出要女英演奏一曲，迫于无奈，她演奏了一段古曲，由于心绪不好，演奏不成功，没有人为她喝彩，倒自然形成了与窈娘的对比。

女英想早些出宫，便推脱说自己受了风寒，身上无力，便坐在屏风后边休息。去更衣的赵匡胤看到了，命宫女扶女英去后宫歇息。

次日，又派御医为她把脉，诊病。

那一夜，窈娘也留在宫中了，是那位王公公第二天悄悄告诉女英的。据说宴席散了之后，晋王宫中的四名宫女便把窈娘接走了。

女英回来之后，大病了一场，李煜派桂十六去城里请郎中，女英不肯，说是郎中治不了她的病。李煜无法，只好日夜守候。在床前，他心里想：女英啊女英，我们在金陵心心相印，降宋后同船千里，到了汴京，患难与共，你是我唯一的依托了。若你有个什么好歹，我李煜可怎么活啊？我们虽然不能同年同月而生，可是可以同死同穴而葬的呀！想到这里，他连忙伸手握住了女英的手，生怕她丢下自己飘然而去。

女英只是用一双泪眼望着她。

又过了几天，内府派人来帮他们搬进新居——礼贤宅。

礼贤宅是朝廷下诏专为李煜夫妇建造的。

礼贤宅坐落在汴京城仁利坊，占地顷亩，前后三进，有前厅和左右厢房，李煜夫妇住在中间，后边是一座带阁楼书房，桂十六住楼下的偏房。登上书房，可以看到十分宽敞的后花园和汴京的大街小巷。这里虽然不能和金陵宫相比，但在汴京也算得是一座豪华的宅第了。

搬来礼贤宅的第三天，王公公又奉诏接女英进宫，参加皇室内眷的家宴，并请女英携烧槽琵琶参加。

李煜不知是气愤还是怨恨，只是呆呆地望着女英。他希望女英说一声"不去"，但女英连一个字都未说。她让李煜退到门外，自己稍事梳洗更衣之后，便向大门走去。李煜一直把她送出门口，低声嘱咐她，要早去早回。

女英转过身来，将烧槽琵琶紧紧抱在胸前，无言地望着丈夫。李煜从她闪动着泪光的眸子中，看到的只有难言的怨恨。

七

住进礼贤宅后，门口有个守门家丁，叫田力，每逢有客来拜会，都被他挡驾回去。李煜夫妇实质上是被囚禁起来，而田力就是牢卒。他们只能在院中小天地里活动，有时便整天坐在天井中望着那方小天。这"坐井观天"使他们身心备受煎熬。

女英虽然也怀念金陵宫，愁眉不展，但对丈夫却体贴入微，时时小心侍候，以便给他一些安慰。

天上响起雷声。这是来汴京听到的第一声惊雷。下午，"哗哗"下起雨来，天井里水池外溢。

这春雨不下则已，一下则连绵几天不停。

"去房中坐吧，国主。"女英对站在屋檐下的李煜说。四周无人时，她仍称他"国主"。

李煜点点头，站起来和女英走过中间客厅，绕至南间，上了楼。他没去寝舍，而是进了小书房，女英知道丈夫又要写词了，便没有去打扰他，独自走近窗前，隔窗望雨。已是阳春二月了，在江南该是百花盛开了吧？那瑶环宫中的紫薇花开得一定很茂盛了，那姐姐娥皇亲手所栽的梅树，虽然花已谢去，而它旁边的凤冠花却还红得可爱。还有，国主亲自栽在移风殿前的"紫风流"，此时肯定逗人喜爱。宫苑中的花圃该是蜂飞蝶舞，群芳斗艳了吧？可在这里尚不见花开。一片愁煞人的冬景。

她心想，再过些时日，这里的花卉开时，江南的花就要凋谢了，这里与江南简直就是两个世界了啊。

她无限感叹。花开虽好但太短暂，芬芳转眼便会消逝。这人生不也是如此吗？时光美好却太短促，青春一过不复再有。她想起了杜秋娘的《金缕衣》，便低声吟哦起来：劝君莫惜金缕衣，劝君珍惜少年时……

雨声掩盖了她的吟唱。她回头朝书房瞧了瞧，见丈夫放下了笔。她知道，一首新词又写成了。她轻轻进了书房，悄悄走近桌边。李煜将刚写的词拿给她看。

浪淘沙

帘外雨潺潺，春意阑珊。罗衾不耐五更寒。梦里不知身是客，一晌贪欢。独自莫凭栏，无限江山，别时容易见时难。流水落花春去也，天上人间。

女英看罢，拍手惊叫："呀，这可是你近月来写得最好的一首词啊！亡国之愁，孤独之情，全写出来了。只是，如今虽是春天，但这宋都汴京却并无多少春意，春尚未到，怎么写它春意阑珊呢？"

"我以我手写我心。"李煜说，"我心中的春意早已凋残。这春意不是看到的春意，是从雨潺潺中感到的春意，从五更寒中体味到春意凋残。"

"太凄怆了，"女英感动地说，"江南的春天'别时容易见时难'啊。"

李煜点着头："'流水落花春去也'，水流、花落、春去，往昔的情景不复再有了。"

女英泪盈盈地说："这一个'也'字太动人心了，有无限感慨，无限哀伤。"

是啊，烛尽泪始干。李煜觉得，自己的人生旅程似乎走到尽头了。

窗外的雨丝，连绵不断。离愁人的心中，情丝亦连绵不断。

<h2 style="text-align:center">八</h2>

春雨之后，天已放晴，大宋京都开始春暖，孕育中的花蕾已在躁动不安了。

没过多少时日，汴京郊外的百花开了。形态各异，香溢满野。城中几处园中的花事更是热闹。李煜夫妇居住的礼贤宅里，有几株碧桃，枝头上的花骨朵儿如一片丹霞；花坛上的月季、芍药、报春等开得如火如荼。

不过，他们夫妻无意观花。愁时观花花亦哀，泪眼赏月月更愁。李煜心中的春天早已凋残，只剩一片忧愁了。他饮酒消愁，一日三餐少不了酒杯。殊不知这酒并不能解愁，愁了醉，醉了还是愁。

女英看在那里，急在心中。

"别喝那么多，会伤身子呀！"

"国都没有了，还要这身子何益？"李煜像是回答妻子，又像是在自语，"多少江南大臣为国捐躯了啊，留下我这败国之君何用？"

他是指最近悄悄传来的消息。那消息说，自金陵城破后，江州城指挥使胡则坚守孤城，宁死不降。城中军民，同仇敌忾，誓与江州共存亡，宋军久攻不克。

胡则原是刘仁瞻属下的裨将。刘仁瞻也是城陷后不降后周，而杀身成仁的。

金陵城破之后，大宋将军曹彬迫使李煜下令各州县止戈归宋。有人劝说胡则献城，胡则大怒，命部将将他杀死，并亲率士兵连夜修城。宋军围江州不破，伤亡惨重。后来宋军从西城险处爬云梯登城，江州军士寡不敌众，城被攻破，胡则身负重伤，但仍持佩剑与宋兵奋力血战，终被宋军乱刀所杀。

"我还有何面目去对战死的胡则啊！"李煜近乎狂喊。

女英急忙用手捂住他的嘴说："国主，事至如此，请你忍耐一些，不忍耐就会招来灾祸，且于事无益！"

李煜泪流满面。女英边给他拭泪边轻声劝解道："你词中说，梦里不知身是客，可是梦里不知醒来知呀，既然是客，就不能仍像在金陵那样想说什么就说什么呀！"

李煜默言。

女英继续说："悔在当初，只知重文，不知重武，只迷恋歌舞酒宴，不考虑国家安危，才导致今天忍辱吞声的日子啊！"

李煜站起来，身子有点晃荡。女英连忙上前搀扶。劝道："躺一会儿吧。"

李煜走进寝室，躺在床上，痛哭了一场。女英泪眼汪汪地在旁边站了良久。她替李煜盖好被子以后，又用脸贴近他那胡须满腮的脸，二人的泪水流在一起了。

将近午时，李煜还未起床。女英想让他多睡一会儿。她想，人在梦里，也许会少些人间痛苦的。

她拉上窗帘，轻轻探步下楼，以免响声惊醒丈夫。

下得楼来，出右侧门便是庭院。走过小院，便是书房。书房紧靠厢房，厢房中住着桂十六，她的住房要大一些，因为她保管着李煜的一些诗笺和纸笔等物。楼下左右两间住着由金陵带来汴京的四名宫女。

女英没有多少事需要呼叫她们，因而宫女们清闲无事，常坐在一起聊天。女英没有进去，只在庭院站着。这庭院显得十分冷落。

她在庭院站了许久，已是午时了，女英又转身悄悄上楼。李煜已经起来了，正坐在案前写词。她走近一看，写的是《帝台春》。上阕压在纸下，她只看到了下阕：

愁旋释，还似织。泪暗拭，又偷滴。谩伫立，遍倚危阑，尽黄昏，也只是暮云凝碧。拚则而今已拚了，忘则怎生便忘得，又还问鳞鸿，试重寻消息。

此词读来让人伤感难耐。"拚则而今已拚了"，该舍弃的东西而今已舍弃了，可是"忘则怎生便忘得"还是要执着地等待"鳞鸿"飞来报告好消息。

女英正读得泪下，忽然有宫女进来说："有位卖鱼人来到厨膳厅，要求国主下楼一见。"

李煜听了，心中生疑，他看了看女英。女英也感突然，问宫女：卖鱼的？什么模样的？"

宫女回答："披着蓑衣，三十多岁。"

女英轻声对丈夫说："下楼去瞧瞧吧！"

李煜想了想，同女英下了楼。

站在厨膳厅前的，是一位身披蓑衣，头戴斗笠的卖鱼人。不等李煜近前，那人忽然"扑通"跪地，哭叫一声："国主受苦了！"

女英也认出了来者。她惊诧地小声问道："这不是郑爱卿吗？"

"正是微臣郑文宝！"卖鱼人说。

郑文宝在金陵专掌管清源郡公仲寓的书籍，后升迁为校书郎，李煜离金陵时，他又便失去了消息。李煜旋即上前牵起郑文宝，拽至临近的空房中，惊问道："郑文宝，你怎么进来的？"

"因为门卫不许入内，微臣只好装扮卖鱼人，才得以进来谒见国主、国后的。再说，国主喜食鲤鱼，微臣这样也好送几条活鲜鲤鱼来。"

一名旧臣，竟然如此思念旧主，冒生命危险化装来见，实在令人感动！李煜执住郑文宝的手，禁不住热泪满面。

随李煜来汴京的臣属，全都被宋皇帝封授任职了。唯郑文宝拒绝授职于宋，现寄居汴京，在西郊以教私塾为生。

郑文宝见国主已完全不似旧时，人已消瘦，面容憔悴，忧愁满额，须发增白，禁不住潸然流泪。两人相对无声流泪许久，郑文宝才说："国主，要多保重身体啊！"

李煜点头说："你放心吧！对了，你的日常生计如何？需我帮助吗？"

郑文宝摇着头不语，片刻才说："愿国主、国后多保重，微臣不便久留。看看就走。"

李煜、女英送郑文宝至庭院，不敢再往前越出庭院，以防被门卫田力看见。

披蓑衣戴斗笠，提着鱼篓的郑文宝，转过身去，走过庭院，往大门走去。

宫女请国主、国后用餐。盘中就有郑文宝送来的鲤鱼。

其实，这是郑文宝省吃俭用，大半年积攒下来的几许碎银，在河边买了几条活鲤鱼，又借得渔翁的斗笠蓑衣，才化装到汴京拜见李煜和女英的。这才是路遥知马力，日久见人心呢。

女英拿起筷子，却不忍动那盘子中的鲤鱼，又放下了饭碗。

李煜安慰说："爱妻不必太忧，你忧我更难过。"

女英凄然一笑："如今你我相依为命，你也不必过多思念故国了，妾为你弹奏一曲《高山流水》吧，以解愁肠。"说完，从壁上取下烧槽琵琶，轻轻地弹拨起来。

这把烧槽琵琶，还是大宋皇帝赵匡胤特意恩准留在礼贤宅中的，以供李煜夫妻所用。

赵匡胤的四弟、秦王赵廷美喜欢和李煜谈论诗词。赵廷美亦喜爱诗词歌赋，也善书法。故对书法所用之纸笔墨砚，也颇有研究，有一回他问李煜："南唐的龙尾石砚、李延硅墨和澄心殿纸这三大宝贝如今在何处？"

李煜告诉说，都已造册呈献到汴京了。

赵匡胤知道后，连忙下诏，将李煜所说砚、墨、纸等原物如数送往礼贤宅使用。

李煜夫妇有了烧槽琵琶，又有了文房四房，也就有了消愁解闷的物件了。每到相思情浓，便把酒挥笔。国仇家恨，尽吐纸上。操弦当歌，一吐为快。那琵琶声声，往事历历，高山流水，地久天长。

九

一年一度的秋风，吹红了后院中的枫树。去年这时虽然战火纷飞，但城尚未破，自己还是南唐国主。如今，已成汴京礼贤宅小院中的囚徒。

这天，李煜接到大宋皇帝赵匡胤诏令，邀李煜夫妇与皇上同去相国寺烧香。这可是个大喜讯！

李煜与女英都有绝处逢生的感受。当夜做了些准备，次日天不亮就起来了，洗理完毕，坐车去宫城前等候。赵匡胤的辇车前呼后拥地出宫了。李煜、女英连忙下车，叩迎皇上。这大宋皇帝历来礼遇臣属，对归降的李煜、女英更是另眼相看，他命人搀起他们，要他们上车。

"上车吧，我知李爱卿平生信佛，今天特准与朕同往相国寺烧香。"

李煜十分感激说："承皇上恩赐！"

李煜、女英乘上自己的车，跟在辇车之后，直往相国寺驶去。

历史悠久的相国寺，建于北齐天保六年（555），初名建国寺，唐时改名大相国寺。最早原是战国的魏公子信陵君的故宅。

赵匡胤即皇帝位之初，就有扩建相国寺之意。然他忙于统一大业，无暇顾及，以致搁浅。去年三月，他才下诏扩建相国寺。寺分八个院落，占地五百四十五亩。虽未完工，但规模恢宏，气度不凡。

相国寺前已经清街，闲杂行人一律不得入内，两排禁军左右守卫。李煜夫妇在相国寺前下车，早有相国寺长老率众僧在寺外恭迎，接皇上、皇后及李煜夫妇进寺。

在大雄宝殿金身佛祖面前，侍卫点香。皇上、皇后下跪叩拜，长老一旁陪拜。然后李煜夫妇跪下叩头。礼佛之后，长老口念阿弥陀佛，领皇上、皇后、李煜、女英走出了大雄宝殿，观看了刚刚开光的佛祖金身和文殊、观音等八大菩萨殿。最后请皇上、皇后、李煜夫妇去禅房用茶。

离寺之前，皇上施舍了香金一千两，又代李煜夫妇赠银五百两，然后辞了长老悄然离去，并不显赫威风。

十

李煜和女英回到礼贤宅，度过了一年来第一个不曾忧愁的日子，也是第一个没有泪水洗面的日子。下午，夫妻二人登上楼台，遥望着墙外北国的秋色。中原地区，秋高气爽，今日万里晴空，天净如洗，令人心旷神怡。他们一直坐到晚餐时分才离了楼台去厨膳厅用餐。李煜端起酒杯，一口喝干了。女英又为他斟上第二杯，但他没有持杯，似乎忽然想起了什么。

"爱妻，"李煜想起了一件往事，"你还记得十二年前，在金陵宫崇义殿旁的御膳厅，你敬了我一杯酒么？"

女英脸上微微一红，又微微一笑——许久没有过的笑："记得，怎么会忘呢？"

是啊，十二年前，何其欢乐，歌舞不绝，宫娥如云，宫监成队，一呼百应。那时有倾国之美的姨妹子，第一次撞进他怀中时是多么动心？就是那么一杯酒让他醉了。

"如今，我再来敬你一杯。"女英说着，端起了酒杯。

李煜笑着，接过酒杯，重温旧梦似的眯上眼睛，将杯中之酒一饮而尽。

女英默默地看着他，微微笑着，好像在问："怎样？还似旧时那样醉人？"

李煜似乎明白了妻子目光的含意，他连连点头，是苦是涩自己心中明白。这杯酒充满了人生百味，他又连连饮了数杯，渐觉兴味索然。往时饮酒，宫女把盏，高兴了还令歌女一旁演唱助兴。如今，再听不到那悠扬动听的歌声了。虽然礼贤宅还有四名宫女，但此时此地此种身份，哪里还有让她们把酒的兴趣？

天色终于暗下来了，宫女点上灯烛。李煜心中也渐渐暗了下来。白天刚刚在心间露头的轻松愉快，已经逝去，减轻了许多的忧愁又涌上心头。

"别再喝了，国主。"女英阻止道。

李煜没有理会，自斟自饮。

女英知道丈夫忧愁复发，无法劝解，她的心中也沉了下来。醉酒何能消愁！

李煜放下酒杯时，已是昏昏然，走路歪歪倒倒，女英和宫女搀扶他上楼，不等洗完脚，他已倒在床上睡过去了。

汴京的秋天有些近似金陵的春天，天气说变就变，不一会儿，便又落泪一般下起雨来。李煜、女英坐在窗前，百无聊赖，愁绪更浓。他忽然想起了自己离开金陵临上船时，秋水和宜爱冒雨到码头送行的情景，心中一阵悲酸。他走进书房，提起笔来写了一首《浪淘沙》：

往事只堪哀，对景难排。秋风庭院藓侵阶。一任珠帘闲不卷，终日谁来？

金锁已沉埋，壮气蒿莱。晚凉天净月华开。想得玉楼瑶殿影，空照秦淮。

他拿着刚刚抄正的词稿，走出书房，回到女英身边，把词递给她。女英读了后，没有说话，只是抬头默然看着窗外的秋雨。

十一

大宋皇帝赵匡胤病重。

这个消息是李煜、女英陪皇上、皇后去相国寺拜佛的第二天才听说的。

赵匡胤害病已有数月了，国事暂由宰相赵普和大将军曹彬执掌。前几天他的病情稍有好转。便去相国寺拜佛、烧香。大概是外出遇上风寒，增添了他的病情，这几日竟卧床不起，饮食渐少了。

对于宋太祖的病情，李煜和女英忧心忡忡，不知是惊诧还是担心，他们内心深处泛起了一种不可名状的恐惧。大宋皇帝虽然为了统一江山而夺了南唐天下，但却是一位仁君，他待他们不杀不辱，以礼相待。倘若皇帝赵匡胤不测，继位皇帝会怎样对待亡国的国主、国后呢？未来的命运不可预卜。

晚餐时分，宫女来请了几次，他们无意进餐。

月儿出来了，弯弯半月。李煜顶着月牙儿在庭院里徘徊。

女英出来不见丈夫，四处寻觅。到大门前问田力，田力说："侯爷不曾外出。"

女英心里暗暗着急起来，去询问宫女，都说未见。这时，忽见西阁楼上有人影晃动。女英蓦然心跳剧烈，已有三分惊慌，他是从不上西楼去的呀！难道他……

她急步上了西楼，在楼台上，见李煜独立于月光之下。女英提到嗓子眼的心顿时放了下来，心跳减缓。她拍着胸安抚自己。"我的天呀！"女英惊叫说，"你怎么忽然上西楼来了呢？"

李煜慢慢伸出手来，将女英拉到自己胸前，低头用自己饱经沧桑的脸，去抚贴女英的脸庞。

秋月泛着寒光。许久许久，他们又悄悄分开，抬头望着月儿。

"去进晚餐吧，别饿坏身子。"女英温柔地说。李煜摇了摇头。

他们最终下了西楼。李煜说他不饿，没去进餐，而是急步去了书房。桂十六连忙去点燃蜡烛，磨好了墨。

李煜借着烛光写下一首《相见欢》：

> 无言独上西楼，月如钩，寂寞梧桐深院，锁清秋。
>
> 剪不断，理还乱，是离愁。别是一般滋味在心头。

写完，李煜放下笔，抬头望着窗外的夜空，万籁俱寂。是啊，剪不断，理不乱，心头愁绪万千乱如麻，不能理顺。直至月儿西沉，夜深人静，李煜、女英才去寝舍安歇。

南国秋叶正红，北国的冬天随着纷飞的雪花悄悄来临了。

开宝九年（976）十月二十日这天，大宋开国皇帝赵匡胤驾崩！

巨星陨落，天空昏暗，李煜夫妇真诚地在心里哀悼大宋的这位开国皇帝。

十二

寒冬夜冷，楼外北风呼啸。这风声听来格外哀伤。李煜夫妇住在如冰窖一般的礼贤宅，通身冰冷。这里不是金陵宫，冷了可以生炭火，他们只好紧紧挨住身子，相互取暖。

次日，晋王赵光义（赵匡胤弟）在万岁殿登基了，更年号为太平兴国。

赵光义继位之后，下诏宋后迁居西宫，尊为开宝皇后，皇弟赵廷美封为齐王，授开封君。赵匡胤的长子赵德昭为永兴节度使，封为武功郡王。次子赵德芳为山南西道节度使、同平章事、授兴元尹。拜宰相赵普为太子太保。其他朝臣，亦相继作了调整，真是一朝天子一朝臣啊。

李煜、女英心绪不宁地等候着新皇帝将给他们什么待遇。

三天之后，李煜被宣诏去万岁殿。他忐忑不安地走上玉台阶，跪在殿前听旨。出乎意料的是，他被赵光义加封为陇西郡公！

看来，新皇帝很是用了一番心思。陇西是唐高祖李渊的起家之地，唐人以陇西郡为郡望大族。而今赵光义封李煜为陇西郡公，这是对李煜的特殊恩典。

是福？是祸？李煜夫妇并不知道，也无法知道。

赵光义继皇位之后，除了忙于整治朝政，扩大科举考试规模，鼓励发展农桑外，还兴文事，抑武事，筹备修建三馆，派员广征典籍，提倡修类书，兴文教，组织了一批文士编纂《太平广记》和《太平御览》，还特意安排徐铉协助宋白、李昉编纂《文苑英华》，以流传当时和后世。他知道李煜的文才出众，还请他在崇文馆参加整理册籍文书事宜。所以，李煜夫妇的日子过得倒还安逸平静，只是常常思念故国，每逢秉烛夜谈时，常常谈及南唐旧臣，谈到伤心时，又会夜里难眠，相对流泪。

一天，李煜从崇文馆回礼贤宅的路上，遇见一位汉子挑着一对竹筐，李煜走过去一看，原来筐中有十余方石砚。他拿起一方石砚一看，其制作稍嫌粗糙，但细看石质，其砚却是端砚，是出产于广东肇庆端州的优良石材。他一问价钱，砚价又十分便宜。他家中的龙尾砚虽说大宋皇帝已经赐予他使用，但他舍不得在上面磨墨，只是偶尔摆在案上欣赏一会儿，然后便收藏起来。他拿着一方端砚在手中把玩着，那卖砚的汉子见四周无人，便低声对他说："阁下想要上好的端砚吗？"

李煜听了，连忙点头。

"我家店中有一方祖传端砚想卖，只是没能遇上真正的买主，所以，一直封存在店里，若阁下想买，可随在下去店中一看。"

李煜对文房四宝酷爱如命，听说这汉子的店中有祖传的端砚，便来了兴头，当即跟在汉子的后边朝南门走去。走到靠城墙康福里时，果见有一卖文房四宝的小店——文海轩。进店之后，见柜台上摆着一些石砚，靠墙处有一排货架，上面存放了一些纸、笔、墨等用品。

李煜正在低头端详柜台上石砚时，那汉子已悄悄地关上了店门。这时店主从里间出来了，他一见李煜，倒头便拜，说道："臣陈大雅叩见国主。"

李煜一听，简直不敢相信自己的耳朵了。

"难道你真的是陈爱卿？"

"臣正是卫殿卿陈大雅。"

李煜听了，泪水如注，连忙双手搀起陈大雅。只见陈大雅瘦削不堪，似害大病之人，随时欲倒。

原来，当年金陵被围困时，陈大雅带了十二名卫士，趁着夜色悄悄出了城门。到了南都之后，便将金陵的情势向朱令赟说了，朱令赟便按国主的诏令，连夜率十五精兵沿江而下去金陵救驾。谁知他出师未捷身先死，含恨在烈火中以身殉职。

陈大雅并不知道朱令赟已经战死，他率领十二名卫士日夜向金陵奔驶。但由于宋师已将金陵围了个水泄不通，无法进城。他先遣散了身边的卫士，让他们趁着夜色离去，自投生路。他自己再寻了一棵大树，准备自缢。这时，忽然听见金陵方向喊声震天，他知道国主正在宫中日夜等待他的消息。死了就没人去向国主禀报，他不能死。于是他在半夜时分，趁着浓雾混进难民群中，又瞅了个空子，跳进了秦淮河，从西虹桥潜进宫中。但是，已经迟了。当他刚刚进宫时，只见宫人纷纷出逃，国主、国后及文武大臣已经被俘。他望着昔日高高的宫阙，哭了，哭完纵身跳进了一口井中。谁知匆忙中他撞在井架上，褂子挂在围栏上，没死成。宋军将他捕获，并将他押送到宫中。

曹彬问明了情况后，非但没有杀他，反而令人给他松开身上的绳索，还给他送来了衣服和饭菜，而后，随南唐降臣一同押往汴京。

宋太祖念他忠君忠国可嘉，授予官职。但陈大雅执意要做平民。赵匡胤知他是在遵循"忠臣不事二主"的古训，也不难为他，还赐了他一些银两，他便在汴京城中开了这间文海轩。陈大雅让那汉子守着店，自己领着李煜进了里间。君臣几人相对流泪，诉说着彼此离散之后的遭遇。

陈大雅开这间小店的用意就是想寻找机会与李煜见面的。他曾去过礼贤宅，那守门的田力说，朝廷有令，不得让闲杂人进宅，若要进府，需经晋王特准才行。所以，他才派自己的内侄于源，以卖石砚为名，经常在李煜经过的大街上留心等候。今日，果真等候到了，陈大雅埋藏在心中的那件心事就可以了却了。

"国主，臣今日要向国主禀报两件事：一是臣领诏去南都，一直未能向国主复命，今见国主，亦算复命了；二是砚官李少微生前曾向臣说过，他为国主、国后精心制作了一方龙凤端砚，臣受委托将此砚奉献国主。"

李煜一听"生前"二字，便觉得双耳轰鸣，眼前发黑。因为这几年他听到的死亡消息太多了，而这些死亡又都与他有关。恍惚中，他又去了金陵宫中的墨务房，见有几位老石匠正在用油纱布摩擦端砚的毛坯。李少微双手捧着一方乌黑油亮的端砚朝他走来……恍惚中，他又听陈大雅说，李少微去广东肇庆，为李廷珪置办端砚，在回汴京途中病故。

他的夫人夏氏遵照他生前的遗嘱，将这方龙凤端砚存在陈大雅的文海轩中，委托他当面交给李煜，然后，偕子女扶丈夫的灵柩回江南原籍去了。

李煜将龙凤端砚捧在手上，细看着上面的图案。只见砚上浮雕着一龙一凤。那龙昂首屈体，跃跃欲飞，雄劲刚健。凤立龙侧，凤翅略张，凤尾待展，俯首低眉，婀娜柔曼。龙凤刚柔相济，交相成趣。端砚右下角刻有"少微敬制"四个甲骨阳文。他看着看着，泪水"吧嗒吧嗒"滴落在端砚上了。那龙凤图案被泪水所湿之后，越发清晰，栩栩如生。李煜怕在此待久了，对陈大雅不利，便将砚揣怀中，匆匆告辞。

陈大雅连忙跪下说道："让臣代李少微叩拜国主。"李煜一把拉起他说："如今你我皆是大宋臣民，不得再以旧谓相称了，望请切切记住。"

"是，国主——侯爷。"陈大雅自己连忙纠正过来。

回到礼贤宅之后，他向女英说了关于陈大雅开文海轩的事，又从怀中取出李少微赠送的龙凤端砚。女英眼圈儿红了，她将端砚置于案桌上，又点燃了三炷香，以示吊唁。

半个月后，女英亲自为陈大雅缝了一件背心，让他在冬季暖胸。她记得陈爱卿有胃疼的毛病，尤其天寒时，就犯病，这北方汴京，天气奇寒，背心用得上。她派桂十六去城西文海轩，以置纸办笔等文房用品的名义，将背心送去。谁知桂十六找到文海轩时，那小店却已关门。她问了问隔壁一家杂货铺，铺中伙计说："陈掌柜三天前病故，他的内侄将他葬在城郊，然后只身去江南了。"

李煜夫妇听了桂十六的叙述之后，心中悲痛难忍。前些时还为自己献端砚，怎么说去就去了呢？他们在端砚前点燃三炷香，哀悼故去的旧臣。望着案桌上的端砚，望着袅袅缕缕的青烟，望着女英眼中的泪花，李煜心中万分难过。自己的罪孽太深重了，这些平时并未得到自己重用的旧臣，却忠心耿耿地为南唐而死，为国主而终。还有，那些从金陵来汴京的朝臣内眷，以及那些宫中的嫔妃们，也都是受了自己的连累，忍气吞声受辱，有的充作婢女受役，有的甚至被迫婚配。他既对不起南唐的万千军民，也对不起这些因自己而死的旧臣。他有愧于列祖列宗，也有愧于朝夕与共的女英啊！他在心中说：他原本就不该到这人间来的，更不该去当国主。自己当了国主，才引出了这么多的人间悲伤，造下了千古难饶的罪孽！自己还有什么脸面在这人世间苟活啊？

他闭着双眼，任泪水洗脸。

此刻，他想到了死，他想以死来向天下谢罪。可是，一想到身边的女英，心中又不忍了。自己死后，撇下女英怎么办？她活得下去吗？

想来想去，他不能一死了之。就是为了女英，也要活下去啊！

可是，这罪臣囚徒的日子，其生亦犹如死。

十三

赵光义对于南唐、吴越、南汉、后蜀等降宋的君臣们，和归降后几天便死去的后蜀国主之弟以及太子等，虽也以礼相待，但决不姑息迁就，更不像宋太祖赵匡胤那样，让他们养尊处优，同时，他从巩固大宋社稷出发，对这些归降的皇室成员和他们的旧属僚，采取了一些新的措施，也逐渐加强了对他们的控制。

李煜由"违命侯"升封为陇西郡公，算作爵升一等。"侯"乃二等爵位，"公"乃一等爵位。郡公本可食邑千户，然李煜爵位升后，俸禄非但未加，且原皇上恩准供用的日用生活所需，反而渐渐减少，不再按月供给了。

过惯宫中奢侈排场生活的李煜和女英，如今已面临食用危机，尤其年关逼近，李煜一筹莫展。他不得已向新皇上表明困境，以求补助。后来，终于得到内务府每月补贴三百万，过着半温不饱的生活。

新皇上赵光义精武，亦好文。正月十八赵光义召李煜同至三馆参观藏书。所谓"三馆"，即昭文、集贤和史馆。现在正在修建新的"三馆"尚在施工中。原南唐旧臣中就有二人在馆中任职。

"朕闻卿好读书，如今闲时可多读些书。"赵光义在三馆中对李煜说。

"遵万岁所训，臣一直在读书。"

"朕亦爱好读书。博学经书不无裨益。"

"皇上仁德。"

李煜随手翻了几本，见有不少书页上印有"金陵图书院""澄心殿"等印章的图书。原来，这三馆的许多书籍都是由金陵运来的。

在三馆只不过是参观而已。观看了藏书之后，李煜回到礼贤宅。女英迎至楼上，详细询问了新皇上的言谈举止情况，李煜一一告知，只是不明白新皇上为什么突然召自己同去参观三馆。

"或许是新皇上以示恩宠？"女英推测说。

李煜点头赞同："之所以选择三馆为召见之地，又召我同往，一是显其重文士贤人风度，二是暗中训示我只可读书，不可问他事。"

女英说："我亦有同感。"

这当然是推测。不过，新皇上也的确好读书，还常常写些诗文，尤其喜爱书法。由此看来，新皇上似有让李煜读书著说之意。在这之后，皇弟秦王赵廷美也常到礼贤宅造访。

这倒使人感到有些意外，可罗雀鸟的礼贤宅门口，竟然常见当今皇上之胞弟的豪华车马，这对于哀伤孤独的李煜而言，倒是一件可心的事。他们在一起谈论学问，更多的是论诗说词。

转眼到了重阳，金菊盛开。若在金陵，在这秋高气爽的日子里，是要出城一游的。登高远眺，以酒当歌，填词听琴，是世人一大快事，也是李煜信奉"乐而忘忧"的最好时刻。而现在，他只有轻轻吟起去年秋天填写的《浪淘沙》，以遣秋怀。

还未吟完词的下阕，女英来请丈夫共进午餐。因是重阳节，餐桌上较平日丰盛。李煜举杯便饮，口中还诵吟着李白的诗句："事大如天醉亦休。"不想又酩酊大醉了，女英和宫女一道搀扶他上楼去休息。

女英正在床前守着丈夫。楼下忽然传来："皇上驾到！"

"哦？皇上……"如一声惊雷，女英惊慌，连忙去推李煜。李煜毫无反应。

怎么办？丈夫还醉着，自己怎能叩拜皇上？

"皇上驾到，请陇西郡公接圣驾！"楼下又传来喊声。

女英大声惊叫，李煜仍然不醒，想扶他起来，他却软绵绵地坐不住，她只好自己下楼。皇上赵光义已在前厅了，身边只随带了四个宫女，和一个近身侍卫——像微服私访一般。女英见了皇上，急忙下跪："不知圣上驾到，臣妾有罪！"

赵光义亲切地说："郑国夫人请起，陇西郡公呢？"

"回圣上，妾夫午时多饮了几杯酒，酩酊大醉，请圣上恕罪。"

"啊，喝醉了。"赵光义说，"既然如此，郑国夫人请坐。"

"奴妾不敢，圣上请坐。"女英惶然。

赵光义早就听说李煜妻子有倾国倾城之容，闭月羞花之貌，且尤善歌舞，虽已二十八岁，看去不过二十岁，他虽然曾在太祖的宴席上见过，但不及细看，他想要当面看看这位江南的才女，是否真的像人们传说的那样美丽绝世？

这美丽的郑国夫人就站在自己的面前。

啊！好一位天姿国色、空前绝后的美人！

赵光义一边同女英说话，一边仔细地端详着她。

一时说不出女英到底美在何处？眼美眉美鼻美口美，似乎处处皆美。

他用挑剔的眼光打量着她，想从她脸上或身上找出点什么不足来。一切看来似乎都平平常常，自自然然，但在这平常和自然当中，分明有一种人所不及的气质，这种气质是先天的，是从内在中透出来的，非后天可临摹仿效。这种气质还体现在她的一言一语和举手投足之间。

"请坐，郑国夫人。"赵光义反客为主。

女英不得已，只好说了声："谢圣上。"待皇上先坐下之后，她自己才款款落座。

赵光义说："听说郑国夫人琵琶弹得好，能否让朕听听？"

女英心中一沉，随即不卑不亢地答道："启禀圣上，奴妾久不弹奏，琴技已生疏了，恐有辱圣耳。"

"如此说来，郑国夫人不肯为朕弹奏了？"

女英一听，知道皇上已经不悦，得罪不起呀，自己好歹都不要紧，但要连累丈夫啊！于是，她叹了口气说："圣上，奴妾琴技本已生疏。既然圣上不嫌，怎敢违命？容奴妾去楼上取来琵琶便是。"

赵光义说："可让宫女去取，何必有劳夫人呢？"

女英说："她们不知放在何处，还是我自己去吧，请圣上稍候！"

十四

女英上楼后，见李煜仍醉卧不醒。心中十分焦急，她狠了狠心，俯身拿起丈夫的手背用牙咬了咬。此法的确见效。只见李煜翻身坐了起来，惊诧地看着女英。

"快起来，皇上来了！"女英急促地说。

如惊雷一声，李煜完全醒了，连忙翻身下来。

"你快穿好衣服。随我去见！"女英说着，连忙取下烧槽琵琶，让丈夫扶在她的肩上，一步步下了楼。

李煜双膝跪地："圣上恕罪，罪臣饮酒过量，不曾迎接圣驾，请恕罪！"

赵光义对跪在地上的李煜说道："请起来吧，今后再不要过量饮酒。"

"谢圣上龙恩。"

"琵琶取来了么？"赵光义转身对女英说，"朕要听听这烧槽琵琶的仙韵了。"

女英已经摆下弹奏姿势，说："弹得生硬，圣上可要原谅。"

她边试弹，边酝酿弹什么曲：《汉宫秋》？不，那古琴曲，描述班婕失宠于汉武帝，侍奉于长信宫的故事，不合适；《高山流水》？那是颂扬俞伯牙与钟子期的，也不合适；弹《广陵散》？对。就弹这曲。不一会儿，正式弹奏开始了。一开始赵光义便被琴弦发出的音律所折服，他继而竟忘乎所以，不知是在礼贤宅，以为是在宫中听乐呢！这《广陵散》全曲分小序、大序、正声、乱声、后序五大部分，相当长。女英只弹正声、乱声。奏完乱声，女英并没停琴，紧接着又弹奏了自己谱的一支短曲，那曲调甚悲，如泣如诉。赵光义亦被这曲调所感染。

琴声戛然止住。

"好，绝好！"赵光义以手击节，高兴地说道，"我朝中云韶部没有一位琴师能超过郑国夫人！"

"承蒙圣上过奖，奴妾自感羞愧。"

"请勿过谦，以后，朕还想再听郑国夫人的琴声呢！"

赵光义和李煜谈了一会儿闲话，便回宫去了。

李煜、女英恭送至门前，直至御辇远去了，他们才回身进门。上得楼来，女英忽然潸然流泪。李煜惊诧："怎么啦！"

"国主不知身是客，常以酒浇愁，酩酊而醉，以致妾身有今日之辱！"女英流泪说。这是她在李煜面前第一次出怨言，大有怨责之意。

李煜深深理解妻子，没有说什么，只是紧紧地握住了女英的双手。

"这都怪我。"李煜自责地说。

"九九"重阳之后，女英病有月余，李煜一直守在她的榻前，他再也经受不住打击了。这世界，这礼贤宅，变得更加凄惨更加冷落了。

在女英卧床养病时，李煜心绪悲痛，眼看心爱之人的病态，遥想昨日故国的往事，不觉词意涌上心头。他一挥即就，写下了一首《虞美人》。这首词，后来竟成为千古名作，这是李煜所始料不及的。他只不过是在"我以我手写我生，我以我手写我心"罢了。

春花秋月何时了，往事知多少！小楼昨夜又东风，故国不堪回首月明中！

雕栏玉砌应犹在，只是朱颜改。问君能有几多愁，恰似一江春水向东流。

李煜刚刚放下笔，楼下忽然传来求见之声。

女英问道："是谁来了？"

有宫女跑上来禀报："给事中徐铉大人求见。"

是徐铉？他怎么敢来呢？不经赵光义恩准，任凭是谁也难能进礼贤宅的，况且徐铉还是南唐的重臣呢。这其中必有原因。

<h1 style="text-align:center">十五</h1>

徐铉今天是奉旨来访的。

南唐君臣降宋之后，徐铉被宋太祖封为左散骑常侍，后升为给事中，每日列班上朝。赵光义继位后，对他亦很赏识。赵光义知道，皇兄太祖看重徐铉不仅是因为徐铉办事稳妥，文笔好，他曾先后担任过礼部侍郎、兵部侍郎、翰林学士、御史大夫、礼部尚书等显要职务，重用徐铉，还可得朝野人心。如今太祖已崩，朝政繁忙，需要徐铉这样有资历、经验的降臣。赵光义颇看重于徐铉，他想派人往礼贤宅看个究竟，派谁去呢？派宋臣去，恐怕会引起李煜的猜疑，想来想去，觉得还是徐铉最合适。他问徐铉："爱卿你可看望过陇西郡公？"

徐铉答道："臣怎敢私见陇西郡公？"

赵光义说："朕请爱卿去礼贤宅见见他。"

"微臣不敢。"徐铉不知赵光义用意。

赵光义笑了，拍了拍徐铉的肩："朕下旨，让你去看。"

徐铉到了礼贤宅，向田力说明是奉旨来看望陇西郡公的，田力连忙一面向李煜报告，一面请徐铉先到前厅就座，并为他搬来一把椅子。

李煜戴纱帽穿道服自楼上下来，徐铉见了，刚要下拜，李煜急下阶来，执住徐铉的手同到了客厅。

"今天哪里还有这个礼啊！"李煜说。

徐铉仍然如在金陵宫中，引椅偏坐，不敢正面相对旧国主。二人相对了一会儿，李煜忽然放声恸哭起来，徐铉也泪水滑然。君臣哭了一阵子，李煜才止了泪，良久，才长叹了一声："唉，悔当初逼迫潘佑、李平自杀啊！还错杀了林仁肇！南唐忠臣都死在我手啊！"

徐铉不便回答，田力就在外面。坐了许久，李煜又告诉他说，除了秦王赵廷美，极少有客人来礼贤宅。闲来愁闷只好写诗填词。遂把新写的《虞美人》给他看。读了《虞美人》后，徐铉许久没说话，词中愁情，也感染着他。

徐铉拜辞李煜之后，赵光义命人召他进宫中。问李煜说了些什么？徐铉不敢隐瞒，如实禀报了李煜所作的那首《虞美人》。他是一位忠诚老实之臣。

赵光义曾听内府的官员说过，李煜的旧臣们常常传抄李煜来汴京所作之词，有些旧臣甚至边读边流泪。还听宫人禀报，李煜每作新词，便会有人在汴京教坊中谱曲演唱，随后随着商贾流传到江南。由于曲调哀悲，词句易懂，天下能演唱李煜词者不知其数。所以，赵光义听了徐铉所言，心中极为不悦，自己乃是皇上，所作之词，还没有这么大的影响，这亡国之君的思乡曲，不是在搅扰军民之心吗？

徐铉无论如何都不曾想到，自己受命去看望旧国主，却为国主引来了杀身之祸！

李煜也无论如何都不曾想到，此曲竟然成了他的绝命曲。这首《虞美人》完成了这位词国帝王的最后绝响。

十六

大宋太平兴国三年（978）正旦。

这天，天刚刚亮，女英便把李煜叫醒了，因为今天是新春的第一天，朝廷要在宫中举行正旦朝贺。李煜已封陇西郡公，须同文武百官一道，进宫朝拜皇上，行三跪九叩的大礼，还要参加宫中大宴，席间，还有歌女舞伎表演助兴，众人赋诗作词，为皇上歌功颂德。

李煜实在不想去参加这样的官场活动，但不去参加意味着什么？有何后果？他和女英的心中都很清楚。

女英从衣箱中为他取出朝服，他一边穿，心中一边着急。席上群臣都要赋诗吟句，以表彰皇上和大宋江山，自己不当场作诗填词行吗？诗词作好之后，还得当众亲自朗诵。一个亡国君主，要在众大臣和各国使者跟前强作笑脸讴歌胜利者——大宋皇帝，心中是什么滋味？他觉得自己去参加正旦朝贺，犹似赴刑场，入地狱！

女英察觉到了李煜的心事，可这是逃不过、避不开的事啊。此刻，她真希望天降大雪，雪厚三尺，封门塞道，道上车马难行，皇上只好下诏免去正旦朝贺。

但天气晴朗，虽然北风呼号，却已听到墙外大街上的车马之声了。

桂十六上楼来报：王公公和黄门令尤量来了，他们还送来了年糕、蜜钱、核桃、白果、花生等祝贺礼品。并告知说，因宋太祖丧期三年未满，故免去正旦朝贺和正旦酒宴，只在宫中举行皇室新春家宴，各位大臣可在府第自己团聚。

李煜和女英听了，如死囚遇上了大赦，二人高兴地抱在了一起。

既然不进宫了，就自家过节吧！可是，各位大臣都可在府第与家人团聚，而自己的家人呢？几位弟弟和仲寓以及嫔妃们虽都住在汴京，不经皇上恩准，他们是不能前来相聚的，自己又不能去他们那儿看望一下，一家骨肉拆散，大年初一都不能相聚相诉，能不眷恋刻骨？自宋太祖驾崩，内府已将随他来汴京的金陵宫女安置到各皇族府中了，另派来四名宫女和四名男仆到礼贤宅来侍候李煜夫妇，连门卫田力也换了回去。

今天来礼贤宅送年礼的黄门令尤量，就是来更替田力的。

王公公对李煜说道，内府安排黄门令尤量替换田力，是因为礼贤宅是陇西郡公府第，田力乃宫中烧灶的太监，不宜在郡公府第当差，尤量乃宫中的黄门令，可担当此任。

李煜夫妇送走王公公之后，又和尤量聊天。尤量生得肥头大耳，见人带笑，十分随和，且善言谈，但让人摸不透内心。他说："郡公爷，郑国夫人，自此以后，奴才便是礼贤宅的人了，有什么事，只管吩咐奴才便是，奴才当全力以赴。"

李煜说："新年伊始，府中无事，回去与家人团聚吧，正月初八再来即可。"

尤量笑着说道："奴才本是洛阳东郊尤家庄人，父母早亡，自小进宫营生，城里并无亲戚，唯一有一远房侄儿在城外五里铺，因黄门事杂，无暇去看望。"

女英说："既然是本族侄儿，你可出城去看看。"说完，转身去房中包了些果品点心之物，让他带上。尤量唯唯诺诺地转身走了。

黄门令是守宫门的太监。因宫门是黄色的，由太监看守，所以便叫太监为黄门。太监有不同地位，分小黄门、中黄门、黄门令等称谓。

宋太祖在位时，对宫中太监管理甚严，不许臣僚私蓄太监，凡发现民间有阉割儿童者，一律处死。赵光义继位后，以秦代指鹿为马的赵高、东汉的权宦"皇父"张让、北魏权倾天下的刘腾、中唐可操帝妃生死的仇士良等人为鉴，限制宦官的势力，削减太监的人数，凡达五十岁者，均放出宫去，并允许养子为后。尤量今年五十一岁，亦是出宫的宦官之一。

其实，这个尤量是赵光义专门从太监中物选出来的，他负责监视李煜的一家。

尤量走了以后，女英亲自去灶房做了几样江南小菜，又学汴京民俗，包了几盘饺子，主仆几人围桌而坐，度过了汴京的第二个春节，其实，这也是他们在汴京过的最后一个春节了。

桂十六斟满酒之后，后退一步，向李煜和女英跪下，拜了三拜，磕了三次头，说道："奴婢向国主、国后，恭贺新春，祝国主、国后拜安康吉祥。"

女英满心欢喜，遵照江南风俗，连忙将早已准备好的压岁钱塞在了桂十六的手中。李煜有些尴尬。他在金陵宫中时，每逢元旦，都要向身边的宫人赐赏压岁钱，但那只是开开口而已，身边的宫人便会按序办事。到了汴京之后，自己没有在身上带银两的习惯，也没有银两可带，所以，有些难为情。他连忙自己搬梯子下台阶，说道："这样吧，我为你写首词罢，以作压岁之物。"

桂十六一听，高兴极了。她天天为国主整理文稿，抄写诗词，但却没有一首属于自己的，她多么希望能得到国主的一首词啊！她连忙站起来，举起酒杯向李煜夫妇敬酒。

女英笑望着她。

这么多年来，女英和桂十六从来没有分离过，到了汴京之后，随来的眷属和随员都先后离去了，唯桂十六仍然留在身边。平时并不在意，今日才发现她已悄悄地长成亭亭玉立的大闺女了。她由桂十六又想到了桂十五，不知她出宫后见到她们的义父没有？她如今在何处？还记得旧时的国主、国后吗？想到这里，她本想问一问桂十五的，但怕勾起桂十六对姐姐的思念，便拉住她的一只手，笑着说道："这多年来，亏了你整理、保管郡公的手稿，实在是难为你了。"

"国后，抄录、保管国主的手稿，是奴辈的分内之事，也是件难得的幸事。你想想，国主写的新词，是我第一个先拜读，尔后才流传天下，这叫近水楼台先得月。再说，抄录国主诗词，不但可练颜柳名家书法，又可长进学问，不过……"桂十六说到这里停下了。

"这里没有外人，你大胆说吧。"女英见她欲言又止，便鼓励她说出心里话来。

桂十六点头，继续说道："奴婢以为，世间之事，变化莫测，犹似风云之变幻。国主的大作，乃是词中瑰宝，但仁者见仁，智者见智，故应妥善存藏才好，以防有失。"

女英听了，明白她的后顾之忧所在。是啊，这些诗词，是国主的命根子。社稷江山已失，再万万不能失去这些诗词了，原先在金陵写的作品，桂十五已抄录留在澄心殿中，城破时宫中字画书籍造册登记，被宋军以船运走，幸亏桂十五机警，已将全部词稿藏于身上，于金陵失守前夕出城去了。如今，国主软禁汴京，与外界割断联络，讯息闭塞，为防不测，应早有个准备才好。她向桂十六说道："你说得极是，近时，我也曾为此事忧心呢，既然世人对国主之词尤喜之，那么，亦会有人妒之、恶之。自今日始，凡国主所作，你皆抄录两稿，一稿与手迹存西楼书房中，一稿存你卧室，若我和国主有什么好歹时，你可携你室中手稿先去江南，将国主来汴京途中和在礼贤宅所作的诗词，与你姐姐所存的江南文稿合二为一，汇集成册，我们便死而无憾了。"

桂十六连忙阻止她说道："新年新春，国后不必说这些丧气话。奴婢虽不胜酒力，愿意代姐姐再敬国主、国后一杯。"

李煜和女英听了，心头一阵发热。他们又饮完了杯中的酒。虽然他们脸上笑着，但眼中却含着泪花，只是因为大年初一，图个吉利，努力忍住心中的悲痛而已。

午后，李煜独坐在书房中，他想为桂十六写一首词，但窗外有锣鼓之声不绝于耳，街上有踩高跷、划彩船、舞龙等民间表演，百姓皆换新衣新帽新鞋袜，扶老携幼，人流如潮，前往观看。李煜走进书房，取出笔墨，写了一首《开元乐》，算是给桂十六的"压岁"礼物。

心事数茎白发，生涯一片青山。

宝山有雪相待，野路无人自还。

写完了，他又念了一遍，觉得似神仙隐遁之词，但心中颇感满意，便将此词送给了桂十六。

桂十六自然高兴不已。

十七

阳春三月,汴京已褪去冬季的灰暗,和煦的春风染绿了汴河两岸的垂柳,吹红了礼贤宅后院的那几株杏花。清明节将至,汴京的居民按照往年的习俗,要去扫墓,以祭祀祖先和去世的亲人;要去栽柳,将柳枝插在井边,取"井井有条"之意,可带来祥和。更重要的一项活动,是在三月上旬去郊野踏青游春,在林中草地上,亲友聚饮,情人相约,仕女如云,游人如织。可去放风筝,可打秋千,往往倾城空巷。

女英和李煜商量好,清明节时他们去南郊春游,一是可散散心,二是可遥祭江南的祖先和亲人。

清明这天一大早,李煜、女英和桂十六提着一只盛着酒菜点心的小竹篮来到门口。尤量知道他们要去春游,便说道:"郡公爷、郑国夫人,你们要去城郊踏青吧?城郊可热闹了,不过,从城里去郊外,往返三十多里,需走大半日的,不如租辆马车方便。"

他们听了,觉得有理,但他们从来没乘过租来的马车,也不知在何处去租。尤量说:"你们在门口稍候,我去车马店租一辆来。"说完,朝考棚坊方向去了,不一会儿,他随租来的马车回来了。他帮他们在车上安置好了之后,又嘱马夫路上要小心行驶,要带上油布,以防落雨。

上路之后,李煜说,尤量比田力好多了,田力刻板,又很贪心。有一次,女佣去街上卖菜回来,田力见篮中有几根黄瓜,硬索去两根,否则,便不给女佣开门。甚至内府送来的米面油脂、蜡烛等物,他都悄悄地留下一些。这个尤量待人热情,宅中宫女、仆人进出,他亦少有过问。

他们出城之后,便在河边小树林边下了车,此时,这里已是游人如潮了。

马车先回去了。女英让车夫后半晌来接他们回城。

桂十六到林边打秋千去了，李煜和女英在草地上席地而坐，谈论着在金陵时清明节荡秋千的趣事。谈了一会儿，他们取出香烛纸线和祭品，来到小树林中，选了一块稍高的坡地，清除了地上的枯叶树枝，正待插香时，忽然从林中深处走出二名穿青色道袍女冠。李煜和女英以为是云游的女冠，向踏青的游人化缘的，便连忙让女英取钱施舍。谁知两名女冠走到面前便齐刷刷地跪下了，边叩拜边说："贫道叩拜国主、国后。"

李煜和女英见状大吃一惊，待仔细看时，才知道跪在面前的竟是秋水和宜爱！

李煜和女英连忙将她们挽起来，竟一时无语。故人逢故人，泪眼对泪眼。

原来，秋水和宜爱离宫之后，先后流落到姑苏、无锡，她们将随身带出的细软首饰之类变卖了，开了几家绣花作坊，安置了一些随她们出宫的宫女，又向常州、镇江等地的道观和寺院捐了些银两，将愿意出家的宫女安置在寺庙中，由她们为道为尼。她们二人则在离顺陵不远处的一座道观中出家了。平时，去农舍化缘，以针线活计和缝制衣衫为生。逢年过节，则相约去顺陵祀祭，风雨无阻。

去年十二月初八，是拜祭的日子，她们相约在顺陵会合。拜祭之后，在烈祖、元宗陵前各捧了一把土，又去懿陵取了一捧土，将土装于布袋内，然后，过了长江，又一路化缘向汴京而来，住在汴京城里的寺庙中。她们打听到了李煜夫妇住在礼贤宅中，但不经朝廷恩准不得进去。再说，两个江南出家女子，硬去礼贤宅求见，恐会对国主、国后不利。为稳妥起见，二人利用在城中化缘的机会，时刻在打探李煜夫妇的行踪。她们预计国主和国后会在清明节去郊外踏青的，所以，待李煜、女英乘车走后，她们即在车马店租了一乘马车，尾随李煜夫妇车后来到了南郊，并避开人群，在小树林中等待时机。她们见李煜夫妇在林中高坡上摆上祭品时，才走过去与他们相见的。

李煜和女英听完了她们的叙说之后，悲喜交加。他们做梦都不会想到，身陷囹圄，但还有人在祖先和亲人陵前代自己插香烧纸，祭祀不辍，为了不忘故主，又千里迢迢地送来了祖先和亲人陵前之土。见土如见列祖、父母和娥皇，见土如见金陵故园和江南父老。

"两位恩人，你们披星戴月，吃尽艰辛，送来了这捧连着骨肉的热土，实乃感天地，动山河，请受我等一拜。"

李煜说着便和女英跪在宜爱和秋水跟前了。

秋水和宜爱慌了，但又不好硬拉他们起来，于是，便将手中的那袋泥土放在香烛旁边，也跪下叩拜起来。

他们在那袋泥土前点香烧纸之后，见有一群游人说笑着走了过来，李煜连忙将那袋泥土揣进了怀里。

这时，桂十六打完秋千，在芳草地上铺上了竹席，摆上了酒杯、菜碟，然后去小树林中请李煜夫妇。当她认出眼前的两位女道士是谁时，只说了一句："可把我想死了！"就一头扎进了秋水的怀中，又转过身去，双手搂住宜爱，把脸贴在宜爱的胸前，双肩搐动着，哭得十分伤感。

一别数年，天各一方，没想到能在清明节聚首！这才是看不透说不清的缘分呢！

他们坐在竹席上，边吃点心，边诉说着彼此别后的经历。宜爱还告诉桂十六说，她曾经遇到过她的义父云中鹤道长，道长告诉她说，桂十五在姑苏玄妙观中潜心研修《开元道藏》。他打算由汴京去泰山，然后去游东海崂山，到崂山太清宫参拜三清天尊（玉清元始天尊、上清灵宝天尊、太清道德天尊），并让她转告桂十六，他由崂山回来时，将接她同去江南。

"义父何时来汴京？何时去江南？"桂十六急切地问道。

宜爱和秋水摇了摇头，说道："道长说过，该来时方来，该去时便去。"

李煜、女英和桂十六都知道这是道家隐语，只可意会。

这时，车马店的马车来了，是接他们回城的。

宜爱和秋水站起来说，既然见到了国主、送来了陵前之土，又转告了云中鹤道长的话，便了却了心愿，准备由南郊上路，一路化缘南归。

李煜和女英知道，宜爱、秋水决意要走，不可强留，便看着她们一步一回首地消失在驿道上了。

回城途中，天下起雨来。雨丝如织，满目迷茫。

远处有红桃绿柳，村头酒家的酒旗在竹竿上飘动，巍巍峨峨的新建寺庙和饱经风雨的先朝老庙，都融进了蒙蒙细雨中了。

雨丝飘进车厢中，落在李煜的脸上。他用手抹了一把，冰凉冰凉的，他用舌尖尝了一下，苦涩苦涩的。他不知这是雨水还是泪水。

十八

好久没听到窈娘的消息了。

记得初到汴京时，受宋太祖赵匡胤之诏，女英随朝廷命妇入宫时，曾在席间见过窈娘，皆因人多，彼此没有机会说话。

李煜有些担心，因窈娘年轻，历事不多，且热情好动，性格开朗，易惹是非。无奈消息闭塞，不知她的近况，心里常常惦记，还常常在心中念叨，窈娘啊，窈娘，汴京不是金陵啊，你可要处处小心哪，千万别有什么闪失。我不能在你身边呵护你，你要学会自己保护自己才好。

其实，李煜的担心是多余的，窈娘在这里的处境要比李煜和女英好得多。

当窈娘初次出现在宫宴上时，宋太祖赵匡胤和文武大臣们便对这位混血儿美姬产生了好奇，尤其她婀娜的身材和娴熟的舞姿，更令人难忘。最初，她被留在宋太祖的宫中，担任了宫中歌舞总领班，宫中教坊的歌舞伎拜她为师，学习江南歌舞，也学她的《金莲花舞》。只是因为汴京没有金莲花台，总是达不到在金陵时的那种效果，她常常为此而锁眉。

赵光义继位后,虽然未加封于她,但让她教练宫中嫔妃及女眷以帛缠足。朝臣们亦纷纷效之,请她去府中教练,甚至有的节度使还派专人接她去住所,教练女眷和当地显贵们的妻妾如何缠足。一时间,缠足之风甚烈,由汴京刮到各州府,上层门第的女子都以缠足为美为荣。于是,缠足风气传遍天下,延续一千余年,亦贻害一千余年!

赵光义并非是好色之徒,在建国之策上他虽不及兄长赵匡胤,但对后宫管理颇严。他熟知历代女色误国的教训,所以,对嫔妃们不娇生惯养,尤其不许女子涉及政事。当年,后蜀降宋后,国主孟昶和徐妃花蕊夫人等被押到汴京,被宋太祖封为检校太师、中书令、秦国令。第六天,他奉诏进宫赴宴,回去后腹痛胸闷,经医治无效,次日死去。

花蕊夫人颇得太祖的欢心,常常为陪伴她而疏远大臣。赵光义曾劝说他要以国事为重,不可太近女色。宋太祖虽然觉得皇弟说得有理,但又舍不得花蕊夫人。赵光义便利用宴会陪酒的机会,趁宋太祖不备,引弓将她一箭射死,而后再跪请太祖赐罪。

为了跳好《金莲花舞》,窈娘曾向赵光义提出要求,像金陵宫中那样制作一个金莲花台。赵光义听了,认为过于奢华,不许。窈娘曾为此闷闷不乐,可见赵光义并不迁就窈娘。

端阳节时,宫中设宴。窈娘在表演了《金莲花舞》之后,见皇上神色平常,知他看多了此舞,已经没有新鲜感了。宴席散后,她告诉皇上,她在金陵时跳过《霓裳羽衣舞》,并绘声绘色地把舞蹈场面说了一遍。赵光义早就听说过南唐宫中有古舞《霓裳羽衣舞》,但一直不曾见过,今经窈娘一说,马上来了兴趣,便笑着对窈娘说:"卿能为朕表演吗?"

窈娘说:"奴妾按古舞谱可跳此舞,但需有人弹奏古曲《霓裳羽衣曲》。"

"谁人能弹奏?"皇上问道。

"在金陵时,只有国后娥皇和女英弹奏得最好。"

"这古曲和舞谱如今在何处？"

窈娘答道："金陵城破时，国主曾在宫中焚烧过一些文稿、字画、书册，余下的已造册登记，不知是否已运进汴京。"

赵光义听了，当即命翰林院查询。翰林院没有查到，便如实禀报皇上。

窈娘以为此曲已经在城破时化为灰烬了，但转念一想，此曲是经国主和国后修补整理的，国主通晓音律，会记得一些的。女英在宫中也曾跟娥皇学过此曲，加上自己曾经随此曲舞蹈过，从排练到演出已有数遍，也大致记住了一些，于是，便请皇上恩准，许她去礼贤宅探望李煜夫妇。也许三人在一起能回忆起此曲和此舞的。

就在李煜夫妇想念窈娘的时候，窈娘看望他们来了。

见面之后，三个人非常激动。窈娘说了对旧国主的思念，对新皇上的赞扬亦不回避，都一股脑儿地说了出来。说完后，又让女英说他们来汴京后的情况。当听到郑文宝装扮渔翁来访，陈大雅开文海轩，李少微赠石砚，宜爱、秋水千里送故土等情景时，竟忍禁不住伏在女英胸前伤心地哭泣起来。

哭完之后，窈娘又将带来的关东狐皮坎肩、湖南绣花被面、南充绵绢，还有高丽老参、湖州糯米、江西腊鱼以及姜糖、银耳、云片糕、珍珠粉、印度胭脂等礼品，摆满了桌子，还特意带来了一只金陵板鸭，说是可为国主作下酒之物。她还为桂十六准备了三丈衣料。

女英不肯接受，窈娘说："这些东西，都不是我花钱去买的，有的是皇上、皇后赐我的，有的是王公重臣送我的，在宫中，也派不上什么用场，若今后再来时，我定要多带一些来。"

午饭后，三人在客厅中喝茶。李煜将自己新作的几首词吟给窈娘听。窈娘说："国主的新词，我听了字字入耳，句句动心，只是太悲伤了一些，不似在金陵时写的那些宫词。"

李煜听了，点头认可。

　　窈娘接着说了她来探望也是为跳《霓裳羽衣舞》而来的本意。李煜听了，低首默语。女英怕李煜贸然说出真相，便连忙说道："可惜，舞谱和曲谱已在金陵城破时烧毁了。"

　　窈娘说："国主、国后，此谱太珍贵了，连大宋皇帝都没福分听过。我想在宫中跳《霓裳羽衣舞》，记得国主、国后都熟悉此舞此曲，不妨我们三人慢慢回忆，看能否记起来？"

　　李煜和女英见她说得恳切、真挚，便答应了。三个人边唱边记边回忆，整整忙了一下午，仍未完全回忆起来，到天色将晚时窈娘起身告辞，并约定明天再来。

　　送走窈娘之后，李煜和女英陷进了深深的痛苦之中。李煜除了因回忆而思念往昔之外，还害怕此谱遗失。女英也有些害怕，若朝廷一旦知道礼贤宅私存《霓裳羽衣舞》，则犯私藏文物、欺君犯上两项大罪。她由古谱又联想到南唐的国运，世事的变迁，以及这些年来诸多的悲欢离合。于是，她想说服丈夫要快刀斩乱麻，烧了这部古谱，以绝祸根。

　　于是，她将云中鹤道长的忠告，以及凡演奏此舞此曲后发生的变故说给李煜听，如太子弘冀以听此曲为由纠缠娥皇，弘冀死于宫中。姐姐娥皇整理过又听过、弹过、跳过此曲此舞，结果，不但自己饮恨而逝，且爱子仲宣亦受其害。后来，宋军围城时宫中又奏过此曲，结果城破国亡。最后，她又将娥皇临终前要她今后切切不可演奏此曲此舞的嘱咐，说给李煜听了。李煜也从中悟出了一些道理。但要他烧掉这部古谱，他心中实在不忍。

　　女英看出了他的心思，便直言说道："此部古谱上只一个字：'奢'。自古以来，凡朝廷大奢，朝纲必乱，社稷必衰。奢可昏君，奢可淫臣，奢而助敌，奢能失良。天子奢而天下穷，主帅奢而将士瘦。奢与悲通，喜极必悲，如马嵬坡之复即是！"

　　女英说时，声泪俱下。

　　李煜终于答应了，但他又提出过了七夕再烧。女英听了，心中虽然不高兴,但也只好迁就于他了。丈夫是想让这部浸泡了自己心血的古谱,伴随自己再度过一个生日。

次日,窈娘一大早就来了。她是以整理曲谱为名,找借口与李煜夫妇私会的。他们又反复回忆试唱、记录,忙了一天,终不入门,听起来,与原曲相去甚远。窈娘只好将就着抄在纸上,以便带回去向皇宫乐班交差。

李煜之悲,就悲在抱着那部古舞谱执迷不悟。这部舞谱,终于成了他的送葬之曲。

十九

太平兴国三年(978)七月七日,是李煜四十二岁诞辰。若在江南,自是满朝文武大臣前来庆贺。如今,除了李煜夫妇和桂十六外,却没有一位客人。

中午前,天空还是十分晴朗的,午后,空中突然自北方飘来几团黑云,渐渐地,一簇簇聚密集在一起,近傍晚时分,云层更浓,大雨欲倾。

女英发现,李煜今天的心绪有些异样。

是因为过生日没有客人来庆贺,心中不快,还是因为天要降雨而感到闷热?总之,他一会儿在前院独自踱步,一会儿又在客厅中喝茶,现在,又独自上西楼了。唉,由他去吧,没人打扰,也许他的心境会平静下来。她自己便去了厨房,帮着桂十六炒菜,还备了瓜子鲜果,装在盘子里,准备晚上去院中"乞巧"之用。

李煜坐在西楼的临窗处,他借着傍晚的微弱光亮展开了《霓裳羽衣舞》,正在按谱低唱。也许是太专心致志了,连女英走上楼来也没觉察。女英见他面对古谱如痴如醉的样子,心中既恨又痛。她上前一把抓住了古谱,说要送到灶里烧掉。李煜连忙乞求道:"夫人,七夕乞巧之后再烧,让它陪我过完这个生日,行吗?"

女英听了，无可奈何，只好下楼去了。

当女英将酒菜摆上桌时，忽听尤量来报："秦王驾到！"

李煜连忙将皇弟赵廷美迎进客厅。

原来，秦王是受皇上赵光义之诏，专来为陇西郡公祝寿的，并带来了皇上赐的御酒一壶，以示庆贺。

因李煜与赵廷美曾见过数面，二人又都善文，喜诗词，所以，觉得有一见如故之感。宾主坐下之后，二人谈论诗词，很是投机。

女英见李煜今日这么舒心，心中也觉高兴。是啊，丈夫一年到头总是苦眉愁脸的，难得有今日的好心情。过了今日，他该是进入四十三岁了，四十三岁是人生壮年，但愿他无病无灾，二人相偕，平平安安过日子。家中虽清贫，官位虽微不足道，但只要平安就心满意足了。

送走了赵廷美，李煜拿起那壶御酒，倒出一杯，闻了闻，酒香扑鼻。李煜想在吃饭时与女英同饮，因这是当今皇上赐予的，且又是皇弟亲自送过来的，这是一种特殊荣耀，夫妻应当同享。也许是酒味太香了，馋涎欲滴，他先倒出小半杯，放在鼻子下闻了闻，觉得酒香沁心，是自己从来都没喝过的一种美酒。闻完了，他一仰头，将半小杯酒喝下去了。

谁知喝了之后，觉得头上有些醉意，胸中似有沸水翻滚，很不舒服。女英便扶他上楼歇息去了。这时，窗外无月，室中闷热。突然，一道强烈的闪电划过了黑暗的夜空。

"噼啪！"一声惊雷，响彻七夕晦暗的夜空。

女英惶惧地惊叫了一声，抱紧了丈夫。

闪电连连，雷声震耳。

突然，李煜惨叫了一声。女英以为他害怕，死死地抱住他不放，她以为他是被雷声吓的。

李煜觉得胸中、腹中有烈火在烧，有利刀在戳！他剧痛难忍，又不敢叫唤，怕惨叫出来吓坏了爱妻和奴仆们。他头足相触，弯成一个圆圈，在床上滚动着，额上黄汗淋漓。

"怎么啦？"女英十分惊愕。

"噼啪！"又一声炸雷，令人胆战心寒。

李煜挣脱开女英，从床上翻倒地上，他始终闭紧双唇，唇上已在流血。

"怎么啦，你到底怎么啦？"女英惊慌地哭起来了。

她顾不了雷霆闪电，一直冲到大门口，她要亲自去请医生。

她的哭声惊醒了尤量和宫女。尤量不敢怠慢，连忙请太医去了。

陇西郡公突然患病，皇上得知后，即命翰林医官迅速赶到礼贤宅救治。

李煜这时头脚已相就，拉也拉不开，像牵机一样抽搐不止！

医官束手无策！

在一阵令人丧魂失魄的雷霆声中，李煜终于停止了抽搐，同时也停止了他最后的一口气。这位辉煌一时、风流一时的词国帝王——南唐后主，就是这样结束了他尊与卑、善与恶的一生。

倾盆大雨终于下起来了。

女英的哭声撕裂人心。她只哭了一声，便扑在李煜身上，昏死过去了。

不知过了多久，她似乎看见姐姐娥皇向她走来，她跪在姐姐面前，惭愧地说："姐姐，我没有照顾好姐夫，我对不起你。"

似乎听见姐姐在说："这不怪你，他原本是要带着那部古谱离开尘世的，你看他走得多高兴。"

她又似乎看到李煜向她挥手作别，又似乎不像作别，像是在召唤她随他而去。女英毫不犹豫朝他走去……

她忽然又听见有个声音在喊她："夫人，你醒醒，夫人你醒醒啊！"这个声音从遥远的天边传来，开始很弱，渐渐大了，她已听清楚了，这个声音很熟悉。待她睁开眼睛一看，原来是桂十六在大声叫她。她还看到厅中有许多着朝服的官员进进出出。原来，朝中大臣（多为南唐旧臣）是奉命前来吊唁的。

<h1 style="text-align:center">二十</h1>

皇弟秦王赵廷美也匆匆走来了。他未穿朝服，双眼红肿，脸色哀伤。进门之后，他不讲贵为皇弟的身份，亲自点燃了三炷香，去灵前拜祭。

随后，中使来宣圣旨：赠陇西郡公李煜太师，追封为吴王。

为了显示皇上的恩德，又命散骑常侍徐铉为李煜撰写墓志铭文，还送来了银两、布匹、棺木和治丧所需的车马物品。

李煜之死，朝野哗然，天下猜疑。

赵廷美当晚听说李煜因患暴病而死，大吃一惊，连忙派人去找曾到礼贤宅抢救李煜的太医，但未找到，据说太医已连夜出城去了，是到峨眉山采药去了。

赵廷美心中顿生疑团。听说李煜喝了御酒便开始发病的，他心中已知底细，知御酒中下了"牵机之药"。此药入胃烂胃，进肠烂肠，身子前俯后仰，手足相就，如牵机状，痛苦无比，直到肝肠腐烂一团，而外表无异，七窍皆不变色，乃最毒辣的害人之法也。但他不明白是谁要杀一个手无缚鸡之力的李煜！杀一位天下少有的才子！他既然降宋，又归顺大宋为臣，小心翼翼地夹着尾巴做人，又何罪之有呢？

当赵光义听说李煜写的那些词篇，早已传遍汴京内外，尤其是他最后写的那首《虞美人》。那词中的"朱颜"是指什么？难道不是可解作江南的大好江山吗？"雕栏玉砌"呢？不正是金陵的宫殿吗？听说南唐旧臣相逢时边吟李煜的《虞美人》，边流泪不止。金陵城中有歌伎在楼上唱《虞美人》，竟有众多行人随唱,其声极为悲哀。让李煜这样的词人这样的词流传于天下,行吗?留下李煜让他继续写那些亡国恨、思旧怨的词,有利于大宋社稷吗?赵光义这才下决心除掉李煜的!

赵廷美没料到,他的皇兄竟借他的手杀害了李煜!他更没想到,他自己也在四年之后被皇兄贬到了房州,最后忧郁成疾而死在了那里!

二十一

李煜死后,女英日夜守在灵旁,亲手为他擦洗身子,修剪指甲,在替他更换衣服时,觉得丈夫胸前有异物,掀开衣角一看,原来是一袋故土和那部《霓裳羽衣舞》舞谱!

在夜深人静时,她悄悄将丈夫的这两件珍爱的遗物缝在枕头里,以便能随着它的主人同葬墓中。

是的,该来的,来了,该去的,去了,一切都安置妥了。女英也平静下来了。她到楼上梳了头,更了衣,悄悄地来到丈夫灵柩前,趁着没人注意,她运足全身力量,猛地朝墙柱撞去,顿时前额血流如注……

她要随丈夫而去。丈夫已在那边向她招手了。丈夫去了,自己孤身一人,留在这边还有什么意思?但她被人救醒了。醒来之后,她惊奇地看到了许多熟悉的泪脸,这是在梦中吗?她掐自己的手心,很疼,知道并非梦境。

原来皇上下诏,恩准江南旧臣和李氏族人前来吊唁。女英透过泪水,看到了仲寓,看到了从镒、从谦、从度、从信、仲康、仲兴、仲伟以及窈娘、黄妃等李煜日思夜想的亲人,还看到了徐铉、殷崇义、张洎、张秘、卢绛等故国大臣。她心中异常激动,想坐起来同大家说说话,可是头疼欲裂,身子软绵无力。黄保仪等扶她躺下。大家围在一起,边诉说边流泪,都有恍如隔世之感。

为了超度亡灵和供来宾们吊唁，朝廷特命移灵柩于净慧院，并在佛堂旁边设置灵堂。

李煜出殡那天，汴京城里异常热闹，装载灵柩的马车还没出门，汴京的御街上已挤满了人，有江南赶来的李煜族人，有在汴京的南唐臣民，有文人学士、僧侣道士，也有教坊乐班、梨园弟子，还有商贾小贩，以及从四郊赶来的耕夫。人们自发挂上挽联、悼词，都想最后看一眼这位亡国词帝。

但到出殡时，大街两旁的人群突然发现，从净慧院驶出运送灵柩的马车，不是一辆，而是五十二辆！这五十二辆马车自净慧院的各个门中驶出，便向四面八方奔驶而去。车辆和马蹄扬起五十二团黄埃，黄埃遮天蔽日。这些马车有的去了翠屏山，有的去了黄龙寺，有的去了杏花营，还有的去了朱仙镇……不知道李煜的灵柩究竟装在哪辆车上？

送葬回来之后，礼贤宅中只剩下女英和桂十六了。

此时的女英，既无悲戚之状，亦无孤独之感。她的心境忽然变得异常平静起来。她在等着了却自己的最后心愿。

有一日午后，有一道人在礼贤宅门口化缘。桂十六出去一看，果然是自己的义父——云中鹤道长来了。原来，云中鹤道长已从东海崂山归来，他是特意接桂十六回江南的。女英将云中鹤道长迎进厅房喝茶、歇息，便去帮桂十六收拾好行李，又将李煜所写之词的抄稿，密藏于她的包袱之中。

夕阳西沉时，他们在大门之外挥泪相别。她一直望着他们父女的身影渐渐消失在暮色之中。

不久，窈娘也离开了汴京。有的说她去了洛阳，在一些官宦富绅人家教习歌舞；有的说她去了长安，已削发为尼了；有的说她嫁给了一位曾任过节度使的官员，这位官员已告老还乡了；还有的说，她随着从西域来汴京的商人，沿着丝绸之路，回西域去了。总之，没有人知道她去了何方。

尽管人们对这位金发碧眼的混血女子的去向传说不一，但有一点却是一致的，即她依然活在世上。哪里有骄奢的歌舞，豪华的酒宴，哪里便会留下她的影子。她教习的《霓裳羽衣舞》，由于不是其谱的原韵原形，所以其曲有些变调，其舞亦有些变态，但仍在当时和今后的宫廷和市井中流传不绝，这正和她教习的女子缠足一样，一直延续了许多个年头……

几个月后，有商人自洛阳回汴京，在洛阳北郊的北邙山上看到了李煜的陵墓，旁边是女英之墓，两墓相连，乃同穴而葬。还说，此墓在一个月黑风高之夜被人盗过，墓上被挖了一个深深的洞，府衙得报之后，立即派人去铲土将洞填上了。不知盗墓者盗去了何物？那部殉葬的古舞谱还在墓中否？

还有人说，若遇风清月朗之夜，常能看到墓旁有人，在月光之下或弹琴，或起舞，或吟鸣……

他们是谁？没有人知道。